HERA LIND
Die Hölle war der Preis

Von Hera Lind sind im Diana Verlag bisher erschienen:

Die Champagner-Diät
Schleuderprogramm
Herzgesteuert
Die Erfolgsmasche
Der Mann, der wirklich liebte
Himmel und Hölle
Der Überraschungsmann
Wenn nur dein Lächeln bleibt
Männer sind wie Schuhe
Gefangen in Afrika
Verwechseljahre
Drachenkinder
Verwandt in alle Ewigkeit
Tausendundein Tag
Eine Handvoll Heldinnen
Die Frau, die zu sehr liebte
Kuckucksnest
Die Sehnsuchtsfalle
Drei Männer und kein Halleluja
Mein Mann, seine Frauen und ich
Der Prinz aus dem Paradies
Hinter den Türen
Die Frau, die frei sein wollte
Über alle Grenzen
Vergib uns unsere Schuld
Die Hölle war der Preis

HERA LIND

Die Hölle war der Preis

Roman nach einer wahren Geschichte

DIANA

Vorbemerkung
Dieses Buch erhebt keinen Faktizitätsanspruch. Es basiert zwar zum Teil auf wahren Begebenheiten und behandelt typisierte Personen, die es so oder so ähnlich gegeben haben könnte. Diese Urbilder wurden jedoch durch künstlerische Gestaltung des Stoffs und dessen Ein- und Unterordnung in den Gesamtorganismus dieses Kunstwerks gegenüber den im Text beschriebenen Abbildern so stark verselbstständigt, dass das Individuelle, Persönlich-Intime zugunsten des Allgemeinen, Zeichenhaften der Figuren objektiviert ist.

Für alle Leser erkennbar erschöpft sich der Text nicht in einer reportagehaften Schilderung von realen Personen und Ereignissen, sondern besitzt eine zweite Ebene hinter der realistischen Ebene. Es findet ein Spiel der Autorin mit der Verschränkung von Wahrheit und Fiktion statt. Sie lässt bewusst Grenzen verschwimmen.

Sollte diese Publikation Links auf Webseiten Dritter enthalten, so übernehmen wir für deren Inhalte keine Haftung, da wir uns diese nicht zu eigen machen, sondern lediglich auf deren Stand zum Zeitpunkt der Erstveröffentlichung verweisen

Zitatnachweis:
S. 136: Textauszug aus: Bertolt Brecht, »Einheitsfrontlied«, in: ders., Werke. Große kommentierte Frankfurter Ausgabe, Band 12: Gedichte 2.
© Bertolt-Brecht-Erben/ Suhrkamp Verlag 1988.
S. 214f.: »Stufen«, aus: Hermann Hesse, Sämtliche Werke in 20 Bänden, hrsg. v. Volker Michels. Band 10: Die Gedichte.
© Suhrkamp Verlag, Frankfurt am Main 2002.

Verlagsgruppe Random House FSC® N001967

3. Auflage
Originalausgabe 5/2020
Copyright © 2020 by Diana Verlag, München,
in der Verlagsgruppe Random House GmbH,
Neumarkter Straße 28, 81673 München
Umschlaggestaltung: t.mutzenbach design, München
Umschlagmotive: © Miguel Sobreira/Trevillion Images;
Shutterstock.com (Olga Pink; boonchob chuaynum; TaraPatta)
Herstellung: Helga Schörnig
Satz: Leingärtner, Nabburg
Druck und Bindung: GGP Media GmbH, Pößneck
Printed in Germany
Alle Rechte vorbehalten
ISBN 978-3-453-36076-1
www.diana-verlag.de

Dieses Buch ist auch als E-Book lieferbar.

Für meine Eltern, die mir unter den unwürdigen Bedingungen der DDR-Diktatur eine Kindheit und Jugend ermöglicht haben, in der der Geist von Freiheit und Individualität Raum bekam, sodass ich zu dem Menschen werden konnte, der ich heute bin.

Peasy

*Nein, ich war keine Träumerin. Ich bin durch die Hölle
gegangen, um den Traum von Freiheit irgendwann
einmal leben zu können.*

Peasy

1

Ostberlin, in der Nacht zum 1. April 1973

Nebenan schnarchte mein künftiger Schwiegervater.

»Was ist denn nun mit Eileen?«, flüsterte ich neugierig.

Auch Schwiegermutters gleichmäßige, tiefe Atemzüge drangen durch die dünnen Wände bis zu meinem Verlobten und mir herüber. Bevor mein liebster Ed einschlafen konnte, kuschelte ich mich ganz dicht an ihn. Eds Schnauzbart kitzelte, als ich ihm einen Gutenachtkuss gab. Sofort durchströmte mich sein mir so vertrauter Duft.

»Dein Vater hat beim Abendessen gefragt, wann eure Diplomarbeit endlich fertig ist, und das möchte ich ehrlich gesagt auch mal wissen!«

Neugierig stützte ich mich auf den Ellbogen und blies meinem Liebsten eine widerspenstige Strähne aus der Stirn. Er trug lange Haare, was damals in der DDR nicht allzu gern gesehen wurde, aber Ed war alles andere als staatskonform. Aus Protest lief mein zukünftig Angetrauter in einer amerikanischen Originalkutte aus dem Ami-Shop in Hamburg herum, die ihm seine Tante Irene geschickt hatte. Ed verweigerte das Tragen von FDJ-Hemden, das Schwenken von Fahnen und Transparenten bei verordneten Aufmärschen und Kundgebungen. Er fand alles in der DDR scheiße, verlogen und lächerlich. Ich dachte zwar genauso, aber im Gegensatz zu mir sagte mein mutiger Mann das auch laut.

»Eileen?« Er klang, als hätte er schon geschlafen. »Was soll mit ihr sein?«

»Ach komm, Ed! Mir kannst du es doch sagen! Oder denkst du immer noch, ich bin eifersüchtig?« Ich gab ihm einen zärtlichen Stups. »Bin ich echt schon lange nicht mehr!«

Ed und Eileen waren »nur« gute Freunde, sie studierten beide im letzten Semester Architektur an der Kunsthochschule Berlin-Weißensee und schrieben ihre Diplomarbeit zusammen, aber in jüngster Zeit schienen sie nichts zu tun, was sie in der Hinsicht weiterbrachte. Mein geliebter Freigeist Ed zeichnete sich nicht gerade durch übertriebenes Strebertum aus, was ich umso mehr an ihm liebte. Die wiederholte Frage seines Vaters, was denn nun mit der Diplomarbeit sei, war durchaus berechtigt. Wenn er keine Lust auf das Studium hatte, trampte er durch die DDR mit allem, was fuhr: mit Pferdefuhrwerken, aber auch mit Lastern voller Äpfel oder Kohlköpfe. Dann konnte er stundenlang Landschaften skizzieren, alte Gebäude fotografieren oder Schopenhauer und Kleist lesen und in seiner Traumwelt versinken. Aber WENN er arbeitete, war er brillant. Seine Entwürfe konnten sich durchaus sehen lassen und wiesen ein hohes Maß an Kreativität auf. In der DDR Ende der 60er-, Anfang der 70er-Jahre wurde diese Art Begabung, gepaart mit einer gehörigen Portion Eigensinn zwar gerade noch geduldet, aber dafür umso genauer beäugt. Mein Ed war eben etwas Besonderes.

»Ed, ich will wissen, was mit Eileen ist! Ich hab sie ewig nicht mehr gesehen«, bohrte ich nach. Eileen rebellierte genauso gegen das System wie Ed.

»Psst, Peasy!« Ed legte den Arm unter meinen Kopf und zog mein Ohr ganz dicht an seine Lippen.

»Ich sag's dir, aber flipp jetzt nicht aus, okay?«

In mir zog sich alles zusammen. Da war irgendwas im Busch.

»Ist sie schwanger?« Mein Herz klopfte. Ed zog missbilligend eine Braue hoch. »Das sollte ein Scherz sein!«, setzte ich hastig nach.

Warum war er auf einmal so ernst? Er nahm meine Hand in seine und hielt sie ganz fest. In seinen dunklen Augen lag etwas Geheimnisvolles. Er hatte mich doch nicht ... Er würde doch nicht ...?

»Peasy, was ich dir jetzt sage, muss absolut unter uns bleiben, versprichst du mir das?« Sein Blick war ernst. Sehr ernst.

Plötzlich durchzog es mich heiß. Etwas wirklich Dramatisches musste passiert sein. Aber doch hoffentlich nicht DAS EINE. Ich liebte meinen Ed vorbehaltlos. Wir hatten doch keine Geheimnisse voreinander?

»Versprochen«, raunte ich tonlos und versuchte tapfer zu sein.

Und dann ließ Ed die Bombe platzen. »Kreisch jetzt nicht los, okay? Sie ist in den Westen abgehauen.«

Mein Herz machte einen dumpfen Schlag. Vor Erleichterung, vor Entsetzen, vor Respekt, vor Überraschung. Ruckartig setzte ich mich auf.

»Sie ist weg? Für immer?«

Die gelbbraun gestrichenen Wände unseres Zimmers kamen auf mich zu. Draußen ratterte eine Straßenbahn vorbei, und der orientalisch anmutende Vorhang, den Ed als »Meisterdekorateur« irgendwo aufgetrieben hatte, um das triste Grau unseres Lebens aufzulockern, wehte wie von Geisterhand vor dem Fenster hin und her.

Ich kreischte nicht. Ich schluckte trocken und würgte an einem Kloß.

Ed gab mir Gelegenheit, die Nachricht zu verdauen, und strich beruhigend über meinen Rücken. Schon immer war ich eifersüchtig auf alle Frauen gewesen, die in Eds Nähe sein durften. Und erst recht auf diese selbstbewusste coole ausgeflippte Eileen!

»Wusstest du davon?«

»Nein, Peasy, natürlich nicht!«

»Aber wie hat sie das hingekriegt?« Meine Stimme wurde schrill.

Ich spürte Eds Hand auf meinem Mund. »Bitte beruhige dich, Peasy. Du weißt, die Wände haben Ohren!« Tatsächlich hatte Schwiegervater Georg aufgehört zu schnarchen.

Kraftlos ließ ich mich nach hinten plumpsen und starrte wie betäubt an die Decke.

Eileen. In den Westen. Abgehauen. Mein Herz klopfte so heftig, dass der Kragen meines Nachthemds über der Halsschlagader hüpfte. Sollte ich mich jetzt für sie freuen? Oder doch eher für mich? Ich wollte auch in den Westen, verdammt! Wer von uns Studenten wollte das nicht?

Aber allein darüber nachzudenken war schon utopisch!

Ed legte sich auf mich, als wollte er mir mit seiner Körperwärme neues Leben einhauchen. Er nahm meine Handgelenke und presste sie ins Laken. »Sie hat mich angerufen«, raunte er mir ins Ohr. »Sie ist in Westberlin. Wenn du zum Fenster rausschaust, kannst du sie fast sehen.«

Lange konnte ich keinen klaren Gedanken fassen. Ich lag einfach da, spürte den Herzschlag meines Liebsten und roch den Duft seiner Haare, die mir ins Gesicht gefallen waren und mich kitzelten.

Endlich hatte ich die Nachricht verdaut. »Wie zum Teufel hat sie das geschafft? Gibt es Hintermänner …?«

»Das konnte sie mir am Telefon natürlich nicht sagen.« Ed stützte sich auf und sah mir ernst in die Augen. »Nur so verschlüsselt: Klaas hat damit zu tun.«

Wieder zuckte ich zusammen. »Klaas? DER Klaas? Der dicke Cousin mit den roten Haaren und dem Methusalem-Bart?«

»Ja, verdammt!« Ed musste sich ein Lachen verkneifen. »Häng doch gleich ein Fahndungsplakat an die Litfaßsäule, Schätzchen!«

»Ich kann's nicht fassen!« Ächzend drehte ich mich auf den Bauch und vergrub das Gesicht im mit Frottee bezogenen Kopfkissen. Der »Vetter aus Dingsda«, wie wir ihn spaßeshalber nannten, schickte Eileen immer Westpakete und kam ab und zu vorbei, um uns vom Schlaraffenland vorzuschwärmen. Er tat immer so cool, und ich wusste gar nicht, ob ich ihn mochte. Aber ihm war das Unfassbare gelungen, was wir beide kaum zu denken, geschweige denn auszusprechen wagten, nämlich Eileen auf welche Weise auch immer in den Westen zu schmuggeln!

»Ich kann dir gar nicht sagen, wie froh ich bin, dass sie sie nicht an der Mauer abgeknallt haben!« Ed strich mir beruhigend über den Rücken. »Oder dass sie nicht im Knast gelandet ist.«

»Die ist ja wahnsinnig«, flüsterte ich halb begeistert, halb neidisch, und hieb auf das Kopfkissen ein. »Dass die sich das getraut hat!«

Wir warteten, bis Georg wieder tief und gleichmäßig schnarchte. Dann wisperte Ed geheimnisvoll: »Sie sagt, sie war am Wochenende zum Skifahren in der Schweiz und hat dabei schon einen tollen Typen kennengelernt.«

Wie von der Tarantel gestochen, schnellte ich hoch. »Du verarschst mich doch.« Plötzlich musste ich lachen. »Stimmt's,

Ed, du bindest mir schon die ganze Zeit einen Bären auf.« Mit einem Blick auf den Radiowecker gluckste ich: »Seit einer Minute ist der erste April!« Ich nahm das Kopfkissen und zog es ihm über den Kopf. »Du Mistkerl, das sieht dir ähnlich, und ich bin drauf reingefallen!«

Ed hielt das Kopfkissen wie einen Schutzschild zwischen uns. Georg hatte wieder aufgehört zu schnarchen, und mir wurde mehr und mehr bewusst, was Ed da gerade kundgetan hatte. Ich geriet ins Zweifeln.

»Sie ist wirklich ... Du hast mich nicht ...«

»Behalt's um Himmels willen für dich, Peasy.«

Ja, wem sollte ich das wohl erzählen? Selbst an meiner Berufsfachschule für Bekleidung in der Warschauer Straße traute ich niemandem über den Weg. Es wimmelte überall von Spitzeln, die einen aushorchten, und ich war auf der Karriereleiter sowieso schon auf die unterste Stufe verbannt worden. Tiefer fallen konnte ich gar nicht mehr! (Das glaubte ich zumindest. Wie naiv von mir!) Meine Träume hatte ich in diesem Land alle längst begraben müssen.

»Dann schreibst du deine Diplomarbeit jetzt allein zu Ende?« Neugierig musterte ich Ed, der sich inzwischen eine Zigarette angesteckt hatte und unser Zimmer vollpaffte. »Oder gibst du dein Studium etwa auf?«

Ed war alles zuzutrauen. Er liebte wilde Kellerpartys mit West-Whisky aus Tante Irenes Hamburger Paketen ebenso wie das tagelange Abtauchen irgendwo im Nirgendwo.

»Nee, den Gefallen tue ich denen nicht. Die werden mich jetzt erst recht auf dem Kieker haben.« Im schwachen Schein der Straßenlaterne sah er aus wie eine griechische Statue – so schön, aber auch so zerbrechlich. Trotzdem musste ich ihn das fragen.

»Ed, hast du mit Eileens Flucht irgendwas zu tun? Wusstest du davon?!«

»Nein, ich hatte echt keine Ahnung, das musst du mir glauben. Aber sie wissen, dass Eileen und ich Studienfreunde waren.« Er biss sich auf die Unterlippe. »Sie werden mich von nun an also besonders beobachten. Und dich auch.« Ed legte den Finger auf meine Lippen, weil ich noch etwas erwidern wollte und zwar lauter, als es für uns beide gut war.

»Wir müssen jetzt umso vorsichtiger sein!« Eine Zigarettenlänge lang sagte keiner von uns ein Wort. Durch die Wände drangen immer noch Georgs Atemzüge. Ed stieß eine letzte Rauchwolke aus. »Auch meine Eltern dürfen von Eileens Flucht nichts erfahren. Besonders für Vaters Karriere wäre das Wissen darum nicht ungefährlich. Er müsste es bei seinen obersten Bonzen pflichtgemäß melden!«

Georg war ebenfalls Architekt. Er hatte in unserer Straße am Märkischen Ufer durchgesetzt, dass die schönen Altberliner Bauten an der Spree nicht abgerissen wurden, so wie es die Bonzen gern gehabt hätten. Nach deren sozialistischer Stadtplanung sollten dort seelenlose Plattenbauten entstehen. Stattdessen hatte sich Georg unter großen Anstrengungen für die Sanierung der heruntergekommenen Gebäude eingesetzt. Auch das Haus, in dem wir wohnten, hatte vor dessen Instandsetzung unter dem Zahn der Zeit geächzt. Es fehlte ja an allen Ecken und Enden Geld und Material. Aber mein Schwiegervater hatte es in seiner Funktion als Denkmalpfleger geschafft, diese Wohnungen innen modern zu gestalten, die Fassaden aus dem 18. und 19. Jahrhundert aber stilgetreu zu erhalten.

»Ich sehe mir morgen mal Eileens Bude an«, flüsterte Ed in die mitternächtliche Stille hinein. »Schließlich liegen unsere Unterlagen noch bei ihr auf dem Schreibtisch.«

»Bitte? Bist du wahnsinnig?« Ich schnellte hoch. »Hast du nicht gerade gesagt, wir müssen vorsichtig sein? Du kannst dich jetzt doch nicht mal in die Nähe ihres Hauses wagen!«

»Pssst!« Ed legte seine warme Hand an meine Wange. »Peasy, du musst mir vertrauen! Wenn mich jemand beobachtet oder sogar anspricht, werde ich sagen, dass ich mit Eileen zum Arbeiten verabredet war und mich wundere, warum ich sie nicht antreffe.«

Eigentlich war das der einzig logische Schachzug, um unverdächtig zu bleiben. Ed war eben immer cool. Dennoch machte ich mir Sorgen.

Ich kannte das alte heruntergekommene Mietshaus, in dem Eileen gewohnt hatte. Sie war, genau wie wir, keine, die sich um eine Plattenbauwohnung gerissen hätte. Abgesehen davon, dass sie auch niemals eine bekommen hätte. Ed hatte immer wieder davon geschwärmt, was er aus diesem einst prächtigen Altbau machen könnte, wenn er zur Sanierung freigegeben wäre. Mit seinen großen, hohen Räumen wäre es ein wahrer Palast geworden.

»Bleib da weg, Ed!« Ich spürte, wie mir heiß wurde. Nicht dass sie meinen wagemutigen Ed wegen dieser Aktion zur Nationalen Volksarmee einziehen würden. »Das ist zu gefährlich! Warte lieber noch ein paar Wochen!«

»Nein, Peasy. Das Gegenteil ist zu gefährlich: Wenn ich mich jetzt nicht mehr bei ihr blicken lasse. Dann denken die, ich weiß Bescheid. Das macht mich erst recht verdächtig.« Wir benutzten beide nie das Wort »Stasi«. Er küsste mich innig und grinste mich verschmitzt an. »Und jetzt lass uns das Thema wechseln, ja? Ich will dich nur noch genießen!«

Seine Hände wanderten über meinen Körper, und ich

merkte, wie ich mich endlich entspannte. An Schlafen war sowieso nicht mehr zu denken.

Eileen war weg. Gut für sie und gut für mich.

Ed!, dachte ich, während ich seine zärtlichen und doch zielführenden Berührungen genoss. Du gehörst mir. Nur mir. Du hast gesagt, ich kann dir vertrauen. Und das tue ich.

Anschließend ließ ich mich fallen.

2

Ostberlin, April 1973

»Hilfst du mir in der Küche, Liebes?«

Thea, meine Schwiegermutter, sah mich bittend an, als Georg am nächsten Abend schon wieder mit strenger Stimme das Thema Diplomarbeit ansprach.

»Junge, wann willst du endlich mal zu Potte kommen? Nicht dass ich euch nicht gern bei uns hätte, aber du solltest irgendwann mal auf eigenen Beinen stehen! Ihr wollt doch sicher auch mal Kinder, oder nicht?«

Ed verdrehte die Augen und sandte mir auf meinen fragenden Blick hin nur ein stummes »Es gibt Neuigkeiten, aber später!«

»Peasy steht ja auch bald auf eigenen Beinen, nicht wahr, Liebes?«, sprang meine Schwiegermutter uns bei. »Wann ist noch mal deine Abschlussprüfung an der Modeschule?«

»Nächstes Jahr im Januar.«

Thea stapelte die Teller aufeinander, und ich legte die Servietten zusammen.

»Gehen wir rüber.« Ihr Blick besagte: »Männergespräch!«

Die sanierte Altbauwohnung, in der wir zu viert lebten, war zwar ganz schön eng für uns, aber an eine eigene Wohnung für uns, die noch nicht geheiratet hatten, war erst mal nicht zu denken, so ein Wohnraummangel herrschte in der

DDR. Zu meiner Mutter Gerti in die Provinz nach Oranienburg zu ziehen war keine Option für uns. Wir liebten Berlin und ihre kulturellen Möglichkeiten.

Die Schwiegereltern hatten sich gefreut, »so eine liebreizende Tochter« dazuzubekommen. Womöglich hofften sie, ich könnte ihren rebellischen Ed ein bisschen bändigen. Dabei war ich genauso rebellisch wie er. Nur dass mich meine gutbürgerliche Erziehung gelehrt hatte, vieles für mich zu behalten und höflich und bescheiden zu sein, wie es sich für Töchter, die Ende der 40er-Jahre geboren worden waren, auch in der DDR noch gehörte.

Am liebsten hätte ich mit Thea jetzt über banale Dinge geredet – aber welches Thema war eigentlich noch unverfänglich genug, außer vielleicht das Wetter?

»Wie geht es deinem Patenkind?« Thea ließ heißes Wasser in das Spülbecken laufen und krempelte sich die Blusenärmel hoch. Sie hatte sich eine Küchenschürze umgebunden und zog die medizinischen Gummihandschuhe an, die sie heimlich in der Charité hatte mitgehen lassen, wo sie als OP-Schwester arbeitete. Das war eigentlich Diebstahl von Staatseigentum, aber damit nahm es Thea nicht so genau.

Ein süßes Ziehen überkam mich. »Lilli?« Ich schluckte trocken. »Gut, glaube ich.« Ich nahm das alte Tafelsilber vom Tablett und ließ es etwas ungeschickt auf die Spüle klirren.

»Glaubst du?« Thea musterte mich von der Seite. »Ich denke, ihr habt die Kleine vor Kurzem noch bei deiner Schwester besucht?«

Ich wusste nicht, wohin mit meinen Händen. Dieses Thema war alles andere als banal.

»Ihr möchtet bestimmt auch bald Kinder, Ed und du?« Thea warf mir einen aufmunternden Blick zu. »Schließlich seid ihr jetzt beide vierundzwanzig. In eurem Alter haben andere schon mehrere Kinder!« Sie lachte.

»Wir lassen uns noch etwas Zeit«, sagte ich ausweichend.

»Und deine Schwester hat immer noch keinen Mann? Wisst ihr denn, von wem das Kind ist?«

»Nein.« Beklommen begann ich die heißen, noch tropfenden Teller abzutrocknen. »Lilli ist schon mit vier Wochen in die Krippe gekommen. Als ganz kleines Würmchen.« Mir tat das immer noch weh.

Thea verzog das Gesicht zu einer Grimasse. »Wenigstens in der Kinderbetreuung ist unser Staat ›vorbildlich‹. Keine junge Mutter wird von der Werktätigkeit abgehalten. Als was arbeitet deine Schwester noch mal?«

»Kristina?« Ich räusperte mich. »Sie ist Grundschullehrerin.«

Thea stellte mit Schwung neue Teller auf die Spüle. »Ich durfte auch gleich wieder in meinem Beruf als Krankenschwester arbeiten, als Ed vier Wochen alt war. Um die Kinderbetreuung hat man sich ja damals schon mit ideologischer Gründlichkeit gekümmert.« Mit ironischem Unterton fuhr sie fort. »Ich habe ihn jeden Morgen um sechs in der Kinderkrippe abgegeben und genau zwölf Stunden später, um Punkt achtzehn Uhr, an der Tür zurückbekommen. Wie ein Paket. Einfach perfekt organisiert – der ganze Staat, das ganze Leben.«

Sie wies mit dem Kinn in Richtung Esszimmer, in dem immer noch Georgs sonore Stimme zu hören war, der meinem armen Ed bezüglich seines Diploms Druck machte.

»Junge, deine Exzesse müssen doch auch irgendwann mal ein Ende haben«, hörte ich meinen Schwiegervater dröhnen. »Du reizt deine Professoren bis aufs Letzte, wenn du die

Diplomarbeit immer noch nicht abgibst! Sei doch froh, dass du überhaupt an der Kunsthochschule Weißensee studieren durftest!«

»Vater, jetzt mach mal halblang«, verteidigte sich Ed. »Dass Eileen nicht mehr im Boot ist, dafür kann ich doch nichts!« Ich spitzte die Ohren, doch Thea plauderte ahnungslos weiter.

»Georg will doch auch endlich Großvater werden, deshalb macht er seinem Sohn jetzt Beine! Ihr wärt bestimmt wunderbare junge Eltern.«

Ich rang mir ein schiefes Lächeln ab. »Wo kommen die Radieschen hin?«

»Ach, die sind nix mehr. Wirf sie weg.« Thea nahm sie mir beherzt aus der Hand und entsorgte sie in dem weißen Treteimer. »Dafür habe ich nach meiner Arbeit eine Stunde Schlange gestanden. Von wegen ›Heute frisches Gemüse‹!«

»Ja, unser toller sozialistischer Staat. Im Prinzip gibt es alles zu kaufen, hat Honecker doch neulich gesagt. Und ich frage mich: Wo ist das Kaufhaus Prinzip?«

Wir lachten. »Das darfst du aber nicht laut sagen«, kicherte Thea und wechselte schnell wieder das Thema. »Wie alt ist deine kleine Lilli gleich wieder? Vier?«

Hatte sie »deine kleine Lilli« gesagt? Nervös legte ich die restlichen Wurst- und Käsescheiben zurück in das Fettpapier und räumte sie in den Kühlschrank. Es tat gut, Thea einen Moment lang den Rücken zuzukehren.

»Du meinst mein Patenkind. Ja, stimmt. Sie plaudert, singt und tanzt ...« Ich unterbrach mich. »Sie ist ... ziemlich süß.« Ich wischte mir mit dem rechten Ärmel meines Pullovers über die Augen. Ihre Zärtlichkeiten waren so ungestüm, dass ich sie Tage später noch spürte.

»Du magst die Kleine sehr, nicht wahr?« Theas weibliches Gespür ließ mir die Knie weich werden. »Dann solltest du wirklich selbst bald Mutter werden, kleine Peasy. Jetzt, wo es mit dem Tanzen nichts mehr wird.«

Ich schluckte. »Soll ich die Quarkspeise draußen stehen lassen?«

»Nein, die isst heute keiner mehr.« Thea spülte die Reste weg. Ich sah sie in dicken Klecksen im Ausguss versickern. Genauso fühlte sich gerade mein Hals an. Der Kloß wollte einfach nicht weichen. Ich wollte in diesem Land einfach nicht Mutter werden! Die würden mir das Kind ja doch nach vier Wochen wegnehmen und in so eine Krippe stecken wie Lilli! Nachdem sie mir bereits alle meine Träume genommen hatten.

Thea hielt die tropfenden Hände hoch und sah mich prüfend an. »Hier, die kannst du auch schon abtrocknen.« Sie warf mir ein Küchenhandtuch zu. Anscheinend spürte sie, dass ich emotional aufgewühlt war.

Dankbar, meine Hände beschäftigen zu können, griff ich nach dem nassen Teller.

»Kristina macht das toll als alleinerziehende Mutter.« Ich versuchte ein Lächeln. »Als solche wurde ihr eine kleine Plattenbauwohnung zugeteilt. Zwei Zimmer mit Bad, gleich in der Nähe vom Kinderhort. Die Kleine kriegt dort auch zu essen und …« Ich verstummte. »Hast du Ed wirklich jeden Morgen um Punkt sechs an der Tür abgegeben wie ein Paket?«

Thea zuckte nur mit den Schultern. »Sie haben ihn mir förmlich entrissen. Jedes Kind bekam die gleiche Kleidung angezogen, keines sollte besser oder schlechter angezogen sein. Sie haben das Kind dann auch gleich gewogen und gewickelt, das ging zack, zack, da haben wir Mütter überhaupt kein

Mitspracherecht gehabt.« Fast entschuldigend verzog sie das Gesicht. »Aber was sollte ich machen? Um Punkt sieben musste ich bei der Arbeit antreten.«

»Ja, in diesem Staat wird nicht lange rumgezärtelt«, murmelte ich. »Bevor ich meine lang ersehnte Ballettausbildung anfangen durfte, musste ich schon als Vierzehnjährige neben dem Schulbesuch jeden Morgen um sechs Uhr in einer Maschinenfabrik arbeiten, um meinen Anteil zum Aufbau des Sozialismus beizutragen. Dafür musste ich um fünf Uhr früh, im Winter bei eisiger Kälte, mit einem Zug, der noch von einer Dampflok gezogen wurde, eine Stunde dorthin fahren und abends wieder nach Hause zurück.«

»Aber du hast es durchgehalten.« Thea schenkte mir einen anerkennenden Blick. »Was uns nicht umhaut, macht uns stark.«

»Vier Jahre lang. Immer in der Hoffnung, endlich tanzen zu dürfen.«

Unwillkürlich schossen mir die Tränen in die Augen. Verärgert wischte ich sie weg.

»Aber deinem kleinen Patenkind wird es bestimmt einmal besser gehen. Die Zeiten ändern sich.« Thea wollte mir etwas Nettes sagen, sie war so lieb!

»Ja.« Ich wollte so gern das Thema wechseln.

Sie schien das zu spüren.

»Woher kommt eigentlich dein Spitzname? Wie wurde aus Gisa Peasy?«

»Im Balletttraining an der Oper haben sie mich ›Easy Peasy‹ genannt«, gab ich bereitwillig Auskunft. »Weil ich für die Tänzer so leicht zu heben war. Wie eine Feder. Ich war schon immer ein Fliegengewicht. Ja, mir war, als könnte ich fliegen.« Meine Stimme wackelte bedenklich.

Thea ließ die Spülbürste sinken.

»Und, fehlt es dir sehr, Liebes, das Leben an der Staatsoper, das Ballett?«

»Das Tanzen war mein Lebenstraum. Und wird es immer bleiben.« Um nicht auf der Stelle loszuheulen, ging ich in die klassische Haltung. Meine Füße nahmen automatisch die fünfte Position ein, und am liebsten hätte ich ein paar leichtfüßige Sprünge gemacht. Aber ich war ja keine Tänzerin mehr. Ich machte jetzt eine Lehre zur Theaterschneiderin, musste nach dem Abitur wieder ganz von vorn anfangen. Wenn ich Glück hatte, würde ich im nächsten Januar meine Gesellenprüfung bestehen. Im Ballettschuhe-Nähen. Zum Tanzen würde ich nie wieder eine Chance bekommen. Nicht in diesem Staat.

Wie gern hätte ich den Teller jetzt gegen die Wand geworfen! Doch meine Erziehung verbot es mir.

Thea schrubbte etwas heftiger als nötig an einem Topf herum. »Die haben sich doch ins eigene Fleisch geschnitten, als sie dich erst in die zweite Reihe verbannt und schließlich ganz aussortiert haben.« Sie knallte den Suppentopf auf die Herdplatte. Der beißende Geruch von Scheuerpulver stieg mir in die Nase. »Mein Chefarzt hat mir erzählt, dass die russische Primaballerina, die jetzt das Schwanensee-Solo tanzt, niemals so grazil sein wird, wie du es warst.« Sie zischte verächtlich. »Und in der Gruppe der Schwäne, so sagt er, hättest du ohnehin alle in die Tasche gesteckt. Gott, muss das schwer sein, so synchron dahinzuschweben.« Sie fing an, das berühmte Tschaikowsky-Motiv zu pfeifen, und innerlich war ich gleich bereit zum Sprung.

»Am schwersten ist es, minutenlang reglos in einer Position zu verharren, während vorne die Solistin tanzt.« Ich wurde kurzzeitig zum eingefrorenen Schwan, den Blick nach oben gerichtet, die Arme über dem Kopf. »Da werden alle Muskeln starr, der Körper kühlt aus, und du hast schreckliche Angst vor der nächsten Spitzentanz-Bewegung.«

»Gott, wie anmutig du bist«, staunte meine künftige Schwiegermutter. »Und so was lassen die gehen ...«

Schnell wandte ich mich wieder den Tellern zu, um nicht laut schreien zu müssen. Schlagartig wurde mir bewusst, dass ich nie wieder Schwanensee tanzen würde. Nie wieder.

Der Kloß in meinem Hals wurde immer dicker.

»Lass uns über was anderes reden, sonst fang ich noch an zu heulen.«

Also Patenkind nicht, Tanzkarriere nicht, Eileen nicht ...

Plötzlich fiel mir auf, wie viele heikle Themen es gab, über die man besser nicht sprach. Mein junges Leben war von Enttäuschungen, Herabsetzungen und Katastrophen dermaßen gespickt wie die Käse-Igel auf Eds berüchtigten Partys. Der einzige Lichtblick war er – und seine Eltern, die es immer nur gut mit mir meinten. Sie konnten ja nicht ahnen, welch schwere Last auf meiner Seele ruhte und mich manchmal beinahe zu erdrücken drohte. Sie glaubten, es wäre nur das Tanzen. Aber es war noch viel mehr.

Thea reagierte sehr sensibel. »Liebes. Ich höre, die Gardinenpredigt nebenan ist zu Ende. Ich schnappe mir jetzt meinen Georg.« Sie trocknete sich die Hände an der Küchenschürze ab. »Wir haben nämlich für heute Abend etwas Kostbares ergattert. Theaterkarten!«

»Oh, prima! Für was denn?«

»Für Brechts ›Mutter Courage‹.« Sie grinste keck. »Da kann er noch was lernen. – Und du schnappst dir deinen Ed.« Sie drehte mich zur Tür und gab mir einen aufmunternden Klaps. »Warum geht ihr nicht noch ein bisschen spazieren? Es ist

Frühling, die Amseln singen! Da kommt ihr beiden Turteltauben bestimmt auf andere Gedanken.«

»Aber der restliche Abwasch?«

»Der läuft uns nicht weg. – Im Gegensatz zu vielen Bürgern dieses Landes.«

Sie zwinkerte mir zu, drückte mir einen Kuss auf die Stirn und schob mich aus der Küche.

3

Ostberlin, Frühling 1973

»Ich war da!« Ed schlenderte, eine Zigarette im Mundwinkel, mit schlaksigen Schritten neben mir am Spreeufer entlang. Wie immer hatte er seine amerikanische Kutte und eine original Levi's-Jeans an, dazu trug er lässige Cowboyboots, die gerade mega-angesagt, aber in der ganzen DDR nicht zu kaufen waren. Sein gesamtes Outfit war für DDR-Verhältnisse die reinste Provokation. Ich konnte ihn mir einfach nicht in den damals üblichen kurzärmeligen Hemden und Blousons über schlabberigen Stoffhosen mit Bügelfalten vorstellen. Er war eben kein Spießer, und dafür liebte ich ihn. Meinen selbst genähten roten Sommermantel trug ich offen und genoss die milde Abendluft, die so verheißungsvoll roch, dass ich mich für einen Moment frei fühlte. Neugierig hängte ich mich bei meinem Ed ein.

»Du warst in Eileens Haus?« Ich tänzelte neben ihm her und blinzelte in die untergehende Sonne, die das Flussufer in malerische Farben tauchte. Das frische Grün spross aus Bäumen und Büschen. Die Amseln zwitscherten, als gäbe es keine Grenze, keine Mauer und keine Ängste. Ob die Vögel wussten, dass nur sie ungehindert rüberfliegen konnten? Nein, natürlich nicht. Die schwarz gefiederten Dummerchen saßen auf ostdeutschen Mauern und Dachrinnen und flöteten wie verrückt. Vielleicht flöteten sie sozialistische Parolen? Seid bereit! Immer bereit! Hahaha.

»Erzähl doch endlich, Ed!« Gespannt wie eine Feder schüttelte ich seinen Arm.

»Die Haustür war offen, aber ihre Wohnung war versiegelt.« Ed schob sich die amerikanische Sonnenbrille hoch, sodass seine dunkle Mähne wie von einem Stirnband gebändigt wurde.

»Die wollten dich da schön reinlocken.« Wieder kam mir das Wort »Stasi« nicht über die Lippen. Sich vorzustellen, dass diese seelenlosen, seitengescheitelten, arschglatten Gestalten mit ihren speckigen Ledermänteln bereits in Eileens Wohnung alles auf den Kopf gestellt, ihre schmutzigen Hände in sämtliche Schubladen gesteckt und alles durchwühlt hatten: ihre Wäsche, ihren Schmuck, ihre persönlichen Tagebücher, ihre Kosmetika, ihre Menstruationsbinden. Mir wurde richtig schlecht bei dem Gedanken. Sicher hatten sie auch die fast fertiggestellte Diplomarbeit »konfisziert«. Die sie direkt zu Ed führen würde. Ich spürte einen zentnerschweren Druck. Spätestens jetzt waren sie uns auf den Fersen. Wie grauenvoll. Verunsichert sah ich mich um.

»Die Firma Horch und Guck macht gründliche Arbeit. Wenn die etwas können, dann schnüffeln.« Ed nahm noch einen letzten Zug von seiner Zigarette und warf den Stummel verächtlich in den Rinnstein. Die Art, wie er ihn austrat, drückte seinen Zorn auf diesen Staat aus. »Komm, lass die mal überholen.«

Er zog mich auf eine Ziegelmauer am Ufer und ließ zwei Männer vorbei, die dicht hinter uns gegangen waren. Wir setzten uns. Ich spürte die angenehme Wärme der Steine und wollte mich so gern entspannen! Aber das war völlig ausgeschlossen. Die Männer blieben nun auch stehen und setzten sich wie zufällig ebenfalls auf die Mauer. Für wie blöd hielten die uns eigentlich?

»Wie sah das Siegel aus?« Ich senkte die Stimme, schlang die Arme um meine angewinkelten Beine und legte das Kinn auf die Knie, wobei ich die zwei Spitzel nicht aus den Augen ließ.

»Einfach nur ein rotes Siegel.«

Endlich gingen die zwei Beobachter weiter, weil sie sich offensichtlich ertappt fühlten.

»Du standst also im Treppenhaus und konntest nicht rein.«

»Ausgeschlossen.« Ed nahm sein Zigarettenpäckchen aus der Hemdtasche und zündete sich eine neue an. »Aber außer meinem Namen auf der Diplomarbeit werden sie nichts gefunden haben, was mich belastet.«

»Meinst du, sie kommen auf den dicken Vetter aus Dingsda?«

»Klaas?« Ed legte den Kopf schief. »Die zwei haben sich soweit ich weiß immer nur an öffentlichen Plätzen getroffen.«

»Einmal waren wir dabei, am Märchenbrunnen. Da hat sie uns vorgestellt, weißt du noch?«

»Natürlich. Wie könnte ich das vergessen.« Ed grinste.

Ich seufzte. »Wie er damals rumgeschwärmt hat, wie das im Westen so ist: überall Lichter, tolle Kinofilme, Pressefreiheit, jeder darf sagen, was er will, jeder darf studieren, was er möchte…«

Ich verstummte und starrte Ed an. »Was, wenn wir dabei beobachtet worden sind?« Mich fröstelte, obwohl es doch so warm war. »Bei unserem… Westkontakt?«

Ed zog die Schultern hoch. »Wenn die sich so angestellt hätten wie die zwei vorhin, wäre mir das gleich aufgefallen.«

»Eileen hat sie jedenfalls alle ausgetrickst!« Ich legte den Kopf in seinen Schoß und starrte in den leuchtend roten Abendhimmel. »Ach Ed… Es hört sich so leicht an!«

»Ist es aber nicht, Peasy. Und das weißt du auch.« Er spielte mit meinen Haaren.

»Denkst du auch manchmal ...«

»Nein.« Ed inhalierte tief. Dann sagte er plötzlich: »Natürlich. Dauernd.«

»Und glaubst du, wir könnten auch ...?« Ich fuhr hoch. »Klaas könnte doch auch für uns was klarmachen? Hast du seine Telefonnummer?«

Seine Hand lag plötzlich auf meinem Mund. »Denk nicht mal daran. Die Typen sind noch nicht weit.«

»Aber wenn Eileen es doch geschafft hat«, murmelte ich unter seinen Fingern.

»Peasy. Versprich mir, dass du nie wieder davon anfängst, ja?« Er schüttelte mich wie eine Puppe. »Ich könnte meine Eltern niemals im Stich lassen. Und du deine Mutter Gerti doch auch nicht.«

Ich senkte den Blick und starrte auf die Mauer, über die nun langsam der Schatten kroch. »Meine Mutter würde sich freuen«, murmelte ich trotzig. »Sie ist eine starke Frau und würde nie was anderes für mich wollen. Erst recht nicht nach dem, was an der Staatsoper passiert ist. Ich könnte im Westen vortanzen ...«

Der Druck seiner Hand verstärkte sich. Er schob zwei Finger unter mein Kinn und zwang mich, ihm ins Gesicht zu sehen. »Und dein kleines Patenkind? Deine kleine Lilli, hm? Könntest du sie einfach so im Stich lassen?« Er sah mir tief in die Augen.

Ich schluckte trocken und musste das Gesicht abwenden. »Nein«, flüsterte ich und senkte den Blick. »Natürlich nicht.« Mein Herz polterte dumpf. Die Typen standen jetzt am anderen Spreeufer und schauten zu uns herüber.

»Dann lass uns einfach nicht mehr davon reden, ja?« Ed reichte mir beide Hände, und wir sprangen von der Mauer. »Ich muss jetzt sowieso sehen, wie ich meinen Vater besänftigen kann. Die Scheiß-Diplomarbeit kann ich jetzt noch mal von vorne schreiben.«

»Ich helfe dir«, hörte ich mich schuldbewusst sagen. »Du weißt, ich kann gut tippen.«

»Na also. Schauen wir der Realität ins Gesicht. Bald bin ich ein diplomierter Architekt, und dann sehen wir weiter.«

Und während wir eng umschlungen weitergingen, wurde eine Melodie laut. Ich weiß nicht, wer damit anfing, sie zu summen, aber wir taten es beide.

»Die Gedanken sind frei ...«

4

Ostberlin, Sommer 1973

Der Sommer ging ins Land, und an Ferien war nicht zu denken. Ed hatte mit seiner Diplomarbeit noch mal von vorne beginnen müssen und stand enorm unter Druck, sie allein fertigzustellen und abzuliefern.

Denn sein letztes Semester endete in diesem September und damit auch sein Studium.

Das einzige Exemplar war in Eileens Wohnung gewesen und natürlich von der Stasi beschlagnahmt worden. Hoffentlich hatte Eileen drüben im Westen ein rabenschlechtes Gewissen! Auch wenn ich sie glühend beneidete: Im Grunde meines Herzens war ich froh, dass sie weg war. Mein Ed gehörte mir, und ich wollte ihm helfen! Bis auf die von ihm ausgetüftelten Zeichnungen versuchte ich ihm so viel Arbeit wie möglich abzunehmen, indem ich seine Texte sorgfältig ins Reine tippte. Sein Vater war im Besitz einer alten »Erika«, einer wuchtigen schwarzen Schreibmaschine, die aussah wie ein ausgebauter Viertaktmotor aus einem russischen Panzer. Buchstabe für Buchstabe hackte ich auf das dünne graue Papier, und wenn eine Zeile voll war, brauchte ich alle Kraft, um den schweren Wagen wieder auf Anfang zu schieben. Wenn ich mich vertippte, musste ich das ganze Blatt rausreißen – oder aber, wie man sich in der DDR in einem solchen Falle behalf, mit einer Rasierklinge den Tippfehler wegkratzen und noch mal drübertippen. Hatte man Pech und ein Loch ins Papier gekratzt, konnte man die ganze Arbeit noch mal machen.

So verging der heiße Sommer. Stundenlang hockten wir mit krummem Rücken und rauchenden Köpfen in unserem kleinen Zimmer. Vielen Dank, liebe Eileen!

Aber auch mit meinem eigenen beruflichen Fortkommen war ich vollauf beschäftigt.

Ein Studium hatten sie mir verweigert. Nach all meinen Niederlagen und der herben Degradierung zum Schneiderlehrling versuchte ich, mich wenigstens auf diese Abschlussprüfung vorzubereiten.

Nach vier Jahren emotionaler Achterbahnfahrt war ich auf der Berufsfachschule für Bekleidung gelandet. Immer wieder hatten sie mich nach jeweils einer Woche Aufnahmeprüfung und vergeblichem Vortanzen abgelehnt. Jetzt galt es, in einer sozialistischen Produktionsgenossenschaft des Handwerks eine Schneiderlehre zu absolvieren und parallel dazu an dieser Schule theoretische Kenntnisse zu erwerben. An der Nähmaschine lernte ich Kostüme für das Fernsehballett zu nähen und Ballettschuhe in Handarbeit herzustellen. Dass das für mich, als ehemalige »Erste Tänzerin« an der Staatsoper, eine unfassbare Demütigung war, lag auf der Hand. Ich war weder der SED beigetreten, noch hätte ich mich jemals zu irgendwelchen Spitzeldiensten verpflichten lassen.

Ich wollte einfach nur tanzen, schweben, fliegen! Dafür hatte ich, neben dem Weg zum Abitur und der Arbeit in der Maschinenfabrik, eine harte, jahrelange Ausbildung bei meiner russischen Ballettmeisterin durchgehalten. »Hintern zusammenkneifen und durch!«, hatte sie immer mit gutturalem Akzent gerufen, wenn ich vor Lampenfieber sterben wollte. »Gleich ist Vorstellung! Zähne auseinander und lächeln!« Und dann war ich hocherhobenen Hauptes, anmutig und leicht wie eine Feder auf die Bühne geschwebt, um drei Stunden lang mein wahres Leben zu vergessen. Die Bonzen im Saal hatten sich die Hände wund geklatscht. Das war mein einziger Trost in diesem großen Gefängnis DDR!

So wie für Ed seine Malerei, seine Fotografie und seine Literatur. Wenn ich tanzte, war ich in einer anderen Welt. Und diesen Traum hatten sie mir genommen.

Sollte ich mein ganzes Leben so weitermachen, in einem Staat, der mich demütigte und strafte, in dem ich mich selbst und meine Liebsten belügen musste? Den ich abgrundtief hasste? Was würde noch alles kommen? Würden sie mich irgendwo in der Provinz in die Fabrik schicken, wenn ich die Prüfung an der Berufsfachschule nicht bestand?

An dem festen Seidenstoff der Ballettschuhe, die andere Mädchen tragen würden, nähte ich mir die Finger blutig. Oft mischten sich Tränen unter das Blut.

Ich wollte frei sein, im Westen sein, tanzen! Aber das war ein Ding der Unmöglichkeit.

Nur die Sonntage waren ein Lichtblick, denn dann setzten Ed und ich uns in die S-Bahn und fuhren raus nach Oranienburg, um mein kleines Patenkind Lilli zu besuchen.

Ich liebte dieses lebhafte, bildhübsche Mädchen mit einer Heftigkeit, die mir schier den Atem raubte. Sie erinnerte mich an mich selbst, als ich noch klein war: verträumt, mit viel Fantasie gesegnet, immer in Bewegung, also auch richtig anstrengend.

Mit meiner älteren Schwester Kristina hatte ich ein Abkommen: Der Sonntag gehörte ihr!

In dem hässlichen grauen Plattenbau, in dem der Kinderhort in Oranienburg untergebracht war, trichterten sie schon den Kleinsten sozialistische Parolen ein und ließen sie »Pionierlieder« singen, sie morgens beim Fahnenappell in Reih und Glied antreten. Die Kinder trugen das blaue Halstuch der Jungpioniere, und selbst die knapp vierjährige Lilli lief bereits damit herum. »Für Frieden und Sozialismus: Seid bereit!«, gab die Hortleiterin laut vor.

»Immer bereit«, quakte die Kleine wie eine aufgezogene Puppe im Chor mit den anderen. Der vorbildlich gelebte Sozialismus war der Preis für das gesicherte Leben der beiden. Sonst wäre es Kristina wahrscheinlich ähnlich ergangen wie mir: Dann hätte sie nicht studieren dürfen und würde jetzt womöglich irgendwo am Fließband stehen.

Ed und ich hatten ihr angeboten, Lilli jeden Sonntag zu nehmen, damit sie ihrer großen Leidenschaft nachgehen konnte: In der Berliner Marienkirche gestaltete sie gemeinsam mit einem engagierten Chor mit je einer Bachkantate den Gottesdienst. Mutter hatte mir mal anvertraut, dass sie hoffte, Kristina würde in diesem Chor vielleicht einen passenden Mann finden. Einen, der keine sozialistischen Parolen quatschte, sondern schöngeistige Choräle sang.

Auf der Wiese im Oranienburger Schlosspark oder am Lehnitzsee fühlten wir uns sonntags wie eine richtige kleine Familie, Ed, Lilli und ich, und in diesen Stunden war ich einfach nur wunschlos glücklich.

Oft besuchten wir mit der Kleinen auch meine Mutter Gerti, die ihre Enkelin schon sehnsüchtig erwartete.

Seit mein Vater vor einigen Jahren an seinem dritten Herzinfarkt gestorben war, war unsere Mutter innerlich zerbrochen. Früher war sie eine lebhafte, ständig musizierende Frau gewesen, die sich umso wohler fühlte, je mehr Menschen sich in unserem Wohnzimmer drängten. Sie stammte ursprünglich aus dem Rheinland, und die rheinische Frohnatur ließ sich einfach nicht verleugnen. Unsere Eltern hatten immer zusammengehalten und hatten unfassbar hart gearbeitet, um uns beiden Töchtern eine sorglose Kindheit zu ermöglichen. Da Vater selbstständiger Handwerksmeister gewesen war, der auch die Staatsoper mit seinen Zahnrädern und technischen Ersatzteilen beliefert hatte, hatten sich bei uns Regisseure, Schauspieler, Tänzer und Sänger die Klinke in die Hand gegeben. Bei uns war früher immer Leben im Haus, und es wurde heiß diskutiert, gelacht, gesungen und getanzt. Heute war das anders.

Nur die Sonntage, wenn wir mit Lilli bei Mutter auftauchten, waren Lichtblicke für sie.

Jetzt im Sommer durfte sie bei Mutter im Garten in einer alten Zinkbadewanne planschen, und wir lachten oft Tränen, wenn Ed mit ihr herumtobte und immer neue komische Einlagen erfand.

Mutters kleiner kurzbeiniger Köter kläffte dann auch noch um uns herum, und endlich war wieder Leben in der Bude. Der struppige Mischling hieß Ulrich – in wagemutiger Anspielung auf den früheren Staatsratsvorsitzenden Genosse Ulbricht.

Ulrich war ein schwerfälliger, in seiner Entwicklung womöglich leicht zurückgebliebener, schüchterner Zeitgenosse, der sich meist mit eingezogenem Schwanz im Hausflur herumdrückte, wo er fast immer mit dem Rücken zum Betrachter in seinem zerwühlten Körbchen unter der Treppe hockte und vor sich hin schmollte. Mutter musste den Kerl immer mit Gewalt vor die Türe zerren, damit er sein Geschäft draußen verrichtete. In solch strengen Momenten zischte sie genervt: »Ulrich! Raus mit dir! Wehe, du kackst mir ins Haus!« Wahrscheinlich hatte er eine schlimme Vergangenheit hinter Käfiggittern hinter sich. Sein eigentliches Drama war, dass er in dem kompakten Körper eines Boxer-Mischlings feststeckte, der einfach keine Bewegungsfreude verspürte. Ulrich sah gefährlich aus, war aber ein ausgesprochenes Weichei. Lilli liebte das hässliche Vieh abgöttisch, und wenn sie zu Besuch war, bequemte sich der faule Hund auch mal angestrengt schnaufend aus seiner Ecke hervor.

So auch jetzt: Der wasserscheue Zeitgenosse hockte neben der Zinkbadewanne und beobachtete das fröhliche Kind griesgrämig beim Planschen. »Komm, Ulrich, mach mit!«

Lilli bespritzte das übellaunige Tier, und Ulrich machte sofort kehrt, um sich wieder unter seinen Treppenabsatz zu verziehen, um eine weitere Runde zu schmollen. Aber da hatte Ed ihn schon mit beiden Händen am Hinterteil gepackt, und dem Hund schwante nichts Gutes.

Als Lilli anfing zu niesen, holte ich sie aus dem Wasser und hüllte sie in ein rosafarbenes Handtuch. Während ich sie abrubbelte, zog ich sie ganz fest an mich und sog ihren Duft ein.

»Ich hab dich so lieb, kleine Lilli!«

»Au, Tante Peasy! Du zerdrückst mich ja!«

»Ich hab dich ebenso lieb!«

»Drück mich nicht so doll, du bist doch nicht meine Mama!«

Lilli riss sich los und lief ins Wohnzimmer zu Mutter, die sich ans Klavier gesetzt hatte. Währenddessen tauchte Ed den armen Ulrich in die Zinkwanne und verabreichte ihm ein unfreiwilliges Bad. »Wasserscheu bist du natürlich auch noch, Ulrich, du Weichei! Komm her, du Stinker, und guck nicht so beleidigt.« Damit klatschte er ihm gespielte Schläge auf sein borstiges Hinterteil. »Na los, Ulrich! Wehr dich!«

Das Lachen blieb mir im Halse stecken. Den Hund Ulrich zu nennen war schon mehr als kühn! Hoffentlich hatte uns niemand aus der Nachbarschaft gehört! Für so eine Majestätsbeleidigung konnte man schon mal für ein paar Jahre im Gefängnis verschwinden.

»Der Kuckuck und der Esel ...«, hörte ich meine Mutter mit ihrem volltönenden Alt anstimmen. »Die hatten einen Streit!«, sang Lilli begeistert mit. »Wer wohl am besten sänge! Zur schönen Maienzeit!«

Die Kleine hatte ihr rosafarbenes Handtuch auf dem Wohnzimmerfußboden ausgebreitet und saß wie eine Elfe darauf. Ihr nasses Haar glänzte im Sonnenlicht, das jetzt durch die Fenster hereinfiel. Ihr schlankes kleines Figürchen hatte eine wunderbare Körperspannung, und ich bildete mir ein, Flügel an ihr zu sehen. Sie war etwas ganz Besonderes und hatte so viele Talente!

Um nicht allzu verliebt auf mein Patenkind zu starren, machte ich mich daran, Kaffee zu kochen. Mutter hatte wie immer einen tollen Kuchen gebacken.

Ed kam mit nacktem Oberkörper klitschnass in die Küche, öffnete den Kühlschrank und steckte den Kopf hinein. Seine langen Haare hingen wahrscheinlich wieder in der Butter. An den nackten Füßen klebte noch nasses Gras. Seine Schwiegermutter ließ ihm Dinge durchgehen, die sie uns Mädchen nie erlaubt hätte. Aber Ed war für sie nun der Mann im Haus, und sie liebte den verrückten Kerl abgöttisch.

Als er den Kopf wieder aus dem Kühlschrank nahm, hatte er ein mächtiges Stück Torte quer im Mund. Er streckte den Unterkiefer hervor wie Ulrich, wenn er schmollte, und nuschelte, wobei er Tortenkrümel durch die Gegend spuckte. »Madame Eileen hat beliebt, ihren Diplomtrottel anzurufen.«

Während Lillis Stimmchen aus dem Wohnzimmer herüberklang und Ulrich nach mehrmaligem posttraumatischem Schütteln verächtlich schnaufend den Rückzug antrat, erstarrte ich.

»Eileen hat angerufen? Und das sagst du erst jetzt? Wann?«

»Geschtern.«

»Was sagt sie?«

»Esch geht ihr schuper. Der Weschten isch toll.«

»Ed!«

Ed schluckte und wischte sich über den Mund. Er hielt die Hände unter den Wasserhahn und entschuldigte sich: »Sorry, das war jetzt nicht die feine Art. Ich konnte es dir ja schlecht vor dem Kind sagen. – Verpiss dich, Ulrich! Hier gibt es nichts umsonst!« Der nasse Hund hatte klammheimlich versucht, ein paar Sahnetortenkrümel aufzulecken, und zog wieder ab.

»Was hat sie gesagt, Ed?« Ich wischte ihm ein paar Sahnespritzer aus dem Gesicht. »Meint sie, es gibt eine Chance und wir könnten auch ...?«

Ed zog mich aus der Küche und ans hinterste Ende des alten verwilderten Gartens. Aus dem Haus waren Mutters tiefe und Lillis ganz zarte Stimme zu hören: »Wem Gott will rechte Gunst erweisen, den schickt er in die weite Welt ...«

Ja! Bitte! Uns auch!

»Sie hat schon ein paarmal angerufen.« Ed zog eine verknautschte Packung Zigaretten aus seiner Jeanstasche und schüttelte sich einen feuchten Glimmstängel heraus. Er ließ das Feuerzeug mehrmals klicken, aber die Zigarette wollte einfach nicht brennen. »Sie will uns echt helfen, auch rüberzumachen, aber wie gesagt: Ich weiß gar nicht, ob ich das will.«

»Ja, wegen unserer Lieben hier. Aber gleichzeitig wollen wir doch beide nichts mehr als das!« Meine Hände zitterten so sehr, dass ich sie in die Taschen meiner ausgefransten kurzen Jeans stecken musste.

»Es ist doch Quatsch, sich falsche Hoffnungen zu machen.« Ed hatte immer noch das feuchte Etwas zwischen den Lippen, sodass er sehr undeutlich sprach. »Bei ihr ist eben alles reibungslos gelaufen, die hat mehr Glück als Verstand. Hier, guck mal!« Er zog eine durchweichte Postkarte aus der hinteren Hosentasche und hielt sie mir hin. Das gigantische Bergpanorama vor tiefblauem Himmel sprang mich förmlich an. Davor gähnte ein knallblauer See, auf dem weiße Segelschiffchen dahinzogen.

Vierwaldstätter See. Sehr dufte hier! Grüße aus dem Paradies! Sorry wegen der Diplomarbeit! Grüße von K.! Allzeit bereit! Kuss auch an Peasy, Eileen

Mein Herz klopfte wie verrückt. Das hieß ja wohl, dass sie uns einen Steigbügel hinhielt!

Ich starrte erst die Postkarte an, dann Ed und schließlich wieder die Postkarte. Am liebsten hätte ich ihn geschüttelt.

»Warum zeigst du mir das erst jetzt?«

»Weil Lilli gerade singt und nicht wie eine Klette an dir hängt.« Ed nahm die feuchte Zigarette aus dem Mund und sah mich warnend an. »Wir können das hier nicht so durch die Nachbarschaft schreien.«

Ich schluckte und senkte den Blick. »Ja. Natürlich. Ich hab mir nur eben schon von Lilli Unschönes anhören müssen, und jetzt werde ich auch noch daran erinnert, dass Eileen in Freiheit ist, an einem traumhaft schönen See vor schneebedeckten

Bergen und wir ...« – ich machte eine weit ausholende Geste – »... in Oranienburg, in einem spießigen Garten mit einer Zinkbadewanne.« Ich blinzelte eine Träne weg. »Es fühlt sich einfach scheiße an, verstehst du?«

»Ich wollte dir nicht wehtun, Kleines.« Ed nahm mich in den Arm und küsste mich auf den Scheitel, dabei hielt er die Zigarette weit weg.

»Wie hat sie das bloß gemacht?« Ich wedelte den Rauch mit schnellen Handbewegungen weg. »Hat sie am Telefon verschlüsselte Andeutungen gemacht?«

Er blies Ringe in die Luft. »Sie hat erst von der Diplomarbeit gesprochen und dann so was gesagt wie: ›Die hinteren Wände des fahrbaren Moduls müssen auf jeden Fall schalldicht und blickdicht verschweißt sein. Bei einer Personenanzahl von zwölf reicht die Sauerstoffzufuhr etwa für eine Stunde aus. Damit kann das Modul auf die gewünschte Ebene gebracht werden.‹«

Ich starrte ihn so entgeistert an, als hätte er mich gerade dazu aufgefordert, die Zinkbadewanne auszutrinken. »Sie ist also in einem verplombten Container ... Mit zwölf Mann?«

»Hörte sich so an, ja.«

»Hat sie angeboten ... Ich meine, auf der Postkarte steht es ja ...«

»Grüße von K. – allzeit bereit.«

»Das soll wohl heißen, er kommt demnächst nach Ostberlin?«

»Sie kann ja schlecht schreiben: Er kommt vorbei, um uns abzuholen. Die Stasi kontrolliert doch jede Post, die aus dem Westen kommt. Es ist ein Wunder, dass diese Karte überhaupt zugestellt wurde.«

Ich schluckte. Lange starrte ich ihn an, bevor ich schließlich zischte: »Also denken wir doch darüber nach?«

Ed überlegte, zögerte, und seine dunklen Augen wurden immer schmaler, als ob er den Gedanken zum ersten Mal so richtig an sich heranlassen würde. Trotz aller vorgetäuschter Lässigkeit war er nicht frei von einer nervösen Anspannung. Er holte gerade tief Luft, um mir zu antworten, als Lilli singend über die Wiese gehüpft kam. »Was müssen das für Bäume sein, wo die großen Elefanten spazieren geh'n, ohne sich zu stoßen?«

Ihre Ärmchen ahmten den Elefantenrüssel nach, der locker vor ihr hin und her schwang.

»Komm, sing mit!« Sie entriss mir Ed förmlich, und dieser trötete gehorsam wie ein Elefant und trottete mit ihr über das nasse Gras, gefolgt von einem sich immer noch schüttelnden Ulrich.

»Wir denken drüber nach!«, rief Ed mir noch über seine Elefantenschulter zu.

5

Ostberlin, November 1973

Hatten wir innerlich gekündigt? Dem Staat, der uns einengte und unterdrückte? Der uns bespitzelte und bewachte? Der uns zwang, ein Leben zu führen, das wir nicht führen wollten? Der uns dazu brachte, zu lügen und einander etwas vorzuspielen? Ja, das hatten wir. Und endlich waren wir auch so weit, es auszusprechen. Ed und ich, wir wollten nicht mehr hier in der DDR leben.

Längst hatte mein neues Lehrjahr begonnen, längst waren die grünen Blätter zu braunem nassen Matsch zusammengekehrt worden, längst legte sich die Dunkelheit bereits nachmittags wie eine schwere Decke über unser eintöniges Leben.

Eileen hatte noch ein paarmal geschrieben. Die Briefe waren mit Sicherheit alle geöffnet worden, mithilfe von Wasserdampf, um dann fein säuberlich wieder zugeklebt zu werden.

Wie armselig das alles war!

Ihre Informationen waren dementsprechend vage. Sie studierte jetzt Architektur in Westberlin und hatte einen Freund, den sie beim Wandern in der Schweiz kennengelernt hatte. Sie fragte nach unseren Wünschen und versprach, bald ein Paket zu schicken. »Klaas schafft es zurzeit nicht, aber er meldet sich, sobald er kann.« Das hatte sie Ed bei ihrem letzten kurzen Telefongespräch mitgeteilt. Das war einfach nur niederschmetternd und nahm uns wieder jeden Wind aus den Segeln. Aus den Augen, aus dem Sinn?

Lustlos besuchte ich meine Berufsfachschule, in der es im theoretischen Unterricht immer wieder um Marxismus und Leninismus ging. Ohne dieses Wissen würde ich die Prüfung nicht bestehen. Außerdem beugte ich mich bis tief in die Nacht über meine Schneiderarbeiten. Ich selbst durfte nichts entwerfen, nicht kreativ sein, keine Stoffe, keine Muster oder Farben aussuchen, sondern war bloß die kleine gedemütigte Schneiderin. Auch das Tanzen, das tägliche Training, das früher meinen Tagesablauf bestimmt und mir Halt gegeben hatte, fehlte mir. Ich fühlte mich abgestellt und betrogen. Alle Lebensfreude war aus mir gewichen wie Luft aus einem einst schwebenden Luftballon. Schlaff und antriebslos bohrte ich meine Nadel wieder und wieder durch einen Stoff, der so zäh war wie meine Traurigkeit.

Ed saß währenddessen in unserem Zimmer an seinem selbst gebauten Reißbrett. Seine Diplomprüfung hatten sie ihn im September ablegen lassen, und er hatte brillant bestanden – auch ohne Eileen. Jetzt wartete er auf eine Stelle als Architekt beim Magistrat von Ostberlin, die er am ersten Dezember antreten sollte. Dass er ein Studium an der Kunsthochschule beginnen und mit Diplom beenden konnte, war alles andere als selbstverständlich. Auch er war dort schon mit der Begründung, seine Entwürfe wären zu westlich-dekadent, abgelehnt worden. Bei seiner Aufnahmeprüfung für den Studiengang Bühnenbild hatte er einen irrsinnig modernen Entwurf präsentiert. Der war den Bonzen aber zu extrem – aus ihrer ideologisch-eingeschränkten Sicht eben zu »westlich-dekadent«. Aber mein Ed ließ sich nicht so schnell einschüchtern. Er bewarb sich noch am Tag der Ablehnung für Architektur.

Ein jugoslawischer Bauhausprofessor erkannte sein Talent sofort und setzte sich für seine Zulassung zum Studium an der Kunsthochschule Weißensee ein. In welchen Klamotten sein Student herumlief, war ihm herzlich egal. Wenigstens Ed konnte seinen Traum leben und immerhin seinen »Plan B« studieren.

Ich war bei Plan Z angelangt. Es hatte ja doch alles keinen Sinn mehr! Welche junge, frisch verheiratete Frau konnte so deprimiert sein wie ich?

Als das schwarze Telefon im Wohnzimmer klingelte, hob ich nicht mal den Kopf. Es war ein regnerischer Samstagabend, und die Schwiegereltern waren zu einem Mozart-Requiem in die Marienkirche gegangen, in dem auch Kristina mitsang. Ich hatte ihnen die Karten gegeben, denn so eine traurige Musik hätte mir in meiner jetzigen Verfassung endgültig den Rest gegeben. Frustriert stieß ich die Nadel durch den sperrigen Ballettschuh, den eine andere Ballerina tragen würde, und ohne dass ich es wollte, tropfte schon wieder eine Träne auf die Näharbeit.

Plötzlich steckte Ed den Kopf zur Tür unseres Zimmers herein und riss mich aus meiner Lethargie. »Klaas ist da.«

Ich schnellte hoch. »Wo?« Schon war ich zum Fenster gesprungen und schob unauffällig den Vorhang zur Seite. Draußen nieselte es.

»Er lädt uns zum Essen ein.« Ed fuhr sich nervös durchs Haar.

»Wann …?« Mein Herz begann zu rasen.

»Jetzt. Hotel ›Stadt Berlin‹. Zieh dich an, Peasy, und weine nicht mehr. Endlich geht es los.«

Das ließ ich mir nicht zweimal sagen. Hastig zog ich mir meinen dunkelgrauen Lieblingspullover über den Kopf, bürstete meine langen braunen Haare und riss meinen neuen schwarzen Wintermantel mit Kapuze aus dem Kaufhaus »Jugendmode« am Spittelmarkt vom Haken.

»Brauchen wir einen Schirm? Oder fallen wir damit auf?« Gott, war ich nervös. Hintern zusammenkneifen und durch, Peasy! Gleich ist Vorstellung. Wieso fiel man mit einem Schirm auf? Ich war ja schon paranoid!

»Ruhig, Peasy. Wir machen nur noch einen Abendspaziergang.«

Ed legte den Arm um mich und zwang mich, langsam zu schlendern, so als wäre uns die Idee zu einem Abendbummel gerade erst gekommen. Gemächlich liefen wir unter unserem Schirm dahin. Vor lauter Aufregung schlug mir das Herz bis zum Hals.

Vor dem Hotel »Stadt Berlin« stand eine lange Schlange. Geduldig duckten sich die Leute unter Schirmen wie Schafe vor einem Stall, in den sie nicht reindürfen.

»Guck, da ist er.« Ed zog mich nach vorn, an den Anfang der Schlange. Ich erkannte ihn sofort wieder: ein Bär von einem Mann, langhaarig, rothaarig, bärtig. In Parka und coolen Jeans, die in Cowboystiefel mündeten. Klaas steckte gerade einem stur dreinblickenden Platzanweiser in weißem Hemd, schwarzer Fliege und rotem Sakko einen Westschein zu: fünfzig Mark.

»Hallo, da seid ihr ja! Hoffentlich habt ihr Hunger mitgebracht!«

Augenblicklich öffnete sich die rote Kordel zwischen zwei goldenen Stangen für uns, und wir bekamen einen Vierertisch ganz hinten in einer Ecke zugewiesen.

Staunend ließ ich mich auf die Bank sinken und meinen Blick über das piekfeine, aber fast leere Restaurant huschen.

Weiß gedeckte Tische, Gläser, feines Besteck. Aber keine Gäste.

Es war mir schon klar, dass hier ohne ein saftiges Bestechungsgeld in Form von DM nichts ging. Die Leute draußen wurden buchstäblich im Regen stehen gelassen.

»Na, ihr zwei?« Klaas rieb sich die klammen Hände und schien sich bereits auf ein leckeres Essen zu freuen. »Wie sieht's denn aus mit euch?«

Eine unfreundliche Kellnerin knallte uns wortlos die Speisekarten hin und wollte schon wieder gehen, als Klaas sie freundlich am Arm festhielt. »Drei Bier bitte schon mal.« Er drückte ihr zehn Westmark in die Hand. »Und bringen Sie einfach das Essen, das gerade auf der Speisekarte steht.«

»Selbstverständlich.« Sofort kam Leben in sie, und sie wackelte eifrig davon.

»Hoffentlich gibt's heute das, was auf der Karte steht.« Klaas grinste gut gelaunt. »Ham wa nich, jibt det nich, und jibt det nich is aus.«

Na toll. Danke, Klaas. Wir wissen, in was für einem beschissenen Land wir leben. Wegen des Essens waren wir auch nicht hier. Ich rieb mir die vor Nervosität eiskalten Hände, und beide Männer zündeten sich erst mal eine Zigarette an.

Kurz darauf saßen die Männer vor deftigen Fleischgerichten, während ich ohne jeden Appetit in meiner Sättigungsbeilage herumstocherte.

»Wie funktioniert das denn nun?« Neugierig rückte ich noch näher an Klaas heran. »Wie hat es Eileen gemacht? Können wir es nicht genauso machen?«

»Peasy, bitte.« Ed warf mir einen warnenden Blick zu und sah sich unauffällig um. Niemand in der Nähe.

Klaas ließ es sich erst mal schmecken. Er schien die Ruhe

selbst zu sein, während Ed und ich unruhig auf unseren Stühlen hin und her rutschten.

»Also, Alter. Was kannst du uns für Infos geben?« Ed wollte cool wirken, schielte aber immer wieder zu den beiden Kellnern hinüber, die unmotiviert an der Tür standen. Nur noch ein weiterer Tisch am anderen Ende des Raumes war besetzt, und bei den Leuten schien es sich um harmlose Gäste zu handeln. Es waren Berliner, die offensichtlich Besuch aus Sachsen hatten, wie man unschwer am Dialekt erkennen konnte. Der Alkohol floss in Strömen, und es wurde derb und laut gelacht. Wahrscheinlich sollten die Sachsen mal den tollen Glanz der Hauptstadt sehen. Ich hätte auch gern gelacht, aber danach war mir gerade nicht zumute.

Klaas vernichtete genüsslich seine Schweinshaxe mit Sauerkraut und Kartoffelklößen, dann spülte er mit reichlich Bier nach.

»Ich weiß auch fast nix.« Er wischte sich den Schaum aus dem Bart und senkte die Stimme.

»Wie, du weißt fast nix? Und warum bist du dann hier?«, fragte Ed.

»Das Ganze ist wie ein riesengroßes Puzzle, jeder kennt nur sein eigenes Mosaiksteinchen.« Klaas griff nach meinem Bierglas, das ich nicht angerührt hatte. »Brauchst du das noch?«

»Nein, nimm nur. Prost.«

»Auf euch«, sagte Klaas.

»Aber wie ist Eileen dann an die Details ihrer Fl…, ihres Betriebsausflugs gelangt?« Ich starrte ihn an, gierte nach jedem Fitzelchen Information. »Ich meine, wie sie wann wo sein muss, damit der Betriebsausflugsbus sie mitnimmt?«

Unterm Tisch presste Ed warnend sein Knie gegen mein Bein.

Klaas putzte sich umständlich die Nase und nuschelte in sein Taschentuch:

»Kurz vorher wurde ihr durch einen Kurier der Ort genannt, an dem sie sich zwischen Mitternacht und drei Uhr früh aufhalten sollte. Ein kleiner Parkplatz an der Autobahn. Mehr weiß ich auch nicht.«

»Was für ein Kurier?«

»Keine Ahnung.« Klaas steckte das Taschentuch wieder weg und sah sich prüfend um. Es war aber weit und breit niemand in der Nähe. »Jeder, der daran beteiligt ist, ist selbst nur ein winziges Rädchen in der Maschinerie. Absolute Diskretion ist oberstes Gebot.«

»Ja, aber wer hat dir denn gesagt, dass wir ... beziehungsweise wie wir ...«

»Peasy, bitte!« Ed legte seine Hand auf meine, und ich musste mich beherrschen, sie nicht abzuschütteln.

»Eileen hat drüben die richtigen Kontakte. Deshalb schickt sie mich, um euch zu sagen, dass die Sache in Vorbereitung ist.«

»Sollen wir auch in einem verplombten Container mit zwölf Mann ...?«

»Peasy! Schrei doch noch lauter!«

»Ich schreie doch gar nicht!«, zischte ich aufgewühlt.

»Eh, Leute, beruhigt euch.« Klaas nahm einen Schluck Bier. »Wenn sie zwölf Leute zusammenhaben, die ernsthaft abh... auf Betriebsausflug gehen wollen, werden die bei passender Gelegenheit einzeln informiert. Das dauert natürlich, aber irgendwann dürfte es klappen.« Er holte tief Luft. »Manchmal klappt es auch nicht. Dann wird die Sache abgeblasen oder verschoben. Eileen hat mindestens zwei Jahre auf den richtigen Moment gewartet. Also Geduld.«

O Gott!, schoss es mir durch den Kopf. Zwei Jahre! Ich wollte keine zwei Wochen mehr warten!

»Aber ist das nicht arschgefährlich?« Ed war sichtbar aufgewühlt. »Die Grenzen sind doch sicher hermetisch gesichert?« Wenn sie in der DDR auch sonst nichts hatten – ein hoch ausgerüstetes Grenzsicherungssystem, das hatten sie. Bei aller Knappheit von Lebensmitteln und anderen wichtigen Gebrauchsgegenständen: In der Bewachung ihrer Mitmenschen war die Stasi top-professionell ausgerüstet.

Klaas zuckte nur mit den Schultern. »Bei mir kontrollieren sie immer nur den Pass, wenn ich an der Bornholmer Straße die Grenze passiere. Ich habe ja ein Westkennzeichen, und Eileens Fahrzeug ... – Isst du das nicht mehr?« Klaas spießte eine Kartoffel von meinem Teller auf seine Gabel und tunkte sie mit Wonne in seine restliche Soße. Mit vollem Mund sprach er weiter: »Die müssen sich strikt an das Transitabkommen halten und dürfen an den Grenzübergangsstellen keine größeren Fahrzeuge kontrollieren.«

»Was für ein Transitabkommen?« Ed hatte ebenfalls längst aufgehört zu essen, so angespannt waren seine Nerven. »So was senden sie im Ostfernsehen nicht!«

»Seit 1972 überweist die Bundesrepublik der DDR jährlich mehrere Hundert Millionen Westmark dafür, dass Westdeutsche die Transitstrecke von und nach Westberlin benutzen dürfen.« Klaas kaute genüsslich weiter. »Wenn im Pass ein gültiges Transitvisum ist, wird das Gepäck nicht mehr kontrolliert.«

»Echt? Stimmt das wirklich?« Das konnte ich kaum glauben!

»Ich kann mich dreißig Tage im Jahr ohne Nennung von Gründen in der DDR aufhalten und die Transitstrecken benutzen. Meistens winken sie einen durch.«

Klaas wirkte so selbstsicher! Wir starrten ihn mit offenem Mund an. »Und wenn wir bei dir im Kofferraum ... Nur mal so theoretisch?«

Klaas winkte ab. »Das würde ich nun nicht gerade machen. Aber ein verplombter Container darf von denen eben nicht kontrolliert werden. Das würde bei Transporten zwischen der BRD und Westberlin einfach zu viel Zeit kosten. So ist das Abkommen.«

»Das war also Eileens Weg in die Freiheit.« Ich sah Ed vielsagend an und lehnte mich zurück. »Genial.«

»Dann ist es also möglich.« Eds Augen waren zu schmalen Schlitzen geworden. Nervös fingerte er bereits nach seinem Zigarettenpäckchen, obwohl Klaas noch aß.

»Theoretisch ja.« Klaas schob seinen leeren Teller von sich und machte sich nun auch noch über Eds Reste her. »Rauch ruhig. Stört mich nicht. – Ihr ahnt ja nicht, wie geil eure Hausmannskost hier ist«, stöhnte er begeistert. »So gut wie bei Muttern! Und wie billig! – Fräulein, bringen Sie noch ein Bier!« Sobald sie außer Hörweite war, grinste er uns an.

»Eileen will euch echt helfen, Leute. Die hat so ein schlechtes Gewissen wegen der Examensarbeit.«

»Diplomarbeit«, sagten Ed und ich wie aus einem Munde.

»Passt auf, ihr zwei: Das kann dauern. Eileen bemüht sich, da könnt ihr euch sicher sein. Am besten, ich ruf euch wieder an, wenn es was Neues gibt.«

Klaas trank sein Glas leer und schnorrte bei Ed eine Zigarette. »Darf ich?«

Nun rauchten beide, und ich hätte am liebsten auch eine geschnorrt, so nervös war ich plötzlich. Aber ich hatte noch nie geraucht, bei meiner Ballettausbildung wäre das eine Todsünde gewesen.

Die Kellnerin kam mit dem vierten Bier, schneller, als wir es für möglich gehalten hätten.

»Hier, nichts für ungut.« Wieder wanderte ein West-Zehner in ihre Schürzentasche, und sie zog erfreut ab.

»Wenn ihr wirklich auf Betriebsausflug gehen wollt, und darüber solltet ihr in Ruhe nachdenken ...« – Klaas blies kleine Ringe über den Tisch –, »... dann finden wir einen Weg.«

»Klar.« Ich nickte und versuchte cool zu bleiben. »Wir wollen. Wir haben schon lange genug in Ruhe darüber nachgedacht.«

»Peasy, bitte. Bei Geduld hast du echt nicht hier geschrien.« Ed räusperte sich. »Und wie viel müssen wir ... Gesetzt den Fall, wir entscheiden uns für den ... Betriebsausflug ... dafür auf den Tisch legen?«

»Zehntausend.«

Wir schluckten trocken. SO VIEL!

»Pro Person. Natürlich in Westmark.«

Ed starrte auf die Tischplatte. »Wir können es euch erst später zahlen«, murmelte er verlegen. »Wenn ich einen Job im Westen habe.«

»Oder wenn ICH einen habe«, setzte ich nach. »An der Oper in Westberlin.« Ich sah Ed fest entschlossen an. Noch konnte ich tanzen. Und ich würde verdammt noch mal in sämtlichen Theatern drüben vortanzen! Ich brannte förmlich darauf!

»Das werde ich so übermitteln.« Klaas sah uns eindringlich an. »Aber außer euch beiden darf niemand, aber auch wirklich niemand, etwas ahnen.« Klaas machte eine Bewegung vor dem Mund, als wollte er seine Lippen mit einem Schloss verschließen und den Schlüssel wegwerfen.

»Eines Tages klappt's und flupp.« Er lächelte aufmunternd,

wurde aber sofort wieder ernst. »Eileens gesamte Familie und der ganze Freundeskreis wurden verhört und gefilzt. Keiner hatte die geringste Ahnung von ihren Plänen, die sie immerhin schon seit zwei Jahren gehegt hatte. Oder wusstest du was, Ed?«

Ed schüttelte schweigend den Kopf.

»Deshalb mussten sie alle vermeintlichen Mitwisser wieder laufen lassen. Das wird kein Sonntagsspaziergang. Also: Klappe halten. Klar!?«

Ed drückte seinen Zigarettenstummel in den Aschenbecher. Ich schluckte, nickte und schüttelte gleichzeitig den Kopf.

»Wenn es dann so weit ist, könnt ihr nichts mitnehmen, und mit nichts meine ich wirklich nichts.«

»Aber wir brauchen doch ...«

»Gerade mal den Ausweis und eine Zahnbürste. Aber selbst das ist wahrscheinlich schon verdächtig, falls es schiefgehen sollte.« Mein Herz begann wieder wild zu klopfen. Wie, falls es schiefgehen sollte? Es DURFTE nicht schiefgehen! Es WÜRDE nicht schiefgehen! Eileen hatte es doch auch geschafft.

Ein unbändiges Verlangen nach Freiheit stieg in mir auf. Allein die Vorstellung, mit Ed an meiner Seite reisen, die Welt entdecken, meinen Traumberuf wieder ausüben zu können! Wieder tanzen zu dürfen! Ich musste mich einfach an diesen winzigen Strohhalm klammern. Es würde schon klappen, genau wie bei Eileen! Es MUSSTE einfach klappen!

Unsere Eltern würden aus der DDR rauskommen, wenn sie alt und dem Staat daher nichts mehr nützen würden. Also in ein paar Jahren. Aber wir jungen Leute hätten noch vierzig Jahre in diesem kaputten System vor uns, wenn wir das Wagnis nicht eingingen.

Peasy!, schoss es mir durch den Kopf: Das Geheimnis des Glücks ist die Freiheit. Und das Geheimnis der Freiheit ist der Mut.

6

Ostberlin, Heiligabend 1973

»Kind, du bist ja ganz woanders mit deinen Gedanken! Hat dir meine Weihnachtsgans nicht geschmeckt?«

Mutter sah mich besorgt, aber auch missbilligend an. Unter dem liebevoll geschmückten Baum stand noch das Schaukelpferd, das sie für Lilli als Überraschung vom Christkind aus Papas alter Werkstatt geholt hatte.

»Doch, Mutti, ich habe nur gerade überhaupt keinen Appetit.« Lustlos schob ich meinen Teller von mir.

»Den hattest du doch noch nie, mein Kind.« Kopfschüttelnd stellte Mutter die Teller zusammen. »Du tanzt doch nicht mehr, also gönn dir doch mal was!«

Sie meinte es gut, aber für diese Bemerkung hätte ich sie am liebsten angeschrien.

»Und singen wolltest du vorhin auch nicht, als Kristina mit der Kleinen da war.«

»Nein.« Ich presste die Lippen zusammen und kämpfte mit den Tränen. »Mir ist einfach nicht nach Friede, Freude, Eierkuchen.«

»Gisa.« Meine Mutter nannte mich als Einzige nicht Peasy. Sie fand den Spitznamen albern, und Gisa war schließlich ihre Wahl gewesen. »Hör mal. Du kannst dir nicht immer die Rosinen rauspicken im Leben.« Mahnend legte sie die Hand auf meine Schulter, aber ich schüttelte sie ab. »Rosinen? Ich wollte tanzen, ich wollte verdammt noch mal nur tanzen«, schrie ich mit sich überschlagender Stimme. »Das war kein alberner Mädchenscheiß, das war mein gottverfluchter Lebenstraum! Und ich habe verdammt hart dafür gearbeitet!« So viele Flüche in einem Satz!

»Kind, versündige dich nicht.« Mutters besorgter Blick verhärtete sich. »Es ist nicht alles so gelaufen, wie du dir das vorgestellt hast, aber im Rahmen der Möglichkeiten ist doch so weit alles gut gelöst worden.«

»Wie bitte? Gut gelöst? Kannst du dir auch nur im Geringsten vorstellen, wie es mir geht?«, fauchte ich sie unter Tränen an.

Wenn Ed doch hier gewesen wäre! Er besaß die wunderbare Gabe, solche Situationen zu beruhigen, und hätte sich jetzt zwei Knochen von der Weihnachtsgans als Stoßzähne in den Mund gesteckt. Daraufhin hätten wir sofort angefangen zu lachen. Aber wir hatten beschlossen, dass jeder dieses hoffentlich letzte Weihnachten in der DDR bei seinen Eltern verbringen würde. So kam es, dass unsere harten Worte unversöhnlich im Raum stehen blieben.

»Kind, es geht nicht immer nur um dich. Du musst dich in die Gemeinschaft einfügen, das hat Kristina schließlich auch getan.« Mutter stellte die Teller etwas lauter als nötig in die Durchreiche.

»Komm mir nicht mit Kristina!« Mein Blick versteinerte, und meine Stimme wurde schriller als beabsichtigt. Heimlich ballte ich die Fäuste. »Was sind denn meine Möglichkeiten? In diesem Staat?«

»Kind, nicht so laut.« Mutter zeigte auf die heruntergelassenen Rollläden. »Du weißt genau, was ich meine. Wir haben alle unser Bestes getan, glaub mir! Und wir wollten auch nur DEIN Bestes.«

Ja, alle wollten nur mein Bestes. Aber das kriegten sie nicht!

»Warum sind wir damals nicht drüben geblieben?«, heulte ich auf. »Wir waren schon da!«

»Du weißt ganz genau, dass es Vaters Entscheidung war.« Mutter knallte das Besteck in die Spüle und wischte sich nun ebenfalls Tränen weg. »Dein Vater war ein Ehrenmann. Der hätte hier niemanden im Stich gelassen – am allerwenigsten seine Mutter.«

O Gott, was für ein schreckliches Thema! Ich war gerade selbst im Begriff, meine Mutter im Stich zu lassen …

Ich war so müde und ließ sie reden. Ich hörte einfach nicht mehr zu. Sie meinte es ja gut, aber im Moment konnte ich ihre Analyse meiner Situation nicht mehr ertragen.

Mutter stand inzwischen in der Küche und redete durch die Durchreiche weiter. Immer die alte Leier. Jaja, sie und Vater nach dem Krieg, wie sie gemeinsam bei null angefangen hatten. Dass er im Schweiße seines Angesichts eine eigene Firma aufgebaut und uns Kindern eine schöne Kindheit ermöglicht hatte – im Rahmen SEINER Möglichkeiten: wie oft ich das schon gehört hatte! Natürlich hatten es meine Eltern auch schwer gehabt. Mein Vater hatte dermaßen vergeblich gegen die Windmühlen dieses Systems gekämpft, dass er mit nur sechsundfünfzig Jahren seinem dritten Herzinfarkt erlegen war. Seitdem lebte Mutter von einer kleinen Rente. Trotzdem unterstützte sie noch meine große Schwester Kristina und Lilli, die wiederum selbst im Hamsterrad des Sozialismus gefangen waren.

»Sogar die Kleine trägt schon dieses bescheuerte blaue Halstuch und kräht Parolen wie ein aufgezogener Papagei«, rief ich mit Tränen in den Augen. »So ein waches kleines Gehirn, das nur mit Lügen zugemüllt wird!« Ich schnäuzte heftig in meine Serviette.

Mutter steckte den Kopf durch die Durchreiche und sagte ihren Lieblingssatz: »Vogel, friss oder stirb.«

Fassungslos starrte ich sie an. Nein!, dachte ich. Vogel, stirb oder flieg weg!

Wie gern hätte ich meiner Mutter all meinen Frust ins Gesicht geschrien! Aber das hatte sie nicht verdient, sie war doch selbst am Ende ihrer Kräfte. Und sie hatte immer alles für uns getan, ja tat es noch immer. Am liebsten hätte ich sie in den Arm genommen, aber ich brachte es einfach nicht fertig.

Ich straffte die Schultern und wandte mich ab, ging erst mal aufs Klo, eine Runde heulen. Es drehte sich doch alles nur sinnlos im Kreis! Das war alles so entsetzlich traurig.

Aber ich war ich, und es war mein Leben. Ich hatte doch noch eine Zukunft und wollte mich mit meiner Situation definitiv nicht abfinden. Trotz stieg in mir auf. Wütend knallte ich den Klodeckel zu. Heute war Heiligabend und hoffentlich der letzte, den ich in diesem Staat mit meiner Mutter verbrachte. Also Haltung bewahren! Wenn ich etwas gelernt hatte, dann das: Hintern zusammenkneifen und durch, Peasy! Gleich ist Vorstellung!

»Na also, da bist du ja wieder.« Mutter saß erneut am Tisch und stupste mich aufmunternd an.

»Gisa, hol doch wenigstens den Nachtisch aus der Küche! Es ist noch Eis da.«

»Nein danke, ich hab keinen Appetit. Bitte begreif das doch einfach.«

Schweigend saßen wir am Tisch, die Stimmung war absolut im Keller.

Dann sagte meine Mutter den Satz, der mich endgültig zum Explodieren brachte: »Bist du vielleicht schwanger, Kind? Ich meine, du bist ja jetzt verheiratet – das wäre doch sehr schön.«

»Nein!«, entfuhr es mir. »Wie kommst du denn darauf?!« Viel heftiger als ich wollte, schüttelte ich ihre Hand ab. Meine Wortwahl war nicht gerade die einer gut erzogenen Tochter. Ich wusste selbst nicht, was mit mir los war.

»Was bist du bloß schlecht gelaunt, Gisa! Reiß dich doch mal ein bisschen zusammen! Wie redest du überhaupt mit mir! Und das an Weihnachten. Schäm dich!« Mutter rannte beleidigt in die Küche und zog die Tür der Durchreiche mit einem lauten Knall zu. Dahinter hörte ich sie heftig mit Geschirr klappern. Ich schämte mich.

»Unzufriedenes Geschöpf«, hörte ich sie schimpfen. »Undank ist der Welt Lohn! Kein Geschenk ist ihr gut genug. Wir haben uns früher noch über gestrickte Socken gefreut, wir hatten doch nichts nach dem Krieg! Sie hat einen Mann, eine Ausbildungsstelle und eine Familie. Sie lebt bei netten lieben Schwiegereltern mitten in Berlin und ist immer noch nicht zufrieden! Alles tut man, um ihr die Steine aus dem Weg zu räumen, und dann ist man trotzdem nicht gut genug. Noch nicht mal fragen darf man.«

Sie warf die Kühlschranktür zu.

Ach, das tat mir so leid! Ich wollte ihr nachlaufen, konnte mich aber nicht dazu überwinden. Mein Stolz hinderte mich daran, darin waren wir uns viel zu ähnlich. Sie konnte sich da aber auch richtig schön reinsteigern. War sie erst einmal eingeschnappt, dauerte es seine Zeit, bis sie wieder mit mir sprach.

Ulrich lag mit eingezogenen Ohren in seinem Körbchen unter der Treppe und drehte mir seinen borstigen Rücken zu. Zu Recht: Ich schrie sein Frauchen an und benahm mich schrecklich daneben – und das in seinem Haus!

»Ich hab das überhaupt nicht so gemeint«, versuchte ich mich wenigstens bei dem Tier zu entschuldigen. »Jetzt rastet sie völlig aus, zu Recht!« Doch statt mir aus wässrigen Augen einen tröstenden Blick zu gönnen, stieß der Hund nur ein verächtliches Schnauben aus.

Ich ließ mich an der Flurwand hinuntergleiten und vergrub das Gesicht in den Händen. Lilli! Ich hatte mich gar nicht richtig von ihr verabschiedet!

Ich wollte heulen, heulen, heulen. Die Erde war ein Jammertal. Ich hockte neben Ulrich unter der Treppe und legte den Kopf auf die Knie. Ganz klein wollte ich mich machen – ja am liebsten in Luft auflösen.

Tag für Tag hoffte ich auf ein neues Lebenszeichen von Klaas, aber der meldete sich nicht mehr. Als ob es unser Treffen im Hotel »Stadt Berlin« nie gegeben hätte!

Gut, das war gerade mal sechs Wochen her, aber ... War ich ihm zu ungeduldig vorgekommen? Hatte er Angst, ich wäre psychisch nicht stabil genug? Immer wieder hatte ich mich mit Ed flüsternd über unser Vorhaben unterhalten wollen, nachts im Bett, aber er hatte mich immer gebremst. »Lass uns nicht über ungelegte Eier reden, Peasy. Ich muss mich jetzt auf meine erste Stelle vorbereiten. Sonst bringt mein Vater mich um.«

Und das verstand ich ja auch! Wenn wir je rüberkämen, dann würde wenigstens einer von uns ein Diplom und etwas Berufserfahrung in der Tasche haben. Besser ein gestandener Architekt als ein gestrandeter Student! Meine eigene Prüfung zur Theaterschneiderin sollte Ende Januar stattfinden, aber in meiner Ungeduld sah ich uns da schon vor meinem inneren Auge in Freiheit, drüben, in einer besseren Welt. Ich wollte nie wieder Ballettschuhe nähen, ich wollte welche tragen!

Doch je mehr Zeit verging, desto mehr löste sich auch dieser Traum wieder in Luft auf. Würden wir je von hier wegkommen? Ich weinte bittere Tränen.

Plötzlich parkte Ulrich rückwärts aus, drehte sich umständlich zu mir um und stupste mich mit der Schnauze an.

Das hatte er noch nie getan, der autistische Hund!

»Ich soll mich zusammenreißen, und mein Selbstmitleid ist zum Kotzen, stimmt's?«

»Hmpf«, grunzte Ulrich.

»Na klar.« Ich rappelte mich hoch. »Im Zusammenreißen bin ich gut.«

Als ich wieder ins Wohnzimmer kam, hatte Mutter den Fernseher eingeschaltet. Mit verschränkten Armen saß sie auf dem Sofa und würdigte mich keines Blickes. Ob sie ahnte, dass es vielleicht unser letztes gemeinsames Weihnachten war?

Mit ihrer abwehrenden Haltung machte sie mir den Abschied jedenfalls leichter.

Ich ließ mich in die andere Ecke des Sofas fallen und schaltete ebenfalls auf stur.

Im Fernsehen lief ein Film mit Zarah Leander. Meine Gedanken kreisten unablässig um unser geheimes Vorhaben. Keine Ahnung, warum ich in dem Wissen, dass Eileen in einem verplombten Container über die Grenze geschleust worden war, fest davon ausging, dass eines Tages auch unsere Flucht auf diese Weise gelingen würde. Aber etwas anderes kam für mich gar nicht infrage. Bei ihr hatte es geklappt, also würde es bei uns auch klappen, so einfach war das.

Immer wieder sah ich einen großen Lastwagen vor meinem inneren Auge, in den Ed und ich auf irgendeinem dunklen Autobahnparkplatz in Sekundenschnelle einsteigen würden. Zusammen mit anderen Flüchtenden würden wir eine halbe Stunde mucksmäuschenstill auf dem Boden des geladenen Containers sitzen. Ich spürte schon das Rumpeln des Lasters auf den schlechten Straßen der DDR und schloss unwillkürlich die Augen. Innerlich spürte ich, wie wir über die Grenze rollten und der Asphalt glatter und geschmeidiger wurde. Bald darauf würde das Fahrzeug anhalten. Man würde die Tür öffnen, sodass gleißendes Licht in unsere Dunkelheit schien. Daraufhin würden wir alle aufatmen und hinausspringen. Ich sah Eileen dastehen und Klaas, mit ausgebreiteten Armen. Sie würden uns auffangen, Klaas würde ein paar Bierdosen hervorzaubern, und wir würden jubeln wie nach einem gewonnenen Fußballspiel ... Hier endete der Tagtraum, und ich öffnete die Augen.

Zarah Leander war auf einmal im Gefängnis! Warum, hatte ich gar nicht mitbekommen. Plötzlich durchzuckte mich ein grauenvoller Gedanke und ließ mir das Blut in den Adern gefrieren: Und was ist, wenn ich im Gefängnis lande?

Ach was!, versuchte ich diese Vorstellung zu verscheuchen wie ein lästiges Insekt. Angst ist ein schlechter Ratgeber. Daran darfst du gar nicht denken. Das Geheimnis der Freiheit ist der Mut.

Und als hätte sie meine Gedanken gelesen, sang Zarah Leander mit ihrer tiefen, unverwechselbaren Stimme: »Ich weiß, es wird einmal ein Wunder gescheh'n, und dann werden tausend Märchen wahr!«

Unvermittelt traten mir Tränen in die Augen. Das war doch eine Botschaft aus dem Universum! Verstohlen wischte ich mir mit dem Pulloverärmel übers Gesicht.

Mutters Blick streifte mich besorgt, aber nach wie vor gekränkt. Ich saß blass neben ihr und war nicht in der Lage, sie anzusehen. Eine Träne lief mir die Wange herunter.

Ach, Ed, wärest du doch jetzt hier! Du würdest mich trösten und auffangen. Du bist der einzige Mensch, der mich immer zum Lachen bringt, so beschissen es mir auch geht. Du würdest jetzt Zarah Leander nachmachen – und zwar so, dass Mutter und ich uns vor Lachen wälzen würden, und dann wäre alles wieder gut!

»Ich weiß, so schnell kann keine Liebe vergeh'n, die so groß ist und so wunderbar!«, sang Zarah Leander mit ihrer unfassbar tiefen Stimme und rollte dabei das R, als wollte sie einen Felsen vom Gaumen rollen.

Plötzlich war es um mich geschehen. Ich musste bitterlich weinen. Ed, geliebter Ed, bring mich in die Freiheit! Schweigend schob Mutter mir eine Packung Papiertaschentücher herüber. Ohne sie anzusehen, schnäuzte ich mich.

Wie sehr ich mich danach sehnte, dass sie mich in die mütterlichen Arme ziehen würde! Gleichzeitig fürchtete ich mich davor. Dann würde mir vielleicht das Herz übergehen, und ich würde sie in meine Pläne einweihen, und das durfte ich um keinen Preis tun!

Aber sie tat es nicht. Vielleicht ahnte sie, dass das so besser war. Mütter haben doch einen siebten Sinn!

Während des Films hielt ich mir immer wieder nasse Papierwürste an die überlaufenden Augen. Ich fühlte mich so zerrissen und leer! Mutti, Lilli, Kristina – sie alle würde ich belügen, betrügen und verlassen, wenn ich die Chance dazu bekäme. Was war ich nur für ein schlechter Mensch!

Ich wagte nicht, sie anzusehen. Was war das für ein Land, in dem man seiner eigenen Mutter im eigenen Elternhaus nicht mehr das Herz ausschütten durfte?

Als der Film zu Ende war, erhob sie sich ohne ein Wort. Sie schaltete den Fernseher aus, löschte die Kerzen und stapfte die Treppe hinauf, als wäre ich gar nicht vorhanden.

Eine kleine Umarmung hätte mir so viel Trost gegeben! Ein Blick, eine Geste, ein kleines »Gute Nacht«. Aber nichts. Ich hörte sie im Bad, die Toilettenspülung rauschte, dann schloss sich die Schlafzimmertür hinter ihr. Bestimmt lag sie genauso wach wie ich. Das tat mir am allermeisten weh: Dass wir unsere vielleicht letzten gemeinsamen Stunden auf diese Weise verplempert hatten, statt noch mal herzhaft zu lachen. Der Schmerz bohrte sich in meine Brust wie ein Messer. Was sollte ich jetzt noch hier?

Da stand ich nun. Der Weihnachtsbaum roch nach Harz und kaltem Rauch, die Kerzen waren heruntergebrannt. Ich starrte aus dem Fenster. Die mir einst so vertrauten Nachbarhäuser wirkten abweisend und dunkel. Wie schäbig sie inzwischen waren! Nichts, was in meiner Kindheit noch bunt und schön gewesen war, hatte sich gehalten. Alles war grau und heruntergekommen. Hinter jedem Fenster vermutete ich jemanden, der argwöhnisch zu mir herüberstarrte. Keinem Nachbarn konnte man mehr vertrauen.

Konnten die alle Gedanken lesen?

Zögernd rieb ich mir die Arme. Ich fröstelte. Sollte ich noch eine Nacht in meinem alten Kinderzimmer verbringen? Und die ganze Nacht grübeln und weinen?

Oder war jetzt der richtige Moment, mit alldem abzuschließen? Tiefer konnte ich gar nicht mehr fallen. Lieber ein Ende mit Schrecken als ein Schrecken ohne Ende?

Ich war innerlich völlig zerrissen und aufgewühlt. Mir graute vor dem nächsten Morgen. Mutter würde kühl und sachlich in der Küche stehen und das Frühstück machen, so tun, als wäre nichts gewesen. Dann würde Kristina noch mal mit Lilli auftauchen, und das würde mir alles noch viel schwerer machen …

Einer plötzlichen Eingebung folgend, riss ich meinen Wintermantel vom Haken, schlüpfte hastig hinein und stopfte meine Habseligkeiten in die kleine Reisetasche auf der Garderobenbank. Unauffällig entnahm ich der Kommodenschublade im Wohnzimmer meine Geburtsurkunde. So, geschafft!

Mit Ed würde alles gut werden. Er würde meinen Kummer vertreiben und mich zum Lachen bringen. Ich warf einen Blick auf die Uhr. Halb elf.

Wenn ich mich beeilte, würde ich noch die letzte S-Bahn zurück nach Ostberlin bekommen.

Ich riss die Haustür auf und legte meinen Schlüssel innen auf das Fensterbrett.

Eiskalte Luft schlug mir entgegen. Ein schwacher Duft nach Weihnachtsgans und Rotkohl waberte vom Nachbarhaus herüber.

Stille Nacht, eilige Nacht.

»Tschüss, Ulrich, bemüh dich nicht. Ich bin dann mal weg.«

Ich wollte die Tür gerade leise hinter mir zuziehen, als ich spürte, wie Ulrich sich mit hinauszwängte.

Auch ihn drängte es anscheinend ins Freie.

»Ja, das fällt dir ja früh ein«, raunzte ich ihn an. »Musst du jetzt pinkeln? Du gehst doch sonst nicht freiwillig raus! Beeil dich, sonst verpasse ich die letzte Bahn!«

Von einem Bein aufs andere tretend, wartete ich, dass Ulrich in die Büsche einrangieren und dort eines seiner kurzen Beine heben würde. Meist beendete er die Zeremonie durch wichtigtuerisches Im-Laub-Scharren. Das konnte dauern.

Doch Ulrich trappelte wie ferngesteuert zum Gartenzaun und steckte erwartungsvoll seine Schnauze hindurch, ganz so als erwartete er noch Besuch.

»Musst du nicht?«

Ulrich schnaufte. Sein kurzes Schwänzchen baumelte freudlos von seinem dicken Hundehintern hinab. Es wedelte kein bisschen.

»Dann komm wieder rein!«

Ulrich schnaufte, zaunauswärts.

»Ulrich, ich hab jetzt echt keine Zeit mehr«, zischte ich genervt und schaute erneut auf die Uhr. Zwanzig vor elf. Um zwei vor ging die letzte Bahn!

Ulrich rührte sich nicht von der Stelle.

Verärgert packte ich ihn am Hintern und wollte ihn rückwärts aus dem Zaun manövrieren. »Ab! Geh unter deine Treppe, in deine Schmollecke!«

Doch Ulrich bockte und wollte unbedingt so mit der Schnauze zwischen den Zaunlatten stehen bleiben, als wartete er auf ein Taxi.

»Verdammter Köter!«, entfuhr es mir.

In dem Moment wurde oben in Mutters Schlafzimmer die Gardine zur Seite geschoben. Ich erkannte ihre blasse Gestalt im rosa Nachthemd am Fenster.

Ich gab ihr ein Zeichen, dass Ulrich am Zaun stand, und sie hob die Hand und nickte unmerklich.

Diesen Anblick sollte ich für viele Jahre in Erinnerung behalten. Er brannte sich mir regelrecht ein: Mutter, stumm im Schein der Winternacht am Fenster. Während ich im Kapuzenmantel davoneilte. Ich winkte nicht mehr. Aber in ihrem Blick hatte Verständnis gestanden.

Hastig lief ich die Straße hinunter zum Bahnhof. Dabei weinte ich bitterlich. Immer wieder schaute ich mich um. Das hatte Ulrich noch nie gemacht, dass er so lange reglos am Zaun stand und mir nachschaute, bis ich hinter der sich lang hinziehenden Kurve unserer Straße verschwunden war. Ganz so, als spürte er, dass ich für immer Abschied nahm.

7

Ostberlin, 31. Januar 1974, 8 Uhr

»Hast du alles? Zirkel, gespitzter Bleistift, Papier, Lineal, Geodreieck?«

»Ed, ich werde wahnsinnig.«

»Bleib ruhig, Peasy. Du schaffst das.«

Auf dem Prüfungsplan stand »Schnittkonstruktion, 9–13 Uhr«.

»Na toll!«, murmelte ich, nervös in meiner Tasche wühlend. »Mein absolutes Lieblingsfach. Die Lehrerin für Schnitt kann mich sowieso nicht leiden.«

»Du musst sie ja nie mehr wiedersehen.«

Mein Herz setzte einen Schlag aus. Heute.

Heute war der Tag.

Unserer Flucht.

Heute.

Ed nahm mich ganz fest in den Arm. »Wir müssen da jetzt durch. Nichts anmerken lassen!«

»Ach, Ed, ich wünschte, dieser Tag wäre bereits vorbei.« Mir war so schlecht! Tausend kleine Sterne tanzten mir vor den Augen, und in meinen Ohren rauschte das Blut. Natürlich hatte keiner von uns auch nur eine Sekunde geschlafen. Seit drei Nächten nicht. Seit drei Nächten wussten wir es. Klaas hatte uns dieses Datum genannt.

»Hast du was zu essen mit?«

»Krieg eh nichts runter.«

»Wenigstens eine Flasche Wasser?«

»Ich spei es wieder aus.«

»Hausschlüssel, Wohnungsschlüssel? Kleingeld für die U-Bahn, Lehrlingsausweis, Geburtsurkunde?«

Mich überkam ein nervöser Schluckreflex, der in ein Würgen überging. Ja, die Geburtsurkunde hatte ich meiner Mutter heimlich aus der Kommodenschublade stibitzt. Ob sie es schon bemerkt hatte? Wenn, ließ sie sich nichts anmerken. Wir hatten uns seit der besagten Weihnachtsnacht nicht mehr gesprochen.

»Ed, mach mich nicht wahnsinnig.« O Gott, war mir übel.

»Punkt eins. Wir sehen uns.«

»Sei ausnahmsweise mal pünktlich!«

An der Haustür trennten wir uns. Der Blick, den wir uns schenkten, enthielt genauso viel Zuversicht wie blanke Panik. Auch mein sonst so lässiger Ed war außergewöhnlich ernst. Seine Schläfenader zuckte, sein Kiefer mahlte. Dann drückte er mir einen Kuss auf die Lippen und hielt meine Hände ganz fest.

»Das Geheimnis der Freiheit ist der Mut.«

Das war unsere Parole.

Rasch drehte er sich um und eilte in großen Schritten davon.

Seiner Arbeitsstelle entgegen, die er vor gerade einmal acht Wochen angetreten hatte.

Der einunddreißigste Januar.

Unser Schicksalstag.

Vorgestern, auf dem Rückweg vom Kino, war Klaas plötzlich im Park vor uns aufgetaucht. Er hatte sein Gesicht hinter einem Schal verborgen und tat so, als würde er einen Stadtplan lesen.

»Eh, kennt ihr euch hier aus? Wo ist noch mal das Märkische Ufer?« Wir waren auf der Stelle schockgefroren. Klaas, da stand er! Wie aus dem Boden geschossen! Nach den vielen Wochen, in denen wir nichts von ihm gehört hatten! Instinktiv klammerten wir uns aneinander, ließen uns aber nichts anmerken.

Während wir mit ausgestrecktem Arm in eine Richtung zeigten, murmelte er im wahrsten Sinne des Wortes in seinen Bart, an dem schon kleine Eiskristalle hingen.

»31. Januar. 13 Uhr. Seid übermorgen um Punkt ein Uhr mittags zu Hause. Vorher normales Leben. Um eins wird jemand klingeln und euch abholen.«

»Wer?«

»Keine Ahnung. Ein Mann mit Auto. Die Losung lautet: Ich komme von Eileen und Klaas.«

»Mehr weißt du nicht?«

»Das muss reichen.«

»Und ist das der mit dem verplombten Container?«

»Schätze mal, nein. Der würde ja in eurer Straße auffallen. Der Typ ist ein Mittelsmann. Der bringt euch zu dem verabredeten Parkplatz an der Autobahn.«

»Und dann?«

»Wartet ihr ab. – Wird schon schiefgehen.« Klaas sah sich suchend um, als wollte er sich einen Weg merken. Dann streifte er sich die Kapuze über und eilte auf dem schwach beleuchteten Parkweg in Richtung Innenstadt.

Wir standen da wie erstarrt. Unsere Herzen klopften noch lange wie verrückt. Der Atem stand uns in weißen Wölkchen vor dem Mund, und unter unseren Füßen knackte es. Wir standen buchstäblich auf dünnem Eis.

»Übermorgen also.« Ed musste sofort eine rauchen.

»Ja.« Mir wurde abwechselnd heiß und kalt. Auf einmal ging es so schnell!

Zwei schlaflose Nächte waren gefolgt, in denen wir uns aneinandergeklammert und im Flüsterton unterhalten hatten.

Und jetzt war übermorgen. Und in fünf Stunden würde es Punkt eins sein. Ausgerechnet heute war die Abschlussprüfung in der »Berufsfachschule«! Und ich musste so tun, als wenn nichts wäre.

Mit zittrigen Knien schlitterte ich vom Märkischen Ufer über die schlecht gekehrten Gehwege, an deren Rändern sich graue Schneebrocken türmten in Richtung S-Bahnhof Jannowitzbrücke. Die Prüfung: Marxismus, Leninismus, Schnittkonstruktion. Hintern zusammenkneifen und durch, Peasy!, hörte ich meine russische Ballettmeisterin mit ihrem slawischen Akzent rufen. Gleich ist Vorstellung!

Mir war zum Speien übel. Ich stand kurz davor, mich am nächsten Laternenpfahl zu übergeben. Dabei hatte ich seit Tagen nichts im Magen.

Du bist nicht schwanger, du bist nicht schwanger, auf keinen Fall bist du schwanger. Meine Tage hatte ich vor lauter Stress schon seit Wochen nicht mehr! Hätte ich Ed gegenüber so etwas angedeutet, hätte er unser Vorhaben auf der Stelle abgebrochen.

Nein. Jetzt war es so weit. Der Tag, auf den ich seit Monaten hin fieberte. Ich lebte ja gar nicht mehr in der Realität. Ich wollte weg. Tanzen. Im Westen.

Der morgendliche Berufsverkehr umtoste mich. Straßenbahnen kreischten, Trabis knatterten und stießen ihre stinkenden Pestwölkchen aus, Lastwagen bretterten durch Pfützen, Menschen hasteten ihrem Arbeitsplatz entgegen und

Schulkinder mit ihren schweren Schulranzen, blaue Halstücher um den Hals, zu ihrem morgendlichen Drill. Ganze Armeen dunkler Mäntel schienen vom S-Bahn-Schacht angesaugt zu werden und wie eine Lawine darin zu verschwinden. Wie ferngesteuert, ließ ich mich mitreißen. Mir war so schwindelig, dass ich mich am Geländer abstützen musste. Wo war meine Leichtfüßigkeit, meine Trittsicherheit, meine Fähigkeit, immer wieder auf die Füße zu fallen? Ich fühlte mich, als hätte ich Mühlsteine an den Beinen. Ich schleppte mich durch die gekachelten Gänge zum Bahnsteig. Es roch wie immer grauenhaft. Tausend Gestalten, doppelt so viele Augen. Taxierten sie mich? Stand ich schon unter Beobachtung? Mein Herz polterte so laut, dass ich glaubte, alle müssten es hören. Atmen, Peasy, atmen! Wie kurz vor einem Auftritt. Gleich tanzt du den Schwan. Du kannst es. Keine Panik. Körperspannung. Schau ganz normal geradeaus. Lass dir nichts anmerken. Morgen wirst du frei sein. Das Geheimnis deiner Freiheit ist dein Mut.

Die Bahn schnaufte mit ihrem unverwechselbaren Eisengestank in den Bahnhof. Gemeinsam mit einem Pulk fröstelnder Menschen drängte ich mich in einen brechend vollen Waggon. Jemand rempelte mich an. Wieder zuckte ich panisch zusammen. War das Absicht? Warum starrte der mich so an? Oder bildete ich mir das bloß ein? Alle Gesichter waren abweisend, alle Augen glanzlos. Keiner sprach. Jeder blickte ins Leere. Ruhig, Peasy. Es ist ein Tag wie jeder andere. Dunkel, kalt und grau. Keiner beobachtet dich. Marionetten ließen sich ihrem vorgegebenen Ziel zuführen. Ergeben wie Schafe. Denk jetzt nur an die Prüfung, Peasy! Du musst jetzt eine Klausur schreiben, ein Ballettkostüm entwerfen und dich in Marxismus-Leninismus abfragen lassen – das kannst du doch. Gott, war mir schon wieder schlecht. Die Angst stülpte sich über mich wie eine eiserne Glocke und nahm mir die Luft zum Atmen. Warschauer Straße. Die Türen öffneten sich. Wir wurden ausgespien wie Unverdautes aus dem Maul eines Riesenungetüms. Wie in Trance ließ ich mich wieder an die Oberfläche spülen. Wieder schlug mir der Auspuffgestank der Trabis entgegen, die hier im Stau standen. Ich presste mir den Schal vor den Mund und hastete unter dem Viadukt hindurch zur Berufsfachschule am Warschauer Platz 6–8. Der rote Backsteinbau aus der Zeit des Historismus ragte drohend vor mir auf.

Na, Peasy? Wollen wir rübermachen? Und du glaubst, ich wüsste das nicht?, schien es aus jedem einzelnen Fenster zu schreien. Meine Beine, meine Arme, mein ganzer Körper: alles bleischwer.

Dieser Tag sollte einfach nur zu Ende gehen! Hätte ich ihn doch nur schon hinter mir! Wo würde er enden? In einer warmen Wohnung, irgendwo im Westen? Vielleicht bei Eds Tante Irene, die ihm immer die tollen Klamotten schickte?

Ich sah uns schon gemütlich im Wohnzimmer sitzen, draußen vor dem Fenster helle Lichtreklamen. Eingewickelt in warme Decken würden wir eine Dose Cola öffnen und zisch …

Ein Polizeifahrzeug jagte mit wild heulender Sirene an mir vorbei. Ich konnte gerade noch der Wasserfontäne ausweichen, die es aus einer Pfütze aufspritzen ließ, bevor es knapp vor mir rechts abbog. Hatten die mich gesehen? Waren sie mir auf den Fersen? Konnten die meine Gedanken lesen?

Plötzlich wich das warme Wohnzimmer von Tante Irene der Vision eines eiskalten Autobahnparkplatzes, irgendwo an einem finsteren Wald. Was, wenn der Containerlaster nicht kam? Was, wenn irgendetwas schiefging? Was, wenn das bloß eine Falle war?

Klaas war okay, aber was war mit dem Mann, der uns abholen

sollte? Den hatten wir doch nie gesehen! Konnten wir dem wirklich vertrauen?

Plötzlich sah ich mich – und das war so fürchterlich, dass ich den Gedanken gar nicht zu Ende denken wollte – in irgendeinem Verhörraum. Nein, das würde nicht passieren. Hör auf, dich mit Negativenergie zuzuschütten, Peasy!, schimpfte ich mit mir selbst, während mir die Zähne aufeinander schlugen. Du schaffst das, du schaffst das, du schaffst das. Das Geheimnis der Freiheit ist der Mut.

Das Polizeiauto war weitergerast. Die suchten jemand anderen. Wie in Trance ging ich weiter. Keiner meiner Albträume, die ich oft vor Tanzaufführungen gehabt hatte, war so schrecklich wie diese Minuten. Ich spürte meine Beine nicht mehr. Ich spürte mich selbst nicht mehr.

Vor dem großen roten Gebäude wartete Ricarda, meine einzige Freundin hier. Sie winkte mir schon von Weitem.

»Mensch, Peasy, du siehst echt ausgekotzt aus!« Besorgt umarmte sie mich. »Ist dir nicht gut?«

»Ich glaube, das ist die Prüfungsangst.« Vor meinen Augen tanzten grelle Sterne. Die Abgase der Leukoplastbomber stanken so widerlich, dass ich Brechreiz verspürte. Mein Kopf fühlte sich an, als steckte er in einem Schraubstock.

»Komm, Peasy, wir gehen noch mal um die Ecke.« Hilfsbereit hakte Ricarda mich unter. »Schnittkonstruktion ist nicht dein Lieblingsfach, das weiß ich. Komm, ich frag dich noch mal ab.«

»Hast du eine Kopfwehtablette?«

»Leider nein. Aber atme mal ganz tief durch, das hilft bestimmt.«

Dankbar klammerte ich mich an Ricarda, die noch mal die wichtigsten Details der bevorstehenden Prüfung herunterratterte. »Bleib einfach locker. Wenn deine Finger zittern, kriegst du keine geraden Linien hin. Die Lehrerin hat dich sowieso schon auf dem Kieker. Gönn ihr den Triumph nicht.«

Um fünf vor neun betraten wir den Prüfungsraum. Ein muffiger Geruch nach nassen Mänteln und Angstschweiß schlug uns entgegen.

Ricarda riss sich den Schal vom Hals, hielt mich aber immer noch fest.

»Typisch! Die üblichen Streber haben sich schon die besten Plätze gesichert.«

»Ist doch egal.«

Wir zwängten uns in die letzte Reihe.

»Warum guckst du immer auf die Uhr?«

»Ich ... überlege, ob ich noch mal auf die Toilette ...«

»Hallo, Sie da hinten! Für Sie gibt es keine Extrawurst!« Auf mich wirkte sie heute besonders streng – die Frau, die es nie geschafft hatte, mich für das Fach Schnittkonstruktion zu begeistern. Sie begann die Prüfungsaufgaben zu verteilen. »Ab jetzt verlässt keine mehr den Saal.« Sie warf mir einen besonders stechenden Blick zu. Sie wusste, dass diese Ausbildung meine persönliche Strafe war, dass ich niemals freiwillig hier gelernt hätte.

»Ruhe! Die Zeit läuft ... ab jetzt! Um Punkt eins geben Sie Ihre Prüfungsbögen ab!«

Die nächste Panikwelle überflutete mich. Um Punkt eins musste ich zu Hause sein! Wie sollte ich die nächsten Stunden in diesem grässlichen Saal überstehen? Die Buchstaben auf dem Prüfungsbogen tanzten mir vor den Augen.

Ricarda hatte sich bereits eifrig ans Schreiben gemacht, ihr Bleistift flog nur so über das Papier. Ich war nicht in der Lage, eine einzige Frage zu entziffern.

Wenn ich um Punkt eins in der Wohnung sein muss, wann muss ich dann hier los?

Ich starrte an die Decke. Rechnete. Überlegte. Nicht zu früh und nicht zu spät. Alles, nur nicht auffallen.

Die S-Bahn brauchte zwanzig Minuten. Plus vier Minuten Hinweg und noch mal vier Minuten Weg zum Haus. Dann die halbe Treppe bis zur Wohnung ... Hoffentlich ist Ed auf die Minute pünktlich, ratterte es in meinem Kopf. Wenn er es diesmal nicht so genau nimmt, sitze ich womöglich allein mit dem Zubringer im Auto. Oder der Typ fährt wieder weg. Dann ist es aus mit unserem Traum.

»Träumen Sie, Frau Stein?«

Ich zuckte zusammen. »Ähm, nein, ich denke über die schnitttechnische Umsetzung nach ...«

»Neben der schnitttechnischen Umsetzung eines Ballettkostümentwurfs sind auch noch theoretische Fragen zu beantworten«, schnarrte die gestrenge Berufsschullehrerin. »Statt in die Luft zu starren, würde ich mal anfangen.«

»Ja, natürlich«, stotterte ich.

Ich nahm den Bleistift und fuhr damit in gespielter Aufmerksamkeit die Zeilen entlang. Meine Hand zitterte so sehr, dass er gegen das Papier klopfte wie ein Specht.

»Jetzt reißen Sie sich mal zusammen. Wenn Sie diese Prüfung nicht bestehen, landen Sie in der Nähfabrik am Fließband.«

»Entschuldigung«, antwortete ich fahrig.

Mechanisch griff ich mit tauben Fingern nach Lineal und Zirkel und begann den Schnitt für ein Ballettkostüm zu konstruieren, das ich nie im Leben hätte realisiert sehen wollen. Wahrscheinlich hätte Lilli das noch besser hingekriegt in ihrem kindlichen Schaffensdrang. Wenn die Lehrerin diese Prüfung korrigierte, würde sie mit Sicherheit eine Identitätskrise erleiden oder mir einen bösen Streich unterstellen. Aber dann würde ich ja längst im Westen sein.

Die Wanduhr tickte gnadenlos in die Stille hinein. Der große Zeiger hielt immer ein paar Sekunden inne, bevor er auf die nächste Minute vorrückte: Klack. Klack. Klack. Noch nie in meinem Leben war die Zeit so quälend langsam vergangen. Vor lauter Panik war mir nun auch schwindlig. Ich litt abwechselnd an Schweißausbrüchen und Schüttelfrost, versuchte, ruhig zu atmen, wie ich das vor meinen Bühnenauftritten gelernt hatte. Aber vor lauter Aufregung bekam ich kaum noch Luft. Wieder träumte ich mich in den Westen. Auf die Bühne. Beim Tanzen wurde ich ruhig und stark. Hintern zusammenkneifen und durch, Peasy. Gleich ist Vorstellung!

Aber gegen diese panische Angst kam ich nicht an. Zwischen meinen Ohren gellte ein schriller Ton, der zu Sirenenlautstärke anschwoll. Je näher die Uhrzeiger der Zwölf rückten, umso hysterischer wurde ich. In solchen Situationen soll man eigentlich in eine Tüte atmen, aber das konnte ich jetzt unmöglich tun. Bestimmt würde ich jeden Moment in Ohnmacht fallen. Meine Augen tränten, und ich klammerte mich an die Tischkante. Alles drehte sich. Eine neue Woge der Übelkeit stieg in mir hoch, und mein Kopf schlug mit einem dumpfen Knall auf die Arbeitsplatte.

»Was ist mit Ihnen?« Die erbarmungslosen Adleraugen der Lehrerin taxierten mich. »Spielen Sie uns hier nichts vor! Das ist Ihre letzte Chance!«

»Übelkeit und Unwohlsein«, rang ich mir von den ausgetrockneten Lippen.

»Dann gehen Sie raus!«

Wie ein ferngesteuerter Roboter stand ich auf und taumelte auf das Pult zu.

»Notieren Sie hier Datum und Uhrzeit! Wenn Sie den Saal jetzt verlassen, können Sie nicht wieder rein!«

Mit letzter Kraft kritzelte ich die gewünschten Daten an den Rand meiner Prüfungsunterlagen: 31. Januar 1974, 12 Uhr 26.

Schon so spät! Ich bin ja viel zu spät!, dachte ich entsetzt. Wenn ich jetzt die S-Bahn nicht erwische oder sie so voll ist, dass ich auf die nächste warten muss!, hämmerte es in meinem Kopf. Die Beine wollten mir versagen. Mit letzter Kraft drückte ich sie durch. Haltung, Peasy, Haltung. Gleich ist Vorstellung.

»Verlassen Sie jetzt den Prüfungsraum.« Die Lehrerin zeigte mit dem Kinn energisch zur Tür, ohne die anderen Prüflinge aus den Augen zu lassen. Klack!, machte die Uhr. 12 Uhr 27.

Da setzte ich mich automatisch in Bewegung, verließ den Raum und rannte, was das Zeug hielt: Aus dem Gebäude, die Straße entlang, unter dem Viadukt hindurch, bis zur S-Bahn. Die hielt sogleich und öffnete ihre Türen. Sie war fast leer. Ab jetzt war alles Schicksal.

Ich ließ mich auf eine der Holzbänke fallen. Ohne einen klaren Gedanken fassen zu können, starrte ich auf die schmutzige Scheibe, in der ich mein verzerrtes Spiegelbild wahrnahm. Eine leichenblasse junge Frau mit spitzer Nase und schwarzen Ringen unter den Augen starrte mir entgegen.

Du machst rüber, du machst rüber, du machst rüber!, ratterte die Bahn.

Mechanisch stieg ich aus und gelangte irgendwie zum Haus meiner Schwiegereltern, die um diese Zeit beide noch arbeiteten.

Punkt eins. Das wäre geschafft.

Zu meiner Erleichterung stand Ed bereits vor der Haustür und schloss mit zitternder Hand auf. Auch er hatte Panik. So hatte ich meinen lässigen Mann noch nie gesehen! Wortlos sahen wir uns an. Endlich ging die Haustür auf.

Automatisch öffnete Ed den Briefkasten links an der Wand. Reine Routine. Ein amtlich aussehendes Schreiben fiel ihm entgegen. Es war an Ed adressiert. Behördenpost mit Staatswappen: Hammer und Zirkel.

»Nicht öffnen«, flüsterten wir beide wie aus einem Mund.

Ed stopfte den Brief zurück.

Wir spürten beide, dass dieser Brief Gefahr bedeutete.

Später erfuhren wir, dass es sein Einberufungsbefehl zur Nationalen Volksarmee war. Hätten wir den Brief geöffnet, hätte man Eds Wissen um den Inhalt später vor Gericht als Fahnenflucht gewertet. Das hätte ihm mindestens zwölf oder fünfzehn Jahre Zuchthaus einbringen können! Wie gut, dass wir so vieles nicht wussten. Noch immer lenkte uns die Hoffnung auf Freiheit. Freude und Furcht, Lachen und Weinen, Angst und Neugier – all diese Gefühle zerrissen uns förmlich.

Schweigend nahmen wir die letzten Stufen bis zur Hochparterrewohnung. Die Wohnungstür öffnete sich einladend. Hier war doch unser Zuhause! Sollten wir wirklich …?

Eine Weile standen wir steif im Esszimmer, in dem es noch so heimelig roch wie am Vorabend. Georgs Pfeife lag neben dem von Thea angefangenen Kreuzworträtsel auf dem Tisch. Ihr Strickzeug in einem Korb.

Unsere Zimmertür stand offen, das Bett war zerwühlt von der schlaflosen Nacht. Im Regal Whiskyflaschen, Eds ganzer Stolz – westlicher Whisky. Ein Stapel *Spiegel-* und *Stern-*Hefte – verbotene Schundliteratur. Meine Schminkutensilien, meine Habseligkeiten – nichts davon durfte ich mitnehmen. Alles musste so aussehen wie immer. Eines wollte ich ihnen allerdings nicht lassen, wenn sie zum Schnüffeln kamen! Hastig nahm ich das Bild von der Wand, das mit einer Stecknadel über unserem Bett befestigt war. Ed hatte es von mir gemacht. Ein Aktfoto in Schwarz-Weiß, im Rahmen seines Kunststudiums. Ich tanzte nackt, anmutig wie eine Elfe. Mein Blick unter langen künstlichen Theaterwimpern war gesenkt, und meine Wange sah aus wie aus Marmor gemeißelt. Ich tanzte gerade den sterbenden Schwan, ganz privat für Ed. Ein Kunstwerk war ihm da gelungen, das nur uns beide etwas anging. Unauffällig ließ ich es in meine kleine rote Tasche gleiten.

Zurück im Esszimmer wurde mir bewusst, dass wir nie wieder gemeinsam hier sitzen würden. Das alles würden wir jetzt für immer hinter uns lassen. Stumm starrte ich auf das Stillleben.

»Wir müssen ihnen eine Nachricht hinterlassen.« Eds Stimme klang heiser.

Ich schluckte trocken. »Ja, aber doch nicht ...«

Hastig riss Ed eine Ecke von dem Kreuzworträtsel ab und kritzelte auf den Rand:

P. und ich gehen nach ihrer Prüfung noch auf eine Party, schlafen wahrscheinlich bei ihrer Freundin R. – falls es feuchtfröhlich werden sollte. Macht euch ein schönes Wochenende, sehen uns spätestens Sonntag zu Sport aktuell! *Kuss E. und P.*

Sonntag zu *Sport aktuell*! Das waren noch mehr als fünfzig Stunden. Lieber Himmel, lass uns dann irgendwo im Westen sein!

Ein schriller Ton zerriss die Stille. Obwohl wir das Klingeln erwartet hatten, fuhren wir zusammen.

»Eigentlich wollte ich noch mal auf die Toilette ...«

»Peasy, jetzt!«

Ed zerrte an meinem Mantelärmel, schob mich zur Wohnungstür hinaus und zog leise hinter uns zu. Dann ging es sechs Stufen nach unten. Hatte ich alles? O Gott, jetzt ging auf einmal alles so schnell!

Vor der Haustür stand ein ekliger, pomadiger Typ in brauner Lederjacke und rauchte. Ein Stasi-Typ, wie er im Buche stand! Es durchfuhr mich wie ein Blitz: Vorsicht, Falle! Schlechter Film! Zurück, alles noch mal auf Anfang! Ich widerstand dem Drang, gleich wieder kehrtzumachen. Ed hielt mich an der Hand. Ich spürte, wie sein Puls raste.

Der undurchschaubare Kerl schlug den Kragen hoch und stieß eine Rauchwolke aus.

»Hallo, ich komme von Eileen und Klaas.«

Das war die Losung.

Ed und ich sahen uns an, panisch wie zwei Kaninchen im Scheinwerferlicht.

Der Mann wies auf einen ganz normalen roten Pkw, ein Skoda mit Ostberliner Kennzeichen, der um die Ecke geparkt war. Wir machten ein paar Schritte darauf zu und blieben verunsichert stehen.

»Ich fahre euch jetzt zum vereinbarten Treffpunkt. Verhaltet euch unauffällig und steigt schnell ein.«

Alles was er sagte, war der richtige Text.

Es gab jetzt einfach kein Zurück mehr! Wie oft hatte Klaas uns gesagt, dass jeder der Beteiligten nur einen Bruchteil des Plans kannte, nämlich das Puzzleteilchen, für das er zuständig war. Er war einfach nur ein Kurier. Er wusste nicht mehr und wollte es auch gar nicht wissen.

Warum sträubte sich dann bloß alles in mir, ausgerechnet diesem aalglatten Typen zu vertrauen?

»Was ist, wollt ihr hier Wurzeln schlagen?« Der Kerl warf seine Zigarette in die Gosse und schloss den roten Skoda auf.

Ein Nachbar von gegenüber kam an uns vorbei und zog

grüßend den Hut. Bevor der wieder damit anfing, dass Ed sich als gestandener Architekt doch endlich mal angemessen kleiden solle, kam Leben in uns.

Verdammt. Jetzt oder nie.

Der Mann saß bereits am Steuer und klappte den Beifahrersitz vor, damit wir auf die Rückbank schlüpfen konnten. Wie Tiere in ihren Bau krochen wir hinein. Hauptsache, erst mal weg hier!

»Wohin fahren wir?«, fragte Ed. Ich presste meine kleine rote Tasche an mich, in dem meine Geburtsurkunde steckte, die ich meiner Mutter heimlich entwendet hatte.

»Transitautobahn Richtung Drewitz-Marienborn.«

Das hörte sich doch erst mal gut an. Wir sahen uns erwartungsvoll an. Es schien zu funktionieren!

Der Mann sagte kein Wort mehr. Knatternd fuhr er los. Der Auspuff spuckte gelbe, stinkende Abgaswolken von sich. Wir holperten dermaßen über das Kopfsteinpflaster, dass wir an den Himmel dieses Kleinwagens stießen. Ed und ich hielten uns an den Händen. Ab jetzt konnten wir nichts mehr tun.

O Herr, gib mir die Gelassenheit, Dinge hinzunehmen, die ich nicht ändern kann.

Den Mut, Dinge zu ändern, die ich ändern kann.

Und die ... ja was noch mal ... die Weisheit, das eine vom anderen zu unterscheiden.

Ein letztes Mal zogen die vertrauten Straßen und Plätze an uns vorbei. Leb wohl, Ostberlin!

Das Geheimnis des Glücks ist die Freiheit.

Das Unternehmen Flucht hatte begonnen!

8

Parkplatz an der Transitautobahn, 31. Januar 1974, 18 Uhr

Die längst verdorrten Tannenzweige im Unterholz des Waldstücks stachen wie tausend kleine Nadeln in mein Gesicht. Vor uns lag der Autobahnparkplatz, auf dem uns der Kurier schweigend abgesetzt hatte.

Inzwischen war es stockdunkel geworden. Nur wenige Hundert Meter von uns entfernt glitten die kegelförmigen Scheinwerfer der nach Westen rasenden Autos an uns vorbei. Bald würden wir auch in so einem Auto sitzen. Bald hätten wir es geschafft. Ein unheimliches Knacken raubte uns den Atem.

Instinktiv tasteten wir uns tiefer in das Dickicht der Bäume hinein. Unsere Füße stolperten über vereiste Wurzeln und Tannenzapfen. Ed hielt schützend den Arm über unsere Köpfe, damit uns keine zurückschnellenden Äste ins Gesicht peitschten.

»Halt, bleib stehen! Da hinten ist doch jemand!« Ich wagte nur zu flüstern.

Wieder erstarrten wir, minutenlang. Meine Beine waren längst zu Eis geworden.

»Nein, das ist nur ein Baum!«, beruhigte mich Ed.

»Und wenn uns die Stasi schon auf den Fersen ist?« Meine Frage wurde vom heulenden Wind weggerissen.

»Psst, Peasy. Bald ist es vorbei.« Ed zog mich an sich und versuchte, mich zu wärmen.

»Ich hab solche Angst!«, flüsterte ich ihm ins Ohr.

Zärtlich blies Ed mir seinen warmen Atem ins Gesicht. Tapfer schluckte ich die Tränen hinunter. »Wie lange stehen wir jetzt schon hier?«

»Ich schätze, drei oder vier Stunden.«

»Ich kann nicht mehr, Ed! Ich muss so dringend!«

»Dann hock dich hin. Schließlich sind wir im Wald.«

Ich hatte gerade mit steif gefrorenen Fingern meine Hose heruntergelassen und mich hingehockt, als mich grelles Scheinwerferlicht erfasste. Ein Pkw fuhr von der Transitautobahn ab, direkt auf den Parkplatz zu.

Hastig riss ich die Hose wieder hoch und taumelte auf Ed zu. Mein Mann stand mit angehaltenem Atem hinter dem Baum und zog mich an sich. Meine Zähne schlugen so laut aufeinander, dass ich mir einbildete, das Klappern würde das Motorengeräusch übertönen.

Wie angewurzelt warteten wir im Schutz des Baumes und beobachteten den Pkw, der nun auf dem Parkplatz gehalten hatte. Die Scheinwerfer gingen aus.

Totenstille. Schwärze. Nichts.

Warum stieg denn niemand aus? Was machte der da drin?

Wir wagten es nicht, uns bemerkbar zu machen.

Plötzlich gingen die Scheinwerfer wieder an. In den Lichtkegeln tanzten dicke, wässrige Schneeflocken. Der Motor wurde angelassen, und der Wagen fuhr wieder davon.

»Was war denn das?«

»Ich weiß es nicht!«

»Hat der uns beobachtet?«

»Keine Ahnung!«

»Ed, ich werde noch wahnsinnig!«

»Du wolltest doch pinkeln.«

»Jetzt kann ich nicht mehr.«

»Versuch es!«

Okay, zweiter Versuch. Nachdem mein Herzschlag sich einigermaßen beruhigt hatte, schaffte ich es endlich, meine zum Platzen volle Blase zu erleichtern.

Während ich mir die Hose wieder zuknöpfte, fasste ich neuen Mut. »Dieser Wagen kann uns gar nicht gegolten haben. Es war schließlich kein Containerlaster.«

»Du hast recht. Es gibt auch ganz normale Leute, die mal kurz halten und ein Nickerchen machen.«

Tapfer warteten wir weiter. Meine Nase tropfte. Quälende Minuten wurden zu einer halben Stunde.

»Ed? Was können wir tun?«

»Gar nichts. Von hier kommen wir doch überhaupt nicht weg.«

»Und wenn bis Mitternacht keiner kommt?!«

»Psst! Hörst du das?«

Tatsächlich. Wieder fuhr ein Pkw auf den kleinen dunklen Parkplatz. Diesmal stieg der Fahrer aus, schaute sich nach allen Seiten um und spähte prüfend in die Dunkelheit, ob er auch der einzige Wagen auf diesem Parkplatz war.

Er öffnete den Kofferraum. Es war ein Westauto. Ein Ford Taunus. Inzwischen hatten sich unsere Augen an die Dunkelheit gewöhnt.

Unsere Herzen begannen erneut zu rasen.

Plötzlich machte der Mann ein paar schnelle Schritte auf den Wald zu, in dem wir seit etwa fünf Stunden verharrten.

»Ed?«

Unsere Hände umklammerten sich.

»Hallo, Ed! Ed und Peasy!«

Vorsichtig verließen wir unser Versteck. Der Mann wirkte

ausgesprochen nervös. Immer wieder sah er sich nach allen Seiten um. Warum knackten die verdammten Äste so laut wie ein Feuerwerk?

Aber er hatte uns beim Namen gerufen, also musste es der Richtige sein!

Wir hatten den Mann fast erreicht, als mit ohrenbetäubendem Lärm und typischem Gestank ein weiterer Wagen auf den Parkplatz geknattert kam. Diesmal ein Kleinlaster mit Ostkennzeichen!

»Zurück«, zischte der Mann. »Zurück!«

Panisch wie aufgescheuchte Waldtiere wichen wir in die Dunkelheit zurück.

Unser Schleuser zog seinen Hosenschlitz auf, das Ratschen durchschnitt grotesk laut die Stille. Er pinkelte geräuschvoll in den Wald. Was sollte er auch sonst tun, um seinen nächtlichen Abstecher zum Waldrand zu erklären, falls jemand aus dem Ostkleinlaster aussteigen und ihn ansprechen würde?

Der Kleinlaster blieb einige quälende lange Minuten stehen, ohne dass sich etwas rührte. Auch hier stieg niemand aus. Das war doch nicht normal!

O Gott! Irgendwann würde unser Schleuser notgedrungen ohne uns losfahren müssen.

Er rauchte eine Zigarette und ging ein paarmal auf und ab.

Unsere Nerven waren zum Zerreißen gespannt. Ich kniff die Augen zusammen und ergab mich in mein Schicksal. *O Herr, gib mir den Mut ...*

Da, ein Motor! Da fuhr einer los! Welcher von beiden? Angespannt spähten wir hinter unserem Baum hervor.

Es war der Barkas, der Kleintransporter, der im Volksmund auch Margarineauto genannt wurde, weil darin Margarine, Fisch und allerlei andere, leicht verderbliche Ware transportiert wurde. Unser Mann mit dem Ford Taunus war noch da!

»Schnell, schnell, macht schnell!«

Ed und ich rannten erneut aus dem Waldstück auf ihn zu.

Dass meine Beine überhaupt noch funktionierten, nach dem langen Stillstehen! Ich war in diesem Augenblick einfach nur noch ein Automat. Am Parkplatz erstarrten wir. Wirklich nur ein einfacher Pkw! Ein Ford Taunus! Der Kofferraum stand immer noch offen.

»Rein da! Schnell!« Der Mann sah sich panisch nach allen Seiten um.

»Ein ganz normaler Kofferraum?« Ed schüttelte entsetzt den Kopf.

»Da steige ich nicht ein«, sagte ich zähneklappernd. »Es sollte doch ein großer Containerlaster mit einem sicheren Versteck sein!«

»Mädchen, steig jetzt ein!« Der Mann hatte schon den Kofferraumdeckel in der Hand.

In diesem Moment gab es kein Zurück mehr.

In Windeseile schlüpften wir in den komplett leeren Kofferraum. Noch nicht mal eine Decke lag darin. Unsere Körper lagen ungeschützt auf dem nackten Blech.

Über uns wurde die Kofferraumklappe zugeschlagen.

Ich war als Erste eingestiegen und lag nun gegen das Rücksitzblech gedrückt auf der Seite. Meine kleine rote Tasche mit den kostbaren Habseligkeiten hatte ich ans Fußende geschoben.

Ed presste sich an mich. Ich spürte seinen gehetzten Atem. Unsere Gesichter berührten sich, unsere Hände und Arme waren ineinandergeschlungen wie bei einer komplizierten Hebefigur im Ballett. Es fühlte sich komplett surreal an.

Als der Fahrer losfuhr, schlugen meine Wangenknochen gegen das Bodenblech. Ich spannte jede Faser meines Körpers an, um die Stöße abzufedern.

Nach einer Weile begann der Fahrer mit uns zu sprechen.

»Hört ihr mich?«

»Ja.«

»Es dauert jetzt ungefähr eine halbe Stunde, bis wir den Kontrollpunkt Marienborn erreichen.« Der war bestimmt auch tierisch nervös, das konnte man hören.

»Okay.« Das war Eds heisere Stimme.

»Ich werde euch kurz vorher instruieren. Bis dahin kein Wort.«

Richtig still war es allerdings auch nicht: Unter uns sangen schaurig die Reifen auf dem nassen Asphalt, und vorne jammerten die Scheibenwischer.

Plötzlich ging das Autoradio an.

»Hier ist RIAS Berlin. Eine freie Stimme der freien Welt.«

Würden wir gleich frei sein? Noch eine halbe Stunde, Peasy. Nur noch diese eine letzte halbe Stunde. Hintern zusammenkneifen und durch. Gleich ist Vorstellung. Doch diesmal funktionierte die Losung meiner russischen Ballettmeisterin nicht! Früher hatte ich meine Angst wegtanzen können, aber jetzt durfte ich mich keinen Zentimeter bewegen.

In diesem Moment wurde mir klar, wie eingequetscht wir in diesem Kofferraum waren. Es stank nach Benzin. Kein bisschen Sauerstoff kam hier rein! Würden wir die nächste halbe Stunde noch genug Luft bekommen? Würden wir ersticken?

Was, wenn sie das Auto am Kontrollpunkt doch rauswinkten?

Würde der Fahrer dann deren Anweisungen befolgen oder durchdrehen und Gas geben? Vor meinem inneren Auge sah ich, wie unser Ford Taunus schlingernd den Schlagbaum durchbrach. Ich hörte Eisen zerbersten, Hunde bellen und Schüsse peitschen.

O Gott!, flehte ich in Todesnot, bring mich auf andere Gedanken! Irgendwas, damit ich spüre, dass ich nicht wahnsinnig werde.

O Herr, schoss es mir durch den Kopf. *Gib mir die Gelassenheit, Dinge hinzunehmen, die ich nicht ändern kann.*

Den Mut, Dinge zu ändern, die ich ändern kann.

Und die ... jetzt wusste ich es ... *die Weisheit, das eine vom anderen zu unterscheiden.*

Das half. Ich beruhigte mich, konnte wieder klar denken. Das Autoradio wurde ausgestellt.

»Wir fahren jetzt in den Kontrollpunkt. Verhaltet euch absolut ruhig.«

Ed und ich drückten unsere Hände so fest, dass Schmerz das Einzige war, was ich noch fühlte. Wir hielten den Atem an und kniffen die Augen zu. Jetzt bloß nicht husten oder niesen! Ed und ich brachen uns vor Anspannung fast die Finger.

Das Auto machte eine ruckartige Bewegung und blieb stehen. Die Grenzer sprachen mit dem Fahrer. So sehr ich mich auch bemühte, etwas davon aufzuschnappen, ich verstand kein Wort. Das Auto fuhr wieder an. Wir rollten eine etwas längere Strecke.

Die Anspannung war unerträglich. Hoffnung brach sich Bahn wie ein Sonnenstrahl zwischen dunklen Wolken. Mir wurde auf einmal ganz warm!

War das schon alles?

Hatte er seinen Pass gezeigt und war durchgewinkt worden, so wie Klaas uns das geschildert hatte? Reine Routine, die kennen mich schon.

Waren wir schon in Helmstedt, am westlichen Kontrollpunkt?
Waren wir schon in Freiheit?

Dann hielt der Wagen erneut. Die Sekunden wurden uns unerträglich lang. Plötzlich näherten sich hechelnde Hunde. Irgendetwas wurde unter das Auto geschoben. Es schabte und kratzte. Wir waren nicht im Westen!

Wir erstarrten! Wir hielten die Luft an!

Abrupt wurde die Kofferraumklappe aufgerissen. Gleißendes Scheinwerferlicht blendete uns. Nach Stunden in vollkommener Dunkelheit glaubte ich, auf der Stelle zu erblinden.

»Na, wen haben wir denn da!« Schadenfrohes Gelächter. »Volltreffer!«

»Ich stelle den Sachverhalt fest«, sagte stakkatoartig eine Männerstimme. »Bei der um 19 Uhr 30 durchgeführten Transportmittelkontrolle wurden im Kofferraum versteckt eine männliche und eine weibliche Person aufgefunden.«

Plötzlich änderte sich der sachliche Ton, und der Mann schrie Ed an:

»Komm Se hoch, bewegen Se Ihren Arsch!«

Geschockt rappelte Ed sich hoch. Ich schützte das Gesicht mit den Armen, lugte aber durch einen Spalt.

Noch während Ed kniete, schlugen sie ihm den Kofferraumdeckel auf den Kopf. Der Knall hallt noch heute in meinen Ohren. Hatten sie ihm das Nasenbein gebrochen?

Stöhnend sank er zurück. War er ohnmächtig geworden? War das Blut, in das ich fasste? Erneut waren wir im dunklen Kofferraum gefangen. Ich fühlte mich wie lebendig begraben.

Es ist aus!, dröhnte es in meinem Kopf. Aus. Aus. Aus.

Eine gefühlte Ewigkeit ließen sie uns im Kofferraum liegen.

Viele Jahre später lasen wir das Protokoll, das sie währenddessen penibelst angefertigt hatten:

6. um 19:00 uhr wurde durch das olz der abt. roem. sechs der bv Magdeburg durchgegeben, dasz bei dem o.g. kfz der verdacht einer personenschleusung besteht und eine gruendliche transportmittelkontrolle des pkw durchzuführen ist.

bei eintreffen des pkw im dienstbereich ausreise ist das kfz aus dem reisestrom zu loesen und entsprechend abzusichern.

7. gruppenfuehrer ausreise zwecks einleitung von fahndungs- und absicherungsmasznahmen verstaendigt

Zugfuehrer gza verstaendigt, zwecks stationierung und absicherung des db ausreise

(linie pkw) durch einen diensthund

vom gza zugfuehrer wurde mitgeteilt, dasz einer der diensthunde nicht in einsatz gebracht werden kann, da kurz vorher eine fuetterung erfolgte und dadurch dieser diensthund nicht eingesetzt werden kann.

leiter der pke verstaendigt

19:25 uhr traf o. g. kfz im db ausreise an, pkw wurde in den db wechselverkehr eingewiesen, aus dem reisestrom geloest und durch drei festnahmegruppen abgesichert.

19:35 uhr leiter der pke vom ergebnis der kontrolle verstaendigt
Personen in der – f – ueberprueft, nicht erfaszt

19:45 uhr erfolgte die Unterbringung der festgenommenen und des pkw im rueckwaertigen raum der paszkontrolleinheit

Ende des Protokolls

Jahre später beim Lesen dieser Horrorprotokolle meiner Stasiakte, ging mir durch den Kopf: zwei kleine, vor Angst dem Sterben nahe Menschen, lagen in diesem Kofferraum und die sicherten mit einer »ganzen Armee« von »Festnahmegruppen« den Kofferraum eines PKW.

Sie ließen uns gefühlte Stunden darin liegen, um erst mal ihr stumpfes Protokoll in die Schreibmaschine zu hacken – ordnungsgemäß mit mehreren Durchschlägen. Kein Wunder, dass dieser Staat nie auf einen grünen Zweig kam!

Wie abscheulich war doch dieses System. Nur logisch, dass wir aus dieser seelenlosen Hölle entkommen wollten!

Dabei fing die Hölle jetzt erst richtig an.

9

Kontrollpunkt Marienborn, 31. Januar 1974, 19 Uhr 45

»Also los jetzt, raus hier, aber ein bisschen zackig!«

Diesmal ließen sie Ed aussteigen. Er taumelte, fiel fast auf den kalten Asphalt und rappelte sich mit letzter Kraft hoch. Sein Gesicht war ganz entstellt von blauen Flecken und getrocknetem Blut. Ich kroch mechanisch hinterher.

Dann rissen sie Ed am Arm und führten ihn durch eine Gasse von bewaffneten Grenzbeamten. Er wollte sich noch mal zu mir umschauen, doch sie drückten ihm den Kopf nach unten. Das sollte für viele Jahre meine letzte Erinnerung an ihn sein.

»So, und Sie kommen hier lang.« Zwei untersetzte Frauen in grauer Uniform zerrten mich in einen weiß gekachelten Raum, in dessen Mitte nur ein Metalltisch samt Hocker stand. Eine nackte Glühbirne, die in ihren besten Tagen vielleicht dauerhaft geleuchtet hatte, baumelte von der Decke. Inzwischen hatte sie nur noch ein klägliches Flackern für mich übrig. Ich taumelte vor Schwindel. Tausend grelle Punkte tanzten mir vor den Augen.

»Steh'n Se gefälligst gerade!«

Ich sah nur einen aufgerissenen hässlichen Mund und spürte, wie zwei Arme an mir zerrten. Die weißen Kacheln des eiskalten Raumes kamen auf mich zu und drohten mich schier zu erdrücken.

»Hände aus den Taschen!«

»Aber mir ist kalt«, wagte ich zu flüstern. Wieder schlugen meine Zähne aufeinander.

»Ihnen wird gleich noch viel kälter werden. Ausziehen!«

Mit Fingern, die mir gar nicht mehr gehorchen wollten, knöpfte ich umständlich den Mantel auf.

»Schneller! Machen Se hinne!«

Mechanisch legte ich den Mantel auf den Metalltisch. Keine Schwäche zeigen, nur keine Schwäche zeigen. Du weinst nicht, Peasy.

»Weiter!«

Ich zog meinen Pullover aus und stand in Unterhemd und BH vor ihr. Mein ganzer Körper bibberte vor Kälte. Du behältst deine Würde!, schwor ich mir.

»Hose aus.«

In diesem Moment meldete sich mein alter Kampfgeist zurück. »Ich ziehe überhaupt nichts mehr aus, bevor ich nicht zur Toilette gehen kann.«

»Halten Se den Mund und zieh'n Se Ihre Hose aus.«

»Dann pinkle ich Ihnen hier die Bude voll.« Ich wusste selbst nicht, woher ich diesen Mut nahm.

Die Grobschlächtige, Uniformierte, deren Bauch aus dem Rockbund hervorquoll, kniff ihre mit blauem Lidschatten verschmierten Augen zusammen.

Ihr fehlten buchstäblich die Worte.

»Zieh'n Se Ihren Mantel nüber und gomm Se mit.« Ihr breiter sächsischer Dialekt war nicht zu überhören.

Sie scheuchte mich durch einen weiß getünchten Gang. »Blei'm Se stäh'n.«

Gründlich inspizierte sie die Damentoilette und stellte sicher, dass keine Fluchtmöglichkeiten vorhanden waren. Sie stieg auf den Klodeckel, fasste an den Fenstergriff und rüttelte daran: alles verrammelt und verriegelt.

»So. Jetze. Machen Se.« Sie stand mit verschränkten Armen vor der offenen Klotür und machte keinerlei Anstalten, diese zu schließen.

»Wenn die Tür offen bleibt, kann ich nicht.« Ich wollte die Tür von innen schließen.

»Ich dachte, Se müssen so dringend.« Sie seufzte. »Ich gäbe Se genau eeene Minude.«

Endlich ergab ich mich in mein Schicksal und ließ den Dingen ihren Lauf. Für einen kurzen Moment konnte ich durchatmen.

Wieder zurück im Kaltkachelraum, gestikulierte sie fordernd und kommandierte weiter.

»Hose aus, alles ausziehen.«

Mit Gummihandschuhen tastete sie mich überall ab, untersuchte jede Körperöffnung.

»Bücken.«

Gib mir die Gelassenheit, Dinge hinzunehmen, die ich nicht ändern kann ...

Sie zog die Gummihandschuhe aus und tippte seelenruhig mit zwei Fingern ihr Protokoll, während ich splitternackt und bibbernd vor ihr stand:

»19:45 uhr koerperuntersuchung durchgefuehrt, ohne beanstandungen«, sprach sie laut mit. »Anzieh'n!«

Zitternd vor Kälte, aber auch vor Wut zog ich mich wieder an.

»Gäben Se das her.«

Mit genervtem Fuchteln forderte sie meine Kette und meinen Ring ein!

Tapfer legte ich beides ab.

Währenddessen griffen ihre schmutzigen Finger nach meinem einzigen »Gepäckstück«, nach meiner kleinen roten Tasche, in der sich meine letzten Habseligkeiten befanden. Sie erstellte das »Sicherstellungsprotokoll«:

»Eine Kette, ein Ring. Geburtsurkunde. Bleistift, Tagebuch, Taschentuch, fünfundzwanzig Pfennig der DDR …« Mit spitzen Fingern zog sie das Aktfoto aus meinem Tagebuch. Dass es sich dabei um ein künstlerisches Schwarz-Weiß-Porträt handelte, das mich tanzend zeigte, begriff diese Kuh natürlich nicht. »Nacktfoto von festgenommener Person«, schrieb sie angewidert. Insgesamt dreizehn Positionen führte sie auf, dann knallte sie ihren Stempel darauf und versah das Protokoll mit ihrer Unterschrift.

»Unterschreiben Se hier!«

Ich musste bestätigen, dass sich die unter Punkt eins bis dreizehn aufgeführten Gegenstände zum Zeitpunkt meiner Verhaftung in meinem Besitz befunden hatten.

Es gab mir einen schmerzhaften Stich: Kette und Ring waren ein letztes Geschenk von meinem geliebten Vater gewesen. Wie stolz er mir beides mit den Worten überreicht hatte: »Mädel, du hast es geschafft! Trotz Fabrikarbeit, trotz deinem harten Tanztraining an der Staatsoper. Mal eben so ein Einser-Abitur.« In seinen Augen hatte es feucht geschimmert. »Ich bin stolz auf dich!« Damals konnte ich noch nicht ahnen, dass die nun folgende Umarmung eine unserer letzten sein würde. Kurz danach war er gestorben.

Und auch jetzt, in diesem Raum, wusste ich nicht, dass ich diesen feinen, liebevoll ausgesuchten Schmuck nie wiederbekommen sollte. Wahrscheinlich zierte die Kette schon kurz danach den Truthahnhals der dicken Uniformierten mit dem verschmierten blauen Lidschatten. Den schmalen Ring dürfte sie nicht über ihre Wurstfinger bekommen haben.

Protokoll:
21:30 uhr durch die abt. 14 der vw von grosz berlin werden die personen abgeholt.

»Gomm Se.«
Drei weitere uniformierte Frauen und zwei Wachbeamte erwarteten mich bereits, als die Grobschlächtige mit ihrem Protokoll endlich fertig war. Sie führten mich zurück durch den weiß gekachelten Gang. Ich stolperte ins Freie. Eiskalte Luft schlug mir entgegen, vermischt mit Benzin- und Abgasgestank. Ein äußerlich unscheinbarer Kleinbus, ein fensterloser Barkas, wartete bereits mit laufendem Motor. Das Margarineauto vom Autobahnparkplatz?!
»Steigen Se ein.«
Er war zu einem Gefangenentransporter des Ministeriums für Staatssicherheit umfunktioniert worden. Ein kleiner enger Verschlag. Ich hatte keine Ahnung, ob außer mir noch jemand im hinteren Teil des Fahrzeuges saß. Ed? Womöglich steckte mein Mann im Nachbarschuhkarton? Ich bildete mir ein, ihn zu spüren, sein Atmen hören zu können. Aber ich traute mich nicht, etwas zu sagen.

Eine bleierne Schwere hatte mich erfasst. Ich war gefangen. Sie hatten uns erwischt. Der Traum von der Freiheit war ausgeträumt. Ich würde nie wieder tanzen.

Darüber hinaus verlor ich jedes Zeitgefühl. Wie viele Stunden hockte ich jetzt schon in dem Wagen? Wir fuhren und fuhren.

So groß konnte die DDR doch gar nicht sein! Bestimmt

war die Nacht schon um und ein neuer Tag angebrochen? Doch immer noch fuhr dieser Kleinbus monoton durch die Gegend.

Endlich hatte ich das Gefühl, dass wir die Autobahn verlassen hatten, denn die Route wurde kurviger und ich von einer Trennwand gegen die nächste geschleudert. Ab und zu hielten wir an einer Ampel und fuhren wieder los.

Seit wann hatte ich nichts mehr gegessen? Seit wann nichts mehr getrunken? Seit wann nicht mehr richtig geschlafen? Ich wusste es nicht. Schlaff und willenlos hing ich auf meinem Sitz.

Der Kleinbus hielt.

Stiefelgeräusche wurden laut. Kreischend öffnete sich ein Tor. Dieses Geräusch brannte sich in meine Erinnerung ein und sollte mich noch lange bis in den Schlaf verfolgen. Das erste Gefängnistor, dem noch viele weitere folgen sollten, öffnete sich für mich.

Wo waren wir? In welcher Stadt? In welchem Gefängnis? Wie lange musste ich hier bleiben?

Schon bei der Festnahme hatte ich schnell verstanden, dass Fragen zwecklos waren.

»Halten Se den Mund! Wir stellen hier die Fragen!«

Erst später, sehr viel später, sollte ich erfahren, dass das Kreischen, das mir so durch Mark und Bein gegangen war, von dem rostigen Tor des Untersuchungsgefängnisses Berlin-Pankow für politische Häftlinge der DDR stammte.

Nie habe ich dieses Gefängnis von außen gesehen – weder vorher noch nachher.

Ich kenne nur sein Rasseln und Quietschen, seine Schreie und Befehle, das verhaltene Klopfen der Gefangenen an die Wände.

»Aussteigen!« Die verriegelte Tür wurde von außen aufgerissen. Uniformierte Männer mit olivgrün-braun gemusterten Uniformen erwarteten mich. Schlagstöcke, Waffen, Stiefel.

Kraftlos ließ ich mich aus dem Wagen kippen. Vorsichtig wagte ich einen Blick nach oben, doch ich befand mich nicht unter freiem Himmel, sondern in einer Art Schleuse, in die sie mit dem Wagen gefahren waren. Der Transporter setzte bereits zurück. Ob noch andere Gefangene darin gewesen waren, womöglich sogar Ed, konnte ich nicht erkennen. Wenn ja, waren wir, ohne uns begegnen zu können, einzeln aus dem Kleinbus geholt worden.

»Mitkommen!«

Sie begannen systematisch damit, meinen Orientierungssinn zu zerstören. Ich sollte nichts abspeichern, keine Ahnung haben, wo ich mich befand. Und das monatelang. Willenlos stolperte ich vor ihnen her wie eine leere Hülle. Rechts. Stehen bleiben. Gehen. Links. Warten. Stehen bleiben. Weitergehen.

Ich bin in ihren Fängen!, dachte ich. Sie werden mich fertigmachen. Haben sie ja schon längst.

Schlüsselbundgerassel. Schmale eiserne Treppen, schmale Gänge. Zu beiden Seiten beige gestrichene Metalltüren. Neonröhren. Kälte, Grauen. Hier konnte kein Mensch existieren. Nicht einmal ein Tier.

»Gehen Se links, Gesicht nach unten!«

Mein Blick irrte zuckend umher. Rechts ging es steil hinunter zu den tieferen Stockwerken. Dazwischen waren allerdings Netze gespannt. Jeder, der hätte springen wollen, wäre nur darin gelandet. So sollten Selbstmorde verhindert werden.

All diese Informationen überfluteten mein armes überfordertes Hirn, ohne dort Platz zu finden. Ich wollte einfach nicht begreifen, was ich da wahrnahm, aus reinem Selbstschutz.

»Bleiben Se steh'n, Hände auf den Rücken, Gesicht zur Wand.«

Welche Wand? Alles war Wand!

Ein schriller Signalton ging mir durch Mark und Bein, gleichzeitig leuchtete eine rote Lampe grell auf. Ich kniff die Augen zu. Es war alles so erbärmlich. Ich wollte tot sein. Auf der Stelle.

»Geh'n Se.«

Schlüsselbundgerassel.

»Blei'm Se steh'n, Hände auf den Rücken, Gesicht zur Wand.«

Wie oft hatte ich das jetzt schon gehört? Psychoterror!, dachte ich. Sie wollen dich brechen. Sie wollen dich verrückt machen. Alle paar Schritte das gleiche entwürdigende Ritual. Du bist deren Marionette. Sie radieren dir die Seele aus. Sie nehmen dir jeden Willen, jede Würde, jede Wahl. Wann wache ich endlich aus diesem Albtraum auf?

Zehn Gittertüren, zwanzig Gittertüren. Auf einmal ein Raum. Männer darin. Uniformierte.

»Auszieh'n.«

Ängstlich schaute ich mich um. Die Männer gafften.

»Wird's bald!« Eine weibliche Uniformierte mit Kurzhaarfrisur, auf der mit einer Haarspange ein albernes Schiffchen befestigt war, stellte eine Zinkwanne, ähnlich der, in der im Sommer noch die kleine Lilli geplanscht hatte, auf einen Metalltisch. »Los. Alles aus.«

Ich gehorchte mechanisch.

Nach und nach warf sie meine Kleidung hinein. Stiefel,

Mantel, Pullover, Hose, Bluse, Schlüpfer, BH. Splitternackt stand ich vor ihr. Die Männer gafften immer noch.

»Bücken. Beine auseinander.« Wieder Gummihandschuhe, die meine Pobacken auseinanderdrückten.

Herr, gib mir die Gelassenheit …

»Anzieh'n.«

Wieder angezogen führte mich ein Uniformierter in einen Nebenraum.

Eine Messlatte, ein hohes langes Holzgestell. Ein unheimlicher Drehstuhl. Kriminalistisches Untersuchungswerkzeug.

»Hinsetzen!«

Ängstlich starrte ich ins Leere, als jemand den Auslöser einer Kamera drückte.

»Seitlich, Profil.« Der Drehstuhl wurde bewegt. Rechte Seite, linke Seite.

»Hände her!«

Jemand drückte meine Finger in ein Stempelkissen. Schwarze Fingerkuppen. Jeder einzelne Finger wurde auf die dafür vorgesehenen Kästchen gedrückt und sorgfältig hin und her gerollt. Zehn kleine Fingerabdrücke.

Wie oft hatte ich mit Lilli »Zehn kleine Zappelmänner« gespielt!

Ein grauschwarzer Trainingsanzug wurde mir achtlos hingeworfen.

»Anzieh'n.«

Er war mir viel zu groß. Braun karierte Filzlatschen. Ein schmutziggraues kratziges Handtuch, Kernseife, Zahnbürste, Zahnpasta, Nachtzeug, blau karierte Bettwäsche.

»Mitnehmen!«

Meine Persönlichkeit? Ausgelöscht.

Treppen. Schmale Gänge. Schlüsselbundgerassel. Noch mehr Treppen und Gänge.

Zellentüren, dicht nebeneinander. Mit Spionen, darunter Luken. Bekam man hier etwa das Essen reingeschoben wie ein gefährliches Raubtier?

»Blei'm Se stehen. Gesicht zur Wand.« Hände auf den Rücken ging ja nicht, denn ich balancierte meine neuen Habseligkeiten wie auf einem Tablett vor mir her.

Der Uniformierte schob die Sichtschutzblende des Spions zur Seite und schaute hindurch. Dann schloss er die Zelle auf. Riegel Nummer eins, Riegel Nummer zwei, darunter ein dritter. Drei Riegel und ein Schloss. Für eine kleine, verängstigte junge Frau, die keine fünfzig Kilo wog und 1,55 groß war.

»Gehen Se rein.«

Ich trat in eine leere Zelle. Ein Hocker. Oben an der gegenüberliegenden Wand Glasbausteine, durch deren Ritzen es eiskalt zog.

Riegel klirrten hinter mir. Der erste, der zweite und unten der dritte.

Weil ich ja so gefährlich war. Stark und bis an die Zähne bewaffnet.

Wenn es nicht so entsetzlich gewesen wäre, hätte ich laut gelacht.

Ich ließ mich auf den Hocker sinken. Fassungslos, kraftlos, leblos. Keine halbe Stunde würde ich es hier drin aushalten! Ich würde ohnmächtig werden. Ja, ich sehnte mich danach! Zischend bewegte sich die Sichtschutzblende des Spions. Ein kaltes graues Auge taxierte mich eingesperrtes Tier.

»Aufsteh'n«, brüllte mein Bewacher. Schwere Stiefel donnerten gegen die Tür.

Wie von der Tarantel gestochen fuhr ich wieder hoch.

Plötzlich Dunkelheit. Schwärze. Finsternis. War es Tag oder Nacht? Mein Herz raste wie eine Dampflok. Ruhig, Peasy. Der will dich kleinkriegen. Der will, dass du weinst. Tu ihm den Gefallen nicht. Beruhige dich!, hörte ich innerlich Eds Stimme.

Keiner dieser Idioten ist auch nur eine Träne wert. Atme. Atme, los! Du schaffst das. Gleich ist Vorstellung, sagte mir eine innere Stimme. Hintern zusammenkneifen und durch!

Gerade als das irre Kopfkarussell wieder Fahrt aufnahm und ich mich zwang, in Ruhe darüber nachzudenken, was als Nächstes zu tun sei, ging das Licht wieder an. Grell. Gleißend.

Eine nackte Glühbirne. Diese flackerte nicht. Sie sagte mir den Kampf an.

Wie sehr ich mich danach sehnte, meine müden Augen dagegen abzuschirmen!

Vor mir auf dem Boden lag mein schweres Paket mit der Bettwäsche, dem Handtuch und den mir zugeteilten Habseligkeiten. Ein Bett befand sich nicht in dieser Zelle. Kein Bett! Diese Erkenntnis traf mich wie ein Fausthieb ins Gesicht. Sie lassen dich nicht schlafen!

Sollte der Hocker das einzige Möbelstück sein, das mir zum Ausruhen zugestanden wurde?

Als mich die nächste Panikwelle zu überkommen drohte, wurde die Zelle wieder aufgeschlossen.

Riegel Nummer eins. Riegel Nummer zwei. Riegel Nummer drei.

»Sachen nehmen. Raustreten.«

Kraftlos schleppte ich mich auf den Gang.

»Blei'm Se steh'n. Gesicht zur Wand.«

Die Zelle wurde wieder abgeschlossen. Dabei war doch gar keiner mehr drin!

»Gehen Se.«

Mein bleischweres Paket schien mich zu Boden zu ziehen. In meinen viel zu großen Filzpantoffeln schlurfte ich über den kalten Beton. Fünf Meter höchstens.

Nach drei Zellen wieder das Gleiche.

»Bleiben Se stehen. Gesicht zur Wand.«

Der Uniformierte schob die Sichtschutzblende des Spions klappernd beiseite und spähte hindurch.

Er öffnete die sich darunter befindende Luke in der Zellentür, bückte sich und bellte: »Nach hinten an die Wand, Hände auf den Rücken.«

War da jemand drin?

Ein Riegel. Ein zweiter. Ein dritter.

»Gehen Se rein.«

Die Tür öffnete sich lautlos und schloss sich sofort wieder hinter mir.

In der Zelle befanden sich zwei Pritschen. Auf der linken saß eine junge Frau, genau wie ich in einem grauschwarzen viel zu großen Trainingsanzug, mit den gleichen Filzpantoffeln. Die rechte Pritsche war hochgeklappt.

Im ersten Moment war ich erleichtert. Uff, endlich ein Mensch aus Fleisch und Blut.

Obwohl an ihr nicht mehr viel Fleisch und Blut vorhanden war. Sie wirkte ausgezehrt und hager. Ihre Augen lagen in tiefen Höhlen. Dennoch lächelte sie mich freundlich an und nahm mir mein Paket ab.

»Grüß dich, ich bin die Margarete.«

Endlich eine von meinem Stern.

»Ich bin Peasy.«

Als sie meine Pritsche herunterklappte und meine Sachen darauflegte, schossen mir Tränen in die Augen. Die erste freundliche Handlung seit vielen, vielen Stunden!

Eine mit Stroh gefüllte blaue Matratze mit gelben Streifen, schwer und feucht, aus der mir modriger Geruch entgegenströmte. Ein Kopfkeil aus demselben Material und am Fußende eine grauschwarze schwere Wolldecke.

»Komm erst mal an!« Sie hängte mein schmutziggraues Handtuch neben ihres an den Haken an der Tür und half mir, die kratzige Decke mit der blau karierten Bettwäsche zu überziehen.

»Jetzt sieht det schon janz anders aus, wird immer jemütlicher, wa?«

Na die hatte Humor! Wie konnte man in dieser Hölle so gelassen sein?

Jetzt erst bemerkte ich die Toilettenschüssel hinter der Tür. Daneben ein Waschbecken ohne Spiegel. Ein Tisch, zwei Hocker.

»Wie spät ist es?«, war die erste Frage, die ich an sie richtete.

»Wahrscheinlich so gegen drei Uhr nachts.«

»Welcher Tag war gestern?«

»Der einunddreißigste Januar, glaube ich.«

Ich ließ mich auf meine Pritsche sinken. Ständig wartete ich darauf, dass der Bewacher draußen gegen die Tür treten würde, aber er war wohl anderweitig beschäftigt.

»Weshalb bist du hier?«, fragte ich völlig erschöpft.

»Ach weeßte, et war jerade keen anderet Hotel frei, und die Jugendherberge war ooch schon ausjebucht. Da dachte ick, probierstet mal hier in diesen jastfreundlichen Hallen.«

Na, die war ja drauf! Einerseits wollte ich Vertrauen zu

Margarete fassen, andererseits konnte sie genauso gut ein Stasi-Spitzel sein, der auf mich angesetzt worden war.

Doch wegen ihres erbärmlichen Aussehens verwarf ich diesen Verdacht.

»Ick bin eijentlich aus dem Westen.« Unverfälschtes Berlinerisch. »Ick hab als Schleuserin jearbeitet und bin erwischt worden. Bleib aber bestimmt nich lange, hab ja Leute drüben, die mir helfen.«

Na, so sah die aber nicht aus!

Das Spionblech zischte zur Seite. Wir wurden also beobachtet.

Mir war alles egal. Ich setzte mich aufs Klo, sollten sie doch durch den Spion glotzen. Dann wankte ich zu meiner Pritsche, ließ mich darauf fallen wie ein nasser Sack und drehte das Gesicht zur Wand, um es vor dem grellen Licht zu schützen. Die Decke zog ich so weit es ging über die Ohren. Meinen Körper spürte ich nicht mehr. Es war so eiskalt in der Zelle, dass uns der Atem in Wölkchen vor dem Mund stand. Die Decke war steif gefroren.

Ich wollte nur noch schlafen, schlafen, schlafen. Oder sterben. Einfach einschlafen und nie wieder aufwachen.

Wieder wurde das Blech des Spions beiseitegeschoben. »Auf den Rücken legen! Hände über die Decke!«

Das war eine andere Stimme als die von vorhin. Schärfer, härter, fieser.

Das Licht ging aus. Schwärze.

»Gute Nacht«, flüsterte Margarete. »Versuch zu schlafen, wird noch ein harter Tag!«

Ich starrte in die Dunkelheit. Krampfhaft bemühte ich mich, die Umrisse des Raumes mit den Augen abzutasten. Begriff, dass der Körper links an der Wand Margarete war. Ihr

Atem klang gleichmäßig, sie schien schon eingeschlafen zu sein. Irgendwoher kam ein diffuses Nachtlicht. Es war nicht mehr so pechschwarz wie in der anderen Zelle. Ich versuchte, gleichmäßig zu atmen.

Margarete hatte recht. Schlafen. Am Leben bleiben. Nicht nachdenken. Nicht wahnsinnig werden. Ich schloss die Augen. Die Decke stank fürchterlich. Wer da wohl vorher drunter gelegen hatte?

Ed!, schoss es mir durch den Kopf. Bist du auch hier? Wie geht es dir? Denkst du gerade an mich? Plötzlich Schäferhundgebell. Einer? Zwei? Böse, aggressiv.

Das Licht ging wieder an. Die grelle Glühbirne an der Zellendecke blendete mich.

Margarete legte im Schlaf den Arm über die Augen.

Ein kaltes Auge spähte durch den Spion.

Okay, Peasy. Sie kriegen dich nicht klein. Ich zählte. Eins, zwei, drei ... Bei zwölf ging das Licht wieder aus.

Und wieder an.

Wieder aus.

An. Aus. An. Aus. An. Aus. An. Aus.

Welch krankes Hirn hatte da gerade seinen Spaß daran, meine zum Zerreißen gespannten Nerven noch weiter auf die Folter zu spannen? Wer von uns beiden gehörte tatsächlich in eine geschlossene Anstalt?

An Schlaf war nicht zu denken. *O Herr, gib mir die Gelassenheit ...*

Die Riegel knallten. Nummer eins, Nummer zwei, Nummer drei.

Der Schlüssel klirrte im Schloss.

»Rechts! Raustreten.«

Rechts war wohl ich.

»Bleiben Se stehen. Gesicht zur Wand. Hände auf den Rücken. Gehen Se.«

Es musste kurz nach drei Uhr nachts sein.

Grelle Lichter auf dem Gang. Stufen. Stahlnetze zwischen den Stockwerken.

Die rote Signalwarnlampe quäkte.

»Blei'm Se steh'n. Gesicht zur Wand. Gesicht zur Wand!«, schnauzte er mich fast panisch an. Es war der mit den kalten Augen. Er stand ganz dicht hinter mir, damit ich nicht sehen konnte, was in meinem Rücken geschah.

Ich spürte dennoch, dass ein anderer Gefangener an mir vorbeigeführt wurde. Für den Hauch einer Sekunde nehme ich seinen mir so vertrauten Geruch wahr: Es war Ed. Ich war mir sicher, es war mein Mann! Kam er gerade aus dem Verhörraum, in den ich nun geführt werden würde?

»Geh'n Se!«

Mein Bewacher öffnete eine Tür, und ich wurde in einen grell beleuchteten Raum gebracht.

»Setzen! Hände unter die Oberschenkel, Handflächen nach unten.«

Eds Geruch hing noch in diesem Raum. Sehnsüchtig saugte ich ihn ein. Vor mir stand ein Schreibtisch, auf dem mehrere Akten lagen. Darauf befand sich ein Tonbandgerät.

Mein Bewacher stand wieder direkt hinter mir.

Da öffnete sich die gegenüberliegende Tür, und ein verärgerter Vernehmer mit Halbglatze und Tränensäcken stürmte herein. Er brachte Rauchgestank mit. Wahrscheinlich hatte er meinen Mann bis jetzt verhört und war dermaßen sauer gewesen, dass er erst mal eine hatte rauchen müssen.

»So, denn man janz von vorne.« Er schaltete das Tonbandgerät ein, beugte sich vor und betrachtete mich, als wäre ich ein ekelhaftes Insekt.

»Sie heißen? Wohnhaft in? Jeboren wann und wo?«

Mit brennenden Augen und fast wahnsinnig vor Müdigkeit gab ich mechanisch Auskunft.

»Gisa Stein, geboren am 27. Oktober 1948 in Oranienburg. Vater verstorben, Mutter Musikerin, Ausbildung zur Tänzerin, verheiratet seit Juli 1973.«

Meine Gedanken eilten zurück zu meinem traumhaften Hochzeitstag: Wir waren nicht nur auf dem Standesamt gewesen, sondern sogar in der St.-Hedwigs-Kathedrale, wo Kristinas Chor für uns Mozarts Krönungsmesse gesungen hatte! Mein selbst entworfenes Brautkleid war über und über mit zarten Blüten aus Spitze und Perlen bestickt gewesen. Ich hatte ein halbes Jahr daran genäht und gestickt. Doch die Stimme des Vernehmers holte mich unsanft ins Hier und Jetzt zurück.

»Na ja, war wohl nüscht mit späten Flitterwochen.« Er grinste hämisch. »So, so, Tänzerin sind Se also jewesen, anner Staatsopa.« Genüsslich blätterte er in seiner Akte. »Und det wollten Se nu nich mehr?!«

»Doch, ich wollte tanzen. Nichts anderes wollte ich. Aber ich durfte nicht mehr.«

»Und darum wollt'n Se unser Land verlassen. Einfach so. Wie so eene trotzige Göre. Wa?« Er beugte sich vor, und eine Mischung aus Mitleid, Spott und beleidigter Empörung stand ihm ins Gesicht geschrieben. Ich wurde aus seinen Zügen einfach nicht schlau.

»Jetzt sein Se doch ma ehrlich und stehen Se zu de Scheiße, die Se jebaut haben!«

»Ich wollte dieses Land verlassen.« Vor meinen Augen

tanzten grüne Flecken, so erschöpft war ich. »Ich möchte in der Bundesrepublik Deutschland leben.«

»Und dat det Landesverrat is, det is uns ejaal, wa?«

»Ich empfinde es nicht als Landesverrat. Ich möchte nur in einem freien Land leben, in dem ...«

»Ja sach mal, ham Se se noch alle?!« Plötzlich schlug der Vernehmer mit der flachen Hand auf den Tisch. Eben hatte er fast noch verständnisvoll gewirkt. »Die Deutsche Demokratische Republik finanziert Se eene horrende Ausbildung, lässt Se an de Staatsoper ufftreten, dat janze Land liegt Se zu Füßen, und zum Dank hau'n Se einfach ab? Wie erbärmlich is das denn!« Er schnellte vor, sodass sich sein Gesicht dicht vor dem meinen befand. Ich roch den kalten Zigarettenrauch und was er vorhin gegessen hatte.

»So. Jetze noch mal janz von vorne.« Er räusperte sich mit einem Blick auf das Tonbandgerät und versuchte, sein Verhör auf Hochdeutsch fortzusetzen.

»Sie wollten also abhauen. Und sind in einen Kofferraum geklettert.«

Er verlas das Kennzeichen des dunkelblauen Ford Taunus, in dem sie uns entdeckt hatten.

»Wer war der Fahrer?«

»Keine Ahnung.«

»Wie hieß der Mann?«

»Ich weiß es nicht, er hat sich uns nicht vorgestellt.«

Jetzt wurde mein Vernehmer aber richtig sauer. Er zündete sich hier im Verhörraum eine Zigarette an und blies mir den Rauch dreist ins Gesicht. »Sie steigen also zu einem völlig Unbekannten ins Auto. Hauptsache Westkennzeichen?!«

»Er hat uns aufgefordert einzusteigen.«

»Und denn tun Sie das auch.«

»Wir waren uns nicht sicher. Wir wollten ...«

»WOHER KANNTEN SIE DEN MANN?!«, brüllte er, dass mir seine Spucketröpfchen nur so ins Gesicht flogen. Ich wollte sie wegwischen, aber der Bewacher hinter meinem Stuhl bellte: »Hände unter die Oberschenkel!«

Ich spürte, wie seine ekelhafte Spucke langsam auf meiner Haut trocknete.

»WER WAR DER FAHRER, HABE ICH GEFRAGT!«

Den mussten sie doch längst identifiziert haben! Oder war er ein Lockvogel gewesen? Einer von ihnen?

Ich war so wirr und müde, dass ich nicht mehr geradeaus schauen konnte. Die Lampe blendete mich. Wieder wollte ich reflexartig meinen Arm heben, um meine Augen zu schützen.

»Hände unter die Oberschenkel! Ich sage das jetzt zum letzten Mal! Setzen Sie sich gefälligst gerade hin!«

Mein Rücken tat so weh, mein Kopf, meine Augen, jede Faser meines Körpers tat mir weh! Warum brüllte der denn so! Mein Trommelfell flatterte.

Der Vernehmer holte tief Luft und atmete dann seufzend aus. Mir kam es fast hoch, als ich wieder den Zigaretten-Geruch wahrnahm.

»WER WAR DER HINTERMANN HINTER DIESER GANZEN SCHEISSAKTION??«

Jetzt sah ich schon sein Rachenzäpfchen. Ich kämpfte gegen heftigen Würgereiz an und versuchte zu sprechen, brachte aber keinen Ton mehr heraus. Ich musste mich mehrmals räuspern.

»Wir kannten ihn nicht.«

»Okay. Also noch mal von vorne.«

Er drehte eine zweite Schreibtischlampe so, dass auch sie mich grell blendete. Das trieb mir die Tränen in die Augen.

Peasy, du weinst nicht! Diese Genugtuung gibst du ihnen nicht!, schwor ich mir.

»Name, Geburtsdatum, Adresse, Beruf, Familienstand.«

Als hätte ich Pappe im Mund, wiederholte ich alles. Meine Zunge war so trocken wie eine Schuhsohle.

Der Vernehmer schenkte sich ein Glas Wasser ein. Ich halluzinierte fast. So musste man sich in der Wüste fühlen, wenn man eine Fata Morgana sah.

»Wie sind Sie zu dem Parkplatz gekommen?«

»Ein Mann hat uns vor unserer Haustür abgeholt. Er hat geklingelt.«

Er trank ein paar Schlucke und machte genüsslich »Aaaaah! – Woll'n Se auch'n Schluck?«

Ich hätte glatt einen Mord begangen für einen Schluck Wasser. Er fuhr nur mit gelben Nikotinfingern über den Rand seines Glases und erzeugte dadurch einen schrillen Ton.

Das Trommelfell wollte mir schier zerspringen! Doch ich konnte mir nicht mal die Ohren zuhalten.

»Wer war der Mann?«

»Ich weiß es nicht.«

Das Tonband hielt an, die Spule war voll.

Sofort sprang der Bewacher, der die ganze Zeit hinter mir gestanden hatte, hilfreich herbei und wechselte die Spule.

Als der Vernehmer nicht mehr konnte, weil er sich heiser gebrüllt hatte, kam ein neuer herein. Bald konnte ich die beiden nicht mehr auseinanderhalten. Ich wurde halb wahnsinnig vor Hunger und Durst und durfte nicht mal auf die Toilette. Viele Stunden lang. Ich hatte keinerlei Zeitgefühl mehr. War es noch Nacht? Oder längst wieder Tag? Dann musste heute der erste Februar sein.

Zwei- oder dreimal kam ein frisch rasierter, anfangs gut

gelaunter Kerl herein, zündete sich eine Zigarette an, schenkte sich Kaffee ein und biss auch mal in eine belegte Schrippe.

Alle stellten sie die gleichen Fragen: Geburtstag, Geburtsort, Name, Geburtsname ...

»Ziegler«, ächzte ich kraftlos. »Geborene Ziegler.« Als wenn das hier etwas zur Sache täte.

Dafür würden sie spätestens morgen früh meine Mutter aufsuchen, mein Kinderzimmer auseinandernehmen, Mutters gesamten Haushalt umkrempeln und sie aufs Polizeirevier zitieren, um aus ihr herauszukriegen, ob sie etwas gewusst hatte.

Dasselbe würde zeitgleich bei meinen Schwiegereltern, Thea und Georg passieren.

Ich litt unter massivem Schlafentzug und starrte mit leerem Blick geradeaus.

»Wer hat von Ihren Plänen gewusst?«

»Niemand. Wirklich niemand.«

»Wer war der Kurier?«

»Keine Ahnung, ich kannte ihn nicht.«

Immer wieder dieselben Fragen, immer wieder.

Dann kam der Erste wieder rein, der mit dem beleidigten Unterton. Er schien ein Schläfchen gemacht zu haben, denn er wirkte sehr ausgeruht.

Die Tonbandspule wurde zum dritten oder vierten Mal gewechselt.

»Jetze nehmen Se doch mal Vernunft an und stellen Se sich nich so bockig hier!« Er zündete sich eine Zigarette an.

»Warum wollten Se denn überhaupt die schöne DDR verlassen? Wo unser Staat doch alles für Sie jetan hat.«

Ich konnte nicht mehr schlucken, so trocken war mein Hals. Meine Augen brannten von den zwei grellen Lampen.

»Ich wollte frei sein…«

»FREI! ICK GLOBE, MEIN SCHWEIN PFEIFT!« Er sprang auf, lief im Raum hin und her, beugte sich dann ganz nah zu mir und sagte weinerlich und roch wieder nach Zigaretten.

»Ne Tanzausbildung hamwa Se spendiert, Abitur hat die gnädije Frau machen dürfen, und zuletzt noch ne Ausbildung zur Kostümschneiderin, ja wat WILL DIE GNÄDIJE FRAU DENN NOCH!?!« Er warf die Arme in die Luft. Plötzlich legte er mir die Hand auf die Schulter und rüttelte mich, als könnte er die gewünschten Worte aus mir herausschütteln wie aus einem klemmenden Automaten.

»Jetzt sagen Se einfach de Namen der Hintermänner, und denn könn Se meinetwejen ne Runde poofen jehn.«

»Ich weiß keine Namen.«

»Na, mit irgendwem wer'n Se sich doch jetroffen hab'n, jetzt stell'n Se sich verdammt noch mal nich so an!«

Ich zuckte wortlos die Schultern. Ich wollte, dass er seine Hand da wegnahm.

»Se wurden also abgeholt.« Er nahm seine Wanderung wieder auf. »Vor Ihrer Haustür. Und det wussten Se.«

Ich nickte.

»VON WEM?«

Ich zuckte mit den Schultern.

»Se ham also einfach jemacht, wat Ihr Mann wollte.«

Ich verzog das Gesicht.

»Weil Se ja so'n braves Weibchen sind.«

»Ich habe aus freien Stücken gehandelt.«

»Ick kann Se ja sogar verstehen«, schleimte er plötzlich. »Manchmal hat man det Janze ja ooch satt. Sie sind noch so jung. Mensch Mädchen, ick hab ooch ne Tochter, wo mal die

Hormone verrücktspielen, denn flippt se ooch mal aus ... und ist ooch schon mal abjehauen. Det kommt in de besten Familien vor.« Sein Lid zuckte.

Ich schwieg. Wollte er mich jetzt auf die sanfte Tour weichklopfen? Seine Tochter interessierte mich nicht.

»Denken Se doch mal an Ihre Mutta. Die nette Frau ...« – er blätterte in seinen Akten – »... Ziegler. Die wollten Se doch nich einfach so im Stich lassen, wa?!«

Ich presste die Lippen zusammen.

»Wo doch Ihr Vater jestorben is. Macht man doch nich.«

Alles begann sich zu drehen.

»Aber wenn Se jetzt den Namen von dem Kurier sagen, Vorname reicht, denn lass ick Se loofen.«

Wieder zuckte sein Lid. Der ließ mich ganz bestimmt nicht loofen. Er verbesserte sich:

»Denn könn' Se mit Ihrer Mutter telefonieren. Hier!« Er schob mir zum Schein sein graues Telefon hin. »Ick wähl für Sie. Sie sagen nur den Namen von dem Kurier aus'm Westen.«

Ich schwieg. Ich hätte nur eine Silbe sagen müssen: Klaas. Nur diese eine Silbe, und diese quälende Folter wäre womöglich zu Ende gewesen. Aber ich konnte und wollte ihn nicht verraten.

Ed hatte es auch nicht getan. Der Vernehmer wählte tatsächlich Mutters Nummer! Ich hörte, wie sie sich meldete. »Ziegler?«

Der Vernehmer drückte auf die Gabel, die Leitung war tot.

»Da!« Lauernd hielt er mir den Hörer hin. »Mutter, tut mir wahnsinnig leid, ick hab Scheiße jebaut, aber ick hab's einjesehen, und det kommt nich wieder vor.«

Ich widerstand dem schmierigen Kerl. Sie würden mich sowieso nicht laufen lassen.

»MENSCHENSKIND, SE KOMM IN TEUFELS KÜCHE!«, brüllte er mich an, und seine Stimme wurde hysterisch. »Ick meen et doch nur juht mit Sie, aber Se sind ja nich zu retten!«

Nachdem er mich eine halbe Stunde angebrüllt hatte, murmelte er was von Herzinfarkt, von die Kleene bringt mich noch um den Verstand und verließ schließlich den Raum.

Mein Bewacher stand wortlos hinter mir, ich spürte seinen gehässigen Blick im Nacken.

Bestimmt eine Stunde lang tat sich gar nichts, außer dass ich mich nicht bewegen durfte.

Alles tat mir weh.

Dann kam ein kleiner Schneidiger mit Schnauzbart und Stoppelfrisur, knallte seine Akten auf den Schreibtisch und drohte wieder mit dem mir inzwischen zur Genüge bekannten Verhörtext.

Wer hatte von unseren Plänen gewusst? Wer war der Kurier? Warum hatten wir die schöne DDR verlassen wollen?

Meine Stimme war nur noch ein Hauch.

Nein, niemand habe etwas gewusst.

Nein, ich kenne niemanden mit Namen.

Nein, ein Schleuser war mir nicht bekannt.

Nein, Ed und ich hatten diesen Plan allein gefasst.

»Was wollen Sie denn im kapitalistischen Feindesland?«, brüllte der neue Vernehmer. »Sie sind doch eine ganz billige kleine Nutte, geben Sie es doch zu!«

Aus dem Augenwinkel sah ich, wie er das Aktfoto, das Ed von mir gemacht hatte, angewidert auf den Schreibtisch knallte.

»Wer hat Ihnen in der DDR denn so einen Schmutz beigebracht! Ist ja ekelhaft, ist das!«

»Das ist ein Aktfoto«, flüsterte ich mit letzter Kraft. Ich wollte Ed unbedingt verteidigen.

»Was, ich kann Sie nicht verstehen.«

Das Tonband lief erbarmungslos mit.

»Das ist ein Aktfoto, das ist Kunst ...«

»DAS IST DRECK!«

Die Lautstärkeanzeige des Tonbandgeräts flammte rot auf.

»Ihr Mann verkauft Ihren Körper!«, brüllte er mich an. »Er verkauft Sie, der Schmutzfink, und das wollte er auch im Westen tun! Der wollte Sie in den Puff stecken!«

Ich schüttelte den Kopf.

»Mein Mann ist ein Künstler, er ist Architekt, Maler und Bildhauer, und ich will im Westen nichts als tanzen!«

»Na denn tanzen Sie mal. Aber gleich hier auf'm Tisch, Sie billiges FLITTCHEN!«

Mir schwanden die Sinne.

Es ging weiter, immer weiter. Die Vernehmer wechselten, es kamen immer wieder neue, ausgeschlafene, während ich mich kaum noch auf dem Hocker halten konnte.

Das Verhör dauerte zwölf Stunden. ZWÖLF STUNDEN. Das entnahm ich Jahre später, als ich Akteneinsicht nahm, dem Protokoll:

Beginn der Vernehmung 03.15 Uhr – Ende 15.00 Uhr.

   1. Februar 1974

   VERHAFTUNG

   Nach § 100 und § 213.

Staatsfeindliche Verbindungsaufnahme und ungesetzlicher Grenzübertritt der DDR.

Als sie mich fast ohnmächtig aus dem Verhörraum zerrten, war ich nicht mehr ich. Aber meine Würde hatte ich mir von denen nicht abkaufen lassen, nicht von diesen Ungeheuern!

Es war nachmittags um drei, aber das wusste ich nicht, als ich wieder in meine Zelle kam. Dort ließen sie mich fallen wie einen Sack Müll, und ich prallte mit dem Gesicht auf den Betonboden.

Die Zelle wurde von außen verschlossen und verriegelt.

Margarete sprang von ihrem Hocker auf. »Oje, dich haben sie aber ganz schön in die Mangel genommen.«

Sie half mir auf, und in ihren Augen stand Entsetzen.

Ich taumelte auf meine Pritsche zu, aber die war hochgeklappt.

»Du darfst dich jetzt nicht hinlegen, Peasy. Erst um zehn dürfen wir die Pritschen runterklappen.«

Ich war einfach nur verzweifelt. Wie versteinert saß ich auf meinem Hocker. Meinen Körper spürte ich nicht mehr. Zum ersten Mal sah ich die Zelle bei Tageslicht.

Sie war entsetzlich klein, kalt und trostlos. Drei Schritte von Wand zu Wand.

»Ich weiß, du kannst das jetzt alles noch gar nicht richtig an dich ranlassen, aber mit der Zeit gewöhnst du dich daran. Ich bin schon zwei Wochen hier!« Zwei! Ganze! Wochen!

Ich schleppte mich zum Waschbecken und ließ mir eiskaltes Wasser über die Handgelenke laufen. Gierig trank ich aus dem Hahn.

Jetzt durchhalten, Peasy!, beschwor ich mich. Durchhalten. Du bist eine Tänzerin. Du hast unendlich viel Kraft. Du hast schon so viel geschafft. Das hier schaffst du auch noch.

»Ich habe deine Sachen in den Spind geräumt.« Margarete

reichte mir die Kernseife und meine Zahnbürste. Hinter meiner hochgeklappten Pritsche befand sich ein Spind mit zwei Fächern. Endlich Zähne putzen! Endlich waschen! Endlich ein Handtuch für Tränen und Rotz.

Unter Margaretes Pritsche befand sich ein Brett. Wenn man den Holzriegel löste, mit dem es an der Unterseite der Pritsche befestigt war, ließ es sich hervorklappen und wurde zu einem schmalen Tisch. Neben den Hockern und dem Spind war er unser einziges Möbelstück.

Abends, wenn die Pritschen heruntergelassen wurden, verschwand er wieder darunter.

Stunden saß ich wie angewurzelt auf meinem Hocker. Ich verstand rein gar nichts mehr.

Draußen im Gang näherte sich Geschirrklappern. Die Luke zu unserer Zelle wurde aufgerissen. Margarete sprang auf und nahm zwei Scheiben Graubrot, einen Klecks Margarine und ranzige Wurstscheiben auf zwei Blechtellern entgegen. Ebenso zwei Blechbecher mit heißem Wasser, an dem wohl mal für zwei Sekunden ein Teebeutel vorbeigezogen war.

Obwohl ich sicher gewesen war, nie wieder etwas essen zu können, zwang ich mich, in dieses harte Brot mit der fettigen Wurst zu beißen. Margarete ließ mich in Ruhe. Sie aß ihr Brot und trank ihren Tee, während ich meine erste karge Gefängnismahlzeit verzehrte – lethargisch schweigend und innerlich tot.

Nach weiteren vier Stunden, die wir auf unseren Hockern klebten, durften wir endlich die Pritschen herunterklappen.

Ein erster, endlos langer Tag war vergangen. Die Zeit war langsamer gekrochen als eine Schnecke. Es gab nichts zu lesen, nichts zu gucken und nichts zu hören. Zwischenzeitlich hatte ich mir eingebildet, von nebenan Stimmen zu hören. Sogar ein verhaltenes Klopfen. Aber ich konnte es nicht einordnen und glaubte, langsam verrückt zu werden.

Jetzt lag ich auf meiner Pritsche, nach der ich mich seit Stunden gesehnt hatte.

Auf dem Rücken, die Hände über der muffigen Decke. Das Licht ging aus und wieder an, aus, an, aus, an. Es konnte mir nichts mehr anhaben, ich fiel in einen totenähnlichen Schlaf.

Nur gut, dass ich an diesem ersten Abend noch nicht wusste, was mich erwartete, nämlich mehr als NEUNHUNDERT Tage und Nächte in dieser Hölle.

10

Oranienburg, 17. Juni 1953

»Gisa! Wo bist du?« Mutters Stimme klang verärgert. »Komm jetzt endlich rein, Zöpfe flechten!«

Vergnügt wie immer war ich an diesem ungewöhnlich stillen Morgen in den Hof von Vaters Werkstatt gelaufen, in dem normalerweise die Arbeiter herumwerkelten und vor sich hin pfiffen. Heute war irgendwie alles so still! Aber auch so wunderbar warm. Die Vögel zwitscherten, und die laue Juniluft strich mir über die Haut. Ich hatte mein Lieblingskleid angezogen, eigentlich war es nur eine schlichte Kleiderschürze, die Mutter für mich genäht hatte, aber in meinen Augen war sie das reinste Prinzessinnenkleid!

Mit ein paar zaghaften Hüpfschritten näherte ich mich dem Bretterstapel am Rande des Hofes. Das Wippen auf den Enden der Bretter war zwar verboten, aber es machte einfach am meisten Spaß! Leichtfüßig erkletterte ich den Holzstapel. Da oben war mein Prinzessinnenthron! Von hier aus konnte ich sogar in den Nachbarhof schauen, in dem sonst immer die anderen Kinder spielten. Wo waren die heute bloß alle hin? Ich balancierte auf einem Bein, streckte die Arme aus und ließ mein Prinzessinnenkleid im Sommerwind flattern. Der Baumwollstoff war über und über mit wunderschönen Blumen bedruckt. Ich turnte wagemutig auf dem äußersten Ende des obersten Brettes herum. Hallo? Warum sah mir denn keiner zu?

Es war so still, dabei war heute doch gar nicht Sonntag!

Die Angestellten meines Vaters waren auch nicht in der Werkstatt. Sonst standen sie ab sechs Uhr morgens immer an ihren Dreh- und Fräsbänken. Niemand war da, um mich zu bewundern. Und Vater wirkte im Gegensatz zu sonst bedrückt. Mit ernster Miene saß er vor dem Radio und drückte sich das Ohr daran platt. »Hier ist Rias Berlin!« Westradio, vor allem den »Amerikanischen Hetzsender« zu hören, war unter Androhung von Gefängnisstrafe strengstens verboten in der DDR. Deswegen quetschte sich mein Vater so nah an das Gerät.

Ein Bauarbeiterstreik in der Ostberliner Stalinallee hatte sich zu einem landesweiten Arbeiteraufstand ausgewachsen. In Berlin, Dresden, Leipzig und vielen Dörfern der Region legten die Menschen aus Protest gegen die hohen Anforderungen und lächerlichen Löhne in mehr als sechshundert Betrieben die Arbeit nieder! »Demonstrationen auf den Straßen werden blutig niedergeschlagen!«

Mit meinen viereinhalb Jahren verstand ich natürlich noch nicht, um was es ging. Aber irgendwas lag in der Luft. Die Erwachsenen wirkten so besorgt.

Trotzdem: Ich wollte wippen, balancieren, hüpfen und in die Wolken schauen! Das war die schwierigste Übung überhaupt. Die Wolken zogen über den blauen Sommerhimmel und formten die unterschiedlichsten Fantasiefiguren. Sie bildeten erst einen Hund, dessen Schwanz sich immer mehr auflöste, bis er zu einem Fisch wurde, aus dessen Maul ein kleines Schaf krabbelte, und jetzt stand da ein altes Schloss, aus dem es rauchte!

Todesmutig schloss ich die Augen. Na, wer wollte mir das nachmachen? Ich konnte eine halbe Ewigkeit auf einem Bein auf dem wippenden Ende des Brettes stehen und die Balance halten! Wenn ich die Augen wieder aufmachte, war aus dem Schloss bestimmt ein neues, noch schöneres Gebilde geworden. Und jetzt – warum guckte denn keiner?! – drehte ich mich auf der rechten Fußspitze auch noch im Kreis! Der Saum meines Kleidchens bauschte sich, und ich hatte das Gefühl zu fliegen! Hier war meine kleine private Bühne, hier war mein Zuhause, und hier waren die Menschen, die ich liebte. Doch diesmal wartete ich vergeblich auf Applaus, und es kam auch kein Papa, in dessen Arme ich mich stürzen konnte.

Dafür kam Mutter mit wehender Küchenschürze herausgeeilt.

»Du weißt doch, dass du auf den Brettern nicht wippen darfst!«

Mutter breitete die Arme aus, und ich ließ mich mit einem Jauchzen hineinfallen.

»Das ist sooo schön! Noch mal! – Hast du das gesehen, Mutti? Ich kann auf einem Bein eine Drehung machen und hab dabei die Augen zu!«

»Heute musst du drinnen spielen, hast du das verstanden?«

Sie zerrte mich ziemlich unsanft ins Haus. Warum war sie denn bloß so nervös?

»Ich hab dich eben schon gerufen! Warum kannst du bloß nicht hören!« Sie schüttelte mich am Arm. »Deine große Schwester Kristina ist längst drin und liest still ein Bilderbuch!«

Ich nickte. Kristina war eben immer gehorsam und ich der kleine Wildfang. Papa drückte eher ein Auge zu als Mama. Papa hatte mich auch schon aus dem Regenfass gerettet, als ich versucht hatte, die Murmeln vom Grund zu angeln. Kristina hatte »Mutprobe« mit mir gespielt und gesagt: »Wetten, du traust dich nicht?«

Aber ich HATTE mich getraut! Der Wasserspiegel hatte mich getäuscht, die Murmeln hatten viel tiefer gelegen als gedacht, und als ich die Ärmchen hineingestreckt hatte, war der Rest meines Körpers hinterhergerutscht! Mit dem Gesicht war ich schon unter Wasser gewesen, alles hatte furchtbar gedröhnt in meinem Kopf, und die Murmeln da unten auf dem rostigen Grund hatten so seltsam geschaukelt und waren gar nicht zu fassen gewesen …

Aber Papa hatte mich rausgefischt. Und Kristina einen richtigen Anschiss bekommen …

»Au, das zieht!«

Mutter hatte mich zwischen die Beine geklemmt und bürstete unsanfter als nötig mein langes braunes Haar.

»Wer lange Zöpfe haben will, muss das aushalten können.«

»Dann halte ich das eben aus. Ich will nämlich nicht so'n blöden langweiligen Bubikopf wie Kristina, das sieht total doof aus.«

»Gisa, sei einfach mal still, ja? Bitte!«

Im Hintergrund lief immer noch das Radio, und Mutter lauschte gespannt.

»… werden die Bewohner dringend angewiesen, ihre Häuser nicht zu verlassen! Russische Panzer rollen in Ostberlin sowie in anderen Großstädten und schlagen den Aufstand brutal nieder…«

»Immer will Kristina alles bestimmen«, plauderte ich arglos weiter. Ich wollte gar nicht petzen, sehnte mich aber nach Mutters Aufmerksamkeit. Warum hörte sie mir denn gar nicht zu?

»Gestern hat Kristina mich gezwungen, die alten Liegestühle hinterm Schuppen hervorzuholen, und als ich die aufstellen wollte, hab ich mir ganz doll den Daumen geklemmt...«

»Kannst du nicht mal für einen Moment den Mund halten?« Mutter drehte mich zwischen ihren Knien und nahm sich den anderen Zopf vor. »Was hast du denn da für Zeug in den Haaren?«

Mit spitzen Fingern zog sie Blätter, Gräser und Holzspäne hervor. »Heute darfst du nicht draußen spielen, Gisa. Das ist zu gefährlich.«

Endlich hatte sie auch den zweiten langen Zopf streng geflochten und ließ mich los.

Ich hüpfte die Treppe hinauf in unser Mädchenreich. Kristina saß auf dem Bett und blätterte in einem Bilderbuch.

»Darf ich mitlesen?«

»Nein. Kannst sowieso noch nicht lesen, geh spielen!«

Kristina riss das Buch an sich und streckte mir die Zunge heraus.

Na, dann eben nicht.

Mutter hatte keine Zeit für mich, Kristina war blöd, also schlich ich mich durch den Hinterausgang wieder hinaus in den Hof.

Barfuß wie ich war, balancierte ich über die spitzen schwarzen Steinchen, die in der Sonne glühten. Zum Bretterstapel traute ich mich nun nicht mehr. Die Regentonne war auch vermintes Gelände, der Schuppen mit den sperrigen Liegestühlen ebenfalls.

»Hallo?«, rief ich mit meinem hohen Kinderstimmchen durch einen Spalt in der Mauer.

»Wollt ihr spielen kommen?«

»Ich darf nicht«, krähte der schlaksige Thomas von drüben

zurück. »Und meine Schwester auch nicht! Meine Eltern haben gesagt, heute ist es zu gefährlich!«

»Na, dann eben nicht.«

Warum sich heute aber auch alle so komisch benehmen! Es war doch ein herrlich sonniger Vormittag!

Unser Hof lag direkt an der Hauptstraße, aber damals, 1953, fuhren so gut wie keine Autos. An normalen Tagen wurde höchstens mal ein Fuhrwerk von Kaltblütern vorbeigezogen, deren Hufe über das Kopfsteinpflaster klapperten. Oder ein ganz Wagemutiger knatterte mit dem Motorrad vorbei. So manch einer zog seine Einkäufe auf dem Handwagen die Straße entlang. Ganz selten sah man auch jemanden auf einem Fahrrad. Wer einen Garten sein Eigen nennen konnte, brachte im Herbst seine Äpfel zur Mosterei nach Oranienburg-Süd, mit dem bezeichnenden Namen Eden.

Manchmal durfte ich bei Papa hinten auf dem Gepäckträger seines Drahtesels sitzen und meine Füße auf zwei kleine ausklappbare Brettchen stellen, die er extra für mich angebracht hatte. Dann fuhren wir bis zu den Schrebergärten, wo wir bei Oma Ilse Johannisbeeren und Stachelbeeren pflücken durften, die wir dann Mutti mitbrachten.

Mutti war immer froh, wenn sie mal ein paar Stunden für sich hatte. Sie setzte sich dann sofort ans Klavier und spielte stundenlang Bach, Beethoven und Chopin.

Mein Vater war selbstständiger Kleinunternehmer. Mit seinen Zahnrädern belieferte er als Zwischenmeister große Berliner Betriebe, sogar die Staatsoper. Die brauchten seine Metallarbeiten und seine Erfahrung hinter der Bühne. Große Zahnräder, mit deren Hilfe der Bühnenvorhang oder sogar ganze Bühnenbilder mechanisch von einer Seite auf die andere bewegt werden konnten, waren sein Metier.

Manchmal, wenn er nach Berlin zur Oper fuhr, durfte ich ihn begleiten. Was ich dort sah, beflügelte meine Fantasie und nahm mich total gefangen. Wenn ich eines Tages groß war, wollte ich dort tanzen!

Aber heute war Vaters Werkstatt geschlossen, und Papa klebte am Radio. Und Mama spielte auch nicht Klavier!

Mein Vater arbeitete in den ersten Jahren nach dem Krieg Tag und Nacht, um uns – Mutter, Kristina und mir – ein sorgloses Leben innerhalb unserer Hofmauern zu ermöglichen.

Wie unfreundlich und lieblos es da draußen in der damals noch jungen DDR zuging, wusste ich mit meinen vier Jahren noch nicht.

Ob Mutti heute mit mir zum Kaufmann Binder gehen würde? Ich liebte es, mit meiner kleinen Hand den Henkel ihrer Einkaufstasche zu umfassen und ihr beim Tragen zu helfen! Milch, Käse, Wurst, Mehl, Zucker und alles, was wir für eine Woche brauchten, schleppten wir dann gemeinsam nach Hause. Mutter hatte immer Mühe, mich mitsamt der schweren Tasche nach Hause zu ziehen, träumte ich doch von den bunten Bonbons in dem großen Glas, von denen ich mir immer zwei aussuchen durfte. Der Kaufmann Binder hatte eine in meinen Kinderaugen riesige Zuckerzange und angelte geduldig die Bonbons heraus, die ich mir ausgesucht hatte: meist ein rotes und ein grünes!

Seufzend ließ ich mich auf der Schaukel nieder, die in einem hohen Baum neben der Hofmauer befestigt war. Wenn man ganz hoch schaukelte, konnte man über die Mauer sehen.

Wenn keiner mit mir spielte und alle so schlechte Laune hatten, dann wollte ich wenigstens allein schaukeln, so hoch ich konnte!

Mein kleiner zarter Körper schaffte es nicht allein, mit dem

Holzbrett am Seil so weit hinauf zu kommen, so sehr ich mich auch bemühte. Sonst war immer jemand in der Nähe, der mich anschubsen konnte, aber heute war einfach alles wie ausgestorben. Immer wieder stieß ich mich mit meinen nackten Füßen eifrig am Unkraut ab, bog meinen Körper vor und zurück, schaute dabei in die Wolken und träumte vom Fliegen. Das leise Quietschen der Scharniere in den Ästen war alles, was ich hören konnte. Eine ungewöhnliche Stille hatte sich wie eine unsichtbare Käseglocke über unser Zuhause gestülpt.

Auf, ab, auf, ab. Selbst die Vögel hatten aufgehört zu zwitschern! Vor, zurück, vor, zurück. Ich gab nicht auf.

Endlich, endlich kam ich so richtig in Schwung. Ich konnte fliegen! Mein Kleidchen bauschte sich um meine Hüften, meine Hände krallten sich rechts und links in die Hanfseile. Jetzt! Jetzt war ich so hoch, dass ich über die Mauer schauen konnte!

Die Straße lag verwaist in der glühenden Vormittagssonne. Doch aus der Tiefe der Stille kam ein dumpfes, hässliches Geräusch.

Immer wieder verdeckte die Mauer mein Sichtfeld, und dann tauchte wieder die leere Hauptstraße auf. War das ein herannahendes Gewitter? Dumpfes Donnergrollen ließ die Luft erzittern. Dabei war der Himmel doch strahlend blau!

Kein einziger Regentropfen. Nichts braute sich da oben zusammen. Trotzdem wurde das Donnergrollen lauter. Die Luft vibrierte.

Ich war eine Prinzessin, die fliegen konnte. Und da kam ein großes Ungeheuer, das die Prinzessin rauben wollte! Aber das Ungeheuer sollte erst mal sehen, wie flink und schnell ich war!

Ohne nachzudenken, sprang ich in hohem Bogen von der Schaukel und landete direkt vor dem großen Hoftor. Geschickt federte ich den Sprung ab und ignorierte tapfer den Schmerz in den Füßen. Ich ließ mich doch nicht einschüchtern von dem donnernden Grollen da draußen!

Nun war es schon ganz nah. Ich lauschte. Es waren zwei! Oder sogar drei? Was waren das für riesige schnaubende Tiere? Sie dröhnten, ächzten und kreischten, während sie sich über das Kopfsteinpflaster immer weiter vorarbeiteten.

Das große Tor zur Straße war fest verschlossen. Ich stellte mich auf die Zehenspitzen und zerrte am klobigen Riegel. Au, mein Daumen tat weh, den ich mir erst gestern an den blöden Liegestühlen eingeklemmt hatte!

Dennoch wollte ich dieses Ungeheuer da draußen, hinter dem großen Tor, unbedingt sehen! Das Donnern war inzwischen so laut, dass ich mir die Ohren zuhalten musste.

Es gelang mir, das Tor einen winzig kleinen Spalt zu öffnen, das danach allerdings sofort wieder zufiel.

Ich stemmte meinen zarten Körper dagegen, und bevor ich mir noch andere Finger einklemmte, zwängte ich mich blitzschnell durch den Spalt hinaus auf die Straße. Hinter mir fiel knarrend das große Holztor zu.

Oje. Jetzt stand ich draußen. Immer noch war alles menschenleer. Nicht einmal eine Maus hätte es gewagt, aus ihrem Loch zu kriechen, um von einer Straßenseite zur anderen zu huschen.

Und da sah ich sie: heranrollende Panzer. Sowjetische Panzer.

Ein Ungeheuer reihte sich an das andere. Unheimlich knirschten sie heran, darauf jeweils ein Kanonenrohr. Diese Kanonenrohre drehten sich suchend – bereit, jede noch so kleine Bewegung in unserer Kleinstadt ins Visier zu nehmen und jeden auffliegenden Spatz zu erschießen.

Wie angewurzelt stand ich vor dem großen Tor. Ein Zurück gab es nicht mehr! Der Weg war mir versperrt.

Ich starrte auf die seelenlosen Monster; kein Mensch war auf ihnen zu sehen.

In meiner Not fasste ich einen Entschluss, der sich aus arglosem Vertrauen in die Welt speiste. Schon immer hatten die Angestellten in Papas Werkstatt – auch wenn sie manchmal recht finster wirkten mit ihren ölverschmierten Gesichtern und gefährlich aussehenden Werkzeugen – augenblicklich angefangen zu lächeln, wenn sie mich tanzen sahen. Ich konnte die Menschen verzaubern. Ich war eine Prinzessin!

Während sich der Lärm der Panzer zu einem regelrechten Inferno steigerte, begann ich zu tanzen. Ich hielt die Arme über den Kopf, stellte mich auf Zehenspitzen, hüpfte anmutig auf dem Kopfsteinpflaster auf und ab, drehte Pirouetten und ließ mein Kleidchen flattern.

Doch aus den Augenwinkeln sah ich, dass einer der Panzer nach rechts ausscherte und direkt auf mich zurollte. Das Kanonenrohr senkte sich, bis es auf meiner Höhe war. Mutig drehte ich mich weiterhin um die eigene Achse. Mir war schon ganz schwindelig! Plötzlich blieb der Panzer stehen. In seinem Dach öffnete sich eine Luke. Tapfer biss ich die Zähne zusammen und drehte mich weiter. Dabei flatterte mir das Herz wie ein kleines Vögelchen, das sich in einem Netz verfangen hat. Ein sowjetischer Soldat arbeitete sich bis zur Taille aus seiner Luke heraus. Er trug eine dieser merkwürdig aussehenden Kopfbedeckungen, die ihm fast über die Augen reichte. Der Kopf wollte mir zerspringen vor Schwindel. Doch in meinem Innern breitete sich die Gewissheit aus, dass er mir nichts anhaben konnte! Hier tanze ich!, dachte ich mit kindlichem Stolz, und du kannst mir gerne dabei zuschauen. Aber fürchten werde ich mich nicht vor dir! Das ist meine Straße und mein Zuhause.

Und außerdem war ja überall zu hören und zu lesen: Die sowjetischen Soldaten sind unsere großen Brüder und beschützen uns!

Die Panzer verschwammen mir vor den Augen. Ich ließ die Arme sinken und machte einen anmutigen Knicks, wie eine Ballerina. Der Soldat auf seinem Panzer und ich, das vierjährige Mädchen, das atemlos und barfuß auf dem Kopfsteinpflaster stand, sahen uns in die Augen. Wollte er nicht klatschen?

Nein, das konnte er wahrscheinlich nicht, denn er hielt ein Maschinengewehr in den Händen. Und dieses Maschinengewehr war auf mich gerichtet. Er überlegte wohl, was er tun sollte.

Ich konnte gar nichts tun. Ich stand zwei Meter von ihm entfernt vor dem verschlossenen Werkstor und konnte weder vor noch zurück. Die Sekunden dehnten sich zu einer Ewigkeit, und vor meinen Augen tanzten Sternchen.

Plötzlich hörte ich hinter mir das Tor knarren, spürte eine Hand an meiner Schulter. Sie packte mich und zog mich in Sekundenschnelle zurück auf unseren Hof.

Das Gesicht meines Vaters war leichenblass, und in seinen Augen stand die nackte Panik.

So hatte er noch nie ausgesehen – auch nicht, als er mich aus der Regenwassertonne gezogen hatte! Er verriegelte mit zitternden Fingern von innen das Tor und rannte so schnell er konnte mit mir ins Haus.

Dort sank er auf die Knie, nahm mich in den Arm und drückte mich so fest, dass ich seinen Herzschlag an meiner Brust spürte.

»Wir haben dich überall gesucht ...«

Weinte er etwa? Mein großer starker Papa? Schon kam meine Mutter schimpfend die Treppe heruntergerannt und schrie etwas von Ausgangssperre. Sie hätte mir doch klar und deutlich verboten ...

Ich verstand das alles nicht. Ausgangssperre? Aber wir wohnten doch hier! DIE hatten was Verbotenes getan, nicht wir!

Ich verstand nur, dass meine Eltern aufrichtig verzweifelt waren und wahnsinnige Angst vor den Ungeheuern da draußen hatten.

An diesem Tag begann der viel gepriesene junge Staat mit den hohen sozialistischen Idealen, in dem jeden Morgen als Erstes das Wort »Freundschaft« gebrüllt wurde, sich unbeliebt bei mir zu machen. Ich wollte frei sein, tanzen und die Menschen damit erfreuen. Doch ich würde immer, immer darum kämpfen müssen.

Gegen Panzer, Maschinengewehre, Mauern und dummes, dummes Denken.

11

Stasi-Gefängnis Berlin-Pankow, 2. Februar 1974

Stiefel donnerten gegen die Zellentür. Die Luke wurde aufgerissen. Ein Augenpaar schaute hindurch.

»Kommen Se hoch!«

Sofort war mir wieder bewusst, wo ich war. Grelles Licht blendete mich und stach mir brutal in die Augen. Ein Blick auf das nackte Handgelenk: natürlich keine Armbanduhr.

War schon Morgen? Oder war es wieder mitten in der Nacht, und ich wurde zum Verhör geholt? Ich schaute nach links. Die Pritsche war hochgeklappt. Von Margarete keine Spur. Nichts deutete darauf hin, dass gestern noch jemand mit mir in der Zelle gewesen war.

Diese Ungewissheit sollte mein ständiger Begleiter sein: Immer wieder geschah es, dass man aus der Zelle gebracht und woandershin verlegt wurde, ohne zu wissen, warum. Und ohne zu wissen, wann das der Fall sein würde.

Ich quälte mich zum Waschbecken. Zum ersten Mal wollte ich in einen Spiegel schauen. Fehlanzeige. Ich tastete mein Gesicht ab. Ich fühlte meine übermüdeten, rotgeränderten Augen, meine aschfahle Haut, meine aufgerissenen Lippen. Meine Hände, meine Finger wurden von nun an mein Spiegelbild. Vom Aufprall in der Zelle waren meine Wangenknochen wahrscheinlich ganz blau. Als ich sie betastete, spürte ich einen bohrenden Schmerz.

»Komm Se her!«

Ein Blechteller mit einer schleimig glänzenden Marmeladenstulle, ein Blechbecher mit lauwarmem Muckefuck, auf dem eklige Bläschen schwammen, wurde mir hingeschoben. Der kranke Bewacher da draußen hatte mir ins Essen gespuckt. Freundschaft, von wegen!

Ich rührte beides nicht an.

Während ich auf meinem Hocker saß, wurde mir bewusst, dass ich von nun an täglich sechzehn Stunden hier sitzen und an die grün getünchte Wand starren würde. Es gab nichts, was mich ablenken konnte, nur meine Gedanken. Es sei denn, sie holten mich erneut zum Verhör. Dann wurde ich zwölf Stunden lang angeschrien. Die Menschen da draußen waren keine Menschen, sondern seelenlose Maschinen. Sie unterstellten einem die widerlichsten Absichten. Sie ergötzten sich daran, ihre Opfer zu quälen, sie voneinander zu isolieren, sie beim Verrichten der Notdurft zu beobachten und ihren Schlaf zu stören. Wer so etwas von Berufs wegen machte, wer damit sein Geld verdiente und damit seine Familie ernährte, der war kalt wie ein Fisch. Hier würde niemand Verständnis für mich haben – und das auf unbestimmte Zeit. Diese Qual würde erst mal kein Ende haben. Ich würde hier drin zugrunde gehen. Diese Erkenntnis überkam mich mit einer solchen Wucht, dass ich jeden Boden unter den Füßen verlor. Alles schwankte. Panik nahm mich in den Schraubstock. Ich röchelte nach Luft. Atmen, Peasy, atmen! Der kalte Schweiß brach mir heraus.

Die Riegel der Zellentür knallten. Nummer eins, Nummer zwei, Nummer drei. Der Schlüssel klirrte im rostigen Schloss.

»Rechts! Raustreten!«

Links war ja nicht mehr da.

Die Panikattacke war noch nicht wieder verflogen. Ich wagte es nicht, meinen Bewacher anzusehen. Mit gesenktem

Kopf schlurfte ich auf den viel zu großen Latschen raus auf den Gang. Mein Kreislauf spielte verrückt! In meinen Ohren dröhnte es, vor meinen Augen tanzten bunte Flecken. Musste ich mich übergeben?

»Gesicht zur Wand. Hände auf den Rücken. Rechts rum. Geh'n Se.«

Wieder fragte ich mich, wie spät es wohl sein mochte. Seit wann kämpfte ich schon gegen die Wucht dieser Panikattacke an?

Meiner Akte konnte ich sehr viel später entnehmen, dass es halb sieben Uhr morgens war. Seit dem Wecken war erst eine halbe Stunde vergangen, die mir wie eine Ewigkeit vorgekommen war!

Wollte der schmierige Vernehmer wieder seine väterlichen Schleimereien an mir auslassen und mir anbieten, meine Mutter anzurufen?

Würde mich der mit dem Schnauzbart und der Stoppelfrisur wieder als »billige kleine Nutte« beschimpfen, die von meinem Mann, dem »Schmutzfink«, in einem Westberliner Puff feilgeboten werden sollte?

»Hinsetzen. Hände unter die Oberschenkel.«

Diesen Vernehmer kannte ich noch nicht. Zumindest konnte ich mich nicht an ihn erinnern. Letztlich waren diese Leute alle austauschbar.

Außer ein paar Formalitäten erfragte er nichts.

Name, Alter, Beruf, Wohnort, Familienstand.

Das wusste er zwar alles schon, aber es machte ihm wohl Freude.

Nach fünf Minuten griff er zum Hörer seines grauen Telefons, rief meinen Bewacher an und ließ mich wieder abführen.

Auf meinem Rückweg durch das Gängelabyrinth versuchte

ich krampfhaft, meine Gedanken zu ordnen. Was war DAS denn jetzt?

Warum hatte er mich holen lassen, wenn er mich gar nicht stundenlang quälen wollte? Vielleicht hatte ich ihm im wahrsten Sinne des Wortes gestunken? Von mir musste ein entsetzlicher Geruch ausgehen, denn ordentlich gewaschen hatte ich mich schon lange nicht mehr.

Oder gehörte es zu seiner Taktik, mich erst in Furcht zu versetzen und dann wieder laufen zu lassen – wie eine Katze, die genüsslich mit einer halb toten Maus spielt, ihr immer wieder Zeit gibt, sich zu erholen, um länger Spaß an ihr zu haben?

Zwischen meiner Abholung aus der Zelle und meiner erneuten Einschließung war höchstens eine Viertelstunde vergangen. Das erste Verhör hatte zwölf Stunden gedauert, dieses zweite fünf Minuten.

Dann geschah an diesem 2. Februar 1974 gar nichts mehr.

Nichts. Nichts. Nichts. Die Minuten dehnten sich, es war die reinste Folter. Warten, warten, warten.

Worauf? Auf die nächste Schikane. Weinen konnte ich nicht. Selbst dazu fehlte mir die Kraft.

Mir knurrte der Magen. Hätte ich das angespuckte Frühstück doch essen sollen? Ich hätte es einfach nicht über mich gebracht. Allein bei der Vorstellung musste ich würgen.

Ich maß 1,55 und wog 48 Kilo. Jedenfalls als ich mich zuletzt gewogen hatte.

Wie lange würde es dauern, bis ich verhungerte?

Wollte ich überhaupt noch leben? Wofür lohnte es sich denn noch?

Lilli!, schoss es mir durch den Kopf. Für sie lohnte es sich zu leben. Ich sah die Kleine mit ihrem blauen Halstuch vor mir und hörte ihr helles Stimmchen.

Die kämpferischen Arbeiterlieder kamen mir in den Sinn, die man uns in der Schule eingetrichtert hatte.

Und weil der Mensch ein Mensch ist, drum braucht er was zu essen, bitte sehr.

Es macht ihn kein Geschwätz nicht satt ...

Als um die Mittagszeit irgendein Fraß in einem Napf durchgeschoben wurde, zwang ich mich, den lauwarmen Matsch aus knorpeligem Fleisch, zerkochten Kartoffeln und Spuren von Gemüse hinunterzuwürgen. Ich musste schließlich am Leben bleiben.

Es schmeckte widerlich, aber ich zwang mich, an Lilli zu denken und mir ihr kleines stupsnasiges Gesicht vorzustellen. »Ein Bissen für Oma, ein Bissen für Tante ...«

Ich stellte mir vor, wie mir das Kind tröstend über den Arm strich. »Ein Bissen für Ulrich und noch einen Bissen und für Ed ...« Ich hielt mit dem Kauen inne. Ein kaltes Augenpaar starrte durch die Luke. Der Wachposten beobachtete mich. Wahrscheinlich war ihnen mein morgendlicher Hungerstreik schon aufgefallen, und ich stand auf der Liste zur Zwangsernährung.

Ja, ist ja gut. Ich kaue. Ich tue es nicht für euch, sondern für mich. Was war das? Bildete ich mir das ein? Nein! Kaum hatte der Wachposten meine Luke extra laut zugeknallt, klopfte jemand rechts von mir an die Wand. Lang-lang-kurz. Kurz-kurz-lang-lang ... Und dann ging es links von mir genauso los! Kurz-lang-kurz-lang-lang ...

Das waren doch Morsezeichen! Die unterhielten sich! Was bedeutete das bloß?

Ich wollte antworten, aber was? Nie im Leben würde ich das lernen! Meine Nachbarn rechts und links in den Zellen neben mir waren anscheinend schon lange hier. Sie hatten es sich gegenseitig beigebracht?

Hatten sie schon gemerkt, dass ich »die Neue« war?

Es ist wirklich unglaublich, welche Fähigkeiten der Mensch unter Extrembedingungen entwickelt. Denn was ich zu diesem Zeitpunkt noch nicht ahnen konnte: In den fast acht Monaten, das ich im Untersuchungsgefängnis verbringen sollte, sollte ich keinen anderen Gefangenen mehr zu Gesicht bekommen. Unsere Aufseher wachten akribisch darüber, dass man sich außerhalb der Zelle nicht begegnete. Und trotzdem schafften es die Häftlinge, sich durch die Mauern hindurch zu unterhalten!

Das für mich noch unverständliche Klopfen tröstete mich ein bisschen: Ich war in dieser Hölle nicht allein. Rechts und links von mir befanden sich Menschen, die genau wie ich versucht hatten, in die Freiheit zu gelangen.

Als mein Napf leer war, stellte ich ihn wieder in die Luke. Und fürchtete mich schon vor dem Abend.

Wenn um zweiundzwanzig Uhr die Pritsche runtergeklappt werden durfte, fing kurz darauf die Lichtfolter an. Hier in der Zelle war kein Lichtschalter, nur außen, ich war also der Willkür meiner Peiniger ausgeliefert. Sie bestimmten, wann und in welchen Abständen sie mich schikanieren wollten. Manchmal ging das Licht im Minutentakt an und aus, manchmal tat sich stundenlang nichts. Oft bliesen sie auch zum Spaß ihren Zigarettenrauch durch die Luke.

Nach unfassbar langen qualvollen Stunden auf dem Hocker, einer weiteren fettigen Wurststulle auf dem Blechteller, was die sozialistisch vorgegebene Zeit fürs »Abendessen« anzeigte, nach einem Becher mit dünnem, lauwarmen Tee und weiteren Stunden auf dem Hocker kam dann der Befehl, indem gegen die Zellentüren getreten wurde: »Pritschen runter!«

Eine weitere schreckliche Nacht begann. Ich träumte mich fort – weit weg in die Freiheit.

12

Oranienburg, Ende Juni 1955

»Kinder, wir haben eine Überraschung! Papa hat ein Haus gekauft, wir ziehen um!«

Mein Vater hatte es in nur zwei Jahren unermüdlicher Arbeit geschafft, eine wunderschöne alte Villa in der Nähe unseres Badesees zu erwerben, am Rande der Stadt.

Es herrschte damals nämlich extremer Wohnraummangel, was ich in meinem kindlichen Glück natürlich nicht wusste. Das »System« – was auch immer das sein sollte – war froh, wenn Menschen durch Eigenleistung und Eigeninitiative selbst für Wohnraum sorgten.

Als selbstständiger Unternehmer verdiente Vater auch mehr Geld, als es den »Bonzen« lieb war. Deshalb wurden Kristina und ich von den anderen Kindern oft missgünstig beäugt. Deren Eltern hatten ihnen eingetrichtert, dass wir uns für etwas Besonderes hielten und den Staat betrogen, was ich überhaupt nicht verstand!

Papa arbeitete doch Tag und Nacht? Und seine sechs Werkstattangestellten waren alle froh, dass sie Geld verdienten und ihre Familien ernähren konnten? Papa war immer freundlich und nett zu ihnen, wir waren doch alle wie eine große Familie!

Eifrig schleppte ich meine Puppen und meine Bilderbücher die Treppe hinunter und schob meine Habseligkeiten dann im Puppenwagen zu dem Fuhrwerk, das im Hof bereitstand.

Die Angestellten trugen unsere Möbel heraus und hievten sogar das Klavier auf den großen Anhänger. Was für eine Aufregung! Mit Muttis Hilfe kletterten wir auf die Ladefläche, während sie vorn neben Papa Platz nahm.

Papa saß am Steuer und lachte uns an. Er rauchte Pfeife und freute sich über unsere staunenden Kinderaugen. Seine starken Hände umfassten das riesige Lenkrad, und der Wagen rumpelte durchs große Hoftor hinaus, über das Kopfsteinpflaster der Hauptstraße, bis fast zum Lehnitzsee, in dessen Nähe das Haus stand.

»Oh, wie wunderschön!« Ich konnte kaum still sitzen, als ich unser neues Haus erblickte.

Mein kleines Märchenschloss war grün angestrichen. Vielversprechend lag es in der Mittagssonne, denn es sah freundlich und einladend aus. Es hatte ein Walmdach mit feuerroten Biberschwanzziegeln und schneeweiße Fensterläden. An Spalieren rankten sich Rosen empor.

»Oma Ilses Werk!« Papa strahlte. »Na, ist die Überraschung gelungen?«

»DAS ist unser Schloss?«, fragte ich ungläubig. »DA dürfen wir wohnen?«

»Ihr bekommt sogar jede ein eigenes Zimmer!« Papa lachte voller Stolz und Glück, als Kristina und ich jubelnd in die Hände klatschten. Auch Mama freute sich sichtlich.

»Ich möchte das Zimmer ganz oben!«, rief ich aufgeregt. »Das da oben hinter dem Bullauge!«

Den Dachgiebel zierte ein rundes Fenster, das von weißen Holzsprossen geteilt wurde. »Von dort habe ich die beste Aussicht!«

»Das ist zwar das kleinste Zimmer, aber auch das schönste«, gab mir Mutter recht. »Na, dann erobere es dir, kleine Gisa!«

Mit meinem Puppenwagen kletterte ich durchs lichterfüllte Treppenhaus, so schnell ich konnte. Ich schaute aus dem kleinen runden Fenster und sah meine Familie unten stehen.

»Juhuu! Hier bin ich!« Begeistert winkte ich hinunter.

»Fall nicht raus, kleine Gisa!«, mahnte mich Vater.

»Ach, Wilhelm, das ist ein Traum!«, seufzte Mutter selig. »Hier können wir großartige Feste feiern mit den Künstlern aus der Oper …« Die Eltern umarmten und küssten sich. »Hier kannst du einen Chor gründen, Gerti! Nur die Frösche im See quaken lauter!«, scherzte mein Vater. Spielerisch schlug Mutter nach ihm. »Warte nur, was für Konzerte wir geben werden!«

»Vorsicht mit dem Klavier!« Nervös rannte Mutter neben den Arbeitern her und dirigierte sie mitsamt unseren Möbeln in die richtigen Zimmer.

Wir Mädchen polterten die alten, ausgetretenen Holzstiegen hinauf und herunter. Die Sonne warf helle Flecken an Wände und Decken. Vor den Fenstern wiegten sich dicht belaubte Bäume.

Mutter stand derweil in der riesigen Küche und staunte. An einer Küchenkrone hingen Kochlöffel und Rührbesen und an einer eigens dafür angebrachten Metallstange rote und weiße Geschirrtücher. Oma Ilses Werk – wie liebevoll sie alles eingerichtet hatte! So etwas Märchenhaftes hatte ich bisher nur in meinen Bilderbüchern gesehen. Die Wände schmückten blauweiße Fliesen, und auf der großen Anrichte standen blauweiße Teller. Mutter meinte ehrfürchtig, das sei echtes »Meissener Porzellan«.

Im Wohnzimmer gab es einen offenen Kamin! An einer Wand stand inzwischen das Klavier, an der anderen ein großes Bücherregal, in das Mutter nach und nach unsere vielen Bücher einsortierte. Vor der dritten Wand befand sich unsere gemütliche Sofaecke, und die vierte verfügte über eine riesige Terrassentür, durch die man in den prächtigen Garten gelangte. Hinterm Zaun lag fast schon der Badesee, und hinter dem Lehnitzsee der große, dunkle Wald. Ich kam mir vor wie in »Peter und der Wolf«.

»Bevor du in die Schule kommst, werde ich dir noch das Schwimmen beibringen, kleine Gisa!«

Vater strich mir liebevoll übers Haar, als ich von meiner Entdeckungstour durchs neue Paradies zurückkam. »Ich bin so froh, dass ich euch das alles doch bieten kann!«

Der Gedanke daran, in die Schule zu kommen und schwimmen zu lernen, steigerte mein kindliches Glück noch mehr. Die Welt war einfach nur in Ordnung!

Für meine Eltern war der Kauf dieses Hauses ein enormer Balanceakt. Aber davon wussten wir Kinder natürlich nichts. Sie taten alles, um uns eine schöne, unbeschwerte Kindheit zu schenken und unsere künstlerischen Talente zu fördern. Kristina war die Musikalischere von uns beiden, ich dagegen die Sportliche.

Schon bald gingen in unserer Märchenvilla die Künstler ein und aus, und an so manchem lauen Sommerabend wurde gesungen, Klavier gespielt, getanzt und gelacht.

»Wer wohnt schon in einem Arbeiter- und Bauernstaat wie ein Unternehmer?«, hörte ich einen dicken Mann mit Zigarre mit tiefer Stimme sagen. Bewundernd klopfte er Papa auf die Schulter. »Wenn du mal keinen Ärger kriegst, Wilhelm!« Es wurde mit vielen kleinen Gläsern angestoßen, deren Inhalt alle lauter und fröhlicher machte.

»Die Hoffnung stirbt zuletzt«, antwortete Papa lachend. »Wir lassen uns nicht unterkriegen!«

»Und das in einem Land, in dem alle aus einem Blechnapf

zu fressen haben«, dröhnte der Dicke. »Pass mal bloß auf, dass die Steuerfahnder hier nicht mit konstruierten Forderungen auf der Matte stehen!«

»Pssst!«, machte Mutter, die im Wohnzimmer mit den anderen Künstlern geplaudert und gesungen hatte. »Männer, seid ihr wahnsinnig, so laut zu reden?«

»Hört doch hier keiner. Wir sind doch im Wald!«, lachte der Dicke und ließ dann seinen Bass erschallen: »Im Wald und auf der Heide, da such ich meine Freude, ich bin ein Jägersmann!« Mutters Chor stimmte mit ein.

Wir verlebten herrliche Wochen.

»Reichst du mir bitte mal die Erdbeermarmelade?«

Wir saßen gerade beim Frühstück auf unserer Terrasse, und Vater wollte gleich in seine Werkstatt fahren.

»Aber solange die Mädchen Ferien haben, will ich wenigstens mit euch frühstücken!«

Er war schon, wie jeden Morgen, ganz früh in den See gesprungen und war eine Runde geschwommen. »Ah, ist das herrlich hier!« Er lehnte sich entspannt zurück und verschränkte die Hände hinterm Kopf. »Ich versuche nachher im Schreibwarengeschäft ein Schreibheft und einen Bleistift für unsere Gisa zu kaufen.« Verschmitzt lachte er mich an, das feuchte Haar stand ihm vom Kopf ab. »Nicht dass nachher alles ausverkauft ist und unser Kind nicht schreiben lernt!«

»Bring bitte auch noch Mehl und Milch mit!« Mutter stand in ihrer geblümten Schürze überm Sommerrock hinter ihm und schenkte Kaffee ein. »Die Marmelade ist selbst gemacht, von Oma Ilse. Himmlisch, was?« Sie leckte sich die Finger ab. »Aber demnächst pflanzen wir hier auch Beeren an, dann können wir uns bei ihr revanchieren.« Sie machte eine kurze

Pause und sagte dann: »Sollen wir Oma Ilse nicht zu uns nehmen? Wir haben hier doch genug Platz, und sie wird auch nicht jünger. Sie hat so viel für uns getan, Wilhelm.«

»Psst, sei mal ruhig.« Vater hielt lauschend den Finger vor den Mund.

Motorenlärm wurde erst lauter, dann leiser, um schließlich zu verstummen. Wir schauten aus dem Fenster. Ein Auto war vorgefahren, und drei Männer stiegen aus. Sie sahen amtlich aus mit ihren Aktentaschen, Sommermänteln und Hüten – so ganz anders als die Leute, die sonst hier zum Baden kamen. Von ihnen ging keine Ferienlaune aus, das spürte sogar ich.

Vater sprang besorgt auf. »Stasi«, sagte er nur zu meiner Mutter. Seine Stimme klang heiser.

Es klingelte.

»Kinder, sofort ins Haus!« rief Mutter aufgeregt. »Geht in eure Zimmer. Und Gisa: Diesmal gehorchst du aufs Wort!« Sie war so aufgeregt, dass ich es nicht wagte, ihre Anweisung zu missachten.

Vater ließ die Männer herein.

Ich ging die Treppe hoch, bis ich nicht mehr zu sehen war, aber noch alles hören konnte, was unten gesprochen wurde.

Die Männer stapften ins Wohnzimmer.

»So, so, sehr interessante Lektüre«, hörte ich. Wühlten sie etwa bei uns im Bücherregal? Dumpf hörte ich einzelne Bände zu Boden fallen.

Ein anderer klimperte doch glatt auf unserem Klavier herum! Er konnte überhaupt nicht spielen, sondern entlockte den Tasten nur ein hässliches Klirren.

Schritte Richtung Küche. Peng! Warf der etwa das teure Meissener Porzellan auf den Boden?

»Kapitalistischer Größenwahn.«

»Genau wie es uns geschildert wurde.«

»Das Haus wird beschlagnahmt.«

»Nein! Wilhelm! Sag doch was!«, rief meine Mutter.

»Aber das können Sie doch nicht machen. Ich habe es mir selbst erarbeitet!«

»Herr Ziegler«, hörte ich den einen, der wohl der Schärfere war, sagen. »Wir fordern Sie auf, Ihr Haus dem Arbeiter- und Bauernstaat zur Verfügung zu stellen.«

»Bitte was?«, rief Mutter mit schriller Stimme. Sie klappte den Klavierdeckel so schnell herunter, dass der Mann seine Finger hoffentlich gerade noch zurückziehen konnte. »Aber wir sind doch erst vor wenigen Wochen hier eingezogen! Was haben wir denn Verbotenes getan? Wenn wir zu laut waren, stellen wir das Musizieren sofort ein.«

Die Männer ignorierten sie komplett. »Herr Ziegler, Sie haben jetzt genau drei Tage Zeit, hier wieder auszuziehen. Sollten Sie sich unseren Anweisungen widersetzen, finden wir schon irgendwelche Unregelmäßigkeiten in Ihren Geschäftsbüchern, die Sie für mindestens zwanzig Jahre ins Zuchthaus bringen.«

»Auf Wiedersehen.«

Im Stechschritt verließen sie unser Haus, stiegen in ihr Auto und knatterten davon.

Unsere Eltern waren einfach nur fassungslos. Mutter hob mechanisch die Bücher auf und stellte sie zurück ins Regal, Vater entsorgte die Scherben in der Küche klirrend im Mülleimer.

Wir Mädchen verstanden nicht so recht, was da gerade passiert war.

Die Eltern weinten tagelang, sogar Vater! Er fasste sich immer wieder ans Herz und schien um Jahre gealtert zu sein. Die

Eltern schickten uns zu Oma Ilse nach Friedental in den Schrebergarten, damit wir von der ganzen Katastrophe nicht so viel mitbekamen. Auch Oma weinte. »Das schöne Haus, das schöne Haus! Ich habe da so viel Arbeit reingesteckt, und eure Eltern haben jahrelang dafür gespart …«

Schon drei Tage später waren wir aus meinem Märchenschloss ausgezogen.

Drei Straßen weiter hatte man uns ein hässliches graues Haus zugewiesen, das jemand, der »in den Westen abgehauen« war, hastig verlassen hatte.

Das hörte ich damals oft, dass Leute »in den Westen gingen«. Ich stellte mir vor, dass sie alle Lust auf einen langen Spaziergang gehabt hatten, wenn sie so weit gingen. Und sie kamen auch nie wieder!

Das schäbige, baufällige Haus konnten wir haben, mitsamt seinen abgewohnten Möbeln. Es hatte keinen Garten und keinen Hof, nur eine alte Mülltonne neben einer Wäscheleine. Unter dem verrosteten Regendach stand ein verrostetes Motorrad. Der Mann musste große Lust gehabt haben, in den Westen zu gehen. War es da anders? War es da schöner?

Als ich vier Wochen später in die Schule kam, war ich das traurigste Mädchen auf der ganzen Welt. Ich hatte nicht schwimmen gelernt, zu kurz war unsere Zeit in dem Haus gewesen. Mein Schulweg führte am ehemaligen Märchenschloss vorbei.

Davor stand ein Mann neben einer Betonmischmaschine, ein anderer schlug das Spalier entzwei, an dem die Rosen gerankt hatten. Ihre Blüten lagen zertreten auf dem Rasen. Die Schläge dröhnten mir noch in den Ohren, als ich längst im Klassenzimmer saß.

13

Stasi-Gefängnis Berlin-Pankow, 4. Februar 1974

Ein neuer brutaler Morgen begann. Entsetzt fuhr ich hoch. Im Halbschlaf klang es wie eine Explosion! Dieser Gefängniswärter musste eine besonders große Schuhgröße haben. Mit seinem Stiefel donnerte er dermaßen hasserfüllt gegen die Zellentür, als wollte er sie eintreten.

Schlaftrunken und bibbernd vor Kälte taumelte ich zum Klo, wohl wissend, dass ich durch den Spion beobachtet wurde. Der Hahn am Waschbecken spuckte nur eiskaltes Wasser aus der fast eingefrorenen Leitung. Mit klammen Fingern versuchte ich mir wenigstens das Gesicht zu waschen und den Mund auszuspülen. Alle Glieder taten mir weh. Die Matratze war so ungleichmäßig mit Stroh gefüllt, dass dessen Klumpen mein Kreuz malträtierten. Auch der Kopfkeil war steinhart, und mein Nacken fühlte sich an wie in einen Schraubstock gespannt. Seit Tagen hatte ich schreckliche Kopfschmerzen, und auch in der vergangenen Nacht war kein Schlaf am Stück möglich gewesen.

Kaum war die übliche Marmeladenstulle durch die Luke gereicht worden, begann das Klopfen aus der Nachbarzelle, immer dasselbe: --. ..--. -. .-. --. .--. .-. .-

Vorsichtig schlich ich zur Zellentür.

Kein kaltes Augenpaar, kein Zigarettenrauch, kein Stiefelknallen. Offensichtlich war man anderweitig beschäftigt.

».-«, ertönte es neben mir.

».-«, gab ich beherzt zurück.

»-…«, lautete die Antwort.

Ich wiederholte das Signal.

.- -... -.-.

Ah! Ich kapiere! – da übte jemand mit mir das Morse-Alphabet! Okay!, dachte ich. Dann fange ich mal an zu lernen.

Draußen vor den Glasbausteinen war es noch stockdunkel, und wieder erfasste mich ein eiskalter Luftzug, aber ich spürte einen Hauch von Trost und war wild entschlossen, das Morsen zu lernen. Da war ein Mensch hinter der Wand, der sich um mich kümmerte! Wir waren gerade beim Buchstaben »D« angelangt, als die Türriegel knallten.

Wie ertappt wich ich zurück und setzte mich hastig auf meinen Hocker.

Schlüsselrasseln. Mein Herz raste. Sie hatten mich erwischt! Das würde schlimme Konsequenzen haben!

»Geh'n Se!« Meinte der mich? Aber er hatte gar nicht »Rechts! Raustreten!« gesagt.

Eine blasse Frau im Knastdress, deren blonde Haare ihr wirr ins Gesicht hingen, trat zögerlich ein. Ihre Züge waren leblos, bestimmt stand sie unter Schock.

Wieder schnappten die Riegel zu.

Sie mochte Mitte dreißig sein, war also gut zehn Jahre älter als ich. Sie war so müde, dass sie mich gar nicht wahrnahm. Schleppenden Schrittes trug sie die Habseligkeiten vor sich her, die man ihr verpasst hatte: Handtuch, Waschzeug, Schlafanzug, Bettzeug.

Ich räusperte mich. »Hallo.« Meine Stimme klang ganz eingerostet.

»Hallo.« Diesem Echo entnahm ich die Trostlosigkeit und

Ohnmacht, die sie wohl auch gerade zu spüren begann. Sie sank auf den Hocker, legte den Kopf auf den Tisch und schluchzte hemmungslos.

Die Ärmste!, schoss es mir durch den Kopf. Wahrscheinlich war sie gerade erst eingeliefert worden und hatte die mir bekannte Prozedur durchlaufen: Verhaftung, ausziehen, Verbringung in so einen Verschlag, stundenlange Verhöre, Schlafentzug, nichts zu essen und nichts zu trinken, nicht auf die Toilette … Sie hatte ihre Würde draußen abgeben müssen, war eine gestandene Frau gewesen, bevor sie dieser Albtraum aus ihrem gewohnten Leben riss.

Zeit! Davon hatten wir hier im Überfluss. Und das war das Einzige, was ich ihr zum Einzug in diese brutale Welt schenken konnte.

Endlich hob sie den Kopf. Aus rot geränderten Augen blickte sie mich verzweifelt an.

»Ich bin Ellen.« In Ermangelung eines Taschentuchs schnäuzte sie sich in den Ärmel ihres Trainingsanzuges. Er war voller Flecken: Rotz und Wasser. Die war doch nicht von der Stasi auf mich angesetzt? Nein, das konnte sie mir unmöglich alles vorspielen. Die hatte die gleiche Tortur hinter sich wie ich!

»Ich bin Peasy.« Scheu streckte ich ihr die Hand entgegen.

Wir beäugten einander, als hätten wir es mit einem möglicherweise gefährlichen Insekt zu tun. Auch sie schien zu überlegen, ob sie mir vertrauen konnte. Sie wirkte gebildet und fein.

Nachdem sie ausführlich aus dem Hahn getrunken und sich kaltes Wasser ins Gesicht gespritzt hatte, sank sie auf die Toilette.

»Entschuldige, aber ich platze sonst.«

»Hier brauchst du dich nicht zu entschuldigen. Wir sitzen hier alle in derselben Scheiße.« Ich erschrak selbst über meine Wortwahl. Aber was gab es zu beschönigen?

»Wie lange bist du denn schon hier?«

»Drei Tage. Und drei Nächte.«

Ich musste wieder daran denken, wie Margarete mich in Empfang genommen hatte. Da war es für mich außerhalb jeder Vorstellung gewesen, in diesem kalten Loch auch nur eine Stunde aushalten zu können, ohne wahnsinnig zu werden.

»Wie geht es dir?« Ellen trocknete sich mit dem grauen, kratzigen Handtuch Gesicht und Hände. Dann sah sie mich mitfühlend an.

»Wie soll es mir schon gehen«, antwortete ich vage.

Sie strich sich das Haar aus dem Gesicht und setzte sich neben mich, auf den anderen Hocker. Sie hatte ihre Haltung wiedergefunden.

»Was werfen sie dir vor?«

»Republikflucht.«

War sie doch von der Stasi auf mich angesetzt? Woher sonst dieses Interesse?

»Mir auch«, sagte Ellen. »Obwohl ich gar nicht fliehen wollte. Jedenfalls nicht gestern.«

»Das verstehe ich nicht.«

»Ist ja auch eine lange Geschichte.« Sie versuchte ein schwaches Lächeln.

»Ich schätze, wir haben Zeit ...«

»Hast du genug gegessen in letzter Zeit? Und getrunken?«

Sie fragte mich so fürsorglich, dass es mir ganz unwirklich vorkam.

»Ich habe was gegessen. Erinnere mich nicht daran, sonst muss ich kotzen. Erzähl mir lieber, was dir passiert ist, Ellen!«

Es fühlte sich gut an, einen Menschen mit dem gleichen Schicksal um sich zu haben. Trotzdem blieb ich vorsichtig.

»Ich kann das alles noch gar nicht richtig fassen.« Ellen schlug die Hände vors Gesicht. »Ich weiß nicht, was mit meinem Kind ist!«

O Gott, jetzt fängt sie doch wieder an zu weinen!, dachte ich. Es versetzte mir einen Stich.

»Wie alt ist denn dein Kind?«

»Acht, Jenny ist acht!« Sie schluchzte: »Ich habe sie gestern wie immer bei ihrem Vater gelassen. Alles ganz normal.« Sie fuhr sich mit dem schäbigen Handtuch über die Augen. »Mein Ex nimmt sie seit der Scheidung jeden zweiten Sonntag.«

Schweigend starrte ich sie an. Noch einmal kamen mir Zweifel. War sie echt betroffen? Oder wollte sie mir nur eine rührselige Geschichte auftischen, um dann mich zum Reden zu bringen? War sie doch von der Stasi auf mich angesetzt? Weil ich in den Verhören nichts von mir gegeben hatte? Aber sie wirkte doch ehrlich verzweifelt! Ich war hin- und hergerissen.

»Mein geschiedener Mann muss ja heute wieder arbeiten. Ich hoffe, er hat sie zur Schule gebracht.« Sie weinte so sehr, dass es sie schüttelte. »Und wenn Jenny dann nach Hause kommt, ist keiner da! Wir leben allein, wir zwei.«

Ich starrte sie an. So richtig traute ich ihr immer noch nicht.

»Jenny wird denken, ich hätte einen Unfall gehabt, vielleicht hält sie mich auch für tot. Ich habe mein Kind doch noch nie allein gelassen. Mein Gott, was habe ich dem Kind angetan!«

Sie sank in sich zusammen und zitterte wie Espenlaub. Zögernd legte ich die Hand auf ihren Arm.

»Wolltest du denn ...« – ich biss mir auf die Unterlippe und suchte nach einer passenden Formulierung – »… ohne deine Tochter abhauen?«

Entsetzt schaute sie auf. »Nein! Nicht ohne meine Tochter!«

»Aber was ist denn passiert?«

»Ach, ich Riesenrindviech!« Sie schlug sich mit der flachen Hand gegen die Stirn. »Ich habe mich ja selbst verraten!« Wieder schnäuzte sie in ihren Ärmel.

»Sie haben mich die ganze Nacht verhört, und irgendwann hatten sie mich so weit. Da war ich in einem Zustand, da hätte ich sogar einen Mord gestanden.«

Ich zuckte unwillkürlich zurück.

Sie zog die Nase hoch. »Das ist ja völlig krank, ist das! Das machen Menschen mit Menschen, in ihrem eigenen Land!«

»Ja, das kenne ich«, murmelte ich. »Mich haben sie zwölf Stunden am Stück verhört. Sie wollten, dass ich durchdrehe. Aber erzähl weiter!«

»Jennys Vater hat sie wie immer gestern Morgen um neun abgeholt. Ich bin Landärztin, er ist Oberarzt an der Charité.«

Ah, das erklärte ihre Frage, ob ich etwas getrunken habe und wie es mir gehe. Sie war eine aufrichtige Kümmerin!

»Hast du denn auch in Berlin gewohnt?« Langsam fasste ich Vertrauen zu ihr.

»Nein, nein, ich wohne in Potsdam.« Die Vergangenheitsform wollte sie wohl noch nicht akzeptieren.

Sie zog die Nase hoch und schüttelte entschuldigend den Kopf. Dann griff sie mit einem verlegenen Lächeln zum Klopapier und säuberte sich damit das Gesicht.

»Vormittags habe ich noch Hausbesuche gemacht, dann war ich bei einer Patientin zum Essen eingeladen. Anschließend hab ich mich ins Auto gesetzt und bin einfach nur so rumgefahren.«

»Einfach nur so rumgefahren?« Welche gestandene Frau machte denn so was?

»Es gab einen Hinweis«, flüsterte sie und schielte Richtung Türspion. Es war kein kaltes Augenpaar zu sehen. Ich sprang auf und legte das Ohr an die Tür, aber alles blieb still.

»Man hatte mir gesagt, ich soll mir mal den Kilometerstein 92 an der Transitstrecke nach Berlin anschauen. Dort würde möglicherweise ein Schleuser Jenny und mich an einem später bekannt gegebenen Zeitpunkt abholen.«

Ich schluckte. »Man hatte mir …« Das klang genauso verschlüsselt, wie ich selber sprach. Trotzdem, Peasy, bleib vorsichtig!, ermahnte ich mich. »Und weiter?«

»Wir hatten es letztes Jahr schon versucht. Ich habe Jenny an einem eiskalten Dezemberabend schon mal mit zu so einem Waldstück genommen. Die arme Kleine hat schrecklich gefroren, und ich konnte ihr ja nicht sagen, was wir vorhaben. Ich habe ihr erzählt, wir warten auf den Weihnachtsmann, doch der kam und kam nicht. Und da bin ich mit ihr nach sechs Stunden auf einem dunklen Parkplatz gegen Mitternacht wieder nach Hause gefahren. Sie lag schlafend auf der Rückbank, und ich bin völlig durchgefroren und fertig mit den Nerven in eine Schneewehe gefahren! Der Trabi kam nicht vor und nicht zurück, die Autobahn war vereist. Da bin ich ausgestiegen und habe das Auto aus der Schneewehe geschoben! In dem Moment rast von hinten ein Auto auf mich zu. In letzter Sekunde konnte ich den Trabi wenige Zentimeter zur Seite schieben, sonst wäre der andere ungebremst in uns hineingerast.« Sie musste innehalten und erst ein paar Mal tief durchatmen. »Als ich meine schlafende kleine Tochter um zwei Uhr nachts in die Wohnung raufgetragen habe, habe ich mir geschworen, ihr das nicht noch mal anzutun.«

Ich nickte stumm. Ihre Hände mit dem zerknüllten Klopapier zitterten immer noch.

Es war so unfassbar kalt in dieser Zelle!

»Sie hat dann leider in der Schule ihrer Lehrerin Frau Gehmacher davon erzählt: Dass sie mit ihrer Mama im Wald auf einem Autobahnparkplatz auf den Weihnachtsmann gewartet hat, und das hat mich wohl verdächtig gemacht.«

Ich konnte es mir lebhaft vorstellen. Stasi!

»Den nächsten Treffpunkt musste ich mir also unbedingt erst mal alleine anschauen. Und das war gestern. Jenny war bei ihrem Vater und ahnte von nichts.«

Sie rieb sich die Arme, die sie inzwischen eng um den Oberkörper geschlungen hatte, und schlotterte vor sich hin.

»Diesmal wollte ich auf Nummer sicher gehen. Ich wollte mir den Treffpunkt erst mal bei Tageslicht ansehen. Als ich auf der Autobahn den Kilometer 92 erreicht hatte, war da kein Stein, also hab ich die nächste Abfahrt genommen. Der Himmel war wolkenverhangen und das Wetter trüb. Aber es gab irgendwie auch keinen Weg parallel zur Autobahn! Ich hatte das Gefühl, mich immer weiter von der Autobahn zu entfernen, als ich plötzlich im Morast gelandet bin, vor mir ein Werksschild mit Hammer und Zirkel und der Bezeichnung AGFA WOLFEN.«

»Aber dann warst du ja fast in Bitterfeld?«

»Ja, ich war definitiv auf der falschen Fährte. Also bin ich umgekehrt, habe mich aber erst recht verfahren. Inzwischen war es schon dämmrig, und ich bin über einen besseren Feldweg gezuckelt. Da habe ich einen Motorradfahrer nach dem Weg gefragt. Wie sich später herausstellte, war er ausgerechnet der Abschnittsbevollmächtigte, du weißt schon, der ABV ... Irgendwann bin ich zu einem Stoppelfeld gekommen. Dort hab ich den Wagen einfach stehen lassen und so getan, als wollte ich spazieren gehen. In meinem weißen Hosenanzug, mit dem ich vormittags noch Hausbesuche gemacht hatte, in meinen weißen Gesundheitsschuhen!« Sie stieß ein verzweifeltes Lachen aus. »Ich wollte unbedingt zu Fuß zu diesem Kilometerstein, um dann zu einem späteren Zeitpunkt mit Jenny im Schutz der Dunkelheit genau diesen Weg zu nehmen! Auf allen vieren bin ich schließlich die Böschung zur Autobahn raufgekrabbelt, es war sechs und völlig dunkel. Unter Lebensgefahr bin ich erst mehrere Hundert Meter nach rechts und dann zurück nach links gehastet. Einen richtigen Standstreifen gibt es ja auf DDR-Autobahnen nicht, ich bin also quasi wie eine Irre hin und her gerannt, in meinen weißen, gespenstischen Arztklamotten. Mehrere Autos haben gehupt oder mich angeblinkt.

Weit und breit kein Kilometerstein 92! Vielleicht gibt's den überhaupt nicht. Wie es eben so vieles in der DDR nicht gibt. Nicht mal einen Kilometerstein können die sich leisten.«

Wir mussten beide ein bisschen schmunzeln.

»Ich war völlig woanders gelandet! Deprimiert und erschöpft hab ich mich dann zurück zu meinem Auto gekämpft. Um halb acht sollte mir mein Geschiedener schließlich Jenny zurückbringen. Ich wollte schon frustriert nach Hause fahren – andererseits: Eine Stunde Zeit blieb mir noch, und ich wusste doch nicht, wann ich wieder Gelegenheit haben würde! Mein Ex nimmt Jenny ja nur alle vierzehn Tage, und im besten Fall wollte ich vor dem nächsten Mal mit ihr drüben im Westen sein.

Also hab ich verzweifelt noch mal von vorn angefangen mit meiner Suche. Am Ende eines Dorfes ging noch mal ein Weg nach links. Das musste doch endlich die richtige Fährte sein!

Also bin ich ausgestiegen – wieder vergebens! Der Weg endete an einer Müllhalde, es gab kein Durchkommen. Außerdem streunte da ein ziemlich verwahrlost wirkender Mann herum, der mir nicht geheuer war. Also hab ich kehrtgemacht! Auf dem Weg zum Auto kam mir ein Polski Fiat mit Blaulicht auf dem Dach entgegen. Ich hab mir eingeredet, jemand hätte die Polizei wegen des Obdachlosen gerufen. Als ich am Polizeiwagen vorbeiging, hat er angehalten. ›Ist das da hinten Ihr Wagen?‹ Sie haben mein Kennzeichen genannt. – ›Ja, aber warum denn?‹ – ›Dann steigen Sie mal ein.‹ Zwei Männer in Zivil. Ich wollte mir einreden, dass die mich nur die paar Hundert Meter zu meinem Auto bringen, weil es für eine Frau allein im Dunkeln gefährlich werden kann. Doch als ich in mein Auto einsteigen wollte, sagte einer von ihnen: ›Ihren Autoschlüssel.‹ – ›Danke, das schaffe ich schon selbst.‹ Es war jetzt sieben, und ich musste dringend nach Hause, Jenny würde um halb acht vor der Tür stehen. ›Das ist keine Bitte, das ist eine amtliche Aufforderung.‹ – ›Aber warum denn?‹ – ›Zur Klärung eines Sachverhalts.‹ Dann ist er in meinem Trabi vor uns her, während mich der andere zum Volkspolizeikreisamt Brandenburg gebracht hat. Noch immer dachte ich, ich hätte falsch geparkt oder so. Gott, war ich naiv! Im VPKA wurde ich in ein separates Zimmer gebracht und von den beiden Beamten in Zivil verhört. ›Was haben Sie denn in der Region gesucht?‹ – ›Gar nichts, ich bin spazieren gegangen.‹ – ›In der unwirtlichen Gegend, am Rande einer Müllhalde, im Dunkeln? In diesen weißen Klamotten, mit diesen Gesundheitslatschen?‹ – ›Ja, das war dumm, ich hatte mich verirrt. Ich wollte Hausbesuche machen.‹ – ›Bei wem wollten Sie Hausbesuche machen? Name, Adresse?‹ Ich hab fieberhaft überlegt, was ich jetzt sagen soll. Zuerst dachte ich, es sind Verkehrspolizisten, dann dachte ich, es ist die Stasi. Aber es war die Kriminalpolizei! Vielleicht war sie wirklich wegen des Landstreichers angerufen worden und hat dabei durch Zufall mich aufgegabelt. Aber in solchen Momenten verdrängt man wohl die Realität zu seinem eigenen Schutz. Panisch hab ich auf die Uhr geschaut und gesagt: ›Ich bin geschieden. Mein Ex-Mann bringt mir um halb acht mein Kind wieder, ich muss wirklich heim!‹ – ›Sie müssen gar nichts. Was hatten Sie da zu suchen?‹ – ›Wissen Sie, ich bin sonntags immer allein, und auch sehr traurig. Mein Kind fehlt mir, und dann fahre ich oft einfach nur so in der Gegend herum und denke nach …‹ – ›Ja, das kann ich verstehen‹, hat plötzlich der eine gesagt. ›Ich bin auch geschieden. Besonders die Wochenenden sind hart.‹« Von draußen knallten Stiefel gegen unsere Zellentür. Wir waren so vertieft in unser Gespräch, dass wir gar nicht merkten, wie sehr wir die Köpfe zusammensteckten.

Unser Bewacher riss die Luke auf und blökte uns an.

»Rechts, Abstand! Nich so de Köppe zusammenstecken, und das Gesicht gefälligst zur Tür, damit ich Se säh'n kann.«

»Wieder ä Sachse«, äffte ich ihn nach, nachdem er die Luke zugeknallt hatte.

Ellen redete weiter. »Na ja, da dachte ich, alles ist gut. Die glauben mir, die lassen mich gehen. Also sage ich: ›Dann … würde ich jetzt gern noch schnell auf die Toilette, bevor ich gehe …‹ – ›Sie gehen nirgendwo hin.‹ Das Verhör ging weiter und weiter. Der Ton der Männer wurde schärfer. ›Was wollten Sie an diesem Autobahnabschnitt?‹ – ›Nichts, ich wollte nur spazieren gehen.‹ – ›In diesen weißen Klamotten.‹ – ›Ich hab nicht nachgedacht, ich hab mich verirrt.‹ – ›Sie sind mehrmals in Feldwege eingebogen, und dann in Richtung Autobahn gelaufen!‹ Da wusste ich, die hatten mich schon lange beobachtet!

Immer wieder haben sie dieselben Fragen gestellt. Stundenlang, die ganze Nacht.«

Sie weinte wieder, völlig erschöpft. Ich konnte sie so gut verstehen! Es war so zermürbend, sie zerrieben einen, bis man dünnhäutiger war als das Durchschlagpapier, das sie für ihre Protokolle verwendeten.

»Ich hab geheult und sie angefleht, mich gehen zu lassen. ›Meine Tochter weiß nicht, wo ich bin! Mein Ex-Mann muss morgen früh um sechs wieder arbeiten! Er ist Chirurg in der Charité, er kann sich nicht um Jenny kümmern!‹ – ›Wir teilen ihm schon mit, dass Sie hier sind. Die Sorgen hätten Sie sich früher machen sollen, Frau Doktor. Gewissenlos sind Sie.‹

›Bitte benachrichtigen Sie ihn‹, hab ich immer wieder gefleht. ›Außerdem muss ich morgen früh doch auch wieder zu meinen Patienten!‹«

»Du hast sie angefleht? Echt?«

»Ja, wenn du erst mal Mutter bist, tust du alles …«

»Ich habe niemanden angefleht. Eher wäre ich vor ihren Augen tot umgefallen.« Aber ich wollte Ellen nicht kränken.

»Trotzdem, ich verstehe dich. Wenn man erst mal Mutter ist …«

Wenn die wüsste! Wenn die ganze Welt wüsste!!

Ich zwang mich, ihr weiter zuzuhören. Und sie fuhr fort:

»Gegen 23 Uhr wurde plötzlich die Tür aufgerissen, und ein Mann kam reingestürzt, der die beiden Beamten mit einer Handbewegung aus dem Raum gescheucht hat. Er hat sich vor mir aufgebaut und mich angeschrien: ›So, jetzt kommt die Staatssicherheit, jetzt weht hier ein anderer Wind! Setzen Sie sich gefälligst ordentlich hin!‹ Der Mann war extrem aggressiv, vielleicht hatten sie ihn aus dem Bett geholt. Ich musste so dringend auf die Toilette! Doch bei dem Kerl hatte ich erst recht keine Chance. Er ist vor mir auf und ab getigert und hat gebrüllt: ›Wenn Sie nicht aussagen, mache ich mit Ihnen krrrk!‹ Dann hat er so getan, als wollte er mir den Hals umdrehen. Es folgten endlose Verhöre, die alle von einem Polizeibeamten umständlich protokolliert wurden, im Zweifinger-Suchsystem, auf einer alten klapprigen Schreibmaschine. Vier oder fünf Protokolle mit mehreren Durchschlägen, die ich alle unterschreiben musste. Wenn ich meinte, dies und das hätte ich so nie gesagt, ist er total ausgerastet.«

»Genau wie bei mir, wie bei meinem Verhör. Die schreiben einem da Dinge rein, das ist unglaublich. Diese Lügner. Ich bin so wütend!«, fuhr ich Ellen dazwischen.

Am liebsten hätte ich ihr von der Aktfoto-Affäre erzählt, aber sie war noch nicht fertig.

»Der hat mit der Faust gegen die Wand und auf den Tisch geschlagen«, erzählte sie weiter. »Ich bin so einen Ton echt nicht gewöhnt, ich hab bisher nur mit kultivierten Leuten zu tun gehabt, und meine Patienten hatten immer Respekt vor mir.«

Ach, meine liebe Ellen!, dachte ich. Diese Ansprüche wirst du von nun an runterschrauben müssen, sonst werden sie dir zeigen, wie kultiviert die hier sind. Das hatte ich bei meiner Verhaftung sofort kapiert.

Sie musste wieder eine Pause machen und starrte minutenlang an die Wand. Ich ließ ihr alle Zeit. Mir ging es selbst hundsmiserabel. Schließlich sprach sie stockend weiter.

»Der Vernehmer hat sich ganz weit vorgebeugt, sodass ich seinen hasserfüllten Blick sehen konnte. Dann hat er mir ins Gesicht geschrien: ›Wollen Sie in die BRD oder nicht?!‹ Da wurde mir plötzlich klar, dass die Stasi inzwischen längst meine Wohnung in Potsdam durchsucht hatte. Sie hatten die gepackte Tasche gefunden mit Zeugnissen, Geld, Schmuck und den Papieren. Darauf hab ich so würdevoll wie möglich gesagt: ›Wenn ich hier festgehalten werde, dann will ich in die BRD.‹ Jetzt konnte ich mich nicht mehr mit Spazierengehen, Kopf-frei-Kriegen und Mich-verirrt-Haben rausreden. Sie hatten mich im Sack. Irgendwann hatte sich der Aggressive heiser geschrien und war türenknallend abgehauen. Ich saß bestimmt zwei Stunden allein in dem Raum, die grellen Lampen auf mich gerichtet. Dann kamen wieder zwei neue Vernehmer, mit Thermoskanne und einer Tüte frischer Backwaren bewaffnet. Die haben sie auf den Tisch gelegt. Verführerischer Duft stieg mir in die Nase. Sie fingen gemütlich an zu frühstücken. ›Denken Sie doch an Ihr Kind! Was machen Sie aber auch für Sachen!‹ Bis zum frühen Morgen hatte ich jedoch nichts zugegeben. Meine Blase wollte schier platzen, in meinem Kopf kreisten Düsenjets, und der Hunger hat sich wie ein Messer in meine Eingeweide gebohrt. Der Kaffeeduft löste Halluzinationen in mir aus. Ich hab gehofft, jeden Moment aus einem schrecklichen Albtraum zu erwachen. Jetzt einen Schluck Kaffee! ›Bitte, ich muss zu meinem Kind‹, hab ich sie wieder angefleht. Die beiden waren natürlich psychologisch geschult. Das Kind war mein wunder Punkt, damit würden sie mich kriegen, und das wussten sie auch. Also meinte der eine mit den wässrigen Augen, der so tat, als würde ihm mein Schicksal richtig an die Nieren gehen, an seiner Stulle kauend: ›Sagen Sie doch einfach die Wahrheit, liebe Frau Doktor, und wir garantieren: Sie fahren nach Hause zu Ihrem Kind. Wir sind doch keine Unmenschen! Ihre Patienten brauchen Sie doch.‹ Er hat die Arme ausgebreitet wie ein salbungsvoller Priester. ›Es ist allein Ihre Entscheidung. SIE machen es sich hier unnötig schwer.‹ Der andere Kleinere mit dem Stiernacken hat Kaffee in einen Thermobecher gefüllt und so getan, als würde er ihn mir gleich rüberschieben. ›Na? Is det denn so schwer? Woll'n Se nich ooch'n Schluck? Det is juhter Westkaffee!‹ Hämisches Grinsen. ›Also gut‹, hab ich plötzlich zugegeben. ›Ich habe nach Kilometerstein 92 Ausschau gehalten. Den hatte mir ein anonymer Fluchthelfer am Telefon genannt.‹ – ›Na also!‹, hieß es dann. ›Jeht doch! Und wer det war, der Anonyme am Telefon, det kriegen wir ooch noch raus.‹ Doch statt nach Hause zu fahren, bin ich in dieser fensterlosen grünen Minna direkt in diesen Knast eingefahren.«

Ellen hatte für ihren Bericht mehrere Stunden gebraucht. Verstört war sie immer wieder in Tränen ausgebrochen und hatte ihren Kopf auf die Tischplatte gelegt.

Ich weinte mit ihr.

Immer wieder wurden wir von durch die Luke gebellten Befehlen unterbrochen: »Aufhören mit dem Geheule!«

»Kopf hoch, Hände auf die Tischplatte!«

»Setzen Sie sich gefälligst anständig hin! Det Jesicht muss zu sehen sein!«

Auch Ellen drehte ihren Hocker jetzt so, dass man ihr Gesicht sehen konnte. Erschöpft lehnte sie an der kalten, mit grüner Ölfarbe gestrichenen Wand. Dann erzählte ich ihr stockend meine Geschichte, und in ihrem Gesicht stand aufrichtiges Mitgefühl. So vergingen die endlosen Stunden des vierten Tages.

Irgendwann schoben sie uns das übliche Abendbrot durch die Luke, und Ellen und ich aßen die grobe Stulle mit der fettigen Wurst gehorsam auf. Wieder wurde rechts und links geklopft, als wünschte man sich gegenseitig guten Appetit!

»Bei Buchstabe D bin ich schon«, erklärte ich der verdutzten Ellen. Sie erwies sich als gelehrige Schülerin. »Dann werden wir uns ja demnächst mit unseren Zellennachbarn prächtig unterhalten können.« Ihr Humor schien langsam wieder durchzukommen. Ich mochte sie und war inzwischen dankbar, dass sie in meine Zelle verlegt worden war, diese liebe, fürsorgliche Ärztin und Mutter.

»Wir müssen essen«, sagte sie aus Überzeugung und ihrem Berufsethos verpflichtet. Sie meinte es gut, aber mein Magen war wie zugeschnürt. »Die dürfen uns nicht kleinkriegen. Und morgen fangen wir mit Sport an.«

14

Oranienburg, 20. Juli 1955

»Wir fahren in den Westen! Wir fahren nach Köln! Ich hab den Wisch!«

Mutters Stimme kam von der Straße, und sie klang überglücklich.

Ich hing gerade kopfüber an der Teppichstange hinter unserem hässlichen Haus, in das sie uns vor wenigen Wochen zwangseinquartiert hatten.

Mutter sprang von ihrem schwarzen Drahtesel, dessen Hinterrad von einem bunten Netz überspannt war, damit sich ihr langer, schwingender Rock nicht in den Speichen verfangen konnte, und pflückte mich von der Teppichstange. Sie stellte mich auf die Beine und drückte mich ganz fest an sich. Gern ließ ich mir ihre Umarmung gefallen. Vor zwei Stunden hatte sie sich von uns Mädchen mit den aufgeregten Worten verabschiedet: »Ich fahre jetzt zum VPKA und schaue, was aus unserem Antrag geworden ist.«

»Was ist VPKA?«, hatte ich verwirrt gefragt. »Und was für ein Antrag?«

»Volkspolizeikreisamt«, hatte Kristina gesagt und ein verächtliches »Pfff, Baby!« hinterhergeschickt, bevor sie mich aus dem Kinderzimmer schubste. In diesem hässlichen ungeliebten Haus hatten wir nur ein gemeinsames kleines Zimmer, in dem sie mich dauernd zwickte und ärgerte. Sie war jetzt acht, und ich war im vergangenen Herbst gerade mal sechs Jahre geworden und ging ihr, wie sie sagte, »voll auf den Senkel«. Verspielt und freiheitsliebend, wie ich war, nutzte ich jede Gelegenheit, mich zu bewegen. Als Mutter weg war, war ich sofort rausgelaufen, um an der Teppichstange neben der Mülltonne meine kleinen Kunststücke zu machen: Klimmzug, Bauchaufschwung ... Das half gegen meine Traurigkeit und versetzte mich kurzfristig in das Märchenschloss in der Nähe des Badesees zurück.

»Es hat geklappt, ich kann es selbst kaum glauben!« Mutter sprang wieder auf, hob das Rad auf, das sie in ihrer Freude hatte fallen lassen, und lehnte es neben der verrosteten Regenrinne an die Hausmauer. Sie riss ihre Handtasche vom Lenker, zerrte ein Dokument heraus und fuchtelte mir damit vor der Nase herum. Aha, der Antrag. Was stand da nur drin?

»Kinder! Wir dürfen! Soll man das glauben? Wir fahren zu Tante Elisabeth!«

Tante Elisabeth war Muttis Schwester, und im Gegensatz zu Kristina und mir hatten sich diese beiden Schwestern total gern. Vielleicht, weil sie sich nie sahen! Tante Elisabeth war nämlich im Rheinland geblieben, während Mutter, lange vor unserer Geburt, Papa geheiratet, mit ihm in Oranienburg das Haus gekauft und die Werkstatt aufgebaut hatte.

VPKA. Dieses Wort löste Gruseln in mir aus: Wenn die Erwachsenen dahin zitiert wurden, bedeutete das meist nichts Gutes.

Außer, wenn man einen Verwandtschaftsbesuch im Westen genehmigt bekam. Das war wie ein Sechser im Lotto!!!

Denn auch vor dem Bau der Berliner Mauer war es nicht erlaubt, einfach so nach Westdeutschland zu reisen, das durfte man nur nach behördlicher Genehmigung. Nur innerhalb

Berlins konnte man vom Ostsektor in die drei Westsektoren fahren. Aber auch das wurde von der Stasi misstrauisch beäugt. DDR-Bewohner, die im Westen arbeiteten und täglich »rüberfuhren«, waren den Ostbehörden ein Dorn im Auge. Und in die BRD, so nannte man den anderen Teil Deutschlands, der irgendwo im Nirgendwo war, durfte man als Bürger der DDR NIEMALS reisen.

Aber WIR! Warum nur? Vielleicht zum Trost dafür, dass sie uns gerade das Märchenschloss weggenommen hatten?

»Kinder, ich kann es nicht fassen! Die Reisegenehmigung gilt für uns ALLE VIER! Auch Papa darf mitfahren!«

Mutter wischte sich Freudentränen aus den Augen. »Ich hatte mich schon längst damit abgefunden, dass es sowieso nicht klappt!«

So ganz begriff ich die Situation nicht. Aber alles war besser, als den Rest der Sommerferien allein an der Teppichstange neben der Mülltonne zu hängen! So vergnügt und aufgeregt hatte ich Mutti noch nie gesehen.

Obwohl das graue Haus neben der Durchgangsstraße groß war, war es hässlich und ungemütlich. Mutter empfing keine Gäste mehr in dieser Tristesse. In einsamer Verzweiflung hatte sie oft stundenlang Klavier gespielt, ja geradezu auf die Tasten eingehämmert vor unterdrückter Wut. Kristina saß in ihrem Zimmer und las. Manchmal erwischte ich sie hinter dem Haus. Sie hatte dann heimlich eine Zigarette stibitzt und paffte vor sich hin. Mehr als ein, zwei Züge schaffte sie sowieso nicht. Dann wurde sie plötzlich grün und gelb im Gesicht, hielt mir den Glimmstängel hin und fragte, ob ich auch einen Zug nehmen wolle. Ich ekelte mich.

»Wehe, du verrätst mich, dann gibt's Keile!«

»Doofe Kuh.«

Mein Papi arbeitete Tag und Nacht in der Werkstatt, und ich war das lästige kleine Anhängsel.

»Kinder, holt die Koffer vom Dachboden!«

Emsig zerrten wir zwei Mädchen sofort die staubigen, lange nicht benutzten Koffer die steile Dachbodentreppe herunter.

In ihrer Freude rief Mutti Papa sofort in der Werkstatt an. Oma Ilse, die jetzt mit uns in dem großen Haus wohnte, wurde eingeweiht. Wie sehr hatte sie mit uns gelitten, als sie uns das Haus wieder weggenommen hatten! Das war auch körperlich nicht spurlos an ihr vorübergegangen und hatte ihr Asthma und ihr Gelenkrheuma weiter verschlimmert. Der Blick, mit dem sie mich in diesen Tagen ansah, war traurig.

»Oma Ilse, hilfst du mir?!« Mutter warf die Arme in die Luft. »Ich weiß gar nicht, wo ich zuerst anfangen soll! Wir müssen doch schon übermorgen fahren.«

Die liebe Oma mit dem grauen Dutt im Nacken packte sofort mit an. Ein Gewusel war das, Tage vor unserer Abreise! Wäsche musste gewaschen werden – und das ganz ohne Waschmaschine, denn die gab es im Jahr 1955 bei uns noch nicht.

»Kümmerst du dich um die Stachelbeeren und die grünen Bohnen, wenn wir im Urlaub sind?«

»Klar ihr Lieben, ich hüte euch das Haus! Wenn ich nur die steilen Treppen noch schaffe!«

Als Vater zwei Stunden später aus seiner Werkstatt kam, flatterte bereits die gesamte Wäsche im Hinterhof auf der Leine, und Oma bügelte Papas Hemden und Muttis Blusen. Obwohl sie selbst nicht mitreisen durfte, freute sie sich so für uns!

»Ich habe in der Firma alles organisiert!« Strahlend küsste Papa erst unsere Mutter, dann Oma Ilse und zuletzt uns Mädchen. »Johannes und Jürgen, meine beiden Gesellen, werden alles termingerecht fertigstellen! Den kleinen Lehrling Günter kann ich an der Drehbank noch nicht einsetzen, der ist noch gar nicht unfallversichert.«

Vater wirbelte uns Mädchen übermütig durch die Küche. »Ich habe ihnen in die Hand versprochen, dass wir am 31. August zurück sind.«

Mussten wir ja auch, denn am ersten September begann in der gesamten DDR das neue Schuljahr.

Die Eltern waren so aus dem Häuschen vor Freude, dass sie mit Oma eine Flasche der selbst angesetzten Erdbeerbowle köpften.

»Aber pssst!«, meinten sie zu uns Mädchen. »Die Nachbarn müssen gar nichts davon wissen.«

Während der Reisevorbereitungen behielt Oma Ilse als Einzige die Ruhe. Kopfschüttelnd sah sie zu, wie wir unsere Koffer packten, um dann den Inhalt wieder herauszuschütten und noch mal von vorn anzufangen.

»Wie wird das Wetter dort sein?«

»Ich weiß nicht, ich war noch nie im Rheinland«, meinte Papa augenzwinkernd. »Bestimmt dufte, wie der Berliner sagt.« Wir mussten alle lachen.

»Aber was ziehe ich an, wenn wir in Köln in den Dom gehen?« Mutter zerrte ein Kleid nach dem anderen vom Bügel und warf sie erst mal alle aufs Bett.

»Die geh'n doch alle gar nicht! Oder soll ich das Dunkelblaue hier mitnehmen?«

»Sei doch einfach nur du!« Oma Ilse heftete ihr eine Brosche ans Kleid. »Wichtig ist doch, wer drinsteckt!«

Endlich ging es los. Ausgerüstet mit vier Koffern und einer riesigen Tasche mit Oma Ilses Reiseverpflegung fuhren wir zunächst mit der S-Bahn von Oranienburg zum Berliner Ostbahnhof. Vater hatte strahlende Augen vor Freude, als er uns durch die Unterführung jagte und immer zwei Stufen auf einmal nahm, hinauf zu dem Gleis, auf dem UNSER Zug schon wartete!

Da stand der eiserne Bandwurm mit schwarzer Lok, die ächzte und weißen Rauch ausstieß. Hinter der Lok war der Furcht einflößende Kohlewagen und dahinter unser Abteil!

Vater hob mich hoch. »Na, Gisa, du kannst doch schon lesen. Wohin fährt der Zug?«

»KÖLN«, buchstabierte ich stolz. Dieses Wort war für mich reine Magie. Diese geheimnisvolle Stadt musste ganz weit weg sein!

Zuerst saßen wir bang und schweigend in dem Abteil, und als wir uns der Grenze näherten, kamen Männer mit verkniffenen Mienen und schritten ernst und wichtig durch die Abteile. Sie forderten die Dokumente, die es uns erlaubten, in den Westen zu fahren. Sie guckten auch in unsere Taschen und wollten, dass Papa seinen Koffer öffnete. Wir Mädchen saßen verschüchtert auf unseren Plätzen und hatten einfach nur Angst, dass diese Männer uns in letzter Sekunde aus dem Zug holen würden. Aber sie schoben die Abteiltür extra laut zu und gingen weiter!

Die Erleichterung, dass wir die Grenze passiert hatten, war deutlich zu spüren. Sofort fingen wir an zu spielen. »Ich sehe was, was du nicht siehst, und das ist grün, grün, grün …« Mutter sang übermütig: »Grün, grün, grün sind alle meine Kleider. Grün, grün, grün ist alles, was ich hab! – Weil mein Schatz ein Jäger, Jäger ist!«

»Jaja«, lachte Vater und genehmigte sich einen Schluck aus einer kleinen silbernen Flasche, die Oma Ilse in die Provianttasche gepackt hatte. »Auf der anderen Seite ist das Gras aber wirklich viel grüner!«

Nie werde ich den Moment vergessen, als der Zug knirschend über die bombastische Rheinbrücke und dann in den riesigen Kölner Hauptbahnhof einfuhr.

Vater schob das Abteilfenster herunter, an dem stand. »*Ne pas se pencher au dehors!*« Das hatten wir tausendmal gelesen und versucht, es richtig auszusprechen, und nun lehnten wir uns sehr wohl raus! Wir hingen wie die Trauben aus dem Fenster:

»Der DOM!«

»Ich kann es nicht fassen, dass ich wieder hier bin«, weinte Mutter vor Glück. »Wie hab ich mein geliebtes Rheinland vermisst!«

»Schaut euch dieses imposante gotische Bauwerk an!«, dozierte Vater andächtig. Auch er hatte Tränen in den Augen.

Doch in dem Moment sahen wir schon Tante Elisabeth und ihre Familie auf dem Bahnsteig. Sie sah Mama wirklich sehr ähnlich! Mama in rundlich und fröhlich. Uns kannte sie ja nicht, wir hatten sie noch nie gesehen.

Die beiden Schwestern fielen sich jubelnd in die Arme und tanzten auf dem Bahnsteig herum, als gäbe es kein Morgen. Da kam ihr rheinisches Temperament zum Vorschein! Sie fingen sogar an zu singen: »*Einmal am Rhein …*«

Onkel Walter, ein gutmütiger, stämmiger Mann, der total braun gebrannt war, half unserem Papa erst mal, das viele Gepäck aus dem Zug zu hieven und auf einem mitgebrachten Kofferwagen zu verladen. Unser Cousin Wolfgang und seine Schwester Anne fremdelten erst ein bisschen, aber sie sahen aus wie gerade aus der Sommerfrische gekommen. Von der Adria seien sie gerade zurück. Adria?, dachte ich aufgeregt. Komische Wörter hatten die hier!

Wir Kinder begafften einander, als kämen wir von einem anderen Stern. Und so war es ja auch!

Mit zwei Autos der Marke Opel, die auf mich wie tiefergelegte Schiffe wirkten, fuhren wir dann zum Haus von Tante und Onkel. Jeder von ihnen hatte so ein großes weißes Schlachtschiff! Ihr Haus lag außerhalb von Köln, irgendwo im Bergischen Land, der Ort hatte den wunderschönen Namen »Hoffnungsthal«. Wir fuhren über die Zoobrücke, zurück über den Rhein. Sie hatten eine tolle moderne Villa, genannt Bungalow, mit einem Swimmingpool im Garten!

Kristina und ich durften in Annes Zimmer schlafen. Was für Spielsachen sie hatte! Und was für tolle bunte Bilderbücher! Im Wohnzimmer durften wir Wolfis elektrische Eisenbahn aufbauen. Drei Züge fuhren wie von selbst auf echten Schienen durch eine täuschend echte Landschaft!

Alles war wie im Traum: Sie hatten eine Hollywoodschaukel! Und einen Fernseher! Sie hatten jeder ein buntes Fahrrad mit einem Wimpel dran! Und Rollschuhe, Stelzen, ein Trampolin!

Dieser Urlaub erfüllte alle Wünsche und Sehnsüchte meines sechsjährigen Kinderherzens.

Unsere Eltern verstanden sich blendend, die beiden Schwestern hatten sich so viel zu erzählen. Papa durfte einen der dicken Opel-»Kapitäne« fahren. Wir besuchten alle möglichen Ausflugsorte. Die Lorelei am Rhein, die Stadt Bonn und den Drachenfels, wir fuhren in die Eifel und schließlich sogar nach Düsseldorf, wo unsere beiden Mamas Arm in Arm, rausgeputzt mit bunten Kleidern und Hüten, über die Kö bummelten.

»Warum heißt eine Straße Kö?«

Ich kannte nur Leninallee und Stalinallee.

»Mein lev Kindsche, de ›Kö‹ hejßt eijentlisch ›Königsallee‹ und is de schickste Adresse int janze Rheinland.«

Zum ersten Mal hörte ich rheinischen Dialekt. Diese Melodie verzauberte mich und zog mich in ihren Bann. Die Schwestern drückten sich an den Schaufenstern die Nasen platt, und Mutti wäre fast in Ohnmacht gefallen vor Entzücken über die tolle Mode. Unsere Väter waren in politische Gespräche verwickelt, und ich hörte immer wieder, wie Onkel Walter mit seiner tiefen, jovialen Stimme auf Vater einredete. »Da habben wir doch wat für disch, da kriejen wa dich doch unter, mit deiner Erfahrung als Kleinunternehmer. Mit deinem handwerklichen Know-how. Isch hab doch Freunde im Tennisverein, mit denen mache ich disch bekannt ...« Ich verstand zwar nur die Hälfte, aber was ich sehr wohl begriff, war die Tatsache, dass sie uns hierbehalten wollten. Nichts wäre mir lieber gewesen! Im Stillen wünschte ich mir so sehr, in diesem bunten, fröhlichen Paradies bleiben zu dürfen!

Eines Morgens verschwand unser Vater mit kurzen Hosen und mit einem Schläger bewaffnet, an der Seite von Onkel Walter in Richtung Tennisplatz.

So hatte ich ihn noch nie gesehen, so gelöst und fröhlich.

Mutter fand, er sähe »richtig keck« aus. Seine besorgte Miene war einem entspannten Lächeln gewichen.

Während die Väter Tennis spielten und wichtige Sachen besprachen, ging es mit Tante Elisabeth am Steuer und Mutter auf dem Beifahrersitz nach Wuppertal in den Zoo. Und danach gab es noch eine unglaubliche Attraktion: Wir fuhren mit der Schwebebahn! Mit einer Art fliegender Straßenbahn schwebten wir über die Häuser! Wir durften laut lachen, und die Mütter erzählten sich Witze und lachten auch. Niemand sah sich verstohlen und schuldbewusst um oder senkte die Stimme, sobald irgendwelche fremden Leute in unsere Nähe kamen. Im Gegenteil! Dann lachten sie sogar noch lauter und hatten richtig Freude daran, ihre rheinische Frohnatur und ihre schwesterliche Glückseligkeit in die Gegend zu posaunen. Sie sangen sogar zweistimmig ein Duett: »Wir Schwestern zwei, wir schönen ...«

Diese märchenhaften Sommerwochen waren die schönsten Ferien meiner Kinderjahre.

Nie zuvor war mir die Welt so bunt vorgekommen. Nie zuvor waren wir durch so malerische Landschaften gefahren. Nie zuvor vollzog sich in meinem Mund ein solches Geschmacksfeuerwerk wie beim Genuss eines KAUGUMMIS, den wir aus kleinen roten Automaten ziehen durften, für zehn Pfennige. Nie zuvor hatte ich mich so unbeschwert gefühlt!

Als sich unsere Ferien dem Ende zuneigten, wurde Papa immer wortkarger und trauriger.

Die Schwestern redeten und diskutierten viel, ich hörte sie im Garten weinen.

Am frühen Morgen des letzten Urlaubstages brach Papa zu einem Spaziergang auf, und bevor die anderen mich rufen konnten, schob ich meine kleine Hand in seine.

»Nimmst du mich mit?« Ich kämpfte gegen unerklärliche Beklemmungen an. In letzter Zeit war mein Vater so blass. Was war nur mit ihm los? War er krank? Wir bogen in einen Feldweg ein, der sich sanft zum Wald hinaufschlängelte. Von Fichtenwipfeln flogen krächzend große schwarze Vögel auf.

»Papa, weinst du?«, fragte ich erschrocken.

»Nein, irgendwas ist mir ins Auge geflogen.«

Plötzlich hatte Vater es eilig. Vermutlich wollte er alleine sein. Aber ich konnte ihn doch nicht im Stich lassen! Am Ende der Wiesen lag das Wildgehege, aus dem es aufregend roch. Doch heute gingen wir nicht hinein, um die Wildschweine zu füttern. Papa wollte nachdenken. Wir setzten uns auf eine

Bank, und Papa kaute auf einem Grashalm herum. Ich legte den Kopf in seinen Schoß und schaute in die Wolken. Das war schon immer mein Lieblingsspiel gewesen. Die Wolken im Westen sahen genauso aus wie die im Osten! Wie schön, dass es für sie keine Grenzen gab, dass sie einfach ziehen konnten, wohin sie wollten. Ich hätte liebend gern gewusst, worüber Papa grübelte, und ihm mit meinem Plappermäulchen die Trübsal verscheucht.

»Papa?«, fragte ich neugierig.

»Ja, Gisa?« Er wischte sich mit dem Handrücken über die Augen.

»Wenn die Wolken keine Grenzen haben, warum dann Menschen?«

Die Worte purzelten nur so aus mir heraus.

»Weil sie sich selbst welche gemacht haben.« Vater lächelte mich traurig an.

»Aber warum?« Ich musterte ihn fragend. Vielleicht machten die Erwachsenen es sich einfach viel zu schwer?

Sein Blick veränderte sich, er wurde ganz trüb, sodass seine Augen wirkten wie blinde Fenster.

»Weil sie dumm sind«, sagte Papa. Dabei kamen ihm wieder die Tränen. Oje. Das wollte ich nicht.

Ich sprang von der Bank und begann aus bunten Feldblumen einen Kranz zu flechten. Aus den Augenwinkeln sah ich, wie sich wieder tiefe Falten in Papas Gesicht eingruben.

»Warum können wir nicht hierbleiben, Papa?« Ich spürte doch, dass er immer trauriger wurde, je näher der Tag unserer Abreise heranrückte!

»Weil wir doch Oma Ilse nicht allein lassen können.« Vater sah mich unendlich traurig an. Seine Stimme wurde plötzlich brüchig. Ich bohrte weiter.

»Aber Oma Ilse kann doch auch hierher?« Diese Überlegungen erschienen mir mit meinen sechseinhalb Jahren als das Normalste der Welt. Ich schmiegte mich ganz eng an ihn und sah ihn flehentlich an. Vater seufzte. »Alte Bäume verpflanzt man nicht.«

Das verstand ich zwar nicht, aber ich wusste es auch nicht besser. Trotzdem begriff ich, dass mein Papi schrecklich mit sich kämpfte. Er wollte uns Mädchen eine unbeschwerte Jugend schenken. Eine Zukunft, ein Leben, wie wir es uns wünschten. Mutter hätte alles darum gegeben, in der Nähe ihrer fröhlichen Schwester bleiben zu können. Sie war so aufgeblüht, dass ich sie kaum wiedererkannte.

Auch Vater wünschte sich nichts sehnlicher, als hier im Westen neu durchzustarten. Man hatte ihn extrem gedemütigt, ihm das Märchenschloss genommen, für das er jahrelang geschuftet hatte, ihm gedroht, ihn für zwanzig Jahre ins Gefängnis zu werfen, wenn er sich dem sozialistischen Staat nicht anpasste. Sie hatten ihn so erniedrigt, dass er schon einen Herzinfarkt erlitten hatte!

Doch in Oranienburg wartete seine alte Mutter auf uns. Sie war krank und auf uns angewiesen. Auch seine Firma mit den inzwischen nur noch vier Mitarbeitern konnte und wollte er nicht im Stich lassen. Er hatte ihnen doch versprochen zurückzukehren! Und versprochen wird auch nicht gebrochen, das hatte er mir schon früh beigebracht. So kannte ich meinen Vater. Er hielt immer sein Wort.

Müde und schweren Herzens schleppte sich Vater nach diesem Spaziergang zum Haus von Tante Elisabeth und Onkel Walter zurück. Ich legte meine kleine Hand in seine und hätte ihn so gern getröstet, aber die Kraft hatte ich in meinem zarten Alter einfach noch nicht. Als ich ihn schräg von der Seite ansah, erschrak ich: Es war, als wäre er an diesem Morgen um Jahre gealtert.

Am Abend konnte ich nicht schlafen. Die anderen Kinder hatten sich müde getobt und schliefen wie die Murmeltiere, kaum dass sie im Bett waren. Aber ich lag lange wach auf meiner schwankenden Luftmatratze, die so wunderbar nach dieser neuen, anderen Umgebung duftete.

Unten hörte ich die Erwachsenen diskutieren.

»Aber das kannst du doch den Kindern nicht antun«, bollerte Onkel Walter mit seiner tiefen Stimme. »Die haben doch hier ganz andere Möglichkeiten!«

Ich hielt die Luft an. Mein Herz flatterte wie ein zarter Schmetterling.

Dann hörte ich Mutter flehentlich etwas sagen, was von Tante Elisabeth lautstark untermauert wurde.

»Das könnt ihr euch ja wohl an allen fünf Fingern abzählen! Schießt bloß kein Eigentor!«

Ich schlich mich auf den Treppenabsatz und setzte mich im Nachthemd auf eine Stufe. Ich steckte den Kopf durchs weiß gestrichene Treppengeländer und konnte nun hören UND sehen, welche Dramen sich im Wohnzimmer abspielten.

»Dass sie euch nie wieder alle vier gleichzeitig in den Westen reisen lassen!«

»Nie wieder«, ereiferte sich Tante Elisabeth. »Das ist so sicher wie das Amen in der Kirche.«

»Wisst ihr, was ich glaube? Dass der Genosse, der euren Antrag genehmigt und unterschrieben hat, euch damit einen Wink geben wollte: Haut ab und bleibt bloß drüben! Geht mit Gott, aber geht!« Onkel Walter paffte nachdenklich seine dicke Zigarre. Das ganze Haus roch abends immer nach Onkel Walter.

»Das mag ja sein, aber ich habe doch eine Verantwortung«, wandte Vater mit fester Stimme ein. »Meine Mutter hat Asthma und Rheuma. Sie hat ihr Leben lang hart gearbeitet für mich ...«

»Hol sie her«, unterbrach ihn Tante Elisabeth. »Wir kennen ein gutes Pflegeheim!«

Vater schüttelte den Kopf. »Ich kann sie doch nicht einfach in ein Altersheim abschieben! Bei uns im Osten hält man noch zusammen ...«

»Aber Wilhelm!« Mutter versuchte seine Hand zu nehmen, aber er schüttelte sie ab. »Merkst du denn nicht, dass auch MEINE Familie zusammenhalten und uns retten will? Wie kannst du nur so stur sein!«

»Gerti, in der Werkstatt brauchen sie mich! Ich habe es meinen Leuten in die Hand versprochen: Am ersten September stehe ich morgens um sechs Uhr auf der Matte. Und das ist übermorgen.«

»Deine Leute schaffen das auch allein. Du hast es doch damals auch allein geschafft«, wandte Mutter ein. »Wilhelm, diese Chance haben wir ein einziges Mal im Leben, und morgen ist sie für immer vorbei!«

»Dat ihr euch so eine Schikane überhaupt jefallen lasst«, dröhnte der Onkel. »Hier im Westen käm so'n Terror von wegen Enteignung und Zwangszuweisung einer Bruchbude nich inne Tüte! Da würd' isch denen wat erzählen!«

Vater presste die Fäuste an die Schläfen und schüttelte immer wieder den Kopf.

»Die enteignen deinen Betrieb sowieso«, mischte sich Onkel Walter wieder ein.

»Aber das ist mein Lebenswerk«, begehrte Vater auf. »Ich kann doch nicht alles, wofür ich seit zehn Jahren Tag und Nacht arbeite, aus einer Ferienlaune heraus zurücklassen!«

»Doch, Wilhelm, bitte überwinde dich! Denk an die Mädchen!«

»Pah, Ferienlaune«, bollerte Onkel Walter. »Dat hier is der joldene Westen, dat Wirtschaftswunder, dat haben wir alles mit Adenauer geschafft! Du kannst auf den Zug noch aufspringen!«

Aber ich spürte, dass sich mein Papa nicht mehr umstimmen lassen würde. »Ich muss zurück.«

So war mein Papi. Er hängte sein Fähnchen nicht nach dem Wind. Treue, Zuverlässigkeit und Hilfsbereitschaft gehörten genauso zu ihm wie sein sensibles, großes Herz.

Und vielleicht hatte er auch noch ein kleines Fünkchen Hoffnung, dass dieses DDR-System eines Tages doch noch ein menschliches Gesicht zeigen würde.

Als wir am nächsten Tag am Kölner Hauptbahnhof in den Zug stiegen, weinten wir alle. Wir umarmten uns immer wieder.

»Noch könnt ihr euch umentscheiden«, schluchzte Tante Elisabeth. »Unsere Tür steht weit offen!«

»Bitte die Türen schließen, der Zug fährt ab!«

Wir hingen traurig am Fenster und winkten, bis die vier auf dem Bahnsteig nicht mehr zu sehen waren. Der Dom wurde klein und kleiner, und schließlich war seine Silhouette am Horizont ganz verschwunden.

Der Zug war buchstäblich abgefahren.

15

Oranienburg, 1. September 1955

»Gisa, blöde Gisa!«

Schon am ersten Schultag standen die Mädchen am Zaun und hänselten mich. »Guck mal, was die für eine affige Schultasche hat! Wohl aus dem Westen, was? Hältst dich wohl für was Besseres?«

»Das nützt dir gar nichts. Los, du musst zum Fahnenappell!«

»Hier tanzt niemand aus der Reihe, auch du nicht, Gisa!« Die Lehrerin pfiff auf einer Trillerpfeife und dirigierte mich an meinen Platz in der Reihe der Jungpioniere.

Alle Klassen unserer kleinen Grundschule in Oranienburg hatten sich schon auf dem Schulhof um den Fahnenmast aufgestellt. Die Jungpioniere trugen weiße Blusen und blaues Halstuch, die Thälmannpioniere weiße Blusen und rotes Halstuch. Jede Pionierklasse hatte ihre Pionierwimpel. Der stellvertretende Vorsitzende der Jungpioniere oder der Gruppenratsvorsitzende stand mit dem Pionierwimpel in der ersten Reihe. Vorbei war es mit dem Toben und Spielen und Lachen.

Die Fahne wurde gehisst. Sie war blau, und darauf befand sich das Symbol der Jugendorganisation. Die Augen nach oben gerichtet, mussten wir den Pioniergruß machen. Ich fühlte mich ganz elend – so falsch am Platz, klein wie eine Maus sein wollte.

Köln!, dachte ich. Ich will zurück nach Köln! Ich hatte Sehnsucht nach der fröhlichen Tante Elisabeth, nach dem großzügigen Onkel Walter und nach meinem lustigen Cousin und meiner Cousine. Das Herz zog sich mir schmerzhaft zusammen. Die Hände der Lehrerin kamen mir vor wie die Krallen eines Greifvogels, als sie sich in meine Schulter bohrten, um mich zu einer geraden Haltung zu zwingen.

Jetzt folgte das Kommando: »Für Frieden und Sozialismus – seid bereit!«

Worauf der ganze Schulhof antwortete: »Immer bereit!« Dabei musste der Daumen der rechten Hand zum Kopf und die Finger in den Himmel zeigen.

Ich kam mir vor wie eine aufgezogene Puppe. Warum sollte ich das alles mitmachen?

Wie hatte der Onkel gesagt?

»Ihr seid doch alle nur unterwürfige Diener! Schon Kindern verabreichen sie eine Gehirnwäsche!«

Was interessierte mich das blaue Halstuch? Mich interessierte etwas ganz anderes, und das war das Tanzen!

Wenige Tage nach Schulbeginn hatte Vater Teile der neuen Hebebühne für die Kulisse von »Dornröschen«, dem zauberhaften Märchenballett von Tschaikowsky, nach Ostberlin zu liefern. Vielleicht weil er mich aufmuntern wollte, vielleicht aus schlechtem Gewissen, höchstwahrscheinlich aber, weil ich ihn so innig darum gebeten hatte, nahm er mich mit.

Während er und seine Männer beschäftigt waren, durfte ich hinter der Ballettprobebühne sitzen und Mäuschen spielen. Die Tänzerinnen und Tänzer probten zum ersten Mal in der richtigen Kulisse und trugen wunderschöne pastellfarbene Kostüme.

Fasziniert sah ich zu, wie die böse Carabosse den schrecklichen Fluch über das Märchenschloss aussprach und Prinz Désiré schließlich seine Prinzessin Aurora fand.

Die Musik von Tschaikowsky kam vom Tonband, und jedes Mal, wenn der strenge Ballettmeister mit etwas noch nicht zufrieden war, spulte er das Tonband zurück, und die Szene wurde wieder und wieder getanzt.

Ich war in einer vollkommen anderen Welt und merkte gar nicht, wie die Stunden vergingen.

Instinktiv ahmte ich in meiner Ecke ein paar Armbewegungen nach. Vollkommen selbstvergessen machte ich ein paar Schritte, drehte mich und beugte die Knie, so wie die wunderschöne Tänzerin, die das Dornröschen tanzte. Sie war so schwerelos, anmutig und wunderschön!

Dann kam der Prinz wie aus dem Nichts lautlos angesprungen, und sie ließ sich in seine Arme fallen, bog ihren Oberkörper zurück und berührte mit dem Hinterkopf den Fußboden. Er hob sie auf und wirbelte sie über seinem Kopf herum, woraufhin sie ihm an die Brust sank. »Fünf Minuten Pause, danach alles auf Anfang!«, rief der Ballettmeister.

Selbstvergessen versuchte ich, die letzte Pose nachzuahmen, und stellte mich zitternd auf Zehenspitzen.

»Hallo, Kleine! Du bist doch schon seit Stunden hier!«

Die Tänzerin, die Dornröschen tanzte, bückte sich und holte aus ihrer Tasche, die am Boden lag, eine Glasflasche mit Wasser. Sie trank durstig, und feine Schweißtropfen liefen ihr über Gesicht und Hals. »Ist dir nicht langweilig?«

»Nein, überhaupt nicht!« Mit fiebrigem Glanz in den Augen sprang ich auf.

»Darf ich noch bleiben? Mein Papa ist hier noch irgendwo in der Oper!«

»Ich hab dich gerade tanzen gesehen, Kleine!« Nun kam auch noch der wunderschöne Prinz hinter den Vorhang und stibitzte der Prinzessin die Flasche mit dem Wasser. »Darf ich?«

Er trank die ganze Flasche leer. Im wahren Leben war er gar kein Prinz, sonst hätte er das bestimmt nicht gemacht. »Du hast ja richtig Talent! Wie heißt du denn?«

»Gisa Ziegler!«

»Und wie alt bist du?«

»Sechs, aber im Oktober werde ich sieben.«

»Ihr Vater liefert wichtige Teile für unsere Bühne. Damit sich auch alles zum richtigen Zeitpunkt in die richtige Richtung dreht, wenn wir hier tanzen«, erklärte ihm Dornröschen. »Stimmt's, Kleine?«

»Ja«, nickte ich stolz.

»Könntest du sie dir nicht mal ansehen, Igor?«

Letzteres galt dem strengen Ballettmeister, der immer das Tonband zurückgespult hatte.

»Sie ist begabt, und sie brennt!«

Was?, dachte ich. Ich brenne? Unauffällig schaute ich an mir herunter. Es war aber nichts zu sehen.

Dann ging die Probe weiter, und ganz am Schluss, als es draußen schon dunkel war, kam dieser Igor zu mir. Er setzte sich an den Flügel und spielte ein paar Takte.

»Steh gerade. Dreh dich mal und bleib im Rhythmus.«

Das tat ich, und plötzlich sah ich mich im Spiegel, der an der hinteren Wand hing. Sofort korrigierte ich meine Haltung und stand noch viel aufrechter. Das hatte ich mir bei der Prinzessin abgeguckt.

»Hast du schon mal Ballettunterricht gehabt?«

»Nee.«

»Dann wird es aber Zeit!«

Er übte ein paar Grundpositionen mit mir ein, drehte meine Füße, drückte die Hand in meinen Rücken, zog an meinen Schultern.

»Erste, zweite, fünfte, fünfte!« Er spielte wieder Klavier, und ich sprang wie eine Feder! »Und jetzt mal ein Plié und ein Grand Plié ... schön den Rücken gerade lassen!«

Als mein Vater schließlich auftauchte, waren wir schon ganz ins Training vertieft.

Papa staunte nicht schlecht, als er mich selig und verklärt unter Anleitung des Meisters in der Kulisse herumschweben sah. Ich blieb im Takt, selbst bei den Sprüngen.

»Herr Ziegler, Ihre Kleine ist ein Ausnahmetalent. Ich werde sie unserer russischen Ballettmeisterin vorstellen. Wenn sie brav übt, kann sie demnächst die Rolle einer kleinen Fee übernehmen.«

»Und was kostet uns das?« Vater legte den Arm um mich und drückte mich halb belustigt, halb mahnend an sich, weil ich vor Freude so zappelte.

»Das übernimmt in solchen Fällen der Staat. Besondere Talente werden besonders gefördert. – Komm, Gisa, tanz deinem Vater mal vor, was wir gerade gelernt haben. Rechts, Bein heben, drehen, Arme locker vor den Körper, Kopf hoch ... und ein Großes Grand Plié, ganz tief, nicht wackeln. Und wieder stehen. Hallo, hier sind wir, Gesicht entspannt.«

16

Oranienburg, Winter 1962/63

»Gisa Stein, du sollst zum Direktor kommen!«

Das konnte nichts Gutes bedeuten. Ich war vierzehn Jahre alt und hatte mich immer noch nicht bereit erklärt, den Jungpionieren beizutreten, denn mit Schule und Ballettausbildung war ich mehr als ausgelastet. Mit meinen 1,50 Metern Körpergröße war ich mehr als zierlich. Vater beschützte mich und achtete darauf, dass keiner mir was Böses tat. Gesundheitlich ging es ihm immer schlechter, inzwischen hatte er schon zwei Herzinfarkte hinter sich.

»Du möchtest also unbedingt Tänzerin werden, ja?« Der Direktor saß an seinem großen Schreibtisch, hinter ihm an der Wand hing ein Bild von unserem Staatsratsvorsitzenden, Genosse Walter Ulbricht. Dabei sah er mich gar nicht mal unfreundlich an, der Herr Direktor.

»Ja, Herr Direktor. Unbedingt.« Mein Herz klopfte. Hoffentlich würde er mich nicht dazu verdonnern, meine kostbare Zeit mit Fahnenschwenken und anderen sinnlosen Aktivitäten zu verplempern!

»Nun, du machst sehr große Fortschritte, wie mir deine Ballettlehrerin schreibt, und auch in der Schule bringst du sehr gute Leistungen.« Er lächelte immer noch und sah mich über seine Brillengläser hinweg gütig an. »Um einen Platz auf der Erweiterten Oberschule zu bekommen, um den du dich ja nun in der siebten Klasse beworben hast, um nach vier Jahren dein Abitur machen zu können, musst du neben der Schule und deinem Balletttraining einen Facharbeiterberuf erlernen.«

»Aber?«, versuchte ich zu entgegnen.

»Du kannst natürlich keinerlei Sonderbehandlung erwarten.« Er legte die Finger aneinander. »Auch du musst deinen sozialistischen Beitrag leisten. Du wirst in einer LPG, einer landwirtschaftlichen Produktionsgenossenschaft, den Beruf der Bäuerin erlernen und nach vier Jahren deinen Facharbeiterbrief ablegen.«

Vier Jahre. Bäuerin. Ich sah mich schon Kühe melken und den Schweinestall ausmisten, auf dem Feld Kartoffeln ernten und neben dem Pflug herlaufen – und das bei Wind und Wetter, morgens um fünf.

Das Herz rutschte mir in die Hose. Warum ausgerechnet die schwerste aller körperlichsten Arbeiten?

»Beweise unserer jungen DDR, dass du ihre Investitionen wert bist, und zeige, wie ernst es dir mit deiner Ballettausbildung ist.«

Ich murmelte etwas wie »Ja, auf Wiedersehen Herr ...« und lief mit bleischweren Beinen in meine Klasse zurück.

Abends berichtete ich meinem Papi, was mir blühen sollte, und flehte ihn um Hilfe an. Mein Papa hatte doch immer noch Beziehungen!

Er setzte alle Hebel in Bewegung, damit ich diesen Beruf, in dem körperliche Schwerstarbeit auf dem Feld und im Stall zu leisten war, nicht erlernen musste. Schließlich genehmigte mir der Direktor mit dem ausgeprägten Gerechtigkeitssinn einen Ausbildungsplatz als Maschinenbauzeichnerin im LEW, dem »Lokomotivbau Elektrotechnische Werke ›Hans Beimler‹« in Hennigsdorf. Wie außerordentlich großzügig von ihm und dem Staat! Als hätte ich keinen klaren Berufswunsch geäußert und kein Talent bewiesen!

»Wenn du dich bewährst und beweist, wie ernst es dir ist, darfst du weiterhin neben Schule und Berufsausbildung nachmittags trainieren.« Bei diesen Worten putzte der Direktor noch mal sehr umständlich seine Brille und hielt sie gegen das Licht. »Aber erst die Arbeit, dann das Vergnügen.«

»Gut«, sagte ich mutig. »Ich werde das machen. Hauptsache, ich darf weiter tanzen.«

»Abgemacht, Gisa! Wenn du vier Jahre durchhältst und den Abschluss als Maschinenbauzeichnerin schaffst, darfst du weitertanzen.« Er entließ mich mit sozialistischem Gruß.

Bis zum Abitur lagen vier harte Jahre vor mir.

In dem Beruf, den meine Mitschüler und ich erlernen mussten, waren wir vor allem billige Arbeitskräfte für diesen Staat.

Ich wollte zäh und stark sein, und das Durchhaltevermögen, das ich im Ballettunterricht gelernt hatte, würde ich auch in der Fabrik unter Beweis stellen!

Von nun an musste ich jeden Morgen um fünf Uhr früh aufstehen, damit ich um sechs Uhr den Arbeiterschichtzug von Oranienburg nach Hennigsdorf erwischte. Der sogenannte Schichtzug stand dann bereits keuchend und qualmend am Gleis. Er transportierte die Pendler, die alle in dieser riesigen Fabrik arbeiteten. Die Winter in den Sechzigerjahren waren eisig, besonders in Brandenburg. Schnee peitschte mir ins Gesicht, wenn ich zu meinem halbstündigen Fußweg aufbrach, mich in durchnässter Kleidung über zugeschneite Gehwege kämpfte und meine Füße nicht mehr spürte. Sie waren zu Eisblöcken gefroren. Aber ich wollte es allen beweisen! Ich würde mein Soll erfüllen! Durch mein hartes Tanztraining war ich

Schmerzen und blutige Füße gewöhnt. Nur nicht aufgeben!, sagte ich mir und pustete warme Luft in meine Strickhandschuhe. Der Bahnhofsvorplatz lag schmutzig in der kalten Nacht. Von überall näherten sich vermummte Gestalten mit eingefrorenen Gesichtern, die genau wie ich ihrer Arbeit entgegenstrebten. Auf der Treppe, die in die hässliche Bahnhofshalle führte, stank es nach Urin. Schon seit Tagen lagerte sich Eisschicht über Eisschicht darauf ab, aber niemand hielt es für nötig, hier mal zu wischen, zu streuen oder Schnee zu schaufeln. Es war ja ein öffentliches Gebäude. Keiner fühlte sich persönlich verantwortlich. War ja sozialistisches Eigentum. Sollte sich doch darum kümmern, wer wollte.

Ich presste den Schal vor den Mund und hastete der Lokomotive entgegen.

Die Zugfahrt im eiskalten Abteil dauerte genau eine Stunde. Draußen war es immer noch stockdunkel. Mit gefrorenen Fingern packte ich mühsam das Butterbrot und die Thermoskanne aus, die meine Mutter mir mitgegeben hatte. Pünktlich um sieben, zum Arbeitsbeginn, heulten die Sirenen über das Betriebsgelände. Hastig gesellte ich mich zu den anderen Marionetten in Arbeitskleidung, die bereits zum sozialistischen Morgengruß in Reih und Glied standen.

Die Genossin Berufsausbilderin bellte mit weißen Atemwolken vorm Gesicht »Freundschaft!« in den grell beleuchteten Zeichensaal, und wir Auszubildenden brüllten »Freundschaft!« zurück.

Dann rannten wir zu unseren Zeichenbrettern. Verfroren und mit den Gedanken ganz woanders quälte ich mich durch den nicht enden wollenden Tag. Zusätzlich zur praktischen Ausbildung musste ich in der betriebseigenen Berufsschule Theorie büffeln. Nichts interessierte mich weniger und frustrierte mich mehr als diese ungeliebte Tätigkeit. Meine Füße unter dem Tisch tanzten, sprangen auf die Spitze und drehten sich. Vor meinem inneren Auge zogen die Schrittfolgen der Choreografie vorbei, die ich gerade mit meiner Ballettmeisterin einstudierte. Aber wehe, wenn ich Unaufmerksamkeit zeigte! Dann wurde meinem Direktor der Erweiterten Oberschule gleich Meldung gemacht!

Ich werd's euch beweisen!, dachte ich grimmig. Ich zeig's euch. Ich bin eurer Tanzausbildung würdig. Und ich werde es schaffen!

Alle Steine, die man einem jungen Menschen damals nur in den Weg legen konnte, wurden vor mir aufgetürmt. Und ich begann sie einen nach dem anderen abzutragen.

17

Stasi-Gefängnis Berlin-Pankow, 5. Februar 1974, 6 Uhr 10

»Rechts! Raustreten! Gesicht zur Wand!«

Ich fieberte, rollte im Traum auf einem brennenden Konzertflügel durch eine zusammenstürzende Märchenkulisse. Peasy, du brennst! Schreiend fuhr ich hoch.

Die vierte Nacht hier in U-Haft war vorbei, als sie gegen die Zellentür traten. Schlaftrunken spritzte ich mir kaltes Wasser ins Gesicht, um mich der grauenhaften Realität zu stellen, während Ellen direkt neben mir auf der Toilette saß und vor sich hinstarrte, als gäbe es mich nicht. Eine innerliche Lähmung erschwerte uns den Morgengruß. Guten Morgen zu sagen wäre eine glatte Lüge gewesen.

Ellen hatte gestern Abend ganz leise für ihre Tochter ein Gutenachtlied gesungen:

»*Guten Abend, gut' Nacht, mit Rosen bedacht, mit Näglein besteckt, schlupf unter die Deck'. Morgen früh, wenn Gott will, wirst du wieder geweckt …*«

Zaghaft hatte ich mitgesungen und war in meinen Gedanken bei Lilli.

Tränen waren uns die Wangen heruntergelaufen. In den Blicken, die wir uns zuwarfen, stand nackte Verzweiflung, und uns brach die Stimme.

Und nun musste ich wieder raustreten. Um zehn nach sechs. Hastig schlüpfte ich in die viel zu große Trainingshose, wobei ich mich in den weiten Beinen verhedderte. Wohin würde man mich heute bringen?

Ausgelaugt schlurfte ich vor meinem Bewacher her, quälte mich unzählige Treppen hinauf, durch enge Gänge und dann eiserne Treppen wieder hinunter. Noch ganz übermüdet von den vielen Albträumen konnte ich mich kaum auf den Füßen halten. Eine rote Lampe am Ende des Flures fing an zu blinken und zu quäken.

»Stehen bleiben. Gesicht zur Wand.« Hinter mir wurde jemand vorbeigeführt.

Müde Schritte entfernten sich schlurfend. Eine Gittertür wurde auf- und wieder zugeschlossen.

»Geh'n Se.«

Endlich musste ich den mir schon bekannten Verhörraum betreten. Diesmal verließ mein Bewacher den Raum und schloss zwei Türen hinter mir. Bisher hatte ich gar nicht registriert, dass das Zimmer des Vernehmers Doppeltüren hatte, die jedes Mal akribisch geschlossen wurden. Von innen waren sie jeweils mit dicken Lederpolstern verkleidet. Sollten Untersuchungshäftlinge hier etwa auch geschlagen werden? Wenn sie nicht willig waren, auszusagen? Panik durchzuckte mich. Sollte man meine Schreie nicht hören dürfen? Ein kalter Schauer lief mir über den Rücken.

Aus einer kleinen seitlichen Tür, die mit der gleichen hässlichen Tapete verkleidet war wie der Rest des Zimmers und deshalb kaum wahrzunehmen, kam plötzlich der Vernehmer. Kannte ich den? Keine Ahnung. Keiner von denen stellte sich je vor.

»Setzen. Hände unter die Oberschenkel, Handflächen nach oben.«

Zwei grelle Lampen wurden auf mich gerichtet, und ich kniff die Augen zusammen.

»So.« Der Vernehmer, dessen Augen in tiefen Höhlen lagen, hatte eine Tasse Kaffee neben sich stehen und las übellaunig ein Protokoll. Anscheinend hatte er hier schon die ganze Nacht verbracht.

»Das ist ja alles sehr interessant hier.«

Er vertiefte sich lange in die Akte und raschelte mit den eng beschriebenen Seiten. Ich reckte unauffällig den Hals. So sehr ich auch versuchte, etwas zu erkennen, es gelang mir nicht. War das Gekrakel da unten Eds Unterschrift?

»Hände unter die Oberschenkel! Sitzen Sie gefälligst gerade!«, schnauzte er mich an.

Endlich geruhte der Vernehmer von meiner übernächtigten, erbärmlichen Wenigkeit Notiz zu nehmen.

»Wir haben uns heute Nacht mal sehr ausführlich mit Ihrem Mann unterhalten.«

Mein Herz polterte dumpf. Also war er es gewesen, der soeben an mir vorbeigeführt worden war.

»Was die ganze Schweinerei soll, mit den pornografischen Fotografien und so weiter.«

Ich blinzelte irritiert ins Scheinwerferlicht.

»Das sind keine pornografischen Fotografien …«

»Sie halten den MUND!«, brüllte er mich an. »Sie kleine Nutte.« Letzteres spuckte er ganz verächtlich aus. »Da haben wir es ja mit zwei moralisch ganz verwerflichen Subjekten zu tun.«

Ich biss mir auf die Lippen. Einfach nicht zuhören, Peasy! Das darf dich nicht treffen. Lass es von dir abprallen wie einen Hartgummiball von einer Wand.

»Es dürfte Sie interessieren, dass Ihr Ehemann …« Er sprach das Wort übertrieben ironisch aus. »Wann haben Sie noch mal geheiratet? Ach, erst vor einem halben Jahr. Na das ist ja typisch …«

Er blätterte in seinen Unterlagen. »Also, Ihr feiner Herr Ehemann hat bereits eine andere Frau und mit dieser Frau …« – er reckte den Hals wie ein Vogel, der einen Wurm entdeckt hat, und las interessiert, nahm erst mal einen Schluck Kaffee und blätterte suchend vor und zurück – »… auch bereits ein Kind.«

Nein!, dachte ich. Fast musste ich lachen. Die versuchen es. Fall nicht drauf rein.

»Ja, das Kind ist jetzt schon vier Jahre alt, ein Junge namens … Reinhold. Er geht in Berlin-Lichterfelde in den Kindergarten.« Mit Habichtaugen starrte er mich an. »Ah, aber das wussten Sie natürlich nicht, was?«

»Nein«, sagte ich. »Und das glaube ich auch nicht.«

»Aber det Ihr feiner Edmund nüscht anbrennen lässt, det wussten Se schon.« Jetzt verfiel er wieder in seinen Berliner Dialekt und weidete sich an meiner Schockstarre. Um dann mit einem verächtlichen Lachen auszuspucken: »Der vögelt doch allet, wat nich bei drei auf de Bäume is!«

Mein Herz klopfte wild, Bilder aus der Vergangenheit zogen vor meinem inneren Auge vorbei, aber ich zwang mich äußerlich zur Ruhe.

Der Vernehmer lehnte sich genüsslich zurück und steckte sich eine Zigarette an. »Lassen Se sich Zeit, ick hab heute ooch nüscht mehr vor.« Er blies genüsslich Ringe in die Luft. »Für Sie beide lege ich auch ne Doppelschicht ein.«

Ich schwieg. Die Ringe waberten durch den fensterlosen Raum und lösten sich in Dunst auf.

»Denn erzählen Se mal. Wat iss'n der schöne Edmund so für einer. N janz schön wilda Hund is det, wa?«

Ich sah die unzähligen Studentenpartys vor mir, die Ed an der Kunsthochschule Weißensee organisiert hatte. Der ganze Kellerraum voller Wein und Bier, Schallplatten von Jimi Hendrix über die Rolling Stones bis hin zu Janis Joplin, also auch Musik, die verboten war. Rauchschwaden in dunklen Gemäuern. Kerzen in Weinflaschen. Gleichgesinnte, langhaarige Studenten. Hübsche, blitzgescheite Mädchen in Miniröcken und mit tiefen Ausschnitten, zu vielem bereit. So hatte es Ed oft selbst erzählt. Sie standen auf ihn, weil er so cool war, so gut aussehend, so frech und unangepasst. Wild und willig waren sie – aber das war doch seit uns beiden vorbei!?

In meinem Gehirn drehte sich ein wildes Partykarussell. Eine Kakofonie aus schrillen Tönen füllte meinen Kopf. Ich sah sie deutlich vor mir, diese Mädels, die es auf meinen Ed abgesehen hatten.

Mit sinnlichen Bewegungen umtanzten sie ihn zu stampfenden Bässen. Hingebungsvoll sangen sie die englischen Texte mit:

»I can't get no ... satisfaction, 'cause I try, I try I try ... I can't get no!« Mit Bierflaschen und Zigaretten in den Händen, tanzten sie sich in eine Art Ekstase.

Gesichter tauchten vor mir auf, die ich auf anderen Aktfotos gesehen hatte. Sie wollten alle von ihm fotografiert werden. Von ihm, dem Künstler. Hässliche Eifersucht durchzuckte mich. Und was war mit Eileen, die schon vor meiner Zeit mit ihm studiert hatte, damals im Grundstudium mit ihm in diesem Ferienheim an der Ostsee im FKK-Urlaub gewesen war? Hatte er mit Eileen einen Sohn, der Reinhold hieß? Meine Augen brannten wegen des grellen Lichts, und ich fühlte mich nackt und bloßgestellt.

»Na?«, unterbrach der Mann mit dem Habichtblick genüsslich mein Gedankenkarussell, in dessen Ketten ich mich immer mehr zu verfangen drohte. Auf jedem Sitz sah ich ein anderes Mädchen sitzen und kreischend lachen.

»Nehmen wir doch nur mal seine langjährige Eroberung, diese Eileen ...«

Eileen! Ein eiskaltes Messer bohrte sich mir ins Herz.

Konnte der Gedanken lesen? Oder stand da etwas in der Akte?

»Mit der willigen Schnalle wollte er ja denn ooch in'n Westen abhauen. Aber sie hat ihn sitzen lassen, die Eileen.«

Mein Herz setzte einen Schlag aus. Unwillkürlich schüttelte ich den Kopf. Nein, der wollte mich nur quälen!

»Quatsch, das denken Sie sich alles aus.«

Er wechselte ins Hochdeutsch.

»Oh, da gibt es Briefe von dieser Eileen an Ihren sauberen Edmund, die haben wir inzwischen alle beschlagnahmt!« Er klackerte mit seinem Kugelschreiber. Mine raus, Mine rein, Mine raus, Mine rein.

»Sie können sicher sein, dass der Ihnen nicht treu war. Nicht vor der Hochzeit und nicht danach.«

Klick, klack, klick, klack.

Es war, als bohrte sich der Kuli ebenfalls in mein Herz.

Nein, Peasy. Nein, glaub ihm nichts. Die wollen dich bloß kleinkriegen.

»Na, was sagen Sie denn dazu, dass Ihr sauberer Edmund noch eine andere Ehefrau hat?«

»Hat er nicht.«

»Hat er wohl. Das nennt man Polygamie.«

Er verschränkte die Arme vor der Brust und taxierte mich wie ein Kind einen Regenwurm, den es gerade sorgfältig in Stücke schneidet, um zuzuschauen, wie dessen Einzelteile sich im Sand winden.

Ich hielt seinem Blick stand. Meine Unterlippe zitterte.

»Sie wollen mich nur einschüchtern und glauben, dass Sie mich damit reinlegen können.«

Ich richtete den Oberkörper auf und blinzelte in das grelle Licht der auf mich gerichteten Lampen. »Aber darauf falle ich nicht rein.«

Sekunden vergingen und dehnten sich zu unerträglichen Minuten. Klick. Klack. Klick. Klack, machte sein Kugelschreiber.

»Sie vertrauen sich gegenseitig, was?«

Ich ließ den Blick über den gebügelten Kragen seines Polyesterhemdes gleiten, über seinen faltigen Hals, an dem rote Punkte neben schwarzen Stoppeln davon zeugten, dass er sich beim Rasieren geschnitten hatte. Ja. Du hast dich geschnitten, Mann!

»Unsere Ehe kriegen Sie nicht kaputt. Wir gehen hier entweder gemeinsam zugrunde oder gemeinsam wieder raus.«

Solche Spielchen kannst du mit anderen versuchen, aber nicht mit mir!, empörte sich alles in mir.

Eine noch längere Pause entstand. Minutenlang starrte mich der Mann mit den Habichtaugen nur an. In seinem Blick lag genau die Mischung aus Triumph und mitleidigem Spott, die mich völlig verunsicherte. Endlich ließ er den Kugelschreiber auf den Schreibtisch fallen ... und ließ die Bombe endgültig platzen.

»Sie haben doch auch ein Kind von einem anderen.«

Das Herz blieb mir stehen. Ich glaubte, auf der Stelle tot umfallen zu müssen. Die Hände unter meinen Oberschenkeln prickelten taub.

»Ja meinen Sie, das wissen wir nicht?« Wieder blätterte der Vernehmer genüsslich in seinen Akten. »Lilli, vier Jahre alt, wohnhaft bei Ihrer Schwester Kristina Ziegler in Oranienburg, Leninstraße dreizehn.«

Vor meinen Augen kreisten bunte Flecken, in meinen Ohren gellte eine Alarmsirene.

Er wusste es.

Lilli war mein Kind.

Reflexartig klammerte ich mich an die Tischplatte, um nicht umzukippen.

Ich spürte meine Gliedmaßen nicht mehr. Mir wurde schwarz vor Augen. Das Blut rauschte in meinen Ohren, die Halsschlagader wollte mir schier aus dem Leib springen. Luft! Ich bekam keine Luft mehr!

Lilli.

Sie wussten es!

Und wenn sie es wussten, dann wusste es auch ... Nein, bitte nicht. Nicht auf diese Weise!

Genüsslich fuhr der Raubvogel in tiefstem Berlinerisch fort, während er mich kleinen Spatz fest in seine Klauen nahm:

»Ja, und det hamwa Ihrem Jatten heute Nacht ooch erzählt. Der liebe Edmund is janz vonne Socken.« Der Vernehmer lehnte sich triumphierend zurück und legte die Hände in den Nacken. Er kippelte mit seinem Stuhl vor und zurück. »Er will nu de Scheidung einreichen, und det hat er ooch schon unterschrieben. Hier kieken Se mal.«

Er hielt mir das Protokoll unter die Nase, dessen Buchstaben mir wild vor den Augen tanzten.

Ich fasste mir ans Herz, in das tausend Messer stachen. Jetzt würde ich sterben, und das war gut so.

Ganz langsam kippte ich vornüber. Den Knall, als meine Stirn auf die Tischplatte traf, hörte ich zwar noch, konnte ihn aber schon nicht mehr spüren.

18

Oranienburg, Weihnachten 1969

»Um Gottes willen, Gisa, was ist nur los mit dir? Du bist doch nicht etwa schwanger?«

Mit einer Mischung aus Besorgnis und Zorn betrachtete meine Mutter die Schüssel vor meinem Bett. Ich war spät in der Nacht von der Vorstellung nach Hause gekommen, völlig erschöpft ins Bett gefallen und hatte mich morgens früh übergeben.

Ich hatte geträumt, ich wäre dick und schwer wie ein Mehlsack und bei dem Versuch zu springen hätten mich starke Kinderarme zurück auf den Boden gezogen.

Mutter rüttelte sanft an meinem Arm. »Gisa! Die Ballettmeisterin hat mich gerade angerufen, sie macht sich Sorgen um dich!«

Ich war einundzwanzig Jahre alt und hatte es endlich geschafft, die Solopartie in »Schwanensee« tanzen zu dürfen. Unzählige harte Jahre des Trainings waren dem vorausgegangen, und immer wieder hatte ich mich gegen Konkurrentinnen aus der ganzen Republik durchgesetzt.

Trotz der Erweiterten Oberschule und der vierjährigen Arbeit in der Fabrik hatte ich es geschafft, mein Abitur mit Auszeichnung zu machen und meine Tanzkarriere an der Staatsoper zu perfektionieren. Eine schier unmögliche Leistung hatte ich da vollbracht, und Papa hatte mir voller Stolz eine Kette samt Ring geschenkt – kurz vor seinem dritten Herzinfarkt und damit seinem frühen Tod.

Daraufhin hatte ich versucht, meine Verzweiflung wegzutanzen, mich in meinen Ehrgeiz, ihn auch nach seinem Tod noch stolz zu machen, immer mehr hineingesteigert.

Bis dann vor vier Monaten dieser junge Tscheche aus dem Orchestergraben aufgetaucht war ... O Gott, ich wollte gar nicht an ihn denken! Verzweifelt schlug ich mir die Hände vors Gesicht.

»Ich weiß es doch auch nicht«, stammelte ich unter Tränen.

»Ja, kann es denn passiert sein?«

Mutter stopfte mir ein Kissen in den Rücken und reichte mir ein feuchtes Handtuch. »Kind, sag jetzt nicht, du hast mit einem Mann geschlafen!«

Ich schloss die Augen und wünschte, tot zu sein.

Er war gerade dabei, ein Mann zu werden, der gerade mal achtzehnjährige Student aus Prag. Eine Festanstellung in unserem Orchester war sein Traum. Und ich dumme Gans war auf ihn reingefallen! In Ermangelung meines Vaters, meines engsten Vertrauten, den ich so schmerzlich vermisste?!

»Es war nur ein einziges Mal«, schluchzte ich schließlich. »Ein junger Gast-Cellist hat mir schöne Augen gemacht und ist mir in die Garderobe gefolgt ... ich weiß, es war ein schrecklicher Fehler!«

Mutter sprang auf und rannte im Zimmer hin und her, raufte sich die Haare.

»Das DARF doch nicht wahr sein!«

Sie rannte zum Fenster und stieß immer wieder mit der Stirn gegen die Scheibe. Ohne mich anzuschauen, stöhnte sie: »Wenn das dein Vater noch erlebt hätte!« Ihr Gesicht, das nun nicht mehr wie damals in Köln apfelrote Bäckchen hatte, sondern abgehärmt und blass aussah, spiegelte sich darin. »Unser armer Papa hat sich für dich abgerackert, damit du so eine tolle Ausbildung haben kannst. Dafür musste er viele Zugeständnisse machen, du weißt ja nur die Hälfte!«

Ich fühlte mich unendlich schuldig und schlecht.

Sie fuhr zu mir herum, als wäre ich an allem schuld.

»Nach den vielen Schikanen und Erpressungen hatte er zwei Herzinfarkte und ist nun am dritten verstorben! In seiner schönsten Lebensphase! Der würde sich im Grabe umdrehen!«

»Ja Mutti, ich weiß, und es tut mir auch ganz schrecklich leid.« Ich schämte mich so! »Es war aber doch wirklich nur das eine Mal«, presste ich hervor.

»Nur das eine Mal? Ich habe dich und Kristina doch aufgeklärt!«

Nee, hast du eben nicht!, dachte ich im Stillen. Dann wäre es vielleicht nicht schiefgegangen. Aber ich war so durch den Wind!

Mutter ballte die Fäuste, dass die Knöchel weiß hervortraten. »Wie kannst du mir das antun! Wir sind eine anständige Familie!«

Ich musste schon wieder heulen. Mir war so entsetzlich schlecht.

»Wie heißt er, wo finde ich den? Dem werd ich den Kopf waschen!« Mutter drehte sich endlich wieder zu mir um. »Du lässt dir deine Tanzkarriere nicht verderben!«

Ich presste das Handtuch an die Stirn, hinter der es laut hämmerte. »Bitte nicht, auf keinen Fall! Ich will den Kerl nie wiedersehen!«

Mutter setzte sich zu mir ans Bett und strich mir das verschwitzte Haar aus dem Gesicht.

»Aber wie soll es denn jetzt weitergehen, Kind? Was hast du dir denn vorgestellt?«

»Gar nichts«, schniefte ich. »Ich hatte gehofft, es wäre nichts passiert!«

Schließlich erzählte ich meiner Mutter von Schluchzern geschüttelt, was vier Monate zuvor geschehen war: Es war nach der Premierenfeier passiert.

Endlich hatte ich den Schwarzen Schwan tanzen dürfen! Es war meine persönliche Sternstunde. Als ich vor den Vorhang trat und mich anmutig verbeugte, brandete Beifall auf. Die Zuschauer sprangen von den Sitzen, jubelten und warfen Blumen auf die Bühne. Aus den Augenwinkeln sah ich, dass sogar die Gruppentänzerinnen mich beklatschten. Die Ballettmeisterin kämpfte mit den Tränen.

Ich hatte es geschafft! Ich war ganz oben! Ich war dort, wo ich immer hinwollte! Ich hatte sowohl den Weißen als auch den Schwarzen Schwan getanzt! Das war wohl einmalig in der Geschichte der DDR!

Im Orchestergraben waren die Musiker aufgestanden und klopften an ihre Pulte. Auch der junge Cellist ganz hinten, ein dunkelhaariger Lockenschopf, den ich noch nie zuvor gesehen hatte, himmelte mich an und warf mir stürmische Kusshände zu.

Später, bei der Premierenfeier, genoss ich es, im Mittelpunkt zu stehen, ja sogar Autogramme zu geben!

Wieder tauchte dieser hübsche Gast-Cellist auf und reichte mir ein Glas Wodka. Mit seinem charmanten Akzent machte er mir Komplimente. Nach und nach verabschiedeten sich die anderen, aber ich wollte noch nicht wieder in den kalten grauen Alltag zurück! Ich wollte noch ein bisschen die wunderschöne feierliche Atmosphäre im Theaterfoyer genießen, unter den Kronleuchtern, auf dem roten Teppich, und meinen Triumph feiern.

Irgendwann war ich mit Karel, der aussah wie ein junger Gott, allein. Er umarmte und küsste mich rechts und links auf die Wangen. Er roch so gut, und in seinen Augen lag Bewunderung. Seine Stimme war so einschmeichelnd, dass ich ganz schwach wurde.

Und als ich endlich in die Künstlergarderobe rannte, um mich vom zauberhaften Schwan wieder in die ganz normale Peasy zu verwandeln, folgte mir der göttliche Karel. Wieder und wieder küsste er mich. Er machte das Licht aus, und ich stand total neben mir, war überglücklich und gleichzeitig völlig verzweifelt, weil ich einen großen Fehler machte. Trotz meiner Tanzerfahrung mit viel Körpereinsatz war ich noch ziemlich unerfahren. Aber ich war verknallt: in den Lockenkopf, in das Leben, in den Glücksrausch und die Erfolgsdroge Beifall, in den ungewohnten Wodka und das Blumenmeer, in das wir schließlich sanken. Dann ging alles ganz schnell. Ich bekam es gar nicht richtig mit, es fühlte sich gut an, aber verboten. Als ich selig neben ihm lag, wollte er plötzlich Informationen über meine Kolleginnen aus dem Ballett. Dabei dachte ich, er mag mich wirklich! Hatte man ihn auf mich angesetzt? Ihm eine feste Stelle in Berlin versprochen, wenn er uns aushorchte? Als ich einsilbig blieb, brach er abrupt auf. Zumindest körperlich hatte er bekommen, was er wollte.

Schon eine halbe Stunde später in der S-Bahn glaubte ich, diese verrückte Situation in meiner Garderobe nur geträumt zu haben. Verdammt, wir hatten natürlich überhaupt nicht aufgepasst! Auf so etwas war ich nicht im mindesten vorbereitet gewesen!

Das alles passierte im September vor vier Monaten. Jetzt,

Ende Dezember, hatte ich das längst verdrängt. Ich wollte doch nur tanzen und weiter auf meiner Erfolgswelle schwimmen! Aber in letzter Zeit wurde mir immer so schnell schwindelig. Mein Herz raste, mir wurde übel, ich verpatzte Sprünge und Schrittfolgen und musste mich zwischen zwei Szenen hinter der Bühne übergeben.

Weil ich schwanger war!?

Nach ihrem ersten Entsetzen schleppte mich Mutter sofort zum Arzt, und dieser bestätigte meine schlimmsten Befürchtungen. »Vierter Monat, Frau Ziegler! Na dann, herzlichen Glückwunsch!«

Für eine Abtreibung war es zu spät, und die wäre für mich ohnehin nicht infrage gekommen.

Ich liebte das kleine Wesen schon, bevor ich wusste, dass es meine Lilli werden würde.

Die Ballettmeisterin rief an, was denn nun mit mir sei. Ob sie weiter mit mir rechnen könne. Kurz drauf saß sie völlig aufgelöst bei uns im Wohnzimmer.

»Was machen wir nur mit dir, Kind, was machen wir nur?«

Mutter und die Ballettmeisterin unterhielten sich lange »unter vier Augen«. Schließlich teilten sie mir ihre Entscheidung mit.

»Nach Rücksprache mit den staatlichen Organen, mit der Abteilung Kultur-Förderung für außergewöhnlich begabte junge Künstler in Berlin, hat man dir einen Platz im Sportinternat Kleinheula im Harz zugeteilt. Hier kannst du deinen sozialistischen Beitrag leisten, indem du in der Wäscherei arbeitest. In dieser staatlichen Institution wirst du unter ärztlicher Aufsicht dein Kind bekommen, und wie es dann weitergeht, müssen wir sehen.«

Und so kam es, dass ich urplötzlich von der Staatsoper verschwand. Die Ballettmeisterin hielt genauso dicht wie Mutter: Offiziell nahm ich an einem Gastspiel teil und hielt mich mit einem Stipendium in Leningrad auf. Die Tanzaufführungen des dortigen Balletts waren legendär. Niemand stellte das infrage.

An einem kalten Frühlingstag im Mai 1970 brachte ich Lilli zur Welt. Sie war winzig, mit ihrem rosigen Fäustchen umklammerte sie meinen Finger. Ich liebte sie von der ersten Sekunde an.

Die Vorstellung, sie abgeben zu müssen, zerriss mir das Herz. Ich weinte mir die Seele aus dem Leib und flehte Mutter an, das Kind behalten zu dürfen.

Mutter hatte inzwischen alle Hebel in Bewegung gesetzt, damit ich weitertanzen konnte!

Ich war doch gerade erst knapp über zwanzig und hatte so hart für meine Karriere gearbeitet!

Meine um zwei Jahre ältere Schwester Kristina hatte gerade ihr Lehrerstudium beendet und suchte händeringend eine Wohnung. Als alleinerziehende Mutter hätte sie sofort eine bekommen!

Nach vielen Gesprächen, auch mit den zuständigen Behörden, fanden wir folgende Lösung: Kristina würde Lilli zu sich nehmen. Da sie sich als Lehrerin ohnehin staatskonform zeigen musste und die Kinder im sozialistischen Sinne unterrichtete, würde man davon absehen, Lilli an andere Adoptiveltern zu vermitteln …

19

Stasi-Gefängnis Berlin-Pankow, 5. Februar 1974, 17 Uhr

»Mensch, Peasy, da bist du ja wieder!«

Ellen hockte vor meiner Pritsche, tupfte mir mit einem kratzigen Handtuch kaltes Wasser auf die Stirn und streichelte mir die Hand. »Sie haben dich vor Stunden ohnmächtig hier reingetragen! Es ist schon fast wieder Abend!«

Mein Kopf fühlte sich an, als hätte jemand mit dem Hammer darauf geschlagen.

Mit zitternden Fingern ertastete ich eine große Beule an der Stirn. »Autsch!«

»Lass, nicht anfassen! Das könnte sich entzünden!«, warnte mich Ellen.

Ich sah Sterne vor Schwindel und Verzweiflung. Mir war schrecklich übel.

»Was ist denn passiert, Peasy? Du hast eine ordentliche Prellung. Haben sie dich geschlagen?«

Nein, geschlagen nicht. Der Habichtmann hatte andere Methoden, mich fertigzumachen.

Mein Gedankenkarussell begann wieder sich hässlich scheppernd zu drehen. Was war da vor Stunden mit mir passiert?

Da fiel mir alles wieder ein: Ed hatte ein Kind mit einer anderen! Außerdem wollte er sich von mir scheiden lassen!

Letzteres würde ich nicht überleben.

»Ellen, ich möchte so gerne tot sein! Es hat doch alles keinen Zweck. Ich werde ab sofort nichts mehr essen und einfach verhungern.«

»Das kommt nicht infrage. Alles wird wieder gut!« Sie flößte mir Wasser ein.

Schwere Stiefel traten gegen die Tür, vor dem Türspion zischte eine Stimme: »Lassen Sie das gefälligst! Sie sind hier nicht als Ärztin. Links, gehen Sie auf Ihre Seite des Verwahrraums!«

Ellen setzte sich auf ihren Hocker.

»Rechts, kommen Sie hoch! Pritsche hochklappen!«, dröhnte es durch die Luke. »Aber ein bisschen zackig!«

Noch ganz benommen rappelte ich mich hoch. Meine schwachen Arme schafften es kaum, die schwere Pritsche hochzustemmen. Ellen wollte mir helfen, wurde aber aufs Schärfste verwarnt.

»Setzen! Gesicht zur Tür! Noch ein Versuch aufzustehen, und Sie kommen in die Arrestzelle!«

Vor lauter Erschöpfung konnte ich die Hände nicht auf den Tisch legen, als ich schließlich auf meinem Hocker saß. Die Arme hingen an mir herunter wie Blei. Ich roch meinen eigenen Angstschweiß.

Lange saßen wir schweigend da. Wir konnten es einfach nicht fassen, dass Menschen so gemein zu Menschen sein konnten. Nein, sie hatten mich nicht geschlagen. Ihre Folter war subtiler, grausamer, perverser.

Ellen saß besorgt auf ihrem Hocker und sah mit an, wie aus mir nur noch eine leere Hülle wurde. Ich selbst fühlte mich wie eine kaputte Puppe, die ein Kind achtlos auf dem Fußboden hat liegen lassen. Dabei wurde ich vom Bewacher da draußen die ganze Zeit durch den Türspion beobachtet.

Endlich hörten wir, wie das Spionblech zurückzischte und sich schwere Stiefelschritte entfernten. Mein Anblick war ihm wohl zu langweilig geworden.

Stille. Und wieder dehnte sich die Zeit endlos vor uns aus.

»Sie sind weg!«, flüsterte Ellen irgendwann. »Erzähl mir, was sie mit dir gemacht haben!«

Stockend und von Schluchzern unterbrochen berichtete ich Ellen. »Sie wissen, dass ich ein Kind habe ... und sie haben es Ed erzählt!«

»Wie jetzt?«

Ich musste weiter ausholen.

Ich erzählte von meinem »Fehltritt« mit dem Gast-Cellisten, dass meine Tochter Lilli bei meiner Schwester aufwuchs – auch dass wir uns zu absoluter Verschwiegenheit hatten verpflichten müssen: Das war die Bedingung dafür, dass die Behörden mitspielten. Daher hatte ich auch Ed, den ich erst kennenlernte, als Lilli ein Jahr alt war, nie die Wahrheit erzählt. Er lernte mich als junge, wilde Künstlerin kennen, die nach einem »Unfall« alles dransetzte, um auf die große Bühne zurückzukommen. In unseren ersten romantischen Liebesstunden erzählte ich ihm, dass ich ein Patenkind hatte: Lilli! Doch eines Tages würde ich ihm alles gestehen – auch was wirklich passiert war in dieser Septembernacht 1969. Ed würde mich verstehen. Ed hatte mich immer verstanden. Er liebte Lilli. Und sie ihn.

Während ich mit Ellen über diese schwere Zeit in meinem Leben redete, kam alles wieder hoch.

Denn was hatte es mir gebracht, mein Kind abzugeben?

Meine Tanzkarriere hatte ich trotzdem nicht zurückbekommen: Ich wollte der Partei nicht beitreten, und niemals hätte ich meine Kollegen bespitzelt. Ich fand einfach nicht, dass ich ihnen was schuldete. Ich hatte als Schülerin vier Jahre lang hart in der Fabrik gearbeitet und im Sportinternat bis zum letzten Tag vor der Geburt in der Wäscherei.

Aus Rache ließen sie mich ganz langsam fallen. Zuerst war ich nicht mehr gut genug für die Solopartie und wurde ins Gruppenballett zurückgestuft. Zuerst noch mit Solo-Verpflichtung als Vertretung, dann kam ich in die zweite Reihe, dann in die letzte, und schließlich zu den Statisten.

Nachdem ich mich mehrmals beschwert hatte, durfte ich Ballettschuhe nähen. Mir, der gestandenen Solo-Tänzerin, war eine Lehrstelle als Schneiderin zugewiesen worden. Ich war ganz tief gefallen, tiefer ging es nicht mehr.

Der einzige Halt in meinem Leben war Ed. Ed, der mich immer unterstützte und mir Mut machte! Und nun wusste er, dass ich ihn von Anfang an belogen hatte. Ohne den Grund dafür zu kennen. Er hatte die Scheidung eingereicht! Mein Leben war ein einziger Scherbenhaufen. Deshalb wollte ich nur noch sterben.

Jetzt war es Ellen, die mir Mut machte.

»Das glaubt der doch im Leben nicht!«

»Aber es ist ja wahr!«

Schluchzend vergrub ich das Gesicht in den Händen. »Ich HABE ihn doch von Anfang an belogen!«

»Er wird damit fertig, ganz sicher!«

»Und mir haben sie erzählt, Ed hätte auch ein Kind ... Wie soll ich glauben, dass das nicht stimmt, wenn meine Geschichte doch auch der Wahrheit entspricht?«

Aus brennenden Augen starrte ich sie fragend an. »Sie wissen alles!«

Ellen schüttelte heftig den Kopf. »Sie wollen dich nur fertigmachen. Hör nicht auf die!«

Meine Zellengenossin beugte sich zu mir und legte ihre kalte Hand auf meine. »Sie sind taktisch geschult und packen uns immer an der empfindlichsten Stelle. Lass dich nicht verunsichern! Dein Ed liebt dich und hat mit Sicherheit kein Kind mit einer anderen. Und deine Lilli liebt er doch schon lange!«

Dann stand sie einfach auf, kam zu mir und umarmte mich fest. »Alles wird gut, du musst nur stark bleiben!«

»Links! Lassen Sie das!«, brüllte jemand von außen durch die Luke. Heftig wurde mit Stiefeln gegen die Tür getreten. »Rechts! Hände auf den Tisch! Gesicht zur Tür!«

Geschirrgeklapper.

Vogel, friss oder stirb!, hörte ich Mutter sagen.

Aber für Lilli musste ich leben.

Mit eiskalten Fingern nahmen wir mechanisch unsere Graubrotscheiben mit Margarine und Wurst sowie unseren lauwarmen, dünnen Tee entgegen.

Wir aßen schweigend.

Plötzlich hörte Ellen auf zu kauen und hob lauschend den Finger.

»Hörst du auch die Stimmen?«

»Die höre ich um diese Zeit immer. Ich dachte schon, ich hätte Stimmen im Kopf!«

»Nein, die rufen sich was zu, so hör doch!«

Das waren eindeutig nicht die gebellten Befehle der Wärter. Sie kamen aus den Nachbarzellen.

»Gute Nacht, mein Schatz!«, kam es irgendwo von rechts.

»Schlaf schön, ich liebe dich!«, rief jemand gepresst aus einer anderen Richtung.

»Die rufen sich Grüße zu!« Über Ellens blasses Gesicht huschte ein Lächeln. Fragend sah sie sich um.

»Wie soll das funktionieren?« Ich hockte mit schmerzendem Rücken auf meinem Hocker und lauschte.

Ellen sprang auf und untersuchte die Zelle. Unter den Glasbausteinen stellte sie sich auf die Zehenspitzen und legte das Ohr daran. »Hier oben! Die rufen sich was durch die Lüftungsschlitze zu!«

»Das glaube ich nicht.«

»Doch, schau mal, die schieben ihren Hocker darunter und rufen durch die Öffnungen nach draußen!«

Mir wurde heiß. »Bevor man den Hocker dahingeschoben hat und draufgeklettert ist, haben die einen doch längst erwischt!«

Wieder schwiegen wir, minutenlang.

Plötzlich glaubte ich zu hören: »Peasy, bleib stark!«

Ich erstarrte. »Hast du das auch gehört?«

»Ja«, flüsterte Ellen. »Ganz deutlich!«

Mein Herz raste. »Das war Ed! Das ist Ed. Ich werde wahnsinnig!«

Stille. Außer dem Poltern meines Herzens war nichts zu hören.

Dann wieder: »Gute Nacht, Peasy! Alles wird gut!«

»Niemals hat der die Scheidung eingereicht.« Ellen strahlte mich an. »Du musst ihm antworten!«

Draußen hörten wir die Bewacher Befehle brüllen. Riegel knallten vor und zurück. Aber ihre Stimmen kamen vom anderen Ende des Flures.

»Sie sind nicht in der Nähe!«

»Komm, wir schieben einen Hocker … oder wir machen eine Feuerleiter?« Schon verschränkte sie hilfsbereit die Hände. »Komm, schnell, bevor sie zurück sind!«

Unschlüssig blieb ich auf meinem Hocker kleben. Mein Herz raste vor Angst.

»Nein, ich zieh dich da nicht mit rein.«

Ellen schlich an die Tür und legte ihr Ohr dagegen. »Sie sind ganz hinten! Mach! Schnell!«

Da bündelte ich alle meine Kräfte, nahm Anlauf, rannte die vier, fünf Schritte bis zur Wand mit den Glasbausteinen und zog mich mit einem Klimmzug am Mauervorsprung hoch. Ich holte tief Luft, füllte meine Lunge mit kalter Luft und brüllte mit aller Kraft, die sie hergab:

»Ich liebe dich, Ed!«

Meine Finger rutschten ab, und ich ließ mich zu Boden fallen. Mein Herz raste, als wollte es zerspringen. Aber ich hatte es gewagt! Ein kurzes Glücksgefühl stieg in mir - auf.

Seine Antwort kam prompt: »Ich liebe dich auch, Peasy!«

Freudentränen schossen mir in die Augen. Sie hatten es nicht geschafft, uns zu trennen!

Flink wie ein Wiesel sprang ich wieder zu meinem Hocker und setzte mich.

Schwere Schritte kamen näher. Schlüsselrasseln, drei Riegel wurden klirrend zurückgeschoben. Dann ging unsere Zellentür auf. »Stellen Sie sich an die Wand!«, hieß es. »Hände auf den Rücken! Kopf nach rechts!«

O Gott, sie kamen rein! Das hatten sie noch nie getan. Jetzt würde es drakonische Strafen setzen!

Würden sie uns schlagen, treten, mit dem Kopf gegen die Wand knallen? Rausschleifen, in Einzelhaft stecken, unten im Keller?

Aber nein, sie hatten andere Methoden.

Zwei Bewacher schleppten nacheinander Bretter und eine Stehleiter herein, während draußen zwei weitere Bewaffnete standen und uns nicht aus den Augen ließen.

Ohne uns eines Blickes zu würdigen, nagelten sie die Luftschlitze mit Brettern zu.

Neue Panik überwältigte mich. Hilfe!

»Was machen Sie denn da? Wollen Sie, dass wir ersticken?« Ellen fand als Erste die Sprache wieder.

Sie klappten die Leiter zusammen und trugen sie hinaus.

»Vier Worte, vier Tage.« Böse funkelten sie mich an. Dann knallten sie die Zellentür hinter sich zu. Wir standen in der verrammelten Zelle – ohne Licht und ohne Luft.

20

Stasi-Gefängnis Berlin-Pankow, 6. Februar 1974

Peng, peng, peng. Waren es Schüsse? Hatte ich geträumt? Im Dunkeln fuhr ich von meiner Pritsche hoch.

»Rechts, raustreten, Gesicht zur Wand.«

Ich lag in der zugenagelten Zelle und hatte mir im Traum eingebildet, ersticken zu müssen.

»Links, raustreten, Gesicht zur Wand.«

Ellen und ich standen vor unserer Zelle und inhalierten gierig, auch wenn es nur die stickige Luft des engen Ganges war. Die nackten Neonröhren blendeten unsere verschlafenen Augen. Wenn ich so aussah wie Ellen, dann war ich ein Skelett mit glanzlosen, rot geränderten Augen in tiefen Höhlen, mit aufgesprungenen bleichen Lippen und stumpfem, fettigen Haar.

»Hände auf den Rücken. Geh'n Se.«

Ellen und ich schlurften in unseren Filzpantoffeln den langen Gang entlang. Dort mussten wir uns wieder mit dem Gesicht zur Wand stellen. Hinter uns waren schleppende Schritte zu hören, die sich in weiteren Gängen verliefen.

»Weitergeh'n.«

Gehen, stehen, gehen, Gesicht zur Wand.

Wachpersonal. Stahltüren. Eine davon öffnete sich quietschend.

»Raustreten.«

Ein Schwall Frischluft schlug uns entgegen. Wir standen in einem winzigen Betonkäfig, kaum zwei mal vier Meter, der mit Maschendrahtzaun und weiter oben mit Stacheldraht gesichert war. Darüber der verhangene Februarhimmel.

Gierig sog ich die eiskalte Morgenluft in meine Lunge. Ellen tat es mir gleich.

»Aaah, frische Luft«, entfuhr es Ellen. »Welche Wohltat.«

»Zwanzig Minuten Freigang, Reden verboten«, ertönte eine böse Stimme.

Außerhalb des Käfigs patrouillierte ein Wachposten. Er hatte ein Maschinengewehr umgehängt!

Was hätten wir ihm tun können? Außer unseren üblichen Trainingsanzügen und Filzpantoffeln trugen wir nichts am Körper.

Es hatte bestimmt minus zehn Grad.

Aber ich ließ mich nicht kleinkriegen. Ich hatte gelernt, Kälte auszuhalten, Zeit auszuhalten, Schmerz auszuhalten. Durchzuhalten!

Die eiskalte Luft war nach der stickigen Nacht trotz allem eine Wohltat. Vor lauter Erstickungsangst hatte ich schwere Herzrhythmusstörungen gehabt.

Ellen und ich liefen hin und her, immer wieder. Stumm sahen wir uns an: Denkst du, was ich denke?

Sein Blick ist vom Vorübergeh'n der Stäbe
So müd geworden, dass er nichts mehr hält.
Ihm ist, als ob es tausend Stäbe gäbe
und hinter tausend Stäben keine Welt.

RAINER MARIA RILKE, DER PANTHER

Ah, die Bewegung tat so gut! Endlich, endlich, endlich durfte ich mich bewegen!

Ich begann auf der Stelle zu hüpfen. Meine Wadenmuskeln wurden etwas wärmer.

Der Bewaffnete hatte sofort die Finger am Abzug. »Hör'n Se auf mit dem Blödsinn! Keine Sprünge! Gehen!«

Aus dem Freiluftbunker neben uns hörten wir zwei Männerstimmen leise ein paar Worte sagen.

»Ruhe!«, brüllte der Wachposten. »Nicht reden, sonst ist der Freigang auf der Stelle zu Ende!«

Wir tigerten so schnell wir konnten, von Wand zu Wand.

Plötzlich brach mein Kreislauf zusammen. Mir wurde schwindelig. Aber ich wollte dem Kerl da draußen nicht den Gefallen tun, schon wieder in Ohnmacht zu fallen. Unauffällig hielt ich den Kopf nach unten, damit wieder Blut hineinfließen konnte.

»Lassen Sie den Quatsch!«, bellte er barsch. »Jetzt reicht's! Zurück in die Zelle!«

Damit war der Freigang nach etwa der Hälfte der Zeit beendet. Es tat mir leid für Ellen, aber ich wäre sonst auf den kalten Betonboden geknallt und diesmal womöglich tatsächlich in der Krankenzelle aufgewacht. Was man da mit mir anstellen würde, wollte ich mir gar nicht erst ausmalen.

Die nächsten Tage und Wochen zogen sich hin.

Inzwischen hatte sich eine gleichbleibende Routine entwickelt, und unser Zeitgefühl kehrte langsam zurück. Um Punkt sechs Uhr früh wurde von außen gegen alle Zellen getreten und immer die gleiche Begrüßung gebrüllt: »Komm Se hoch!« Dann machte eine von uns bei Eiseskälte hastig ihre Katzenwäsche, während die andere direkt daneben auf der Toilette ihr Geschäft verrichtete. Nach dem Abziehen tauschten wir wortlos die Plätze.

Hatten wir das »Frühstück« mit der üblichen Marmeladenstulle und dem lauwarmen Muckefuck hinter uns gebracht, fingen Ellen und ich an zu turnen.

Ellen wusste ja, dass ich früher Tänzerin gewesen war, und wollte so gerne von mir einige Positionen, Sprünge und Drehungen lernen.

Obwohl die Wachposten durch den Spion glotzten, machten wir unsere Übungen.

»Erste, Zweite, Fünfte, Fünfte!«, sprang ich vor, und Ellen hopste rührend bemüht ebenfalls auf nackten Füßen herum.

»Jetzt jeht's aber los«, hörte ich einen Wachmann draußen lästern. »Denen jeht's zu juht.«

Aber sie ließen uns gewähren. Wahrscheinlich waren sie selbst so gelangweilt, dass sie sich an diesem ungewohnten Anblick ergötzten. Uns war das egal. Wir verachteten und ignorierten sie. Tiere. Stumpfsinnige Tiere.

»Plié«, instruierte ich Ellen. »Das Steißbein muss zwischen den Fersen bleiben, nicht den Hintern rausstrecken.«

»Doch, ick bitte darum, harharhar!« Der Bewacher pustete uns Zigarettenrauch in die Zelle.

»Grand Plié, jetzt ganz tief runter, nicht wackeln, schön das Gleichgewicht halten und dann mit geradem Rücken wieder hoch ...«

»Meine Güte, das sieht auf der Bühne immer so leicht aus, aber das ist ja schwer.« Ellen staunte.

»Und jetzt Relevé, auf Zehenspitzen. Auf eins ... und zwei ...«

Uns wurde wohlig warm, die schlaffen Muskeln spürten wieder Leben in sich, und ganz langsam kehrte ein bisschen Energie zurück.

Wir zogen unser Training immer weiter in die Länge, und nach einigen Wochen – es mochte bereits März sein – hatten wir eine ziemlich gute Kondition. Unser Training dauerte fast zwei Stunden lang. Anfangs kostete es uns Überwindung, aber dann zogen wir es gnadenlos durch.

Ellen hatte bei einem ihrer Verhöre dem Vernehmer gesagt, wie ungesund sowohl die Ernährung als auch die Bewegungslosigkeit auf engstem Raume sei, und dieser, wohlwissend, dass sie Ärztin war, hatte geraten: »Treiben Sie Sport, halten Sie auch den Geist beweglich, lernen Sie was auswendig.«

Nach der Sportstunde wuschen wir uns sorgfältig, setzten uns auf unsere Hocker und versuchten sämtliche Gedichte, die wir kannten, aufzusagen.

Auch »Der Panther« von Rilke.

Doch unser beider Lieblingsgedicht stammte von Hermann Hesse – auch ein Schriftsteller, der in der DDR nur heimlich gelesen werden konnte – und hieß »Stufen«. Abwechselnd sagten wir seine Strophen auf:

Wie jede Blüte welkt und jede Jugend
Dem Alter weicht, blüht jede Lebensstufe,
Blüht jede Weisheit auch und jede Tugend
Zu ihrer Zeit und darf nicht ewig dauern.
Es muss das Herz bei jedem Lebensrufe
Bereit zum Abschied sein und Neubeginne,
Um sich in Tapferkeit und ohne Trauern
In andre, neue Bindungen zu geben.
Und jedem Anfang wohnt ein Zauber inne,
Der uns beschützt und der uns hilft zu leben.

Wir sollen heiter Raum um Raum durchschreiten,
An keinem wie an einer Heimat hängen,
Der Weltgeist will nicht fesseln uns und engen,
Er will uns Stuf' um Stufe heben, weiten.
Kaum sind wir heimisch einem Lebenskreise
Und traulich eingewohnt, so droht Erschlaffen;
Nur wer bereit zu Aufbruch ist und Reise,
Mag lähmender Gewöhnung sich entraffen.

Es wird vielleicht auch noch die Todesstunde
Uns neuen Räumen jung entgegen senden,
Des Lebens Ruf an uns wird niemals enden,
Wohlan denn Herz, nimm Abschied und gesunde!

Es trieb uns immer wieder Tränen in die Augen, und wir sagten es bestimmt hundertmal am Tag auf. Bei der Stelle »Der Weltgeist will nicht fesseln uns und engen« erhoben wir mutig die Stimme. Auch wenn die Bewacher da draußen den IQ eines Quarkbrötchens hatten – diese Botschaft war auf sie gemünzt!

Wir fühlten uns von diesen Worten getröstet. Wir sangen auch alle Lieder und Musikmotive, die wir kannten. Ellen war ebenso wie ich in einem musikalischen, gebildeten Haushalt aufgewachsen und verfügte über ein breites Repertoire an klassischer Musik. Ganze Liederzyklen konnte sie auswendig, zum Beispiel »Die Winterreise« von Schubert!

Mit leiser Stimme sang sie mir vor, wenn keiner der Bewacher in der Nähe war:

Was vermeid' ich denn die Wege,
Wo die ander'n Wand'rer geh'n,
Suche mir versteckte Stege
Durch verschneite Felsenhöh'n?

Habe ja doch nichts begangen,
Dass ich Menschen sollte scheu'n, –
Welch ein törichtes Verlangen
Treibt mich in die Wüstenei'n?

Weiser steh'n auf den Straßen,
Weisen auf die Städte zu.
Und ich wandre sonder Maßen
Ohne Ruh', und suche Ruh'.

Einen Weiser seh' ich stehen
Unverrückt vor meinem Blick;
Eine Straße muss ich gehen,
Die noch keiner ging zurück.

Sie war selbst erstaunt, wie zuverlässig sie sich an den Text erinnerte, aber die Melodie trieb sie von Strophe zu Strophe wie eine Biene von Blüte zu Blüte. Dieser Reichtum an seelischer Nahrung verwandelte dumpfe Verzweiflung in sinnvolle Beschäftigung.

Am Brunnen vor dem Tore,
da steht ein Lindenbaum;
Ich träumt in seinem Schatten
so manchen süßen Traum.
Ich schnitt in seine Rinde

so manches liebe Wort.
Es zog in Freud und Leide
zu ihm mich immerfort.

(…)

Nun bin ich manche Stunde
entfernt von jenem Ort.
Und immer hör ich's rauschen:
»Du fändest Ruhe dort.«

Fasziniert lernte ich von Ellen, was Schubert komponiert hatte. So einfach, aber doch so eindringlich, so schlicht und doch so tröstlich!

Ich konnte mit Tschaikowsky und Schostakowitsch aufwarten und schilderte ihr mit brennender Begeisterung meine Choreografien, bis wieder jemand »Ruhe in der Zelle!« durch die Luke brüllte.

In solchen Momenten kroch zaghafte Hoffnung wie ein scheues Tier hervor: Was vertrocknet war, würde wieder erblühen, was erstarrt war, würde wieder tanzen können.

Ellen hingegen erzählte mir viel von der Anatomie des menschlichen Körpers, und nachdem wir tiefes Vertrauen zueinander gefasst hatten, auch von ihren Erlebnissen als Landärztin.

Sie hatte schon mehreren Menschen das Leben gerettet und auch ein paar Babys auf die Welt geholt.

Wenn uns gar nichts mehr einfiel, erfanden wir Wort- und Silbenspiele.

Wir hatten ja weder ein Buch noch einen Zettel noch einen Stift – geschweige denn Würfel, Karten oder Spielfiguren. Wir hatten nur unsere Fantasie.

»Okay«, fing Ellen an. »Du sagst eine Silbe, ich die nächste und immer so weiter, bis wir einen passenden Satz haben.«

»Ich…« – »bin…« – »un…« – »glück…« – »lich.«

Das kam als Erstes dabei raus. Das war uns nicht neu.

»Jetzt mal was Anspruchsvolleres«, drängte Ellen. »Kreieren wir eine Speisekarte. Irgendwas Abgefahrenes aus einem Gourmet-Restaurant.«

»Gibt's das in der DDR?«

»Im Prinzip ja.«

»Ver…« – »quirl…« – »te…« – »To…« – »te.«

»Verquirlte Tote? Ich wollte Tomate sagen!«

Wir fingen an zu kichern.

»Ver…« – »quirl…« – » te…« – »Tor…«

»Tor?«

»Tor.«

»Okay, …te. Verquirlte Torte. An …«

»Hirsch…« – »Tar…« – »Tar…« – »mit…« – »gro…« – »ben…« – »schwar…« – »zen …«

»Ich wollte Schwarzwurzeln sagen.«

»Hast du aber nicht. Ich bin dran. Brock …«

»… cken.«

»Hirschtartar mit groben schwarzen Brocken. Sehr appetitlich. Wir wollten uns doch Speisen aus einem Gourmet-Restaurant ausdenken und nicht das, was wir hier durch die Luke geschoben kriegen.« Ellen grinste.

»Ich wollte auf Schwarzwurzelgemüse hinaus«, verteidigte ich mich.

Ich spürte gar nicht, dass ich lachte! Was wir seit Wochen verlernt zu haben glaubten: Wir waren albern und lachten!

Auch wenn die Bewacher immer wieder gegen die Tür traten und »Ruhe« brüllten – kaum dass sie weg waren, flüsterten wir eifrig weiter. Unsere Kreativität konnten sie nicht unterbinden.

Immer wieder fielen uns neue Wortspiele ein.

»Los, jetzt formulieren wir eine Kontaktanzeige! Wie man es unter ›Heiratswünsche‹ in der Zeitung liest! Ich fang an: ›Sau‹...«

»Sau?«

»Ja, Sau!«

»... ber...« – »frau...« – »mit...« – »Geld...« – »und...« – »Tra...« – »bant...« –, »mit...« – »ei...« – »ge...« – »ner...« – »Woh...« – »nung...«, – »un...« – »ge...« – »zo... nein, ich nehm's zurück: bun...« – »den...« – »sucht...« – »klu...« – »gen...« –, »kin...« – »der...« – »lo..., nein, lie...« – »ben...« – »Mann...« – »mit...« – »Ge...« – »ld...« – »nein, das ist keine Silbe, du mogelst« – »okay, Ge...« – »duld...« – »und...« – »Ge...« – »fühl...« – »und...« – »gro...« – »ßem...« – »Schwa...« – »Spinnst du, die hören mit, Schwa...« – »nen...« – see...«, – »der...« – »lie...« – »be...« – »voll...« – »kocht...« – »und...« – »spült...« – »und...« – »wäscht...« – »ja ja, träum weiter, und...« – »Geld...« – »hat...« – »für...« – »Zwei...« – »sam...« – »keit...« – »im...« – »Kir...« – »meszelt, nein, warte, Kirchenchor.«

Zweisamkeit im Kirchenchor. Auch schön.

»Okay, ich weiß noch ein Spiel: Ich sage ein Wort, und du musst das nächste mit dem Endbuchstaben des vorherigen beginnen. Gern...«

»... nagt...«

»Thea...«

»... an...«

»... Nussschalen.«

»Natürlich...« – »hackt...« – »Thea...« – »an...« – »Nussknackern...« – »Nüsse...« – »Einmal...« – »lagen...« – »neben...« – »Nüssen...« – »Nierensteine!« – »Ehrlich!« – »Heimlich...« – »hustete...« – »erst...« – »Thea...« – »atmete...« – »endlich...« – »ein....« – »Nur...« – »riechen...« – »Nierensteine...« – »entsetzlich.« – »Hustend...« – »drückte...« – »ein...« – »Nachtigallenpaar...« – »Raupen...« – »nieder.« – »Randalierten...« – »natürlich...« – »Hilflos...« – »saugte...« – »er...« – »rohe...« – »Eierschalen...« – »Nestbau...« – »unumgänglich.«

So ein Blödsinn konnte uns kurzfristig erheitern. Manchmal lagen wir halb lachend, halb weinend unterm Tisch, bis wieder ein Bewacher von draußen gegen die Tür donnerte.

»Sitzen Sie gefälligst gerade, hören Sie auf mit dem Blödsinn!«

»Ihnen wird das Lachen schon noch vergehen!«

Und das tat es dann auch ganz schnell.

»Rechts! Raustreten!«

»Links! Raustreten!«, quakte eine uniformierte Wachtel. Man hatte sie wohl geholt, um uns zum Schweigen zu bringen.

Mir wurde abwechselnd heiß und kalt. Bitte trennt uns nicht!, flehte ich innerlich. Steckt uns nicht in die Arrestzelle im Keller, nur weil wir ein bisschen gelacht hatten!

»Nehm' Se Handtuch und Seife, treten Se raus, Gesicht zur Wand.«

Sie inspizierte die Zelle und wunderte sich, dass sie nichts fand, womit wir uns so amüsieren konnten. Tja, unseren hellwachen Geist konnten sie uns nicht entreißen, so gern sie das auch getan hätten!

»Geh'n Se. Aber 'n bisschen zackig hier!«

Die Wachtel überzeugte sich davon, dass die Alarmlampe

rot blinkte, schließlich war sie jetzt mit höchst gefährlicher doppelter Personenfracht unterwegs.

»Rechts, Gesicht zur Wand. Links. Treppe runter. Steh'n Se.«

Ellen und ich schlurften vor ihr her, in unseren viel zu großen Filzlatschen. Je weiter es nach unten ging, desto beklommener wurde uns zumute, denn wir wussten ja nicht, was sie mit uns vorhatte.

Im Keller schloss die Wärterin eine von vielen verrosteten Eisentüren auf, und ich war mir sicher, sie würde uns in Einzel- und Dunkelhaft sperren. Das Herz wollte mir schier aus dem Mund springen vor Angst.

Doch zu unserem grenzenlosen Erstaunen verbarg sich hinter dieser Tür eine Dusche! Die mussten sie hier vor noch gar nicht so langer Zeit eingebaut haben, denn sie wirkte neu. Eine Handbrause für zwei Personen. Die Bewacherin verriegelte hinter uns den Raum. In Windeseile rissen wir uns die Trainingsanzüge vom Leib, drehten den Wasserhahn auf und stellten uns gemeinsam unter die Brause. Wir hatten das Gefühl, zu stinken wie die Biber. Endlich, nach fünf Wochen, konnten wir zum ersten Mal duschen, auch wenn es nur spärlich und eiskalt aus der Leitung tröpfelte. Wir hatten uns gerade von Kopf bis Fuß mit dem kleinen Stück Kernseife eingeseift, als das Wasser gänzlich versiegte. Die Bewacherin schloss die Tür auf und scheuchte uns.

»So, det waret. Jetze lachen Se nich mehr. Anzieh'n.«

Noch ganz nass und seifig mussten wir bei Eiseskälte erneut in unsere Trainingsanzüge schlüpfen. Anschließend ging die Prozedur mit »Gehen«, »Steh'n« und »Gesicht zur Wand« wieder von vorne los.

Zurück in der Zelle brauchten wir Stunden, um unsere Haare vom Seifenschaum zu befreien und mit dem kleinen Kamm zu entwirren.

»Kurzweiliger Tag heute.«

»Ja. Morgen bringen sie uns bestimmt zum Friseur oder zur Massage.«

Aber es sollte noch kurzweiliger werden.

Wieder mal ohne jede Ankündigung wurde ich zum Verhör geholt.

Der Vernehmer, ein mir noch unbekannter Leutnant, erhob sich hinter seinem Schreibtisch, nachdem ich auf meinem Hocker die vorgeschriebene Haltung – Hände unter die Oberschenkel – eingenommen hatte. Er war ein Riesenkerl, sicherlich eins neunzig groß und hundert Kilo schwer. Er baute sich Furcht einflößend vor mir auf und schnupperte an mir.

Hatten sie uns tatsächlich zum Duschen geschickt, damit dieses Kaliber nicht durch unseren Gestank belästigt wurde?

Der Riese trat hinter mich, was noch keiner der Vernehmer getan hatte.

Reflexartig drehte ich mich um und sah, dass er die gepolsterte Tür leise schloss. O Gott, was hatte er mit mir vor?

»Blick nach vorn, Hände unter die Oberschenkel!«

Ich schaute wieder geradeaus. Plötzlich legte er mehrere Passfotos vor mir auf den Tisch. Ich erstarrte. Lauter junge Männer. Ich erkannte Klaas sofort.

Sofort huschte mein Blick von seinem Foto weg.

Aus seiner Jackentasche zog der Riese einen immens großen Schlüsselbund, das er direkt neben meiner Schläfe baumeln ließ. Aus den Augenwinkeln konnte ich erkennen, dass nicht nur Schlüssel, sondern auch ein Taschenmesser daran hing.

»Erkennen Sie auf einem dieser Fotos den BRD-Bürger Klaas?«

Mein Herz raste. Ich überflog die Fotos, die anscheinend am Grenzkontrollpunkt von westdeutschen Pässen abfotografiert worden waren. Es handelte sich um zwölf junge Männer, die offensichtlich wie Klaas regelmäßig die Transitstrecke benutzten, um dann am Grenzübergang Bornholmer Straße zu Fuß von Westberlin für einen Tagesaufenthalt nach Ostberlin zu gehen. Klaas war der Dritte von rechts.

Ich musste mir einen dicken Kloß von der Kehle räuspern.
»Nein.«

»Gucken Sie genau hin!« Der Vernehmer schien nicht mit Geduld gesegnet zu sein. Seine fleischige Linke packte mich im Nacken und drückte meinen Kopf in Richtung Fotos, während seine Rechte bedrohlich mit dem Schlüsselbund rasselte. Ich spürte seinen Atem, gleichzeitig begannen mich die Kernseifenreste auf der Haut schrecklich zu kratzen.

»Nein, keinen dieser Männer habe ich jemals gesehen.«

Meine Lüge schien ewig in der Luft hängen zu bleiben, bis der Vernehmer sagte:

»Lassen Sie sich Zeit.«

Ich hörte seinen Magen rumoren, direkt neben meinem Ohr.
»Tut mir leid.«

Ich kratzte mich in der Ellbogenbeuge, wo mich die getrockneten Seifenreste bissen wie ein bösartiger Ameisenhaufen.
»Hände unter die Oberschenkel!«

Sein Schlüsselbund schabte über meine Augenbraue, seine Wampe hing vor meinem Gesicht. Der Mann hätte mich mühelos töten können. Aber das war ja nicht seine Absicht: Er wollte ja die Namen der Hintermänner.

»Wir kriegen alles aus Ihnen raus, was wir wissen möchten«, knurrte der massige Typ im Duett mit seinem grummelnden Bauch. »Warten Sie's ab.«

Er griff zum Telefon mit der Wählscheibe und knurrte hinein: »Die 87 zurück in die Zelle!«

Uff! Ich hatte Todesangst gehabt. Der Fettsack hätte mich zwischen zwei Fingern zerquetschen können wie eine Fliege.

Ellen erwartete mich besorgt. »Alles okay bei dir?«

»Kann ich jetzt an den Wasserhahn?«

»Natürlich, du Arme.«

Während ich mich über den Spülstein beugte und Ellen mit ihrem Trinkbecher mühsam kaltes Wasser über mich schüttete, um den Juckreiz zu lindern, hörten wir plötzlich eine Männerstimme aus den Untiefen der Toilette rufen: »Mädels, macht doch mal den Leo leer!«

Ich knallte mit dem Kopf gegen den Wasserhahn.

»Was hat der gesagt?«

»Mach doch mal den Leo leer?! Hallo? Ist da jemand?«

»Na, endlich reagiert mal jemand! Schöpf doch mal das Klo leer!«, forderte uns die Stimme auf.

»Womit denn, lieber Heinrich?«

»Mit dem Becher, du dumme Liese!«

Der Typ hatte ja Humor!

»Aber daraus wollen wir noch trinken!«

Ellen und ich beschlossen, einen Becher zum Leerschöpfen der Toilette zu verwenden und fortan gemeinsam aus dem anderen zu trinken.

Als wir mit der appetitlichen Arbeit fertig waren, rief die Stimme aus der Unterwelt: »Ihr müsst den Kopf ganz tief ins Klo stecken, dann können wir telefonieren!«

Ellen kroch fast mit dem ganzen Oberkörper in die Toilette, während ich wie ein Luchs an der Tür horchte, ob auch keiner der Bewacher in der Nähe war.

Eine Weile plauderte sie mit dem Unbekannten, der wohl direkt unter uns eingesperrt war.

»Wisst ihr, wo wir hier sind?«

»Untersuchungshaftanstalt Pankow, Kissingenstraße!«
»Ach was!«
»Bei euch oben sind ausschließlich Frauen untergebracht«, hallte es uns entgegen, »unten nur Männer. Mein Kumpel ist schon seit vier Monaten hier, und ich sitze bereits seit drei Monaten ein. Wir haben noch keinen Anwalt gesehen, ihr?«
»Nein wir auch nicht. Ich weiß gar nicht, wie wir…«
In dem Moment rauschte eine geballte Ladung Toilettenspülwasser über die arme Ellen hinweg.

Unsere Bewacher waren ganz scharf darauf, uns beim »Telefonieren« zu erwischen. Sie konnten die Klospülung von außen bedienen. Es war ihnen eine sozialistische Genugtuung, den gesamten Wasservorrat eines Spülgangs über unseren Köpfen zu entleeren, uns damit noch mal eine extra »kalte Dusche« zu verpassen.

So kam es, dass Ellen schon wieder nass bis auf die Haut war.

Wir lachten nicht mehr. Die vielen Zellen da unten im Keller waren uns eine Warnung gewesen.

Tiefe Traurigkeit war unser ständiger Begleiter.

Trotz tapferer Bemühungen, uns gegenseitig aufzuheitern, fühlte ich mich seit Tagen krank. Ellen konnte nicht mehr tun, als mir gut zuzureden und mich abzulenken. Zu meiner allgemeinen Schwäche kam wachsende Angst, die von Tag zu Tag mehr Raum in mir einnahm. Angst davor, sie könnten Ed in die BRD ausweisen, mich aber in der DDR behalten oder umgekehrt. Angst, dass Ed tatsächlich eine andere Frau hatte. Angst, dass man Lilli aus der Familie nehmen würde. Angst, dass ich in diesem Loch verrecken würde. Angst, Angst, Angst! Mein armes, sensibles Herz reagierte mit Rasen oder Stolpern.

Ein weiterer grauer Tag brach an. Stiefel traten gegen die Tür. »Komm' Se hoch, aber 'n bisschen zackich!«

Diesmal rührte ich das Frühstück nicht an. Ich konnte noch nicht mal mit Ellen sprechen, so zugeschnürt war meine Kehle. Aus Angst wurde Panik.

»Ellen, ich kann meinen linken Arm nicht mehr bewegen!«

Mein Brustkorb fühlte sich an, als säße der fette Vernehmer darauf. Mein Herz krampfte sich schmerzhaft zusammen, und ich röchelte verzweifelt. »Ich krieg keine Luft mehr!«

»Atmen, Peasy, ganz ruhig atmen.«

»Ich kann nicht ...« Meine Lunge schien zu platzen. Kein bisschen Sauerstoff wollte hineingelangen, so sehr schoss mir bei jedem Atemzug der Schmerz ein. Ich krümmte mich auf meinem Hocker.

Ein eiserner Ring schien sich um meine Brust zu legen, und ich bekam Todesangst.

»Okay, wir fragen, ob wir deine Pritsche runterlassen dürfen.« Ellen klopfte von innen laut an die Tür. »Wärter! Notfall!«

Eine Ewigkeit tat sich gar nichts. Wie immer, wurden wir einfach ignoriert. Wahrscheinlich standen die hinter unserer Zellentür und feixten.

Ich wand mich und krallte mich an meinen Hocker, um hochzukommen. Vergebens.

»Hallo! Notfall! Hilfe!«, rief Ellen. »Herzanfall!«

Von innen gegen die Tür zu treten war zu gefährlich. Das Wachpersonal forderte strikte Ruhe im Zellentrakt, um einer Häftlingsrevolte vorzubeugen. Widersetzte man sich der Anstaltsordnung, kamen sie zu zweit oder dritt mit einer Zwangsjacke. Dann wurde der Untersuchungshäftling »ruhiggestellt« und in den Keller verbracht. In den Strafarrest!

Dort konnten sie einen lange schmoren lassen. Eine Woche,

aber auch zwei, drei, vier Wochen. Bis man gebrochen oder tot war.

Auch Ellen musste nach ihrem Klopfen gegen die Tür warten, warten, warten.

Mein Krampfanfall zog sich endlos hin.

»Hilfe«, rief Ellen noch einmal verzweifelt. »Sie stirbt!«

In dem Moment kippte ich schon vom Hocker und schlug unsanft auf dem harten Betonboden auf. Ellen war sofort über mir und legte ein Ohr an meine Brust.

»Herzinfarkt«, schrie sie und hämmerte mit den Fäusten gegen die Tür. »Sie hat einen Herzinfarkt!«

Danach wurde alles schwarz um mich herum.

Als ich wieder zu mir kam, lag ich in einem blassgelb gefliesten Krankenzimmer, das auch ein Schlachthaus hätte sein können: verrostete Rohre, Blutspritzer an den Wänden, vergitterte blinde Fenster. Wortlos untersuchte mich ein Arzt, der sich weigerte, mit mir zu sprechen.

Später las ich in meiner Krankenakte:

»*15.03.1974, 17 Uhr: Schmerzen in der Herzgegend, Tachykardie, 1 Amp. Faustan.*«

Ohne mich zu fragen oder zu informieren, gab er mir eine Spritze direkt in den Brustkorb. Die tat sofort ihre Wirkung. Jede verkrampfte Faser meines Körpers erschlaffte. Er hatte mir ein schweres Beruhigungsmittel gegeben, eines, das den Puls herabsetzt und mein Herz für immer schädigen sollte. Aber das war ihnen egal. Hauptsache ruhig!

Wie durch Watte nahm ich wahr, dass ich irgendwann wieder in meiner Zelle lag.

Ausnahmsweise durfte ich tagsüber meine Pritsche benutzen.

Aber das Schlimmste, was sie mir noch antun konnten, war

bereits passiert, und ich realisierte es erst, als ich am nächsten Morgen um sechs auf zittrigen Beinen stand.

Ellen war weg.

Ihre Pritsche war hochgeklappt.

Ich war allein.

Diese feinfühlige, warmherzige Frau, die mir durch ihr beharrliches Klopfen und Rufen vermutlich das Leben gerettet hatte, war mir genommen worden. Saß sie jetzt zur Strafe in einer Zelle im Keller? Würde ich sie je wiedersehen?

All unsere Gedichte und Lieder, unsere Geschichten und Spiele, unsere eiserne Gymnastik, unsere kleinen Hoffnungsschimmer … Schluss, aus, vorbei. Die Leidensgenossin, die immer ein offenes Ohr für mich gehabt hatte, war spurlos verschwunden.

Unendliche Traurigkeit überkam mich. Zum ersten Mal seit meiner Verhaftung weinte ich hemmungslos. Ich unterdrückte nichts mehr, zwang mich nicht mehr zu einer geraden Haltung, zu Selbstbeherrschung. Ich weinte stundenlang, tagelang, nächtelang. Meine Einsamkeit war schlimmer als je zuvor. Mit jeder Träne, die aus mir herausfloss, starb etwas in mir ab. Mein Lebenswille versiegte immer mehr.

Kurz vor der Nachtruhe hörte ich, wie klappernd die Luke geöffnet wurde.

»Rechts!«, rief jemand hindurch.

Ich trat vor die Tür und sah, dass der Wachposten ein mit Wasser gefülltes Glas, darin eine Tablette, in der Hand hielt. In der anderen hielt er eine Zigarette. Er nahm einen tiefen Zug, hielt den Glimmstängel über das Glas und aschte hinein. Dann reichte er es mir.

»Trinken!«

Er ließ mich nicht aus den Augen.

»Schlucken!«

Ich gehorchte und gab das leere Glas zurück. Klappernd schloss sich die Luke.

O Herr, gib mir die Gelassenheit, Dinge hinzunehmen, die ich nicht ändern kann ...

In dieser Nacht schlief ich einen totenähnlichen Schlaf, den ich so nie gekannt hatte. Wieder hatte man mir das starke Beruhigungsmittel verabreicht, das mich in gnädiges Dunkel tauchte.

Von nun an stand ich unter Drogen. Drei Jahre lang gaben sie mir dreimal täglich Faustan. Es machte mich willenlos, apathisch und dauerhaft müde.

Bei meinem nächsten Verhör fing ein junger, tölpelhafter Vernehmer wieder damit an, dass Ed ja eine andere habe, mit der er seit Jahren verheiratet sei. Lange vor mir habe er die gekannt und einen Sohn mit ihr. Ed habe den Antrag gestellt, wieder in die DDR entlassen zu werden, um bei seiner Familie sein zu können.

»Na!? Was sagen Sie dazu?«

Ich war so sediert, dass ich mir gar nicht erst die Mühe machte, alles ins rechte Licht zu rücken. Sie wollten uns auseinanderbringen, aber das würde ihnen nicht gelingen! Der Tölpel glaubte seine Lügen ja selbst nicht, das merkte ich daran, dass er mich kaum ansehen konnte. Er sprach eigentlich mit der Wand hinter mir, aber das war mir so was von egal! Obwohl meine Gedanken seit der abendlichen Tablette reichlich wirr waren, wusste ich inzwischen eines klar und deutlich: In diesem Staat, wo jeder Behördengang genauestens protokolliert wurde, war Bigamie ganz und gar unmöglich. Ed hätte mich nie vor einem halben Jahr heiraten können, wenn er schon eine andere gehabt hätte.

Die logen mir dreist ins Gesicht.

Wie armselig, wie lächerlich, wie unsagbar menschenunwürdig!

»Bemühen Sie sich nicht«, sagte ich so cool wie möglich. Ich merkte, dass meine Zunge schwer war und ich mich nicht deutlich artikulieren konnte.

»Eines möchte ich ein für alle Mal klarstellen. Wir sind hier zusammen reingegangen und werden hier zusammen rausgehen.«

Langsam wurde es Frühling. Während meiner wenigen, kurzen »Freigänge« atmete ich so tief wie möglich durch. Der Himmel über mir war blau!

»Geh'n Se!«, bellte der Bewaffnete, den Finger am Abzug. »Glotz'n Se nich in'n Himmel! Nicht steh'n bleiben!«

Also nahm ich meinen Panthergang hinter den Stäben wieder auf. Nach zwanzig Minuten wurde ich in meine Zelle zurückgeführt.

Ich war kaum darin eingeschlossen, als der Bewacher einen Brief durch die Luke schob. Ich erkannte die Handschrift meiner Mutter. Ich starrte auf den Umschlag: mein Name und dann die Adresse des Untersuchungsgefängnisses. Das passte doch gar nicht zusammen!

Das Augenpaar jenseits der Luke fixierte mich, als ich den Umschlag hastig aufriss und seinen Inhalt überflog. Das Einzige, was mich interessierte, war Lilli! War sie noch in der Familie? Ging es ihr gut? Wie hatten sie ihr mein Verschwinden erklärt?

Wenn das Wetter so bleibt, werde ich in den nächsten Tagen den Garten sauber machen, die Gräber von Oma Ilse und Vati abdecken und ein paar Frühjahrsblumen pflanzen.

Das waren Nichtigkeiten, mit denen kostbares Papier verschwendet wurde!

Meine Augen huschten über die weiteren Zeilen, die Mutter eindeutig für die Stasi geschrieben hatte.

Uns geht es so weit gut. Kristina lässt Dich herzlich grüßen und Lilli natürlich auch.

Ich atmete erleichtert auf. Das war das Wichtigste! Sie war noch bei uns!

Ulrich steht immer am Zaun und schaut nach links und rechts, so als würdest Du gleich um die Ecke kommen.

Ich blinzelte ein paar Tränen weg. Hund, vergiss mich einfach! Ich komme nie wieder zurück. Ich wollte nicht weinen! Nein, den Gefallen wollte ich den Schwachköpfen da draußen nicht tun. Der Spanner glotzte immer noch durch die Luke, wie widerlich war das denn!

Ich bin in Gedanken immer bei Dir, sei herzlichst gegrüßt von Deiner Dich liebenden Mutti.

Mit dem Brief in der Hand saß ich lange stumm in meiner Zelle und starrte vor mich hin.

Die Welt da draußen, aus der ich hatte fliehen wollen, fühlte sich immer unwirklicher an. Das Einzige, was mich daran hinderte, nur noch sterben zu wollen, war Lilli.

Die Klappe öffnete sich, und eine Männerhand machte eine fordernde Bewegung.

Ich gab ihm den Brief. »Legen Sie ihn zu meinen Effekten.«

21

Stasi-Gefängnis Berlin-Pankow, April 1974

Wochenende. Bleierne Müdigkeit, gepaart mit unendlicher Einsamkeit. Auf dem Hocker sitzen. Warten. Lauschen. Draußen kaum Stiefelschritte, selten ein glotzendes Paar Augen am Spion. Die Stunden zogen sich endlos hin. Milchiges Licht fiel durch die Glasbausteine, manchmal drang ein laues Lüftchen durch die Ritzen. Verheißung wechselte sich mit Verzweiflung ab. Draußen war Frühling, aber hier drin herrschte trostloser Winter. Seit Ellen weg war, fehlte mir jede menschliche Wärme. Die grün gestrichenen Wände strahlten Kälte aus.

Kindheitserinnerungen, die ich mit großer Mühe heraufbeschwor, um mich daran zu klammern, überbrückten einige Minuten: Vater, wie er uns in unserem Wartburg an die Ostsee fährt. Der Kofferraum voller Bettwäsche und guter Sachen, die Oma Ilse für uns gezaubert hat. Ein selbst gebautes kleines Ferienhaus hinter den Dünen. Wie Vater das bloß alles geschafft hat! Mutter, wie sie mit uns Mädchen jede an einer Hand lachend in die Wellen läuft. Sonnenschirme, Strandkörbe, der Duft nach Sonnencreme, bunte Eiskugeln.

Neuerdings hatte ich einen Bleistiftstummel und ein einziges dünnes Blatt Papier erhalten, um meine »Einkaufswünsche« zu notieren. Schließlich hatte Mutter zwanzig Mark an die Untersuchungshaftanstalt geschickt. Davon durfte ich mir neben dem Einheitsfraß zum ersten Mal etwas gönnen.

Ich bestellte mir ein wenig Obst, Kekse, weiteres Schreibpapier und eine Gesichtscreme. Eine Ewigkeit tat sich gar nichts. Bis mir meine Bestellung eines Tages wortlos durch die Luke geschoben wurde. Die Rolle harter, trockener Kekse verstaute ich erst mal in meinem Spind – für Momente, in denen ich besonders Trost brauchte oder mein Magen vor Hunger rebellierte. Die kleine Cremedose war mein größter Schatz. Ich benetzte meine rissigen Mundwinkel behutsam mit der Creme und genoss das Gefühl, den aufgesprungenen Lippen endlich etwas Gutes tun zu können.

Dann setzte ich mich mit dem Papier und dem Bleistiftstummel an den »Tisch« und schrieb alle Gedichte, Lieder und Verse auf, die ich von Ellen gelernt hatte – in winziger Schreibschrift. Jedes einzelne Gedicht riss ich an der Tischkante vorsichtig ab und faltete es kunstvoll. Diese kleinen Meisterwerke bekamen einen besonderen Platz in meinem Spind, um mich in traurigen Stunden wieder etwas aufzuheitern.

Anschließend saß ich lange da und tat ... nichts. Mein Kopf war leer. Meine Seele tot.

Auf einmal hörte ich deutlich das Läuten von Kirchenglocken! Es war etwa drei Uhr nachmittags, und nach meinen Berechnungen musste Freitag sein.

Und plötzlich wurde mir klar: Heute ist Karfreitag! Und am Wochenende ist Ostern!

Deswegen war es hier so ruhig! Die Herren Bewacher hatten sich in die Osterferien begeben! Mir wurde ganz feierlich zumute. Das christliche Fest der Auferstehung Jesu, der uns alle Barmherzigkeit und Vergebung gelehrt hatte, wurde selbst in diesem Land gefeiert. Obwohl ich draußen, noch in Freiheit, keine regelmäßige Kirchgängerin war, hatte ich die Karfreitagsliturgie dennoch im Kopf. Und Kristina sei Dank kannte ich ein paar Stellen aus Bachkantaten auswendig. »Heute wirst du mit mir im Paradies sein!« lautete eine Bass-Arie, deren tröstliche Töne mir in den Sinn kamen. Gemeint war der Schwerverbrecher, der neben Jesus gekreuzigt worden war und der in seiner Todesstunde noch zum Glauben gefunden hatte. Und dann der Alt: »In deine Hände befehl ich meinen Geist.«

Ganz andächtig wurde mir zumute. Wieder läutete es.

Doch dann war die Todesstunde Jesu vorüber, und es wurde ganz still.

»Dein Jesus ist tot«, singt die Sopranistin in der Johannes-Passion. »Tot. Tot. Dein Jesus ist tot.« – Und dann: »Ruht wohl, ruht wohl, ihr heiligen Gebeine.«

Alle Texte, an die ich mich nach und nach erinnerte, schrieb ich auf meine restlichen Papierschnipsel, bis sie restlos vollgekritzelt waren. Sie können mir alles nehmen, aber nicht meinen inneren Reichtum!, dachte ich. Dafür würde ich meinen Eltern ewig dankbar sein.

Am Karsamstag war es ebenso still. Den ganzen Tag verbrachte ich auf meinem Hocker. In totaler Einsamkeit.

Und dann! Der Ostersonntag! Schon morgens jubelten die Glocken. Nach dem »Mittagessen«, dem üblichen Klacks lauwarmer Pampe mit fettdurchzogenen Fleischstücken, packte ich feierlich einen trocknen Keks aus.

Ich ließ ihn auf der Zunge zergehen wie eine Delikatesse, und so schmeckte er auch! Lange rang ich mit mir, ob ich mir einen zweiten gönnen sollte, doch dann räumte ich die Rolle sorgfältig wieder weg. Wenn ich mir jeden Sonntag einen Keks nahm, würde es bis Pfingsten reichen.

Auch der Ostermontag blieb ruhig, und wieder läuteten gegen zehn Uhr morgens wohltuend und ausführlich die Glocken.

Am Dienstag nach Ostern kehrte der Knastalltag abrupt zurück. Schwere Stiefel traten gegen die Zellentür: »Komm Se hoch! Rechts! Raustreten! Gesicht zur Wand!«

Hofgang. Allein. Zwanzig Minuten.

Die Sonne beschien einen winzigen Zipfel meines Käfigs, und zum ersten Mal in all den Monaten entdeckte ich einen zarten Zweig über dem Stacheldraht. Eine einzige weiße Blüte schien sich in der Wärme der Sonne vorsichtig zu öffnen. Ich bildete mir ein, die Vögel zwitschern zu hören! In diesem Moment hatte ich das Gefühl: Es gibt einen Gott. Er hat mich nicht vergessen. Eines Tages werde ich frei sein. Ich muss das alles hier nur aushalten. Und das kann ich. Durchhalten ist mein zweiter Vorname.

Obwohl ich inzwischen stark abgemagert war, kostete ich diese zwanzig Minuten Hofgang voll aus. Mein alter Bewegungsdrang brach sich selig Bahn.

Doch zurück in der Zelle, durchfuhr mich ein Schock. Während meiner Abwesenheit hatte hier »der Untergang von Pompeji« stattgefunden. In meiner Zelle war das Unterste zuoberst gekehrt worden. Meine wenigen Habseligkeiten hatte man aus dem Spind gerissen, die kleine Ration Obst, bestehend aus zwei verschrumpelten Äpfeln und zwei Apfelsinen, auf dem Boden zertreten. Meine Keksrolle: nichts als schmutzige Krümel. Meine Gesichtscreme: an Waschbecken und Toilette geschmiert.

Die Papierschnipsel mit meinen Gedichten und Liedern! Zerfetzt, zerrissen und mit Stiefeln so lange darauf herumgetreten, dass kein Buchstabe mehr zu erkennen war. Der Bleistiftstummel: zerbrochen!

Lange starrte ich auf das Chaos, unfähig zu begreifen, dass das Menschen waren, die so etwas taten. Glaubten sie, ich hätte geheime Informationen aufgeschrieben? Politische Hetze? Ausbruchpläne? Wie krank mussten die im Kopf sein, dass sie solche Angst vor mir hatten!

Doch es nutzte ihnen nichts! Ich hatte die literarischen und musikalischen Schätze schließlich im Kopf. Dort konnte sie mir trotz Medikamenten, trotz seelischer Folter, trotz Schlafentzug und sinnloser Schikanen niemand mehr nehmen! Ein winzig kleiner Triumph glomm in mir auf wie ein vorwitziger Sonnenstrahl.

Die Gedanken sind frei ...

Herr, gib mir die Gelassenheit, Dinge hinzunehmen, die ich nicht ändern kann.

Die Riegel klirrten, die Tür wurde aufgeschlossen.

Besen, Putzeimer und Wischlappen wurden mir hingeworfen.

»Räumen Sie die Schweinerei auf! Aber ein bisschen zackig!«

22

Stasi-Gefängnis Berlin-Pankow, Ende April 1974

Und immer waren meine Gedanken bei meinem Mann. Wie sehr sehnte ich mich nach ihm, nach seinen Umarmungen, seinen zärtlichen Worten, seinem übermütigen Lachen, nach seiner Liebe. War er immer noch hier? Saß er im unteren Stockwerk, nur am anderen Ende des Ganges? Lange hatte ich ihn nichts mehr aus seiner Zelle rufen hören. Vermutlich hatten sie ihn schon woanders hingebracht.

Eines Tages – inzwischen blieb es draußen schon lange hell, und der Zweig in meiner Phantasie über meinem Laufkäfig hatte die weißen Blüten abgeworfen – wurde ich wieder zu einem Verhör geholt. Wieder saß mir ein neuer Vernehmer an seinem Schreibtisch gegenüber. Er war ein hagerer Typ mit der Intelligenz einer Ostseequalle. Stupide stellte er zum hundertsten Mal dieselben Fragen: Ob ich mich nicht schäme, wo ich doch so eine tolle Ausbildung in der DDR genossen und Abitur gemacht habe! Selbst meine Ballettkarriere sei vom Staat gefördert worden, ich habe an der Oper tanzen, ja sogar mein Kind in einer diskreten Einrichtung bekommen dürfen. Ob ich nicht auch finde, dass es irgendwann zur Adoption freigegeben werden müsse – in eine Familie, die das Kind im Sinne des Sozialismus erziehen werde?

Denn das Kind gehöre schließlich dem Staat!

Auch wenn ich innerlich schrie vor lauter Schmerz um meine Lilli – ich ließ mir nichts anmerken.

Sie wollten mich aus der Reserve locken, mich betteln und weinen sehen. Sie wollten von mir erpressen, dass ich ihnen versprach, reuig in die DDR zurückzukehren und von nun an eine vorbildliche Bürgerin zu sein. Dass ich mich von meinem rebellischen, aufmüpfigen Mann scheiden lassen, ab sofort meine Mitmenschen bespitzeln und verraten würde – um des großen Ganzen willen.

Immer wieder hielt er mir Fotos von jungen Männern hin, und immer wieder war Klaas dabei.

Ich schwieg beharrlich.

»Wir werden Sie schon noch kleinkriegen«, drohte die Ostseequalle immer wieder. Ich glaubte schon, ihn mit glibberigen Tentakeln vor mir zu sehen. Die Medikamente verlangsamten und verzerrten meine Wahrnehmung.

Wenn du wüsstest, wie klein ich schon bin!, dachte ich. Trotzdem: Was Herz und Verstand anbelangt, bin ich dir tausendmal überlegen.

Stoisch saß ich auf meinen Händen und starrte einfach nur vor mich hin. Längst bekamen sie keine Antworten mehr von mir. Das Tonband lief mit, Stunde um Stunde, aber nur der Vernehmer mit seiner vorwurfsvollen Stimme war darauf zu hören.

Als dem Quallenmann gar nichts mehr einfiel, holte er plötzlich ein beschriebenes DIN-A4-Blatt aus seiner Schublade und legte es vor mich hin.

Meine Augen brauchten einen Moment, um die Information an mein Herz weiterzugeben, das daraufhin prompt einen Schlag aussetzte: Das war Eds Handschrift!

»Na, lesen Sie schon!«

20.04.1974

Meine liebe kleine Frau ...

Ich begann zu zittern, spannte alle meine Muskeln an, um mir nichts anmerken zu lassen. Wie hatte meine russische Ballettmeisterin immer gesagt? Hintern zusammenkneifen, Rücken gerade, Blick geradeaus.

»Na, machen Se! Ick hab ooch nich alle Zeit der Welt!«, behauptete die Ostseequalle.

Ich beugte mich vor, doch die Buchstaben tanzten mir vor den Augen.

Ich war nicht imstande, in seinem Beisein persönliche Worte meines Liebsten zu lesen, und hatte Angst, er könnte mir den Brief noch während ich lese entreißen. Ich musste mir einen dicken Kloß von der Seele räuspern.

»Darf ich den Brief mit in meine Zelle nehmen?«
»Det dürf'n Se natürlich nich!«

In meiner Akte sollte ich den Brief zweiunddreißig Jahre später wiederfinden:

Meine liebe kleine Frau,
Du hast es jetzt sehr schwer, doch in Gedanken bin ich immer bei Dir. Ich mache mir große Sorgen um Dich. Bitte versprich mir, dass Du ganz doll auf Dich aufpasst. Bitte mach täglich Deine Ballettübungen in der Zelle. Ich versuche, hier auch Kniebeugen und Liegestützen zu absolvieren, auch wenn ich dabei aussehe wie ein Trottel. Mein Zellennachbar lacht mich aus, aber das ist mir egal. Ich weiß ja, wie wichtig es ist, Muskeln und Sehnen in Form zu halten. Apropos Sehnen: Mein Liebes, abends, wenn ich im Bett liege, sage ich Dir immer ganz leise Gute Nacht. Wenn Du ganz fest an mich denkst, hörst Du mich,

und ich bin dann ganz nah bei Dir. Du darfst Dein Versprechen, dass Du immer an unsere Liebe denkst, niemals vergessen. Es gab und gibt nur Dich, lass Dir keine anderen Bärinnen aufbinden.

Wenn die Sonne scheint, dann denke ich immer an unsere kleine Lilli, wie sie in der Zinkbadewanne geplanscht hat, und an die großen Elefanten, die zwischen den Bäumen spazieren gehen, ohne sich zu stoßen.

Schreib mir bitte, wenn Du darfst, wie es Dir geht. Wenn wir an all das Schöne denken, das wir miteinander erlebt haben, wird alles wieder gut, ja noch viel besser werden. Glaube ganz fest daran und verliere niemals Dein Vertrauen.

Ich bin immer bei Dir, liebe kleine Peasy.
In Liebe
Dein Ed.

Doch im Hier und Jetzt hieß es: »Hände unter die Oberschenkel!«

Wenn dieser Quallenmensch hoffte, ich würde an Ort und Stelle anfangen zu weinen und den Brief mit Rotz und Wasser voll zu heulen, dann hoffte er vergebens. Gestärkt durch das wenige, was ich hatte lesen können, schaffte ich es, Haltung zu bewahren.

Hintern zusammenkneifen, Rücken durchdrücken, Blick geradeaus.

Meine strenge Ballettmeisterin hatte mich geprägt. Wie es in meinem Innern aussah, ging absolut niemanden etwas an.

»87 abholen. Zurück in die Zelle!«, blubberte der enttäuschte Quallenmann ins Telefon.

Seine Tentakel schnappten sich den Brief und pfefferten ihn in die Schublade.

Zurück in meiner Zelle versuchte ich jedes Wort, jede Zeile zu rekonstruieren.

Ed wusste nun, dass ich und nicht Kristina Lillis Mutter war. Vielleicht hatte er es sowieso längst gespürt. Was die Vernehmer ihm als Gift hatten verabreichen wollen, war für ihn reiner Wein. Er war mir nicht böse, im Gegenteil, er sprach von »unserer Kleinen«.

Er hatte mir zu verstehen gegeben, dass er fest zu mir hielt! Und dass an den dummen Gerüchten über seine angebliche andere Ehefrau nichts dran war.

Wie gern hätte ich ihm geantwortet! Ich wollte meine Liebe zum Fenster hinausschreien.

Aber dafür konnte ich endlich weinen. Meine Sehnsucht nach ihm und unserer kleinen Lilli war so grenzenlos! Wann würden wir endlich eine Familie sein? Wann? Ob Lilli mich beim nächsten Wiedersehen schon vergessen haben würde?

Ich weinte so laut, dass die Bewacher auf mich aufmerksam wurden. Eine neue Panikattacke raste auf mich zu.

Plötzlich klirrten die drei Riegel. Der schwere Schlüssel drehte sich klappernd im Schloss. Die Tür wurde aufgestoßen.

»Rechts. Raustreten. Hände auf den Rücken.«

Ich ging auf den grellen Gang und rang nach Luft wie ein Fisch auf dem Trockenen.

Mein Herz raste, aber allmählich normalisierte sich mein Blutdruck. Ich absolvierte meine Rituale, ohne dass der Wachposten mich dirigieren musste. Inzwischen kannte ich die Knastchoreografie zur Genüge.

Vor einer Tür hieß es: »Blei'm Se steh'n!«

Er schloss sie auf. »Reintreten.«

Es war ein stockdunkles Verlies aus feuchtem altem Holz. Ein Verschlag für Tiere. Die Tür fiel hinter mir ins Schloss.

Dunkelzelle, Arrest!, schoss es mir durch den Kopf. Die schlimmste Strafe in diesem Gefängnis. Mein Herz begann wieder zu rasen wie eine kaputte Dampfmaschine. Das packe ich nicht, das packe ich nicht!, dachte ich. Die lassen mich ersticken.

Wofür wurde ich denn bestraft? Dafür, dass ich geweint hatte? Dass mein Herz nicht mehr mitmachte?

Das Verlies war so eng, dass beide Schultern die Wände berührten. Vor mir und hinter mir war genauso wenig Platz.

Atmen, Peasy, atmen. Zwischen meinen Schläfen summte ein greller Ton. Trotz der Schwärze tanzten mir Sterne vor den Augen. Ich zwang mich, meine Atmung zu beruhigen. Es ging nicht! Ich wollte mich fallen lassen, aber auch das ging nicht! Stehen. Nicht umfallen!, beschwor ich mich. Nicht in Ohnmacht fallen. Auf die Zehen. Runter. Wieder rauf. Runter. Rauf. Runter. Po anspannen. Sonst nichts. Denk an Ed. Denk an Lilli. *Wir sollen heiter Raum um Raum durchschreiten.* Auch diesen! Du schaffst das. Rücken durchdrücken. Nicht einknicken. Erste Position. Zähl von tausend an rückwärts. Ein Plié war in dieser Enge nicht möglich, die Knie stießen an die Wände. Zweite Position. Auf die Zehen. Tanze in Gedanken dein Solo aus »Schwanensee«. Du schwebst, du fliegst zu wundervoller Musik. Sie braust auf und verebbt. Spüre sie. Dein Partner fängt dich auf, wirbelt dich herum. Dein weißes Kostüm rauscht. *Der Weltgeist will nicht fesseln uns und engen.* Auf die Fußballen. Anmut. Breite innerlich die Arme aus. Du bist ein Schwan. Zähl von zweitausend an rückwärts. So lange hast du stillgestanden, bei der Szene im zweiten Akt. Nicht in Ohnmacht fallen. Atmen. Denk an den Brief von Ed. Er ist jetzt bei dir. Er hält dich. Er flüstert dir liebe Dinge ins Ohr. *Wohlan denn Herz, nimm Abschied und gesunde.*

Das schrille Sirren in meinem Kopf ließ nach und kehrte zurück wie das unerbittliche Brausen des Ozeans. Ich ersticke! Erneute Panikattacke. Kraft der Gedanken: »*Und jedem Anfang wohnt ein Zauber inne, der uns beschützt, und der uns hilft zu leben*«, stammelte ich in die erdrückende Stille hinein. Die Dunkelheit hatte mich in ihren Krallen. Ich schaffte es nicht. Ich würde sterben. Denk an Lilli! Das kleine, liebe Gesicht schmiegt sich an deine Wangen. Sie plaudert mit heller Stimme: Bist du meine Mutti? Ich drück dich, weil ich dich so lieb habe. – Doch, mein Schatz, ich bin deine Mama. Und mit dieser Gewissheit schaffe ich auch das. *Blüht jede Weisheit auch und jede Tugend. Zu ihrer Zeit und darf nicht ewig dauern.* *DARF NICHT EWIG DAUERN!*

Nach einer gefühlten Ewigkeit, nein, nach einer TATSÄCHLICHEN EWIGKEIT, war der Albtraum vorbei. Abrupt! Als totaler Kontrast fiel mir gleißendes Licht in die Pupillen. Ich hielt den Arm vor die Augen, weil es so blendete. Ich befand mich in einem Arztzimmer. Hellgelbe Fliesen, ein unheimlicher Untersuchungsstuhl. Ich fiel fast in diesen Raum, so schwindelig war mir.

»Kommen Sie, stellen Sie sich nicht so an. Hinsetzen. Mund auf!«

Der Roboter im weißen Kittel befragte mich nach meinem Gesundheitszustand, ohne die Antwort abzuwarten.

»Dreimal täglich Faustan«, las er aus meiner Akte vor. Er maß meinen Blutdruck.

»180 zu 120.«

Mein Puls raste, obwohl ich stundenlang stillgestanden hatte in diesem Verhau!

»Dosis erhöhen«, verfügte er.

Das war's. Ich kam zurück in meinen Verschlag.

Wieder Panik. Dosis erhöhen! Sie würden mich ruhigstellen bis zur totalen Kapitulation.

Warten. Ausharren. *Ich harrete des Herrn, und er neigte sich zu mir.* Das war aus dem »Lobgesang« von Felix Mendelssohn Bartholdy. Kristina durfte das singen, und ich hatte sie oft üben gehört. »Und *hörte mein Fleh'n* ...«

Endlich kam ein Wachposten und führte mich wieder in meine Zelle.

23

Stasi-Gefängnis Berlin-Pankow, 9. Mai 1974

»Rechts! Raustreten! Hände auf den Rücken!«

Nachdem es schon lange kein »Links« mehr gab, war dieser Befehl genauso unsinnig und stupide wie alles andere, was ich in diesem Gefängnis erlebte. Ellen fehlte mir, aber innerlich hielt ich immer noch Zwiesprache mit ihr.

Das übliche Ritual begann. Gehen, stehen, Gesicht zur Wand, aufschließen, zuschließen, quietschende Gittertüren, klirrende Riegel.

Endlich: »Steh'n Se.« Eine Tür wurde aufgestoßen.

Ein grau getünchter Raum, oben zwei vergitterte Fenster.

Ein Tisch, drei Hocker.

Auf einem davon saß eine gebeugte, grauhaarige Frau im geblümten Sommerkleid. Langsam drehte sie sich zu mir um.

Es war meine Mutter. Sie war um Jahre gealtert. Tiefe Furchen hatten sich in ihr Gesicht gegraben. Ihr Teint war grau und ihr Blick voller Trauer. Mir war, als hätte ich sie zwanzig Jahre nicht gesehen.

Zuerst wollte im am liebsten auf der Stelle kehrtmachen.

Bestimmt wollten sie mich nur weinen sehen, hören, wie ich meiner Mutter reuig Besserung gelobte. Vielleicht hatten sie sie instruiert, mich zu bekehren.

Nein, das wollte ich nicht! Es gab kein Zurück in die DDR, nicht für mich!

Und das wusste Mutti auch. Ich sah es an ihrem Blick. Verständnis, Kraft, Trotz fand ich darin.

»Eine halbe Stunde Sprechzeit. Keine Interna aus der U-Haft, keine Informationen zum bevorstehenden Prozess. Wenn diese Vorgaben nicht befolgt werden, wird die Sprechzeit abgebrochen.«

Mein Vernehmer setzte sich an die Stirnseite des Tisches, nahm seine Armbanduhr ab und legte sie vor sich hin wie ein Schiedsrichter im Ring.

Unwillkürlich musste ich an die letzte Begegnung mit meiner Mutter denken, Weihnachten 1973, als wir beide nicht mehr miteinander gesprochen hatten. An ihre Vorwürfe in der Küche, sie hätten doch alles für mich getan, Papa hätte mir doch immer alle Hindernisse aus dem Weg geräumt. Ich schämte mich für mein kratzbürstiges Verhalten ihr gegenüber: Ihren Blick aus dem Fenster, als ich mich am späten Weihnachtsabend davongestohlen hatte, hatte ich nie mehr vergessen.

Fast ein halbes Jahr war das jetzt her. In der Zwischenzeit hatte ich einen Brief von ihr empfangen und Geld für eine Gesichtscreme, etwas Obst und eine Packung Kekse, die längst zertreten waren.

»Mutti?«, sagte ich zögerlich und wollte ihr die Hand auf den Arm legen.

»So leid es mir tut: Berührungen sind nicht erlaubt.«

Der Vernehmer schlug heute seinen Sonntagston an. Besucher von draußen sollten nicht wissen, wie wir hier sonst angeschrien und erniedrigt wurden. Sein Ton war vergleichsweise liebenswürdig. Aber wir wussten alle drei, dass es ein lächerliches Schmierentheater war, das er uns da vorspielte.

»Hallo, Gisa. Wie geht es dir?« Ich spiegelte mich in ihren schreckgeweiteten Augen. Sie war von meinem Anblick entsetzt. Fahle, rissige Haut, schwarze Augenringe, fettiges, stumpfes Haar, ein ausgemergelter Körper – all das stand in ihren Augen, als sie mich ansah.

»Gut.« Was hätte ich auch sonst sagen sollen? Sagen DÜRFEN? Sie SAH ja, wie es mir ging.

»Die Haftanstalt hat schon im Februar einen Besuchstermin bei mir angefragt.«

»Keine detaillierten Informationen!«

»Und jetzt hat es ja endlich geklappt. Wie schön, ich bin froh, dich zu sehen!«

Ihre Blicke sagten: Lass den bescheuerten Esel, wir schaffen das auch ohne Worte. Jetzt habe ich dir schon verraten, wie lange ich auf meinen Besuch warten musste. Ich weiß, dass du stark sein kannst, auch wenn es tief in deinem Innersten ganz anders aussieht.

»Isst du auch genug?«

Was für eine unsinnige Frage! Als ob ich täglich dreimal wählerisch am Buffet vorbeischlendern und den ganzen Köstlichkeiten widerstehen würde! Früher vielleicht, als ich unbedingt Tänzerin werden wollte. Da wäre diese Frage berechtigt gewesen. Damals hätte ich die Wahl gehabt! Heute hielten sie uns ganz bewusst an der Grenze zum Verhungern: zu wenig zum Leben, zu viel zum Sterben.

»Ja. Erzähl von ... den anderen.« Meine Augen glänzten ganz fiebrig. Das Einzige, was mich interessierte, war Lilli.

»Lilli sollte in den Sommerferien verreisen«, sagte Mutter mit einem merkwürdigen Unterton. »Sie sollte mal in ein anderes Umfeld kommen.«

Schweißperlen traten mir auf die Stirn. Die Dumpfbacke zwischen uns bemerkte die verschlüsselte Nachricht nicht, die meine Mutter mir soeben mitteilte. »Aber wir haben dann nach langem Hin und Her doch erreichen können, dass sie bei uns im Garten Urlaub machen kann. Zu Hause ist es schließlich am schönsten ...« Das winzige Lächeln, das ihre Lippen umspielte, ließ mich erleichtert aufatmen. Die kleine Maus würde den Sommer wieder in der Zinkbadewanne verbringen!

»Kristina fährt mit ihrem Chor nach Ungarn.«

»Wie nett. Erzähl mir mehr von Lilli.«

»Lilli geht jetzt ins Kinderballett.« Mutter zog ein Farbfoto aus der Handtasche, und mein Herz zog sich zusammen, als hätte jemand eine Zitrone darüber ausgepresst.

»Sie ist ja so groß geworden«, stammelte ich. »Und ist das etwa schon eine Zahnlücke?«

»Da ist sie einmal vom Schwebebalken gefallen, aber sie war ganz tapfer. Es musste genäht werden.«

Ich schlug mir die Hand vor den Mund. Der Vernehmer zuckte nervös zusammen. Glaubte er, ich würde gleich eine Kalaschnikow ziehen?

»Darf meine Tochter das Foto behalten?«, fragte Mutter liebenswürdig.

»Nein«, lautete die Antwort. Jetzt klang seine Stimme nicht mehr so jovial.

Trotzdem: Das Gesicht meines inzwischen vierjährigen Töchterchens hatte sich mir längst eingeprägt.

Auf dem linken Bein stehend, das rechte Bein vor sich ausgestreckt, stand sie kerzengerade an der Ballettstange. Auf ihrem stolzen Gesicht lag ein Strahlen. Ich sah mich selbst vor fast zwanzig Jahren, als ich in der Probekulisse der Staatsoper zum ersten Mal vor Igor getanzt hatte.

»Im Garten wächst jetzt auch schon ganz prächtig der Ginster«, redete meine Mutter unverfängliches Zeug. »Es war so trocken in letzter Zeit, da kam ich mit dem Gießen gar nicht mehr nach. Auch zu Vaters Grab gehe ich jeden Tag, um die vertrockneten Blüten zu entfernen.«

Wie tapfer sie war! Wie es ihr wohl in Wirklichkeit ging?

Später, viel später, als Mutter uns im Westen besuchte, sollte ich endlich eine Antwort darauf erhalten.

Natürlich hatte man sie kurz nach meinem gescheiterten Fluchtversuch vorgeladen. Und stundenlang verhört.

Ob sie in unsere Fluchtvorbereitungen eingeweiht gewesen sei? Ob sie irgendwelche Anzeichen für unsere geplante Flucht bemerkt habe? Ob sie die Hintermänner kenne?

Alle Fragen konnte sie guten Gewissens verneinen und ihren Vernehmern dabei in die Augen schauen. Zum Glück, denn beim geringsten Verdacht auf Mitwisserschaft hätte man sie gleich verhaftet! Ich sollte später noch vielen Müttern begegnen, die zusammen mit ihren Töchtern einsaßen. Es brach mir das Herz, mit anzusehen, wie teilweise über sechzigjährige, vom Leben gezeichnete Frauen ebenfalls hohe Haftstrafen mit Zwangsarbeit verbüßen mussten, nur weil sie vom Vorhaben ihrer Kinder gewusst und diese nicht an die Stasi verraten hatten.

Die Stasi hatte mein Elternhaus auf den Kopf gestellt. Jeden Gegenstand umgedreht, jede Schublade herausgerissen, jedes Buch ausgeschüttelt. Sogar zwischen den Saiten des Klaviers hatten sie nach Hinweisen gesucht und dafür die Rückwand des Klaviers abgenommen.

Mutter hatte stoisch dabei zugesehen. Es war ja nicht das erste Mal, dass der Staat in ihr Privatleben eindrang und alles zerstörte. Was sie zwanzig Jahre zuvor meinem Vater angetan hatten, als sie uns nach wenigen Wochen aus unserem »Märchenschloss« vertrieben haben, war ihr noch in deutlicher Erinnerung.

Mein ehemaliges Kinderzimmer, in dem ich in dieser schrecklichen letzten Nacht nicht mehr übernachten wollte, hatten sie in alle Einzelteile zerlegt. Darin hatte auch mein kleiner Frisier- und Schminktisch mit einem großen beleuchteten Spiegel gestanden. Bevor ich mit der S-Bahn nach Berlin zur Aufführung gefahren war, hatte ich mich hier schon ein wenig darauf vorbereitet. Dieser Tisch war ein Geschenk meines Vaters gewesen. Nach der Durchsuchung war nichts mehr davon übrig.

»Einhundertzehn Gegenstände« hatten sie laut Protokoll, das heute in meiner Stasi-Akte liegt, »beschlagnahmt.« Von einer jungen Frau, die nur tanzen wollte.

»MINISTERRAT DER DEUTSCHEN DEMOKRATISCHEN REPUBLIK, Ministerium für Staatssicherheit stand auf diesem wichtigen Dokument, in dem jedes Paar Schnürbänder, jedes Paar Ballettschuhe, jeder Unterrock, jede Sicherheitsnadel, jeder Haarschmuck und jede Feder, jede Nadel und jeder Faden akribisch aufgelistet waren.

»1 Kamm, 1 Pinzette, 1 kleine Flasche Parfum (angebraucht), 1 Schachtel Wimpernwatte, 2 Schachteln Lidschatten (angebraucht), 1 Lidbürste, 1 Labello-Stift, 4 Wattestäbchen, 3 Packungen Vivimed-Tabletten, in Berlin-West hergestellt, diese Position unterliegt der Einziehung gemäß § 13 des Gesetzes über die Aufgaben und Befugnisse der Deutschen Volkspolizei, 1 Taschenkalender 1973 (vollgeschrieben), 1 Taschenkalender 1974 (leer), 1 Glückwunschkarte zu »Bravourös getanztem sterbenden Schwan«, 1 Einladung zu Premierenfeier »Dornröschen« mit 1 Begleitperson, 1 Plastikhülle (leer), 1 rosa Schnürband mit Bärchenmuster, 2 Blatt Geschenkpapier (Weihnachtsmotiv), 4 Packungen Ovosiston (die Pille zur Verhütung, leer), 1 Packung Ovosiston (angebraucht, 2 Stück noch enthalten) …

EINHUNDERTZEHN Gegenstände hatten sie protokolliert. Mit Stempel und Siegel und Hammer und Zirkel, Ährenkranz und DDR-Fahne.

Aber das alles konnte ich zum Zeitpunkt des Besuches meiner Mutter damals noch nicht ahnen. Auf meine Art versuchte ich dennoch etwas herauszufinden.

»Hattet ihr in letzter Zeit Besuch?«, wollte ich wissen, und Mutter gab mir verschlüsselt Auskunft.

»Ja, es sind ein paar sehr fleißige Helfer vorbeigekommen. Sie haben mir geholfen, dein altes Zimmer gründlich aufzuräumen. Jetzt ist es leer. Gerade bin ich dabei, es wieder ein bisschen gemütlich zu machen, für Lilli. Sie schläft jetzt manchmal bei mir.«

Ihre Augen sagten: Dass du aus dieser Welt aus Falschheit und krankhaftem Wahn wegwolltest, nehme ich dir nicht übel. Ich werde immer zu dir halten.

Dann war unsere Sprechzeit auch schon vorbei, und ich wurde vor Mutters traurigen Augen wieder abgeführt. Umarmen durften wir uns nicht.

Kaum war ich wieder in meiner Zelle, wurde die Luke aufgerissen.

»Rechts! An die Tür kommen, Hände auf den Rücken!«

Als wäre ich ein Raubtier, wurde eine Tüte mit Äpfeln, einer Banane und einer Apfelsine durchgeschoben.

»Von Ihrem Besuch.«

Da hatte Mutti es glatt noch geschafft, in der Kaufhalle vorbeizuschauen! Wahrscheinlich hatte es für die Hauptstadt Berlin wieder mal eine Sonderzuteilung gegeben: Obst aus dem Westen, das man manchmal kaufen konnte und für das die Menschen stundenlang Schlange standen, um einmal Südfrüchte essen zu können.

Nachdem er die Luke wieder zugeknallt hatte, legte ich Mutters Geschenke auf den Tisch. Und starrte sie lange an. Essen konnte ich nichts. Stattdessen bekam ich einen Weinkrampf. Ich konnte ihn nicht stoppen.

In Gedanken sah ich meine Mutter mit ihrer Einkaufstasche und ihrem geblümten Sommerkleid wieder davongehen, durch die belebten, sommerlichen Straßen Berlins. Mit geradem Rücken und hocherhobenem Kopf. Vielleicht stand sie in diesem Moment an der Straßenbahnhaltestelle.

Grauhaarig, aber ungebeugt.

Ich stand vor der grün getünchten Wand unter den Glasbausteinen und weinte, dass es mich schüttelte. Schluchzer entrangen sich meiner Brust, die sich anhörten wie Laute von einem angeschossenen Tier. Draußen schob ein Wachposten das Blech des Türspions beiseite, spähte hindurch und trat mit dem Stiefel gegen die Tür.

»Hörn' Se uff zu heulen, sonst setztet wat.«

Zischend fiel das Blech wieder an seinen Platz. Ich konnte nicht aufhören zu weinen. Ich saß auf dem Hocker, stellte mir meine kleine Lilli vor, meine arme, noch gar nicht mal so alte, tapfere Mutter, die fast im Westen hätte bleiben dürfen – damals, als wir alle bei ihrer Schwester zu Besuch waren. Was dann wohl aus ihr, aus uns allen geworden wäre?

Im Westen, so schoss es mir plötzlich durch den Kopf, hätte ich Ed nicht kennengelernt. Und auch meine kleine Lilli nicht bekommen.

Nach und nach wurde mein Weinen leiser.

24

Stasi-Gefängnis Berlin-Pankow, 24. Juni 1974

Fast sechs Monate lang hatten sie mich befragt, gequält, gedemütigt, Tag und Nacht überwacht, desorientiert, schikaniert und ihre Psychospiele mit mir gespielt. Endlich sollte dieser grausamste Abschnitt meiner bisherigen fünfundzwanzig Lebensjahre zu Ende gehen ... und mir der Prozess gemacht werden.

In dieser Zeit hatte ich ganze zwei Mal einen Anwalt gesehen: einen westlich gekleideten Herrn, der mich freundlich nach meinem Befinden gefragt und mir danach Obst geschenkt hatte, und den berühmten Dr. Vogel, der damals für den Freikauf politischer Häftlinge durch den Westen zuständig war, was ich zu diesem Zeitpunkt allerdings noch nicht wusste.

Unsere kurze Begegnung, zu der man mich extra in einem für mich fensterlosen »Margarineauto« gefahren hatte, hatte in einem Büro stattgefunden, das er sich als »Dependance« in der Untersuchungshaftanstalt des Ministeriums für Staatssicherheit Berlin-Lichtenberg im typischen Verhörzimmer-Stil eingerichtet hatte. Im Beisein zweier Bewacher hatte er mir eine Gardinenpredigt gehalten: dass ich eine Straftat gegen die Gesetze der Deutschen Demokratischen Republik begangen und mich in einem Prozess am 24. Juni dafür zu verantworten habe. Republikflucht sei ein schweres Vergehen, vor Gericht werde es vom Strafmaß her vielleicht sogar mit schwerem Raubmord gleichgesetzt.

Während des vielleicht zehnminütigen Gesprächs hatte er mich kein einziges Mal angeschaut.

Mit dem Rücken zu mir hatte er auf die Gleise des Güterbahnhofs hinausgestarrt, um mich mit einer abfälligen Geste und ohne eine Antwort von mir abzuwarten schließlich samt meinen zwei Bewachern wieder aus dem Raum zu schicken.

Hin- und hergerissen zwischen Hoffnung und Furcht sah ich diesem Prozess nun entgegen.

Der Staatsanwalt würde mich in Stücke reißen. Schweres Vergehen. Möglicherweise gleichzusetzen mit Raubmord. Ich war eine Schwerverbrecherin.

Aber vielleicht würden sie Ed und mich ja als Landesverräter ausweisen? Ins kapitalistische Ausland? Auch wenn ich mir nur eine etwa fünfprozentige Chance ausrechnete: Ich klammerte mich daran. Hatten wir nicht lange genug gelitten? Hatten wir unsere Strafe nicht längst verbüßt? Sie konnten doch froh sein, uns trotzige Rebellen loszuwerden! Wir verabscheuten sie und ihr Land. Und ihren Hass auf uns hatten sie uns inzwischen deutlich genug gezeigt.

Ed!, schoss es mir durch den Kopf. Ich werde dich wiedersehen, mein Liebster. Vielleicht dürfen wir uns sogar umarmen!

Ich sehnte mich mit jeder Faser meines Herzens danach.

Einige Tage vor dem Prozess hatte ich damit begonnen, mir ohne Spiegel, nur mit den Fingernägeln, die Augenbrauen zu zupfen. Ed sollte mich schön finden.

Am Tag des Prozesses wurde ich frühmorgens in die Effektenkammer geführt. Sie holten eine Kiste mit meinen Klamotten hervor und knallten sie mir hin.

»Anzieh'n.«

Für ein paar Stunden durfte ich mich in mein einstiges Ich zurückverwandeln. Selbst meine eigene Unterwäsche durfte ich an meinen ausgemergelten Körper lassen. Alles schlackerte um meinen knochigen Leib. Meine Kleider fühlten sich fremd an. Viel zu groß war die Jeans, und der dicke Pullover schlabberte. Für den Wintermantel hatte ich im Juni keine Verwendung. Die dicken Schnürstiefel ließen meine Füße dampfen.

»Hier. Nehm' Se 'n Spiegel. Machen Se sich zurecht!«

Plötzlich wollte ich keinen Spiegel mehr. Zu groß war die Angst vor meinem Anblick.

Sollten die Leute da draußen ruhig sehen, was die hier aus einem Menschen machten.

»Gehen Se.«

Sie führten mich durch die Schleuse zum kleinen »Margarineauto« mit den engen Kabinen. Sie drückten mir den Kopf herunter und pressten mich in den winzigen Verschlag. Lange saß ich alleine darin, bis ich an einem Ruckeln spürte, dass noch eine weitere Person eingestiegen war. Ed? Ich hielt den Atem an und lauschte an der Wand, doch noch nicht mal ein Räuspern oder Husten war zu hören. Lähmende Angst ergriff von mir Besitz. Selbst ich kleiner, zierlicher Mensch stieß vorn mit den Knien und oben mit dem Kopf an. Dementsprechend eingepfercht wurden wir durch die Straßen Berlins gerüttelt. Alles tat mir weh.

Hintern zusammenkneifen und durch, gleich ist Vorstellung!

Die Tür wurde aufgerissen. Wieder eine Schleuse. Aussteigen.

Mit Handschellen schoben sie mich durch unterirdische Gänge mit vergitterten Fenstern.

»Toilette? Bitte!« Ich war so aufgeregt, dass mir schlecht wurde.

»Det hätten Se sich früher überlegen sollen.«

Weiter. In einen Aufzug. Drei bewaffnete Bewacher starrten stur an mir vorbei.

Ich war ein Würmchen, ein sich krümmender, windender Wurm. Dann spannte ich alle Muskeln meines Körpers an und behielt meine Restwürde.

Irgendwann schoben sie mich in eine Zelle, in der bereits eine Bewacherin mit Gummiknüppel und Dienstkoppel stand.

Mein Herz polterte. Gleich würde sich mein weiteres Schicksal entscheiden! Fremde Menschen, die mich nie gesehen hatten, mich nie angehört hatten, würden über mein weiteres Leben bestimmen. Sie hatten nur die Protokolle und Tonbandmitschnitte der unzähligen Verhöre. »Wann haben Sie … Warum haben Sie … Mit wem haben Sie … Was gefällt Ihnen denn nicht in der DDR … Was sind das für schmutzige Fotos … Ja, glauben Sie denn, der will Sie da drüben nicht direkt in den Puff stecken … Sie sind doch nichts als ein erbärmliches Flittchen … Drecksschmierfink, der Mann … aufsässig … Die Bildungschancen alle wahrgenommen und dann ins kapitalistische Feindesland abhauen … Die rechtschaffenen Bürgerinnen und Bürger der DDR auf diese Weise betrügen …«

Plötzlich hörte ich, wie die Nachbarzelle aufgeschlossen wurde. Schwere Schritte von mehreren Männern näherten sich. Ed! Das musste Ed sein, mein geliebter Mann!

Wie eine Katze sprang ich an das kleine Gitterfenster in der Tür, und für eine Zehntelsekunde begegneten sich unsere Blicke … bevor sie seinen Kopf runterdrückten und ihn in sein Verlies schoben. Auch seine Hände waren mit Handschellen auf dem Rücken gefesselt.

»Zurück an die Wand«, keifte meine Bewacherin hysterisch. Schweigen. Warten.

O Herr, gib mir die Gelassenheit ...

Dann Schritte. Offizielles Abholkommando. Wir wurden in den Gerichtssaal geführt.

Dort wurden uns die Handschellen abgenommen. »Setzen!« Blitzartig erfasste ich die Situation:

Vorn am Richterpult Oberrichter Wonneberg. Welch Ironie lag in dem Namen!

Links, Staatsanwältin Scholl, als Vertreterin des Generalstaatsanwalts von Groß-Berlin.

Rechts, Rechtsanwalt Dr. Vogel, der mir das Obst geschenkt und nach meinem Befinden gefragt hatte.

Eine Justizangestellte als Schriftführerin.

Im Saal zwei, drei Zuhörer, vermutlich Jura-Studenten oder Stasi-Männer.

Offiziell gab es in der DDR keine Republikflüchtlinge. Deshalb war ein solcher Prozess auch nicht öffentlich.

Dieser Gerichtssaal hatte eine lähmende Wirkung auf mich. Jetzt saß ich so nah bei meinem Mann! Warum trauten wir uns nicht, einander anzuschauen oder wenigstens uns die Hand zu drücken? Eine kurze, tröstliche Berührung hätte mir so viel bedeutet!

»Erheben Sie sich!«

Die Staatsanwältin verlas die Anklage.

Ich schaute sie mir genau an: Eine schlanke, dunkelhaarige Frau mit damals moderner kurzer Dauerwelle. Brille, schmales Gesicht, schmale Lippen, kalter Blick aus eisigen Augen. Ihre Stimme war schneidend und verächtlich. Bei ihrem Anblick lief mir ein Schauer über den Rücken. Sie vertrat den Arbeiter- und Bauernstaat, gegen den wir uns versündigt hatten, indem wir ihn verlassen wollten, und der sich deshalb verletzt und hintergangen fühlte.

Hass und Verachtung waren bei ihr genauso ausgeprägt wie bei den Gefängnisaufseherinnen, nur dass diese Enddreißigerin über mehr Intelligenz verfügte. Verfügen MUSSTE. Sie hatte immerhin studiert. Empathie und Toleranz hatten bei ihr jedoch nicht auf dem Lehrplan gestanden. Die Frau war eine einzige explosive Mischung aus blinder Staatstreue und streberhaftem Perfektionismus, die nichts Gutes für uns verhieß.

»Gegenstand der Anklage ist ein schweres Staatsverbrechen.«

Der letzte Funken Hoffnung wurde von ihrer schneidenden Stimme zunichtegemacht. Alle weiteren Vorwürfe ließ ich von mir abprallen. Die Erkenntnis, dass es keine Gnade geben würde, durfte erst nach und nach bis zu mir durchdringen, sonst würde ich zusammenbrechen. Auch Ed verfiel in Schockstarre.

Wie sich herausstellte, bestand das Verbrechen darin, »staatsfeindliche Verbindungen aufgenommen und einen Grenzübertritt im schweren Fall versucht zu haben«.

Sie beschuldigten uns einer Sache, die ein Grundbedürfnis eines jeden Lebewesens ist. Sogar Tiere verspüren den Wunsch, frei zu sein, sich frei bewegen zu können. Doch das war leider in diesem Land nicht vorgesehen.

O Herr, gib mir den Mut, Dinge zu ändern, die ich ändern kann.

Gib mir die Gelassenheit, Dinge hinzunehmen, die ich nicht ändern kann.

Und gib mir die Weisheit, das eine vom anderen zu unterscheiden.

Als ich wieder in der Lage war, ihrer Anklage zuzuhören, war sie gerade dabei, unsere Freunde Eileen und Klaas als »gefährliche Menschenhändlerorganisation« abzustempeln.

Den auf uns angesetzten inoffiziellen Mitarbeiter vom Ministerium für Staatssicherheit – der mit dem roten Skoda, der uns überhaupt erst auf die Transitautobahn und zu dem unheimlichen Parkplatz gebracht hatte – erwähnte sie nicht. Den zählte sie nicht zur »gefährlichen Menschenhändlerorganisation«. Weil der einer von ihnen war. Der hatte uns in die Falle gelockt wie der Rattenfänger von Hameln. Damit sie, die DDR, mit uns handeln konnten! Damit die BRD für jeden von uns 42 000 Westmark Lösegeld zahlte. DAS war Menschenhandel!

Mein damaliger Instinkt hatte mich also nicht getrogen, als wir vor die Haustür getreten waren und diesen pomadigen Typ vorgefunden hatten. Er war ein Maulwurf, ein Lockvogel! Einer, der sich dafür bezahlen ließ, Menschen in die Falle zu locken. Junge, naive Menschen, deren Freiheitsdrang so groß war, dass sie zu jedem Abenteuer bereit waren.

Wie wir erst viel später erfahren sollten, waren die Fluchthelferorganisationen in Westberlin von Doppelagenten durchsetzt. Diese schmierigen Typen wanderten kalt lächelnd zwischen den Systemen hin und her und pickten sich die Rosinen aus dem Kuchen – je nachdem, wie es für sie gerade günstiger war.

Nachdem die Staatsanwältin mit schneidender Stimme die Paragrafen 100 und 213 bemüht hatte – die Aufnahme staatsfeindlicher Verbindungen und Verrat durch Fluchtversuch –, führte sie nun noch andere Paragrafen an, die uns zusätzlich als üble Kleinkriminelle brandmarkten: Das Tragen meines Schmucks (Kette und Ring, die ich jeden Morgen automatisch angelegt hatte, Geschenke meiner Eltern zum bestandenen Abitur) – ein schweres Zollvergehen!

Mein schlechter Charakter wurde durch angebliche Zeugenaussagen belegt, aus denen sie ausführlich zitierte. Genauso wie aus den Beurteilungen der Heimleiterin des Sportinternats Kleinheula im Harz, in dem ich Lilli zur Welt gebracht hatte, auf Staatskosten, wie unverschämt!

Und dann war ich noch an der Berufsschule für Bekleidungstechnik mitten in meiner Prüfung abgehauen. Natürlich nicht ohne vorher die kostbaren Unterrichts- und Lehrstunden in Anspruch zu nehmen, um dann mit meiner brillanten Ausbildung ins kapitalistische Feindesland abzuhauen.

In dem Zusammenhang wog der Vorwurf der »verwerflichen pornografischen Fotografie« umso schwerer: Wir hatten »erbärmliche Schmuddelfotos« in den Westen schmuggeln wollen und die Ehre dieses sauberen Landes auf diese Weise zusätzlich beschmutzt.

Die Staatsanwältin schloss aus unseren unmoralischen Handlungsweisen: »Dies alles ist das Resultat einer nicht gefestigten, gesellschaftspolitischen Haltung gegenüber den gesellschaftlichen Verhältnissen in der DDR. Die Angeklagten sind Subjekte, die den Staat ausgenutzt haben.«

Dann kam sie zum Strafantrag.

»Ich beantrage deshalb im Namen des Volkes für den Angeklagten Edgar Stein und seine ebenfalls angeklagte Ehefrau Gisa Stein eine Freiheitsstrafe von drei Jahren und sechs Monaten.«

Stille.

Drei Jahre und sechs Monate! 3 JAHRE und 6 MONATE!

Wie alt würde ich dann sein?

Ich wollte laut schreien, doch mir fehlte die Kraft dazu.

Rechtsanwalt Dr. Vogel verlas inzwischen seine Ausführungen. Untertänig gab er zu, dass »die Paragrafen 100 und 213 des Strafgesetzbuches objektiv erfüllt« seien, führte aber immerhin duckmäuserisch an, dass »beide Angeklagte vor ihrer falschen Entscheidung nicht mit dem Gesetz in Konflikt geraten« seien. »Beide arbeiteten ordentlich und hatten für die Dinge, die negativ gewürdigt wurden, plausible Erklärungen.«

So hatte ich bei den Vernehmungen immer wieder darauf hingewiesen, dass mein »Schmuck« nichts weiter als eine Kette und ein Ring seien, die ich täglich im Angedenken an meinen Vater trug. Und dass das »Schmuddelfoto« nichts anderes sei als eine künstlerische Aktaufnahme, die im Rahmen Eds Studiums an der Kunsthochschule Weißensee entstanden war und nicht etwa in einem obszönen Etablissement.

Außerdem, so argumentierte unser Anwalt, »gab es für die Tat eine eindeutige Motivation. Die Angeklagte bemühte sich mehrere Spielzeiten lang an der Staatsoper wieder um eine Rolle im Tanzensemble, wurde aber trotz objektiver Spitzenleistungen immer wieder degradiert und schließlich ganz aus dem Ensemble ausgeschlossen. In Anbetracht ihres Alters – und für eine Tänzerin sind fünfundzwanzig Jahre schon ein sehr hohes Alter – saß sie quasi auf heißen Kohlen, wenn sie ihren Lebenstraum doch noch erfüllen wollte.«

Allgemeines Schweigen.

Ich kochte innerlich. Sie hatten mich doch alle tanzen sehen! Sie wussten doch, wie sehr es mir unter den Ballettschuhen brannte! Ich war verdammt noch mal gut, ich war die Beste! Und wenn sie mich nicht mehr wollten, sollten sie mich einfach ziehen lassen!

»Zusammenfassend ist zu sagen, dass die angestrebte Freiheitsstrafe in meinen Augen überhöht ist …« – Dr. Vogel, der Verteidiger, räusperte sich mit einem Seitenblick auf Ed und mich –, »… und auch eine niedrigere Freiheitsstrafe der Tat entsprechen würde.«

Warum hatte er nicht die Courage zu sagen: »… und sie doch nun wahrlich schon genug gestraft worden sind! Schauen Sie sich die beiden doch mal an!«

Wieder herrschte Stille.

Ja!, schrie es innerlich in mir. Ihr habt es doch jetzt alle gehört. Wir konnten nicht anders. Wir würden es immer wieder tun!

»Der Angeklagte hat das letzte Wort.«

Ed stand auf und sagte mir klarer, fester Stimme genau die richtigen Worte: »Ich sehe und will keine Zukunft in diesem Land! Keine Partei, keine Kampfgruppe, keinen Zwang, keinen Drill. Ich sehe keine Zukunft für meine Frau und mich in diesem Staat.«

Wie mutig von ihm, so zu seiner Haltung zu stehen!

»Die Angeklagte hat nun das letzte Wort.«

Die Staatsanwältin durchbohrte mich mit einem verächtlichen Blick.

Jetzt war ich dran.

Nach einem kurzen Blickwechsel mit Ed, der unwillkürlich den Kopf schüttelte, schloss ich mich einfach nur den Worten meines Mannes an.

Alles andere hätte mein Strafmaß bloß erhöht.

»Die Urteilsverkündung wird auf den 27. Juni 1974, 14 Uhr festgelegt.« Der Vorsitzende Richter schlug gegen eine Glocke. »Die Sitzung ist beendet.«

Aus dem Gerichtssaal wurden wir wieder in die Zellen von vorhin geführt. Der Anwalt schaute bei jedem von uns durchs Türgitter und sagte Dinge wie: »Tapfer geschlagen. Nur nicht mutlos werden. Die Zeit wird es richten.«

Ich verstand die Welt schon lange nicht mehr. Ich war völlig neben mir.

Einzeln wurden wir unter schwerer Bewachung wieder zum »Margarineauto« geführt. Eingepfercht in mein »Abteil«, spürte ich, wie Ed nebenan in sich zusammensank. Warum klopfte er nicht, warum gab er mir kein Lebenszeichen?

Aussteigen. Kopf runter. Hände auf den Rücken. Gefängnisschleuse. Schmale Gänge. Türen.

Die Effektenkammer, der Raum, in dem man seine Persönlichkeit wieder abgeben musste.

Pulli aus, Hose aus, Unterwäsche aus. Sachen in die Wanne legen. Knastunterwäsche, Trainingsanzug, Filzpantoffeln anziehen.

»Geh'n Se.« Gänge, Treppen.

»Gesicht zur Wand. Hände auf den Rücken. Stehen!«

Schlüsselklappern, Riegelklirren.

Meine Zelle. Grüne Wände, Glasbausteine, die hochgeklappte Pritsche.

Ich fühlte mich so erschlagen, als wäre ich einen Marathon gelaufen.

Unfassbare Traurigkeit, gepaart mit Fassungslosigkeit. Ich sank auf den Hocker. Mein Kopf war leer, und ich hatte auch keine Tränen mehr.

Die nächsten Tage sind völlig aus meiner Erinnerung gelöscht.

Zur Urteilsverkündung wurde ich wieder aus der Zelle geholt und wie drei Tage zuvor zum Gericht gebracht.

»Die Angeklagten werden wegen staatsfeindlicher Verbindungen in Tateinheit mit versuchtem ungesetzlichem Grenzübertritt im schweren Fall wie folgt verurteilt:

Zu einer Freiheitsstrafe von drei – 3 – Jahren und sechs – 6 – Monaten.

Gründe: Die Handlungen der Angeklagten sind in hohem Maße gesellschaftsgefährdend und richten sich gegen die Grundlagen der Deutschen Demokratischen Republik. Beide Angeklagte erhielten die Möglichkeiten zur Hochqualifizierung und Entwicklung auf Elite-Kunstschulen, sodass ihr Tun offenen Verratscharakter trägt.«

Oberrichter Wonneberg verlas dieses Urteil streng und selbstherrlich.

Aber das stimmt doch so nicht!, wollte ich schreien. Das ist doch nur die halbe Wahrheit!

Welchen Preis habe ich denn jahrelang dafür gezahlt? Ich habe schon als Schülerin vier Jahre in einer Fabrik gearbeitet, nur damit ich das Abitur und die Tanzausbildung machen durfte! Und wie sehr bin ich später beim Ballett gedemütigt worden? Wie sehr habt ihr mich gequält? Selbst in dem Sportinternat, in dem ich Lilli zur Welt bringen »durfte« (auf Staatskosten, ihr Großzügigen!), habe ich monatelang in der Wäscherei geschuftet, um meinen Aufenthalt dort abzuarbeiten. Und dann durfte ich mit blutigen Fingern Ballettschuhe nähen!

Die DDR war doch längst mein Gefängnis, mein Zuchthaus, meine Zwangsarbeit! Ich verdanke euch NICHTS! Ihr verdankt MIR WAS! Ich war der Stolz eurer Staatsoper!

Wie gern hätte ich diesem Richter meine Einwände entgegengeschleudert!

Ich habe meine Lilli weggegeben, um wieder auf die Bühne zu können! Ich habe mein Kind angelogen, damit ich noch ein paar Jahre tanzen durfte! Damit das Kind in der Familie bleiben kann!

Stumm blieb ich sitzen. Ich war keine Heldin. Vielleicht früher einmal, als ich auf der Bühne stand, aber jetzt nicht mehr. So sehr hatten sie mich gebrochen. Trotzdem: Ich verachtete sie.

»Entgegen der Auffassung der Verteidigung gibt es daher keinerlei Gründe, die die Tatschwere oder die Schuld der Angeklagten zu vermindern mögen.«

So lautete das letzte Wort des Richters.

Nach der Urteilsverkündung, bei der ich meinen Mann für Monate zum letzten Mal sah, kam ich wieder zurück in die Untersuchungshaftanstalt Pankow in der Kissingenstraße.

Meine Zelle 87 war noch immer öde, kalt und leer.

Ich fühlte mich wie nach einem Boxkampf, den ich verloren hatte: geschlagen, getreten am Boden liegend. Ich schmeckte Blut. Ich hatte Nasenbluten und es bisher noch gar nicht gemerkt.

Den ganzen Tag starrte ich an die Decke meiner Zelle.

Der Spion wurde besonders häufig betätigt. Wahrscheinlich hielten sie mich für selbstmordgefährdet. Oder aber sie weideten sich an meiner Verzweiflung.

Ich begann hin und her zu laufen, um nicht wahnsinnig zu werden.

Hin und her, hin und her. Täglich zwölf Stunden. Wie der Panther. *Sein Blick ist vom Vorübergeh'n der Stäbe ...*

Irgendwann besann ich mich auf meinen inneren Reichtum. Auf meine Möglichkeiten, mich hier in meiner Zelle zu bewegen. Seit meiner Einzelhaft, hatte ich mich nicht mehr richtig dazu aufgerafft.

Aber jetzt erst recht! Da hatten sie das Ergebnis ihrer großzügigen Ausbildung!

»Fondu! Chassé! Balance, Balance«, hörte ich meine Ballettmeisterin mit ihrem russischen Akzent rufen. Sollten sie doch glotzen da draußen! Ich geriet in eine Art Trance. Sprünge. Drehungen. Schritte. Soweit das mit den Filzlatschen möglich war. Ich kickte sie von den Füßen. Barfuß tanzte ich weiter. Spagat. Es schmerzte, aber der Schmerz tat gut. Ich spürte mich wieder. Trotz der Hitze draußen war der Fußboden hier drinnen kalt. Ich tanzte mich warm. Effacé. Retiré. Rond de jambe. En face.

Irgendwann traten schwere Stiefel gegen die Tür: »Schluss jetzt, sonst kommen Se in die Zwangsjacke! Da wird Ihnen det Jehampel schon vajeh'n!«

Da sank ich wieder auf den Hocker. Und saß. Und starrte gegen die Wand. Dreieinhalb Jahre. Dreieinhalb Jahre! Wie viel Tage waren das? Weit über TAUSEND! Die Minuten wurden zu Stunden, die Stunden zu Ewigkeiten. Die Verzweiflung drohte mich unter sich zu begraben wie eine Gerölllawine.

Am nächsten Tag hatte ich wieder Freigang. Allein. In glühender Hitze in dem Betonkäfig. Kein Schatten weit und breit. Kein Lufthauch.

Auf und ab und auf und ab marschierte ich im Raubtierkäfig. Hundertmal hin, hundertmal her. Rundherum, das ist nicht schwer. Unter den Augen des bewaffneten Gorillas wagte ich es nicht, Tanzschritte zu machen. Aber innerlich machte ich sie.

... und gib mir die Gelassenheit, Dinge hinzunehmen, die ich nicht ändern kann ....

Im Käfig nebenan hörte ich Filzpantoffeln schlurfen. Ed?

Vermutlich nicht. Seit dem Urteil schallte kein »Gute Nacht, kleine Peasy« mehr über den Hof. Auf meine Rufe durch die

Glasbausteine war keine Antwort mehr erfolgt. Bestimmt hatten sie ihn weggebracht. In ein Zuchthaus, irgendwo im Nirgendwo. Die Befürchtung, dass mein geliebter Mann nicht mehr mit mir im selben Gefängnis war, ließ auch meine Schritte schwer werden.

25

Stasi-Gefängnis Berlin-Pankow, 13. August 1974

Ohrenbetäubend klapperte der Schlüsselbund. Drückende Hitze in der Zelle. Ich war müde, unendlich müde. Seit Monaten schluckte ich dreimal täglich mein hoch dosiertes Faustan.

»Rechts! Raustreten, Gesicht zur Wand! Hände auf den Rücken! Geh'n Se!«

Das übliche Ritual. Die grässlichste Choreografie meines Lebens. Stumpfsinnig, hirnlos. Und ohne jede Musik.

Willenlos schlurfte ich vor ihnen her.

Diesmal nicht zum »Freigang«, in den sie mich acht Monate lang gescheucht hatten.

Diesmal zur Effektenkammer.

»Auszieh'n.« Meine Privatkleidung, die ich zuletzt beim Prozess und bei der Urteilsverkündung vor fast zwei Monaten angehabt hatte, wurde mir in einer Pappkiste hingeschoben.

»Anzieh'n.« Wieder hatte ich bestimmt eine Kleidergröße abgenommen. Ich passe jetzt sicherlich in Kindergröße 152. Meine Winterjeans, der Pullover, die Winterschuhe – alles schlabberte.

»Unterschreiben Se det.«

»Erklärung«, las ich. »Am 13.8.1974 wurden mir alle in meinem Besitz befindlichen Sachen und Gegenstände, einschließlich Werteffekten, vorgelegt und in meinem Beisein verpackt und versiegelt. Somit habe ich keinerlei Anforderungen mehr an die angegebene UHA Berlin-Pankow des Ministeriums für Staatssicherheit zu stellen.«

Nur meinen Ehering ließen sie mir. Die Kette und den Ring, den meine Eltern mir zum Abitur geschenkt hatten, sollte ich nie wiedersehen. Natürlich auch nicht meine anderen Schätze, mein Tagebuch, das Aktfoto und Eds Brief. Doch. Eds Brief fand ich später in meinen Stasi-Akten.

»Geh'n Se.«

Gehorsam lief ich vor dem Aufseher her in den Innenhof des Gefängnisses und von dort in die Schleuse. Dann stand es wieder da, das »Margarineauto« mit den winzigen Verschlägen darin.

»Na machen Se schon.«

Kopf runter, reinquetschen. Darin war es unendlich stickig.

Der winzige Hoffnungsschimmer, sie könnten mich in die Freiheit entlassen, verschwand genauso schnell, wie er gekommen war. Nein, stattdessen würden sie mich bestimmt an einen noch grausameren Ort bringen.

Meine Ahnung sollte mich nicht trügen.

»Überführt am 13. August 1974«, las ich viel später in meinen Akten.

Es war ein Dienstag.

Der Beginn meines Transportes, der insgesamt fast zwei Wochen dauern sollte, bis ich eintraf in der Hölle, der Hölle Hoheneck.

An diesem Dienstag kam ich zunächst in einem riesigen Gefängnis an, dessen grauenvolle Atmosphäre alles bisher Erlebte an Brutalität bei Weitem übertraf.

»Aussteigen! Aber ein bisschen plötzlich!«

Graue, sehr breite Gänge verschlangen mich wie das riesige Maul eines Ungeheuers. Schwere Zellentüren grinsten mich mit ihren Spionen, Luken und Riegeln wie hässliche Fratzen an. Während sich in Pankow die Zellentüren alle auf einer Seite befunden hatten, weil auf der anderen der durch Stahlnetze gesicherte Treppenschacht lag, gab es hier rechts und links Zellentüren. Hunderte. Dicht an dicht, eine nach der anderen.

Unzählige Schicksale, unzählige zerstörte Menschenleben, unzählige geschundene Seelen. Unzählige zurückgelassene Kinder, Eltern, Geschwister, Freunde.

Als ich das hiesige Treppenhaus erreichte und einen hastigen Blick nach oben riskierte, sah ich, dass sich viele hohe Stockwerke über mir auftürmten. Auch hier waren zwischen den Stockwerken engmaschige Stahlnetze gespannt. Wer hier seinem Leben ein Ende setzen wollte, würde nicht weit kommen. Auf einen Selbstmordversuch stand die schlimmste Strafe: wochenlange Dunkelhaft in einem »Stehsarg«, ein winziger Raum, dessen Wände sich so nach außen wölbten, dass man sich nicht anlehnen konnte.

Eine Bewacherin löste den hinter mir gehenden Bewacher ab. Wortlos übergab sie mir ein Paket mit blau karierter Bettwäsche, Nachtzeug, Seife und Zahnbürste. Willenlos ließ ich mich von ihren barschen Befehlen über sechs oder sieben Etagen nach oben scheuchen. Keuchend blieben wir vor einer Zellentür stehen. Klirrend schloss sie auf.

»Reingehen!«

Ein winziger Raum, vielleicht halb so groß wie der in der U-Haft. Die rückwärtige Wand bestand aus Glasbausteinen. In dem von außen hereinfallenden Licht tanzten Staubpartikel. An der linken Seite befanden sich ein Tisch und ein Hocker, rechts stand ein metallenes Doppelstockbett. Am Fußende des schmuddeligen unteren Schlafplatzes lagen eine schwarze alte Decke und ein mit Stroh gefüllter Kopfkeil.

Modriger Geruch füllte meine Lunge. Ich versuchte, eine Panikattacke wegzuatmen.

Vorn, gleich hinter der Tür, ein Waschbecken und die Toilette. Der ganze Albtraum wie gehabt, nur in halb so groß. Dafür im siebten Stock in brütender Hitze.

Im Rausgehen keifte die Wachtel noch: »Tagsüber aufs Bett legen ist verboten.«

Dann knallte sie die Tür zu und schloss von außen ab.

Sie spähte kurz durch den Spion und ließ dann klappernd das Blech zurückfallen. Ich war wieder allein.

Mechanisch begann ich mein Bett zu beziehen. Ich musste dringend etwas tun, um nicht wahnsinnig zu werden. Die schwarze Decke hüllte mich in eine Staubwolke. Ich musste husten. Der Kopfkeil war so schwer und sperrig, dass ich ihn kaum heben konnte.

Ich ließ mir kaltes Wasser über die Handgelenke laufen, trank durstig aus dem Hahn und spritzte mir etwas kühles Nass ins Gesicht.

Dann gab es nichts mehr zu tun. Draußen war es noch taghell.

Ich lehnte mich mit dem Rücken an die Glasbausteine, spürte die aufgeheizte Wand.

Ordinäre Schreie drangen aus dem Innenhof zu mir herauf. Männer- und Frauenstimmen, laut und ungehemmt.

»He, du Schlampe! Verpiss dich!«

»Selber Schlampe! Ich polier dir die Fresse!«

Anscheinend war das hier ein Gefängnis, in dem nicht nur Politische einsaßen, sondern auch Schwerverbrecher. Mein Gehirn versuchte das alles zu verarbeiten. Ich war beim Abschaum gelandet.

Diese Erkenntnis ließ mich an der Wand hinuntergleiten.

Ich vergrub das Gesicht in den Händen. Wie lange würden sie mich in dieser schmalen Zelle verrotten lassen?

Das Blech des Spions klapperte.

»Aufsteh'n! Aber sofort!«

Mit letzter Kraft stemmte ich mich hoch und schlurfte zum Hocker am Tisch.

Dort starrte ich Stunden über Stunden an die Wand.

Es war vielleicht am zweiten oder dritten Tag, als die Wärterin die Zelle aufschloss.

»Handtuch und Seife nehmen, raustreten.«

Diesmal kein »Gesicht zur Wand«. Das war ungewohnt, nach acht Monaten mit dieser Instruktion. Ich sollte nur neben meiner Zelle stehen und warten.

Vorsichtig hob ich den Kopf und spähte aus den Augenwinkeln nach rechts und links.

Überall standen Frauen wie ich vor ihren Zellen und warteten.

Die barsche Stimme der Wärterin hallte von den Wänden wider, immer wieder der Befehl: »Handtuch und Seife nehmen, raustreten.« Sie schloss alle Zellen auf, bis etwa mehr als zwanzig Frauen draußen standen.

»Mitkommen, nicht sprechen!«

Im Gänsemarsch liefen wir hinter der Wachtel her. Zwei oder drei Frauen unterhielten sich leise. »Wo kommst du her, was hast du bekommen, weißt du, wo die uns hinbringen?«

»Ruhe!«, brüllte die Wärterin.

Sie schloss eine Tür am Ende des Ganges auf. Es war ein fensterloser Raum mit vier oder fünf rostigen Duschköpfen.

»Alle ausziehen! Aber'n bisschen zackig!«

Kurz darauf stand ich nackt mit zwei Dutzend anderen nackten Frauen auf engstem Raum. Jede von uns versuchte, sich den Schweiß der letzten Tage abzuduschen. Ein Gedränge glitschiger Frauenkörper, manche von ihnen klapperdürr wie ich, andere vom vielen Brot und dem Bewegungsmangel dick und ohne jegliche Körperkontur.

»He, lass mir mal ran, du warst schon über ne Minute!«

»Du kannst mich mal, ick muss mir zwischen de Beene waschen, ick hab meene Tage!«

Die Duschen tröpfelten spärlich, es gab nur eiskaltes Wasser. Das war zwar eine Erfrischung nach der Bruthitze in der Zelle, aber ich erschauerte trotzdem. Wieder ein Stoß von hinten.

»Du hast deine Titten lange jenuch einjeweicht, davon wer'n se ooch nich größer!«

Schrilles Gelächter, hässliche aufgerissene Münder. Schamhaare, Hintern, Brüste.

»Wat hamwer denn da Schnuckeliges? Naa, Kleene, biste neu?«

Ich spürte fremde Hände auf mir.

»Wat haste jekriegt?«

»Meinst du mich?« Ich hatte Kernseife in den Augen.

»Ja, schiel ick oder wat? Dich meen ick, Kleene!«

»Dreieinhalb Jahre«, gab ich schüchtern Auskunft. Intuitiv hielt ich die Hände vor die Brust. »Sind hier eigentlich alle schon verurteilt?«

»Ja klar. Meenste, wir sind hier im Kinderjarten?«

Wieder schrilles, hässliches Gelächter. Ich wollte nicht arrogant wirken, hatte aber auch keine Ahnung, wie man sich unter so vielen strafgefangenen Frauen benimmt. Lieber nicht auffallen! Ich versuchte, mich unsichtbar zu machen.

Auf einmal wurden alle Duschen gleichzeitig abgestellt. Sofort kreischten einige empört los. »Eh, ick hab noch Seefe inne Haare! Wat solln ditte?«

»Ruhe! Anziehen! Raustreten!«

Die Wachtel hatte Verstärkung geholt. Jede der Aufseherinnen hatte einen Gummiknüppel, von dem sie, wenn sie es für notwendig hielten, auch schon mal Gebrauch machten.

Noch nass schlüpfte ich in meine Klamotten.

Im Gänsemarsch trabten wir schweigend zurück, mussten einzeln vor unserer Zelle stehen bleiben, um dann nach und nach wieder eingeschlossen zu werden.

Wieder in meiner Zelle, musste ich den Schock erst mal verdauen: Hier ging es rau und ruppig zu. Die Monate in Einzelhaft hatten mich zu einem stummen Schatten gemacht, der nicht mehr in der Lage war, zu kommunizieren. Aber mit diesen lauten, ordinären Frauen wollte ich auch gar nicht kommunizieren. Ich hatte Angst vor ihnen. Die Angst bemächtigte sich meiner wie ein riesiges Gespenst, füllte jeden Winkel meines Körpers aus, beherrschte jeden meiner Gedanken.

Am nächsten Tag wieder das lange Aufschlussritual.

»Treppe rauf! Hier wird nicht geredet.«

Anschließend öffnete die Aufseherin eine schmale schwarze Tür.

Wir traten einzeln hindurch, gingen direkt an einer Uniformierten mit Gummiknüppel vorbei und fanden uns auf dem Dach des Gefängnisses wieder. Erstaunt blinzelte ich in die gleißende Augustsonne.

Eine lange Laufbahn erstreckte sich über das große Flachdach des Hochhauses. Sie war von einem engmaschigen Gitter mit Stacheldraht umzäunt.

»Geh'n Se! Einzeln! Im Kreis! Hände auf den Rücken!«

Etwa zwanzig Frauen begannen die Fläche abzulaufen. Die Wachteln warteten zu viert an den jeweiligen Ecken.

Von hier oben sah ich durch den Stacheldraht einige

bekannte Berliner Gebäude, und plötzlich entdeckte ich den Schriftzug »Hotel Stadt Berlin«. An der nächsten Biegung tauchte der Fernsehturm auf.

Mein Gehirn arbeitete fieberhaft. Ich bin hier mitten in Berlin!, schoss es mir durch den Kopf. Ich bin hier direkt am Alexanderplatz. Da, wo wir uns mit Klaas getroffen haben!

Aber wieso ist hier ein Knast? Tausend Mal bin ich schon über den Alex gelaufen, ohne auch nur das Geringste zu ahnen. Als was ist dieses Gebäude getarnt? Draußen sind ganz normale Geschäfte und Büros! Während ich versuchte, diese Informationen zu verarbeiten, durchzuckte mich auch schon die nächste Erkenntnis: Unsere Wohnung ist nur zehn Minuten von hier entfernt!

Die Wohnung, in der ich mit Ed und seinen Eltern gewohnt hatte! Thea und Georg!

Ich wartete auf so etwas wie Heimweh oder Reue. Doch da kam nichts. Dieses Land war nicht mehr mein Zuhause. Hier hielt mich nichts mehr. Nur leider war ich eingesperrt.

Zurück in der Zelle, hörte ich den Essenswagen klappern. Es war vielleicht fünf Uhr am Nachmittag.

Abendbrotzeit.

Meine Luke wurde aufgerissen und eine Graubrotscheibe mit Margarine und fetter Wurst hindurchgeschoben. Ich hatte keinen Appetit und schob den Blechteller zur Seite.

Nur den Becher mit lauwarmem Teewasser schüttete ich durstig hinunter. Es schmeckte irgendwie bitter, noch widerlicher als sonst. Ein fieser Nachgeschmack machte sich in meinem Mund breit.

Der Kopf wurde mir so schwer, dass ich ihn kaum aufrecht halten konnte. Doch noch war es nicht erlaubt, sich ins Bett zu legen.

Draußen auf den Gängen ging es zu wie auf dem Berliner Hauptbahnhof. Gebrüll und Geschrei, Pfeifen und Hämmern gegen Zellentüren. Während in der Stasi-U-Haft, Berlin-Pankow, abends alles gespenstisch still gewesen war und man nur gelegentlich verhaltene Klopfzeichen hörte, hörte es sich hier an wie im Zoo. Tierische Schreie, Gebalze und Gestöhne.

»Nachtruhe!«, brüllte eine Wachtel und schlug gegen meine Zellentür. Zweiundzwanzig Uhr.

Endlich!

Mit letzter Kraft ließ ich mich aufs untere Bett fallen. Obwohl August war, wurde es ab Sonnenuntergang sofort sehr kalt in der Zelle. Ich schlotterte unter meiner schmutzigen Decke und versuchte, mich einzumummeln. Trotz meines Gewichts von gerade mal vierzig Kilo fühlte ich mich auf einmal zentnerschwer.

Hatten die mir was in den Tee getan?

»Auf den Rücken legen! Hände über die Decke!«

Mein Körper hatte sich gerade entspannt, als das Licht wieder eingeschaltet wurde. Wieder begann sich ein hysterisches Gedankenkarussell in meinem Kopf zu drehen.

Ich muss jetzt aufhören zu denken!, befahl ich mir. Den Lärm von draußen ausblenden. Hinnehmen, was ich nicht ändern kann.

Das Licht ging wieder aus, und ich fiel in einen tiefen, künstlich-erzwungenen Schlaf.

Mitten in der Nacht wurde die Zellentür aufgerissen.

Schlaftrunken glitt ich aus dem Bett und stand sofort senkrecht.

»Anzieh'n, mitkommen!«

Wie in Trance zog ich mich an und taumelte aus der offen stehenden Tür. Auf dem Gang blinzelte ich in grelles Licht. Vor anderen Zellentüren standen schon drei oder vier abmarschbereite Frauen.

»Im Gleichschritt, los! Ruhe!«

Wie ein Sack Mehl taumelte ich hinter den anderen Frauen her, eine Wärterin mit Schlagstock dicht hinter mir. »Schneller!«

Wir hasteten eiserne Treppen hinunter und wurden durch eine enge Schleuse gescheucht.

»Stehen bleiben! Hände auf den Rücken!«

Unsanft legte mir jemand Handschellen an. Damit war ich automatisch an meine Vorderfrau und die Frau hinter mir gekettet.

»Einsteigen.«

Wie Schlachtvieh wurden wir in einen Kleinbus gezwängt. Seitlich waren Holzsitze an den fensterlosen Wänden angebracht. Hier saßen schon einige andere – die Männer auf der einen, die Frauen auf der anderen Seite. An den Enden saßen bewaffnete Männer und Frauen in Uniform.

»Transport!«, schrie eine Frau, und ein anderer klopfte von außen aufs Dach.

Der Kleinbus fuhr los. Wir wurden durchgeschaukelt. Draußen war finstere Nacht.

Wir wurden durchs nächtliche Berlin gekarrt. In den Kurven flogen wir alle aufeinander. Nicht mal festhalten konnten wir uns.

»Aussteigen!«

Schäferhunde hechelten, sie wurden von bewaffneten Soldaten an der kurzen Leine gehalten.

Über mehrere ausgetretene Stufen wurden wir nach oben geführt.

Gleise! Bahnsteige! Der typische Geruch des Berliner Ostbahnhofs schlug mir entgegen.

Hier war ich in meinem früheren Leben unzählige Male umgestiegen, um zur Staatsoper zu kommen! Leichtfüßig war ich aus der S-Bahn gesprungen, die Treppen heruntergehüpft und am anderen Bahnsteig wieder hinauf, meine Balletttasche lässig über die Schulter geworfen, mit Lampenfieber und Vorfreude im Blick, eilig auf die Uhr schauend, mich innerlich auf die Vorstellung freuend ... Hier hatte ich Ed kennengelernt, den unangepassten, coolen, gut aussehenden Mann mit den langen Haaren und den Protestklamotten, aus dessen dunklen Augen der Schalk blitzte. Jeden Abend hatten wir gemeinsam in der letzten S-Bahn gesessen, erst zaghaft geflirtet, später Arm in Arm auf einer Bank gehockt. Hier hatten wir uns zum ersten Mal geküsst, und hier hatte er mir zum ersten Mal gesagt, dass er mich liebt.

Und nun stand ich hier an andere Strafgefangene gekettet, auf einem abgelegenen Bahnsteig im Dunkeln, umhechelt von Schäferhunden, bewacht von Soldaten mit Maschinenpistolen und Gewehren. Sobald sich eine Mitgefangene bewegte, schnitten mir die Handschellen schmerzhaft ins Fleisch. Je enger und bewegungsloser wir beieinanderstanden, desto weniger gruben sich die engen Eisenringe in meine Gelenke.

Schulter an Schulter, schweigend, eine anonyme Masse aus Menschenleibern, warteten wir mit gesenkten Köpfen auf unseren Abtransport ins Ungewisse.

Am Bahnsteig gegenüber standen einige wenige Menschen, die uns gar nicht wahrnahmen. Die Nacht-S-Bahn, die ich nach meiner Vorstellung so oft benutzt hatte, fuhr quietschend ein. Darin vereinzelte, müde Gestalten, die uns ebenfalls nicht bemerkten.

»Im Gleichschritt, marsch!«

Ganz am Ende unseres abgelegenen dunklen Bahnsteigs stand er. Der Zug mit den Viehwaggons.

»Einsteigen!« Mühsam kletterten wir in den leeren Waggon, ohne uns dabei irgendwo festhalten zu können. Meine stämmige Hinterfrau war ungelenk und zerrte an der Kette. Der Schmerz schoss mir in die Handgelenke. Endlich war sie oben.

Kein Sitz weit und breit. Erst als wir alle nebeneinander auf dem Boden saßen und die Türen von außen verriegelt worden waren, nahmen sie uns die Handschellen ab.

Unauffällig massierte ich mir die brennenden Handgelenke. Der Zug setzte sich ruckelnd in Bewegung.

»Na denn ma juhte Fahrt.« Die Stämmige massierte sich ebenfalls die geschundene Haut. »Auf nach Hoheneck.«

»Was ist Hoheneck?«, fragte ich schüchtern.

»Frauenzuchthaus Hoheneck, erste Adresse.« Sie grinste. »Wirste ooch schon noch kennler'n. Ick war schon zweemal da!«

»Und wo war ich in den letzten zwei Wochen?«

»Det war det Polizeijefängnis Keibelstraße.«

Der Zug rumpelte durch die Nacht. Nach und nach wurden alle Untersuchungsgefängnisse der DDR abgeklappert, um die verurteilten Häftlinge einzusammeln und in die Vollzugsanstalten zu bringen, wo sie ihre Strafe abzusitzen hatten. »Ringtransport« nannte man diesen mehrtägigen Marter.

Immer mehr ausgelaugte, graugesichtige Strafgefangene wurden in unseren Waggon gequetscht. Längst konnte man schon nicht mehr an den Wänden sitzen. Wir hockten oder lagen wild durcheinander.

Für mich dauerte dieser Transport, den man heutzutage

keinem Schlachtvieh mehr zumuten dürfte, drei unendlich lange Tage und Nächte. Wir wurden nämlich ausschließlich nachts transportiert. Bei Tag stand unser abgekoppelter Wagen auf irgendeinem Abstellgleis, in glühender Hitze, irgendwo im Nirgendwo. Es gab nichts zu essen und nichts zu trinken.

Ich musste an die Menschentransporte der Nazis im Dritten Reich denken.

Nachts wurde der Waggon aufgesperrt, und wir durften unter strenger Bewachung durch Soldaten mit Maschinengewehren im Anschlag auf die schmutzige Bahnhofstoilette. Dann gab es ne Tasse Muckefuck, und der Zug setzte sich wieder in Bewegung.

An einem Bahnhof – war es Cottbus oder Halle? – wurden wir nachts »umgefrachtet«.

Die Männer wurden rausgeholt und in die jeweiligen Zuchthäuser verbracht. Wir Frauen mussten so lange in einem Kellerverlies ausharren, bis es wieder Nacht war. In diesem letzten Zug gab es wenigstens herunterklappbare Bretter, auf die wir uns, eng aneinander gequetscht, setzen konnten.

»Du bist doch ne RF-lerin«, sprach mich meine neue Nachbarin mit heiserer Stimme an. Es handelte sich um eine junge Frau mit gefährlichem Blick, und ihren über und über tätowierten Armen.

»Was bin ich?«, fragte ich schüchtern.

»Na, ne Politische, ne Republikflüchtige, ne RF-lerin eben. Det is in de Hierarschie der Strafjefangenen det Allerletzte.« Verächtlich spuckte sie aus.

Anscheinend war ich die einzige RF-lerin zwischen Schwerverbrecherinnen. Alle anderen, die jetzt noch in diesem Waggon waren, hatten eindeutig kriminelle Energie. Ich befand mich unter Mörderinnen, Betrügerinnen und Diebinnen. Der

Aggressionspegel war hoch. Entsetzt presste ich die Lippen aufeinander und versuchte, keiner einzigen ins Gesicht zu sehen.

Der Zug setzte sich wieder in Bewegung. Die ganze Nacht saß ich eingequetscht neben diesen Frauen, die sich über meinen Kopf hinweg laut anbrüllten, ordinär lachten und mit ihren Straftaten angaben.

Offiziell gab es solche Straftaten in der DDR ja nicht. In den Zeitungen wurde nie darüber geschrieben.

Irgendwann wurde es ruhiger, die Frauen lehnten sich mit offenen Mündern aneinander und schliefen. Nur das Rattern des Zuges war zu hören, unaufhaltsam, zermürbend. Der Gestank von ungewaschenen, verschwitzten Frauenkörpern stach mir in die Nase.

Am nächsten Morgen fuhren wir in einen großen Bahnhof ein, Durchsagen dröhnten durch die Halle.

Milchiges Licht fiel durch das kleine Fenster, das von außen mit weißer Farbe übertüncht worden war. »Dresden, Hauptbahnhof«, schnarrte der Lautsprecher. »Vorsischt an dor Bahnsteigchgande. Zurückträten!«

Wir waren also in Sachsen. Ich bildete mir ein, die sächselnde Stimme von Walter Ulbricht aus dem Lautsprecher zu hören: »Niemand hat die Absicht, eine Mauer zu bauen.«

Die Waggontür wurde aufgerissen.

»Aussteigen.« Wieder wurden wir von Schäferhunden und bewaffneten Wachpersonal empfangen. Müde und apathisch kletterte ich auf den Bahnsteig. Sofort wurden wir wieder mit Handschellen aneinandergekettet. Diesmal paarweise.

Wie Mädchen einer Schulklasse stolperten wir hinter der Aufseherin, einer bewaffneten Soldatin, her.

Diesmal waren wir nicht auf einem Abstellgleis, sondern mitten auf dem Dresdner Hauptbahnhof und wurden durch die ahnungslose Menschenmenge geführt.

Aus dem Fernzug, der wartend auf dem Nachbargleis stand, fingen wir erstaunte Blicke auf.

Manche Reisende schauten ganz schnell wieder weg, andere starrten uns angewidert an.

Wir schleppten uns zerlumpt an ihnen vorbei.

Plötzlich presste ein junger Mann im Zug ein weißes Taschentuch gegen die Fensterscheibe. In seinem Blick standen Mitleid und Entsetzen. Fast glaubte ich, seine Gedanken lesen zu können: diese Schweine!

Eine Solidaritätsbezeugung, die sicherlich viel Mut kostete. Dass er sich das traute! Mitten am helllichten Tag, auf dem Dresdner Hauptbahnhof! Hier wimmelte es doch nur so von Stasi-Spitzeln, die ihn, wenn sie ihn dabei ertappt hätten, bestimmt gleich aus dem Zug gezerrt hätten.

Wir Gefangenen mussten unseren Bewachern wie eine Turnerriege im Gleichschritt folgen, und zwar in einen abgelegenen Warteraum, der mit einer schmutzigen Toilette und mehreren hölzernen Bänken ausgestattet war. An den Wänden hässliche Schmierereien.

Hier wurden Stullen und Muckefuck ausgegeben.

Ich konnte zwischen all den stinkenden Menschen in ihren verdreckten Sachen kaum etwas herunterbekommen, andererseits war es schon der dritte Tag ohne Nahrung.

Peasy, reiß dich zusammen, du musst was essen!

Ich zwang mich, wenigstens zu trinken. Den ganzen Tag mussten wir in diesem schmuddeligen Warteraum ausharren, etwa zwanzig Gefangene und sieben oder acht Bewacher sowie deren Hunde.

Erst als es dunkel war, wurden wir wieder in unseren Viehwaggon getrieben. Jetzt fuhren andere Bewacherinnen mit. Beim kleinsten Versuch, sich zu unterhalten, wurde drohend der Gummiknüppel gezückt.

Und wieder einmal verstummte ich.

26

Frauengefängnis Hoheneck, 26. August 1974

> *Um einen Staat zu beurteilen,*
> *muss man sich seine Gefängnisse*
> *von innen ansehen.*

LEO TOLSTOI

Hoheneck auf einem Hügel der Kleinstadt Stollberg im Erzgebirge war das entlegenste Ziel und damit die Endstation des Häftlingstransports.

Wieder wusste ich nicht, wo ich war, als wir mit steifen Gliedern völlig übermüdet aus dem Zug kletterten. Insofern wusste ich auch nicht, dass in diesem bereits Hundert Jahre alten Gefängnis über tausend Frauen saßen, die in Schlafsälen mit dreißig und vierzig Stockbetten ihr Dasein fristen mussten.

»Der Wanderer schaut schon von Weitem die Gebäude und den Turm des Schlosses Hoheneck, doch hüte sich jeder vor der Einladung, längere Zeit in ihnen zu weilen«, hieß es schon 1862 über das Königlich-Sächsische Weiberzuchthaus.

Vom Kleinstadtbahnhof Stollberg schleppten wir uns bei glühender Augusthitze zu einem fensterlosen Kleinbus, in den wir gepfercht wurden.

Woher nahm ich noch die physische Kraft, ein Bein vor das andere zu setzen? Waren meine Gliedmaßen nicht längst abgestorben?

Widerwillig kämpfte sich der Bus über holpriges Kopfsteinpflaster heulend den Berg hinauf. Und wieder öffnete sich quietschend ein riesiges Tor.

»Aussteigen!«

Wir standen im kahlen Innenhof des Zuchthauses, der die Größe eines kleinen Fußballfelds hatte und vielleicht zwanzig mal dreißig Meter maß. Keine Bank, kein Baum, kein Grün.

Umgeben war er von hohen backsteinroten Mauern. Fenster reihte sich an Fenster, alle engmaschig vergittert. Dahinter drängten sich bestimmt jeweils drei oder vier Gesichter.

Das Gebäude rechts war nicht aus rotem Backstein, sondern schmutzig grau verputzt. Eisentreppen führten zu verschiedenen Eingängen.

Vom Gefängnishof brachte uns eine Aufseherin über nicht enden wollende Gänge und Treppen bis ganz unters Dach. In die Kleiderkammer.

Hässliche Stahlregale reichten vom Fußboden bis zur Decke. Frauen in Gefängniskleidung rissen Kleidungsstücke heraus und warfen sie uns achtlos hin.

»Schnell, schnell!«

Pappkartons, vollgestopft mit alten Pullovern, Strümpfen, Schuhen, Lumpen.

»Anziehen, los, macht schon!«

Die Unterwäsche war viel zu groß und schon hundertmal geflickt.

Was waren das für Frauen? Was sollte dieser Befehlston uns Neuen gegenüber? Sie waren doch selbst Insassinnen dieses Zuchthauses!

Fast kam es mir so vor, sie sympathisierten mit den Wärterinnen. Sie sahen verbraucht und verlebt aus. Ihre Augen waren leer und ohne jede Strahlkraft. Ihre Haare waren stumpf und glanzlos. Sie sahen aus wie Frauen, die lange keine Freiheit mehr gekannt, die lange kein normales Leben mehr gelebt hatten. Waren das die Lebenslänglichen? Was mussten sie getan haben, um hier den Rest ihres Lebens zu fristen? Und wie konnten sie diese Hässlichkeit und diesen Hass ertragen?

Hässlich kommt von Hass, schoss es mir durch den Kopf. Ich kann nicht mehr. Ich kann das hier nicht ertragen.

Eine Strafgefangene warf mir ein Paar Kinderschuhe zu. »Los, zieh an!«

Es waren flache braune Schuhe mit dünnen Sohlen.

Noch war Sommer. In dieser Hektik dachte ich nicht daran, wie es damit im Winter sein würde. Auf den Gedanken kam ich gar nicht. Oder war ich so naiv zu glauben, dass ich im Winter warme Schuhe bekommen würde? Ich konnte ja nicht ahnen, dass ich mit diesen dünnen Schläppchen bei minus fünfzehn Grad Kälte im Hof herumgescheucht werden würde. Dass ich sie Tag und Nacht, auch bei der achtstündigen Arbeit in der Fabrik, ununterbrochen tragen würde. Bei meiner Ankunft in Hoheneck konnte mein Verstand einfach noch nicht fassen, dass ich von nun an drei Jahre in dieser Hölle verrotten sollte. Ich konnte nur reflexartig reagieren auf die Befehle und Anordnungen, die auf mich einprasselten. Mich ducken und gehorchen. Die Strümpfe aus dicker brauner Baumwolle wurden an einem Strumpfhaltergürtel befestigt, den ich mir dreimal um die Taille wickeln musste. Der Rock aus dunkelblauem Filz passte einigermaßen. Dazu gab es eine blaue Uniformbluse, einen olivbraunen Baumwollpullover und eine Jacke, die ebenfalls aus dunkelblauem Filz war. Ein schwerer knöchellanger Filzmantel und ein kleines blaues Kopftuch von der Größe eines Taschentuchs, das wir bei schlechtem Wetter tragen mussten, komplettierte die Ausstattung.

»Weitergehen, schnell!«

Die Häftlingsfrauen, die hier in der Kleiderkammer das Sagen hatten, schickten uns zum nächsten Regal. Zwei dunkelgraue kratzige Handtücher, eine graue Filzdecke, blau karierte Bettwäsche, Kernseife, Zahnbürste und Zahnpasta.

»In die Decke wickeln, na macht schon!«

Mit diesem Lumpenbündel wurden wir wieder aus der Kammer gescheucht.

»Sie da, mitkommen!«

Eine mit Schlagstock bewaffnete Aufseherin hetzte mich über Treppen und Gänge. Die Absätze ihrer Schuhe knallten bei jedem ihrer energischen Schritte wie Schüsse aus einer Kalaschnikow. Gleich stellt sie mich an die Wand!, dachte ich. Gleich knallt sie mich ab. In diesem Moment wäre es mir sogar nur recht gewesen.

Ich spürte, dass meine Beine schwächer und schwächer wurden. Drei oder vier Nächte ohne Schlaf, fast ohne Essen zollten ihren Tribut. Ich war erschöpft, wirr, orientierungslos und voller Angst. Gleich würde ich ohnmächtig vor ihr zusammensinken. Aber das durfte nicht passieren! Sie würde eher auf mich eintreten oder einprügeln, als mir zu helfen. Ich durfte mich ihr nicht ausliefern!

Mit letzter Kraft schleppte ich das Bündel mit meinen Habseligkeiten Stufe um Stufe hinunter und wieder hinauf.

»Jetzt machen Se schon«, keifte die Wachtel im breitesten Sächsisch.

»Benähm Se sisch nisch wie ne Prinzessin of de Erbse, sonst wär'n Se misch gennlern!«

Mein Herz krampfte sich zusammen, ich verspürte einen brennenden Schmerz in der Brust. Sie hielt mich für eine Simulantin!

Die Treppenstufen bestanden aus einem Metallgitter, durch das man nach unten sehen konnte. Mir wurde schwindelig. In jeder Etage schloss sie weitere Türen auf, ich hievte mein zentnerschweres Bündel hindurch, stellte mich an die Wand, und sie schloss wieder zu.

Peng, peng, peng!, knallten ihre Absätze. Mit erzieherischem Eifer trieb sie mich durchs ganze Gebäude in einen anderen Trakt, wo alles wieder von vorne losging.

Vor einer blassgelben Zellentür forderte sie mich endlich auf, stehen zu bleiben.

Ich ließ mein Lumpenbündel zu Boden gleiten.

»Häb'n Se das of, n bisschen plötzlich!«

Die Zelle, in die ich eintreten musste, war im Vergleich zu meiner Zelle in der U-Haft Berlin-Pankow riesengroß. Dreißig jeweils dreistöckige Betten standen darin, dicht an dicht, alle leer. Draußen war noch ein heller Augusttag, aber hier drin war es modrig und dunkel.

Die Wachtel schloss von außen ab. Was sollte ich jetzt tun? Wieder stellte ich meine schwere Last ab. Welches »Bett« sollte ich mir aussuchen? Ein unteres, ein mittleres, ein oberes? Wie kam man da überhaupt hoch? Ich hatte beim besten Willen nicht mehr die Kraft, so eine Bergsteigertour zu absolvieren.

Wohin mit mir? Kein Stuhl, kein Tisch, kein Spind. Nur diese fünfunddreißig Metallpritschen!

Ich war nicht imstande, einen klaren Gedanken zu fassen. Plötzlich öffnete sich am anderen Ende der Zelle eine Tür, und eine mittelgroße Frau um die vierzig kam mit einem dieser grauen kratzigen Handtücher um den Kopf und einem weiteren um den Körper aus einem hinter ihr liegenden Waschraum.

Ich starre sie an, als käme sie von einem fremden Planeten.

»Entschuldigung, ich wusste nicht, dass hier noch jemand ist ...«

»Du bist sicher eine von den Neuen.«

»Ja, ich bin gerade angekommen. Ich weiß nicht, welches Bett ich nehmen soll ...«

»Such dir eins aus. Ich bin schon seit drei Wochen allein hier drin.«

»Was?« Entsetzt ließ ich meinen Blick über die leeren Bettenburgen schweifen.

»Das ist hier die sogenannte Zugangszelle.« Sie machte eine weit ausholende Handbewegung. »Irgendwann teilen sie einen einem Arbeitskommando zu, aber das kann dauern. Ich bin übrigens Nicole.«

Wir schüttelten einander förmlich die Hand.

»Peasy, hallo. Und wo soll ich meine Sachen ...?«

»Wo du willst. Ich hab mir das Bett gleich am Waschraum ausgesucht.« Sie winkte mich näher. »Hier geht's rein, bitte sehr.«

Die Farbe blätterte von den Wänden. Überall Schimmelflecken. Zu beiden Seiten des schmalen gekachelten Raumes standen je ein langer Waschtrog mit sechs Wasserhähnen. Am schmalen Ende befanden sich zwei alte, heruntergekommene Toilettenschüsseln in unmittelbarer Nachbarschaft. Darüber zwei schmale Luken, hoch über unseren Köpfen. Selbst wenn man sich auf die Toiletten stellte, konnte man nicht hindurchschauen.

Schlagartig wurde mir bewusst, dass dieser schmale Waschraum für fünfunddreißig Frauen herhalten musste.

»Es kommt nur kaltes Wasser aus den Wasserhähnen. Wenn du dir die Haare waschen willst, am besten mit warmem Kaffee. Den bringen die Kalfaktoren immer morgens in die Zelle.«

Ich wusste inzwischen, dass die Mitgefangenen, die das Privileg hatten, Essen auszuteilen, »Kalfaktor« genannt wurden.

Wir kehrten wieder in die leere Bettenburgenzelle zurück.

»Tagsüber darfst du dich nicht in den Betten aufhalten.« Nicole stieg in ihren alten, rosafarbenen Schlüpfer und legte einen viel zu großen BH an, der mich an einen ausrangierten Still-BH erinnerte. Dann knöpfte sie ihre blaue Bluse zu und stieg in ihren Filzrock. Sie begann sich das noch nasse Haar zu bürsten. Dabei stieß sie mit dem Ellbogen gegen das Bettgestell.

»Verdammt, ist das eng, ich hab mich immer noch nicht daran gewöhnt.«

»Aber hier sind ja gar keine Stühle und Tische?«

»Nein. Theoretisch sollen wir sechzehn Stunden lang neben unseren Betten stehen.« Sie machte eine wegwerfende Handbewegung. »Hier oben schaut nur selten eine Wachtel vorbei. Ich lungere immer auf dem Bett rum, bis ich eine kommen höre.«

Ich starrte sie müde an. Wie gern hätte ich mich jetzt auf eines der Betten gelegt, und seien es nur fünf Minuten!

»Mach ruhig, ich pass auf.«

Sie half mir, mein schweres Bündel auf eine der Pritschen zu hieven. »Spätestens, wenn sich der Schlüssel in der Tür dreht, musst du sofort vom Bett springen, korrekt angezogen sein und Meldung machen.«

»Meldung machen?«

»Ja, pass auf, ich mach's dir vor.« Sie warf sich in Positur, stand stramm wie ein Soldat und ratterte herunter:

»Frau Leutnant XY, Verwahrraum 63, belegt mit zwei Strafgefangenen, meldet Strafgefangene Siebert.«

»Das kann ich mir nicht merken.« Erschöpft ließ ich mich auf die Matratze sinken.

»Du kannst dir das nicht merken?«

»Ich kann mir gerade gar nichts mehr merken.«

»Brauchst du auch nicht, ich mache das, wir sind ja nur zu zweit.«

»Und woher weiß ich, welchen Dienstgrad die Wachtel hat?«

»Den Dienstgrad erkennst du an den Schulterklappen ihrer Uniform.«

Ich hatte noch nicht mal die Kraft, Nicole zu fragen, warum sie hier war, was sie verbrochen hatte. Sie wirkte selbstbewusst, aber nicht herablassend oder böse.

Ich hatte mich gerade in den Waschraum geschleppt, um kurz die Toilette zu benutzen, als wir die Wachtel nahen hörten.

»Stell dich ans Fußende von deinem Bett!«, zischte Nicole. Schon klirrte der Schlüssel in der Zellentür.

Schlagartig standen wir stramm. Ich konnte mir gerade noch die viel zu große Unterhose hochziehen. Mein Strumpf rutschte.

»Frau Leutnant Kaltefleiter, Verwahrraum 63, zwei Strafgefangene vollständig angetreten, meldet Strafgefangene Siebert.«

Nicole machte wie gewünscht »n bisschen zackich« Meldung, aber die Wachtel hörte gar nicht hin.

»Strafgefangene Stein, Waschzeug nehmen, mitkommen.«

Obwohl ich inzwischen eigentlich daran gewöhnt sein sollte, dass immer alles ganz plötzlich, ohne Vorankündigung passierte, erschrak ich wieder. Die meinte mich! Hastig nahm ich meine Seife und mein Handtuch.

Lange Gänge. Treppe runter, Treppen rauf.

Na, und wo waren Sie in den Sommerferien?, sprach ich stumm mit Genossin Kaltefleiter. Hatten Sie es nett? Haben Sie Kinder? Keifen Sie die auch immer so an, n bisschen zackig? Oder nehmen Sie die auch mal in den Arm?

Nicht denken!, Peasy. Funktionieren. Alles, nur nicht auffallen. Sie soll sich gar nicht an dich erinnern.

Treppen wieder runter, nach draußen auf den Hof.

Vor einer verrosteten Tür stand eine Gruppe strafgefangener Frauen, bewacht von einer Aufseherin. Keine sprach.

»Stellen Se sich dazu.«

Aus einem Rohr, das aus dem Raum führte, kam heißer Wasserdampf.

»Gehen Se. Einzeln hintereinander, geredet wird nicht!«

Durch ein fensterloses uraltes Kellergewölbe, durch das verrostete und tropfende Rohre verliefen, trippelte ich hinter den anderen her.

»Auszieh'n.«

Nackt wurden wir in einen gekachelten Raum gescheucht, aus dessen Decke drei verrostete Duschköpfe ragten. Hinter uns wurde abgeschlossen. Die Wasserhähne waren abgeschraubt.

Unwillkürlich musste ich an die Gedenkstätte Sachsenhausen denken. Als Schüler waren wir mit der Klasse nicht nur einmal zur Mahnung dort gewesen. Nun war ich selber in einer ähnlichen Hölle.

Plötzlich schoss kochend heißes Wasser aus den Duschköpfen. Die Frauen fingen an zu kreischen und pressten sich nackt an die Wände. Mein Herz setzte einen Schlag aus, und ich sah mich hier sterben, zertrampelt von den anderen. Endlich wurde die Temperatur erträglicher. Alle strömten wieder unter die Dusche. Hastig seifte ich mich von oben bis unten ein. Die Haare wusch ich noch mit Schaum, als das Wasser auch schon wieder versiegte. Zitternd vor Schreck standen wir da, die Haut feuerrot. Nichts rührte sich. Wir waren eingesperrt. Eingesperrt im Zuchthaus, eingesperrt in einem Kellerloch, aus dessen Decke kochendes Wasser geschossen kam. Reglos stand ich da, über und über mit Kernseife bedeckt. Kein Handtuch in Reichweite, kein Wasser zum Ausspülen. Es brannte wie Feuer.

Wie lange? Zehn Minuten? Zwanzig? Eine halbe Stunde? Die Duschen konnten nur von außen bedient werden.

Mich fror. In dieser Gruft waren es höchstens fünfzehn Grad! Genüsslich ließen sie uns hier drinnen stehen.

Nach einer Ewigkeit schloss die Wärterin auf. »Schnell, anziehen, zurück in Ihre Zellen!«

Wieder wurde ich in den abgelegenen Saal unterm Dach geführt.

»Da biste ja wieder.« Nicole grinste mir entgegen. »Heiße Dusche?«

Wortlos stürzte ich in den Waschraum und spülte mir die Haare und meine juckende Haut mit eiskaltem Wasser ab.

Sie hätte mich ja vorwarnen können!

War dieser Nicole zu trauen?

»Nimm am besten ein oberes Bett!«

War das ein guter Tipp? Da stieß ich ja bereits im Sitzen mit dem Kopf an die Decke!

Aber die Alternativen waren nicht besser. Die mittlere und untere Pritsche verursachten noch mehr Platzangst.

»Wenn du erst mal mit dreißig Frauen oder mehr in so einer Zelle bist, hast du keine Auswahl mehr. In der Zelle deines

Arbeitskommandos musst du vielleicht sogar auf dem Boden schlafen.«

»Wieso denn das?« Entsetzt knetete ich mir mit dem Handtuch das Haar.

»Wenn ich als Kalfaktor das Essen austeile, sehe ich manchmal, wie es woanders aussieht. In einer Zelle, die eigentlich nur für fünfzehn Frauen ausgelegt ist, sind zum Teil locker dreißig Frauen drin. Die, die kein Bett haben, sind die sogenannten Bodenschläfer.«

Geschockt starrte ich sie an. Wie sollte das denn gehen, bei diesen winzigen Zwischenräumen zwischen den Betten, in denen man kaum stehen, geschweige denn liegen konnte?

»Dein ganzes Leben spielt sich von nun an in deinem Bett oder auf dem Boden ab.« Sie hob den Kopfkeil ihres Bettes: »Das hier ist mein Schrank. Deine Habseligkeiten, Wäsche, Waschzeug, deinen Einkauf, wenn sie dir später einen genehmigen – all das musst du hier unter dem Kopfkeil aufbewahren. Aber Vorsicht, die klauen wie die Raben. Und dann kommt es zu Prügeleien, was wiederum hohe Strafen durch die Wachteln nach sich zieht. Ich habe schon Szenen erlebt, die möchtest du nicht wissen.«

Ich wollte nur noch schlafen. Ich hatte mich doch für ein Bett ganz oben entschieden, direkt unter der Zellendecke.

Nicole erklärte mir, wie ich dort hochkam.

»Du stellst dich in den Gang und legst beide Ellbogen auf zwei Mittelbetten, so.«

Sie machte es mir vor. »Jetzt steigst du zuerst auf die Außenkanten des unteren Bettes, dann auf die des Mittelbetts.«

Sie ging in die Grätsche und stieg mit je einem Bein auf eine Kante.

»Das muss ganz schnell gehen, denn im Ernstfall liegt da eine drin, und die will deine Mauken nicht im Gesicht haben.«

Wie ein Affe hangelte ich mich nach oben.

»He, du bist aber gelenkig! Wo hast du das denn gelernt?«

»Ich war mal Tänzerin.« Oben angekommen, konnte ich nur kauern.

Nicole war noch nicht zufrieden. »Okay, und jetzt üben wir, wie du da in zwei Sekunden wieder runterkommst, wenn die Wachtel im Anmarsch ist.«

Obwohl ich todmüde war, wusste ich, dass ich mich noch nicht ausstrecken durfte.

Zack, zack, war ich wieder unten und stand am Fußende stramm. Und zack, zack, hangelte ich mich mit meinen Siebensachen wieder nach oben, die ich unterm Kopfkeil verstaute.

»Und jetzt üben wir das Bettenmachen, es ist besser, du beherrscht das jetzt schon«, meinte Nicole.

»Was?« Ich war so müde! Ich wollte mich nur noch nach hinten fallen lassen und schlafen!

»Los, auf, zack!«, kommandierte mich Nicole. »Echt jetzt. Die kontrollieren, ob die Decke auf Kante ist.«

»Auf Kante.«

»Ja, wie bei der Nationalen Volksarmee, der NVA. In Sekundenschnelle muss die Decke wie mit dem Lineal gezogen im rechten Winkel faltenfrei auf dem Bett straff gezogen sein.«

»Aber wie soll ich das denn hinkriegen, wenn ich selbst darauf kauere?«

»Das üben wir jetzt.« Nicole kannte keine Gnade. »Wenn du später mit drei Dutzend Kriminellen im Raum bist und deinetwegen die ganze Zelle bestraft wird, finden die das nicht mehr lustig.«

»Womit kann man uns denn noch bestrafen?«

»Keine Post, kein Einkauf, kein Kino«, zählte Nicole gelangweilt an den Fingern auf.

»Ist mir doch egal.«

Kino! Die Propagandafilme wollte ich ebenso wenig sehen, wie ich Post bekommen wollte! Von wem wohl?!

»Das ist dir nicht mehr egal, wenn du von denen vermöbelt wirst. Los, üben.«

Auf ihr Kommando hin sprang ich vom Bett, machte Meldung, sprang wieder rauf, zog und zerrte an der schweren Decke, bis sie auf Kante lag, sprang wieder runter, stand wieder stramm. Danach hingen mir die Haare verschwitzt vorm Gesicht.

»Die Haare müssen nach hinten gekämmt und mit dem Gummi zurückgebunden sein.« Nicole grinste. »Sonst schon ganz gut. Ist nur zu deinem Besten.«

Letztlich hatte sie recht. Ohne ihr militärisches Training hätte ich später mit meinen Zellengenossinnen reichlich Ärger bekommen.

»Achtung!«

Schlüssel klirrten im Türschloss. Wie von der Tarantel gestochen, turnte ich vom dritten Stock nach unten, stand stramm, schob mir die Bluse in den Rock und knöpfte die Jacke zu.

Nicole machte Meldung.

Ein Kalfaktor, von der Wachtel begleitet, gab das Essen aus: Graubrot, ein Klecks Margarine, eine Scheibe Wurst. Kalter Muckefuck aus der großen metallenen Kaffeekanne, die schon seit dem frühen Morgen in der Zelle stand. Wir waren ja nur zwei, also wurde der alte Morgenkaffee ausgetrunken.

Angewidert kletterte ich wieder auf mein Bett.

Nicole lag auf ihrer Pritsche, kaute und las.

Lesen bedeutete, wegen »guter Führung« einen Bonus erhalten zu haben.

Natürlich bestand ihre Lektüre aus einem sozialistischen Propaganda-Pamphlet und nicht aus wirklicher Literatur.

Ich wollte nicht »wegen guter Führung« ein solches Buch bekommen. Ich wollte aber auch nicht negativ auffallen. Mein Widerspruchsgeist, den ich in der U-Haft noch gehabt hatte, war erloschen. Ich war seelisch und körperlich am Ende. Aber ich durfte auch nicht krank und hilflos werden in dieser Umgebung. Ich wollte einfach nur unbemerkt vor mich hinvegetieren, die endlosen Tage und Nächte irgendwie überstehen.

Bis dieser Albtraum ein Ende haben würde. Noch DREI JAHRE.

In meiner ersten Nacht im Frauenzuchthaus Hoheneck starrte ich an die Betondecke direkt über meinem Gesicht, die jetzt mein Himmel war.

Vor über zwanzig Jahren hatte ich als kleines Mädchen oft im Hof der Werkstatt meines Vaters in den Himmel geblickt und den Wolken nachgeschaut. Mutter hatte am Klavier ein kleines Lied für mich erfunden:

Lasst uns in die Wolken seh'n
Was für Bilder da entsteh'n.
Lasst uns in den Wolken lesen,
Tiergesichter, Fabelwesen.
Wer da so vorüberzieht,
Was die Fantasie da sieht …

Und ich hatte in meiner kindlichen Fantasie Tiere gesehen, Bären, Pudel, Pferde, Delfine.

Sie alle hatten sich durch den Wind in Fabelwesen verwandelt, einander gejagt, um sich in Luft aufzulösen und zu neuen Figuren zusammenzuballen. Stundenlang konnte ich als kleines Mädchen auf der Schaukel sitzen, mich in die Lüfte schwingen und dabei den Himmel beobachten.

Jetzt sah ich nichts als Beton, der mich zu erdrücken drohte. Nicht der kleinste Sonnenstrahl konnte sich hierher verirren.

Ich schloss die Augen. Sah mich als kleines Mädchen im Garten unseres kleinen »Schlösschens«, bevor sie uns enteignet hatten. Ich sah Vater vor mir, meinen lieben Vater mit seinem Charakter aus purem Gold! Daran, wie er Wort gehalten hatte, damals, an diesem 31. August 1955, als wir aus Köln wieder in eine Heimat zurückgekehrt waren, die sich als großes Gefängnis entpuppt hatte. Hätte er doch nur auf Mutter gehört! Wie frei wären Mutter, Kristina und ich jetzt gewesen, ja Vater wäre vielleicht sogar noch am Leben.

Aber dann hätte ich ja Ed nie kennengelernt. Und es gäbe Lilli nicht. An diese beiden Gedanken klammerte ich mich. Für diese beiden geliebten Menschen musste ich durch die Hölle gehen. Die Hölle war der Preis.

Ach, wenn ich doch nur schlafen könnte!, dachte ich sehnsüchtig. Doch der erlösende Schlaf wollte einfach nicht kommen. Stattdessen rumpelte mein Herz. Mein Kreislauf rebellierte, ich kam einfach nicht zur Ruhe, und plötzlich wurde mir klar, warum: Ich bekam die Tabletten nicht mehr! Seit meinem Abtransport aus der U-Haft war ich auf kaltem Entzug!

Ich öffnete die Augen, und sofort schien die Decke auf mich zuzukommen, mich regelrecht zu zerquetschen.

Panik! Ich bekam keine Luft mehr!

Aufsetzen konnte ich mich nicht, dafür war die Betondecke

zu nah. Ich war lebendig begraben! Inzwischen war es stockdunkel in dem großen leeren Saal. Und still. So unfassbar still!

»Nicole? Bist du noch da?«

Keine Antwort. Ich traute mich nicht, sie zu wecken, war aber einer entsetzlichen Panikattacke ausgeliefert. Kalter Entzug! Das überlebt mein schwaches Herz nicht mehr!

Mein Puls raste. So konnte ich es keine Sekunde länger aushalten!

Vorsichtig drehte ich mich auf den Bauch. Der Kopfkeil stank nach faulem Stroh. Links über mir befand sich hoch oben die kleine vergitterte Luke. Spinnweben und tote Fliegen hatten sie verklebt. Mit letzter Kraft riss ich sie auf und rang nach Luft wie ein Fisch auf dem Trockenen. Kalte, klare Nachtluft. Ein pechschwarzer Himmel gähnte mich an. Kein einziger Stern war zu sehen.

Da, was war das für ein Geräusch? Kettenrasseln, Hecheln, Pfoten auf Schotterkies. Mal näher, dann wieder weiter entfernt. Der Wachhund lief unermüdlich an seinem langen Stahlseil auf und ab, zog seine Kette klirrend über das Metall. Dann wieder furchterregende Stille. Irgendwo rief ein Käuzchen.

Angst. Angst. Angst.

Ich muss hier raus! Mich bewegen! In Windeseile verließ ich meinen steinernen Sarg unter der Betondecke. Vielleicht war es doch keine so gute Idee gewesen, mir den obersten Platz auszusuchen? Endlich fester Boden unter den nackten Füßen. Er war eiskalt. Wie würde es hier erst im Winter sein? Auf Zehenspitzen schlich ich durch die mir noch fremde Zelle. Auf keinen Fall wollte ich Nicole wecken. Heftiger Schwindel ließ mich taumeln. Wasser! Ich musste zum Waschraum! Meine Hände tasteten die Wand ab. War denn auch hier nirgendwo ein Lichtschalter in der Zelle? Befand der sich außen und wurde ausschließlich von den Wachteln betätigt? Endlich hatte ich die Tür zum Waschraum gefunden.

Leise, ganz leise, drückte ich die Klinke runter, um Nicole nicht zu wecken, und erschrak.

Sie saß rauchend auf einer der beiden Toiletten. Tränen liefen ihr übers Gesicht.

Ich war so erschrocken, dass ich nicht wagte, sie anzusprechen. Tagsüber hatte sie noch so cool getan, und jetzt hockte sie im Nachthemd wie ein Häufchen Elend auf dem Klo und heulte.

Schweigend ließ ich mir Wasser über die Handgelenke laufen und trank durstig große Schlucke.

Eigentlich musste ich auch dringend, aber ich traute mich nicht, mich einfach neben sie zu setzen. Wir hätten uns berührt, so eng standen die beiden Kloschüsseln nebeneinander. Deshalb schlich ich nach ein paar Minuten wieder genauso lautlos davon, wie ich gekommen war. Kaum lag ich oben in meinem Bett, erfasste mich die nächste Panikattacke. Raus, runter, Luft! Wasser! Meine Blase würde mir gleich nicht mehr gehorchen! Bei aller Angst und allem Elend: In die Hose gemacht hatte ich mir nie. Meine Würde niemals aufgeben, das war mein Ziel. Sie würden mich nicht brechen! Wieder ließ ich mich hinunter auf den Boden gleiten und eilte mit Herzrasen barfuß über den eiskalten Fußboden im Dunkeln zum Waschraum. Diesmal war er leer. Ich sank auf die Toilette und ließ meinen Kopf nach unten fallen, damit wieder Blut hineinfließen konnte.

Ich war unten. Ganz unten. Tiefer konnte ich nicht mehr fallen.

Das dachte ich zumindest.

27

Frauengefängnis Hoheneck, 27. August 1974

»Frau Leutnant Behrend, Zelle 63, belegt mit zwei Strafgefangenen, vollzählig zum Morgenappell angetreten, meldet Strafgefangene Siebert!«

Von dem heulenden Bündel Elend war nichts mehr zu sehen. Nicole stand stramm, die Bluse adrett in den Rock gesteckt, ihre Bettdecke war wie mit dem Lineal gezogen. Ich hatte es ihr gleichgetan, mit fliegenden Fingern, zitternd vor Übermüdung und Stress. Wahrscheinlich war ich doch kurz in einen unruhigen Schlaf gefallen, als auch schon Schlüssel im Schloss der Zellentür klirrten. In drei Sekunden stand ich unten. Es war sechs Uhr früh.

»Strafgefangene Siebert, Sachen nehmen, mitkommen.«

Nicole wurde in ein Arbeitskommando verlegt.

Ich blieb allein in der großen dunklen Zelle zurück. Natürlich durfte ich mich nicht wieder ins Bett legen.

Ein Kalfaktor knallte mir das Frühstück hin: eine Marmeladenstulle und eine Blechkanne mit Muckefuck. Beides stand auf der Erde. Ich rührte es nicht an.

Durfte ich mich jetzt mit eingezogenem Kopf auf eines der Bettgestelle setzen? Oder auf die Erde? Sollte ich jetzt sechzehn Stunden stehen? Lange starrte ich einfach nur vor mich hin, versuchte mich geistig aus meinem Körper zu entfernen. Existierte ich überhaupt noch? War ich nicht längst ein Gespenst?

Ich begann zwischen den eng stehenden Bettgestellen auf und ab zu laufen. Die Bewegung tat mir gut. Bettgestellpolka.

Peasy, Hintern zusammenkneifen und durch!, hörte ich wieder die Stimme meiner russischen Ballettmeisterin. Reiß dich zusammen, Mädchen, gleich ist Vorstellung!

Wenn ich hier allein in dieser riesigen Zelle etwas hatte, dann Platz. Und wenn ich etwas in mir hatte, dann Disziplin.

Auf dünnen, wackeligen Beinen begann ich zaghaft, mich auf mein tänzerisches Können zu besinnen. Zunächst wärmte ich mich auf. Plié! Grand Plié! Rücken gerade, Battement! Das Metallbett war meine Trainingsstange. Sorgfältig führte ich die einzelnen Bewegungen aus, achtete auf ein gerades Standbein und streckte das Spielbein nach vorn, zur Seite und nach hinten. Meinen freien Arm führte ich anmutig durch die in der Morgensonne tanzenden Staubpartikel.

Langsam breitete sich wieder ein bisschen Wärme in meinem Körper aus. Schon raste mein Herz wieder wie ein Schnellzug, aber ich wollte noch nicht aufgeben. Ein paar Sprünge noch, Peasy, du schaffst das!

Chassé! Aus der zweiten und dritten Position sprang ich zaghaft hoch und schloss die Füße in der Luft. Ich kam mir vor wie ein tanzendes Skelett und glaubte schon, meine Knochen klappern zu hören.

Das Training dauerte wahrscheinlich nur fünf Minuten, fühlte sich aber an wie eine dreistündige Vorstellung. Doch die schlimmste Panik war besiegt.

Schließlich legte ich mein Bein auf das mittlere Bett, beugte meinen Oberkörper weit vor, bis ich den gestreckten Fuß mit der Hand umfassen konnte, und dehnte mich bis zur Schmerzgrenze.

Ich war so eingerostet, so schlaff und kraftlos geworden!

Fast eine Woche sollte ich in dieser leeren großen Zelle bleiben, in der ich mein Training täglich zaghaft steigerte. Nachts lag ich nun auf einem der unteren Betten, direkt an der Tür zum Waschraum. Immer wenn ich den Schlüssel in der Zellentür hörte, sauste ich ans Fußende und machte Meldung über mich selbst.

»Frau Leutnant Behrend, Strafgefangene Stein meldet: eine Strafgefangene in Zelle 63 anwesend.«

»So. Das war's jetzt mit dem Rumgehampel. Mitkommen.«

Ich musste meine Sachen packen und der strengen Wachtel folgen.

Am Ende des langen Ganges hier oben im Dachgeschoss übergab sie mich einer noch viel strengeren Aufseherin, die mich sofort anfuhr:

»Mach'n Se ärscht mal ordentlisch Mäldung!«

Sie spürte meine Angst und genoss ihre Macht. Würden sie mich nun für mein »Gehampel« bestrafen? Hatten sie mich beobachtet? Waren das etwa dieselben Frauen, die mich noch vor gar nicht allzu langer Zeit in der Staatsoper Unter den Linden bewundert und beklatscht hatten?

Klein und gedemütigt sagte ich mein Sprüchlein auf.

»Frau Leutnant, Strafgefangene Stein meldet sich ...«

»Frau Leutnant Lorenz heiße ich für Sie!«

»Ja, natürlich.«

»Ja, natürlich, Frau Leutnant Lorenz! Se wer'n mich noch kennenlernen!«

Ich lernte schnell, dass wir Strafgefangenen die Aufseherinnen mit »Frau«, Dienstgrad und Namen anzusprechen hatten, während sie uns einfach nur mit Nachnamen und dem davor gesetzten »Titel« Strafgefangene riefen.

»Wie sehen Sie überhaupt aus?« Sie riss an meinem Blusenkragen, der mir wahrscheinlich beim Training verrutscht war. »Das Rumgehopse wird Ihnen noch vergehen!«

»Frau Leutnant Lorenz, ich bekam in der Untersuchungshaft Medikamente.«

»Wozu?« Sie schaute auf ihr Klemmbrett. »Steht hier nicht.«

Das konnte doch nicht wahr sein! Hatten die aus Berlin keine Unterlagen mitgeschickt, aus denen meine tägliche Ration Faustan hervorging?

»Ich hatte in der Untersuchungshaft einen Herzanfall, Frau Leutnant Lorenz. Seitdem verabreichte man mir drei Mal täglich das Beruhigungsmittel Faustan.«

»Was hatten Se? Herzinfarkt? Aber hier wild herumhopsen?« Sie durchbohrte mich mit kalten Augen. »Stell'n Sie sich gefälligst gerade hin, wenn ich mit Ihnen rede! Warum sin Se hier?«

Weil ihr mich hier reingesteckt habt!, wollte ich am liebsten schreien. Weil ihr seelenlosen Gehirnamputierten mich hier brechen und vernichten wollt. Aber das werdet ihr nicht schaffen!

Stattdessen leierte ich artig herunter: »Paragraf 100 und Paragraf 213.«

»Also ne Schwerstverbrecherin.« Sie hakte auf ihrem Klemmbrett etwas ab. »Se gomm in strengen Vollzug.«

Mein Herz polterte.

Strenger Vollzug! Was bedeutete das? Würde ich die nächsten drei Jahre in einer dunklen Arrestzelle im Keller vor mich hinvegetieren?

O Herr, gib mir die Gelassenheit, Dinge hinzunehmen, die ich nicht ändern kann.

»Mälden Se sisch ab!«

Kalter Schweiß drang aus jeder Pore meines Körpers, als ich erneut in die leere Zugangszelle gesperrt wurde.

Was war denn das? Ein weiterer Einschüchterungsversuch?! Aber es sollte noch schlimmer kommen.

Nach Stunden, in denen ich innerlich tot auf meiner unteren Pritsche gehockt hatte, wurde die Zellentür erneut aufgerissen.

»Strafgefangene Stein, mitkommen.«

»Soll ich meine Sachen …?«

»Halten Se 'n Mund!«

Die Frau Leutnant ließ mich sämtliche Eisentreppen vor ihr hinuntergehen. Ich spürte ihren Atem im Nacken.

»Noch waidor rundor.«

Wir stiegen in den Keller des Zuchthauses hinab, über uralte, ausgetretene Steinstufen, die so hoch waren, dass ich automatisch an der Wand Halt suchte. Es gab kein Geländer. Das hier war eine mittelalterliche Gruft. Die spärliche Funzel, die von der Decke baumelte, spendete nur trübes Licht. Modergeruch breitete sich aus. Mit jedem Schritt wurde es dunkler, kälter und stickiger. Leutnant Jacobi rasselte mit ihrem Schlüsselbund.

Mein Herz setzte einen Schlag aus. Sollte ich etwa hier meine restlichen drei Jahre absitzen? In meinem Kopf gellte ein schriller Signalton. Nein, das würde ich nicht überleben! Nicht einen einzigen Tag würde ich hier überleben!

»Nähm Se das!« Auf dem Boden standen zwei kleine Blechschüsseln. Sie enthielten eine wässrige Suppe.

Ich bückte mich. Sollte ich jetzt essen? Meine Hände zitterten so sehr, dass die Suppe fast überschwappte.

Die Leutnant schloss eine schwere Tür auf, die in den Angeln quietschte. »Bring'n Se das da rein.«

Mir stockte der Atem, das Blut gefror mir in den Adern. Ich erstarrte.

Was ich jetzt sah, erschreckte mich zu Tode. Es war eine pechschwarze Arrestzelle, in der ich Umrisse eines Menschen erkennen konnte. Eine Frau schleppte sich mir entgegen, sie schlurfte an Ketten durch faulig riechendes Wasser.

»Ställ'n Se das auf den Boden.«

Wie in Trance gehorchte ich.

»Gomm Se raus.«

Fassungslos taumelte ich rückwärts. »Geh'n Se weiter.«

Sie schloss wieder ab, die Schlüssel knirschten im rostigen Schloss.

In jeder Dunkelzelle – waren es zwei oder drei? – vegetierte eine angekettete Frau vor sich hin, und sie war nackt.

Sie führte mich wieder nach oben.

Die Treppenstufen tanzten vor meinen Augen, das grelle Licht auf den Gängen blendete mich, und der Abgrund, über dem wir gingen, gähnte wie ein Höllenschlund. Ich hatte die Hölle gesehen. Ich hatte sie betreten. Sie ließen die Frauen nackt in eiskaltem Wasser stehen.

Das sollte eine Warnung an mich sein. Falls ich mir noch mal einen Herzinfarkt einbildete.

»Das Rumgehopse wird Ihnen noch vergehen!«

28

Frauengefängnis Hoheneck, September 1974

»Strafgefangene Stein, Sachen packen!«

Es waren vielleicht zwei Wochen vergangen, als ich wieder ohne jede Vorwarnung aus der Zugangszelle geholt wurde.

Wieder rechnete ich nicht damit und reagierte panisch. Gestresst warf ich meine Habseligkeiten auf die Bettdecke. Mit dem gepackten Bündel stand ich keine dreißig Sekunden später vor der Wachtel stramm.

»Strafgefangene Stein meldet, Zelle 63 mit einer Strafgefangenen vollständig belegt ...«

»Gomm Se, gomm Se, gomm Se«, sagte sie mit blecherner Stimme.

Sie trieb mich ein Dutzend Zellentüren weiter und schloss auf: Zelle 44.

»Und was Se im Gellor gesäh'n haben, darüber behalten Se Stillschweigen. Is das glor?!«

»Ja.«

»Das heißt ›Ja, Frau Leutnant Stettin!‹«

»Ja, Frau Leutnant Stettin.«

»Träten Se in de Zelle, aber zackich.«

Mindestens dreißig Frauen sprangen gleichzeitig hektisch von den Betten, zupften sich noch mal schnell die Kleidung zurecht, banden sich eilig die Haare zurück und standen stramm. Diese Zelle war so vollgestopft wie eine Legebatterie!

»Frau Leutnant Stettin, Strafgefangene Schmitz meldet, Zelle 44 mit 34 Strafgefangenen vollständig zum Appell angetreten«, ratterte die Zellenälteste herunter.

»Rüaorn.«

Die eingesperrten Frauen durften ihre Bewacherin nicht einfach so mit ihren Fragen bestürmen.

»Habe ich Post bekommen?«

»Wann bekomme ich wieder meine Medikamente?«

»Darf ich von der Spätschicht in die Frühschicht wechseln, wegen meiner Sehschwäche?«

»Frau Leutnant Stettin, ich hab solche Migräne, wann darf ich zum Arzt?«

»Bitte, Frau Leutnant Stettin, ich hab so stark meine Tage, ich brauche Binden!«

Nein, jede Einzelne musste sich vorher bei der sogenannten »Erzieherin« zum Gespräch anmelden. Und wenn die Frau Leutnant gnädig war, gewährte sie Audienz. Wenn nicht und wenn man seine Arbeitsnorm nicht ausreichend erfüllt hatte, musste man bis zum Sankt-Nimmerleins-Tag warten, um seine Wünsche vortragen zu können.

»Gähn Se zurück, seien Se still, ich bin hier nich der Gummorgasten.«

Kurz gab sie ein paar Briefe aus und war auch schon wieder verschwunden.

Nicht ohne von außen abzuschließen natürlich.

Da stand ich nun. Mit dreiunddreißig weiteren Frauen in einer Zelle, die eigentlich für nur siebzehn Strafgefangene gedacht war. Genau wie Nicole es vorausgesagt hatte! Die dreistöckigen Metallbetten waren so eng zusammengeschoben, dass man dazwischen kaum stehen konnte. Auf dem Boden lagen auch noch Matratzen.

Manche Frauen starrten mich an, manche ignorierten mich und begannen Richtung Waschraum zu drängeln.

»He, du sitzt schon viel zu lange auf dem Klo!«

»Lass das, das war mein Waschbecken, du bist noch nicht dran!«

»He, das ist mein Handtuch!«

»Hier! Hier unten ist noch ein Bett frei!«

Eine junge Frau mit Brille und Ponyfrisur nahm mich unter ihre Fittiche.

»Schau, die Matratze direkt gegenüber der Zellentür ist noch frei.« Sie lächelte mich an. »Die Wachtel sieht immer als Erstes auf dieses Bett, aber so wie du aussiehst, bist du flink.« Sie reichte mir die Hand. »Ich bin Gundi.«

»Hallo. Gisa. Freunde nennen mich Peasy.«

»Und das ist Ulla, wir sind ein eingespieltes Team.«

Ulla hatte lockiges, rötliches Haar, das sie gerade vom Gummiband befreit hatte und ausführlich schüttelte. »Grüß dich. Willkommen in unserer Mitte.«

Die beiden »wohnten« über mir, die eine in der Mitte, die andere ganz oben.

»Es gibt hier hauptsächlich Politische«, teilte mir Ulla mit. »Aber sei vorsichtig! Zu allen solltest du kein grenzenloses Vertrauen haben. Es sind auch Kriminelle dabei.« Sie wies mit dem Kinn in Richtung Waschraum.

Ich bezog mein Verlies, mein Wohnzimmer und Schlafzimmer, das außerdem Kleiderschrank war. Mein Leben auf einem Quadratmeter.

»Ruh dich erst mal aus, Peasy.« Ulla streckte den Kopf zu mir herunter. »Wir passen schon auf, wenn jemand kommt. Wir warnen dich vor! Denn wenn du mit offener Jacke hier erwischt wirst, sprich wenn nur ein Knopf offen ist, kann es gut sein, dass du mit deiner Zahnbürste den Knastflur putzen musst!«

Obwohl das schon wieder neue Horrornachrichten waren, tat es unglaublich gut, so eine menschliche Stimme zu hören. Nach acht Monaten, in denen ich nur gebellte Befehle empfangen hatte, war es geradezu überwältigend, so eine Fürsorge zu spüren. Mein allererster Eindruck war der, hier unter Gleichgesinnten zu sein. Heimlich hatte ich gehofft, Ellen auf Hoheneck wiederzusehen, doch sie war nicht in dieser Zelle. Später erfuhr ich, dass sie sehr wohl in Hoheneck war. Aber wie erklärte Ulla so schön? »Die haben genau in deiner Akte stehen, wo du mit wem zusammen warst. Und jetzt passen sie akribisch auf, dass ihr euch auf Hoheneck nicht wieder begegnet.«

»Aber warum denn?«, fragte ich, obwohl ich inzwischen eigentlich begriffen haben sollte, dass es hier niemals eine logische Antwort auf eine Warum-Frage gab.

»Weil ihr euch nicht erzählen sollt, wie viel Strafe ihr bekommen habt. Oder war Ellen nach deinem Prozess noch mal in deiner U-Haft-Zelle?«

»Nein, ich habe sie nie mehr gesehen. Am Tag meines Herzanfalls war sie spurlos verschwunden.«

»Vielleicht war sie ja auch nicht echt?!«

»Doch. Wenn eine echt war, dann meine liebe, fürsorgliche Ellen. Ohne sie hätte ich die U-Haft nicht überlebt.«

»Und jetzt sind wir für dich da, Peasy. Du kannst uns vertrauen.«

Inzwischen hatte ich meine Menschenkenntnis geschärft. Bei Gundi und Ulla wusste ich, dass sie »echt« waren – feine, gebildete und herzliche Mädels.

Tatsächlich gönnte ich es mir, mich für ein paar Minuten fallen zu lassen und die Augen zu schließen. Das Gewusel in der Zelle ließ mich allerdings kaum zur Ruhe kommen. Ständig stieß jemand gegen meine Matratze oder warf mit Sachen um sich. Ständig wurde gequasselt, geheult und geschimpft.

»He, ich steh hier schon eine halbe Stunde Schlange, rück mal'n Stück«, hallte es aus dem Waschraum.

Menschenwürde? Wir Politischen versuchten uns so viel wie nur möglich davon zu bewahren.

Ich musste mich erst mal neu sortieren. Nach Monaten quälender Einsamkeit war ich in einen ganzen Hühnerhaufen geworfen worden. Meine armen Nerven hatten Mühe, das Stimmengewirr und die ständige Drängelei zu verarbeiten.

Aber ich konnte von Glück sagen, dass ich hier mit Frauen einsaß, die das Ordinäre dieses Zuchthauses etwas aufbrachen.

»Peasy?«

»Ja!«

Die beiden kamen runter zu mir.

»Warum bist du hier?«

»Fluchtversuch im Kofferraum.« Mit leiser Stimme erzählte ich ihnen hastig meine Geschichte.

Ihnen war es ähnlich ergangen.

Ulla hatte sich in einem Ungarn-Urlaub vor fünf Jahren in Joachim, einen Westdeutschen, verliebt. Seit fünf Jahren stellte sie regelmäßig einen Ausreiseantrag nach dem anderen. Selbst als Joachim schriftlich um ihre Hand anhielt und in einem Brief an die Behörden die volle finanzielle Verantwortung für Ulla übernahm, wurden sämtliche Ausreiseanträge abgelehnt.

Im letzten Sommer war ihr dann auch die Urlaubsreise nach Ungarn verweigert worden, sodass sie ihren Verlobten gar nicht mehr sehen konnte. Joachims Briefe wurden auch abgefangen, und nur über einen anonymen Hintermann erfuhr sie, dass Joachim sie immer noch heiraten wollte und alles für ein Zusammenleben in Hannover vorbereitet hatte.

Sie konnten zusammen nicht kommen, das Wasser war viel zu tief!

In ihrem Zorn und Liebeskummer hatte Ulla schriftlich angedroht, sich bei der nächsten Leipziger Messe mit einem Plakat vor die Messehallen zu stellen. Ulla war Chemikerin und arbeitete für die Firma Zeiss in Jena. Auf der Messe stellte sie die neuesten Produkte ihrer Firma vor, und zwar ausgerechnet Zielfernrohre und Nachtsichtferngläser. Die Firma »Horch und Guck« war ihr bester Abnehmer!

Doch auf der Leipziger Messe erwarteten sie nicht nur zusätzliche Interessenten aus dem Westen, sondern auch richtig viel Presse. Sie hatte gedroht, dem *Stern* und dem *Spiegel* ein Interview zu geben. Mutige Ulla!

Daraufhin war sie direkt von ihrem Arbeitsplatz wegverhaftet und nach sechsmonatiger Untersuchungshaft wegen »Nötigung und Erpressung des Staates« in diese Gruft geworfen worden. Ihr Joachim ahnte nichts davon und glaubte wahrscheinlich, Ulla hätte jedes Interesse an ihm verloren.

»Aber ich werde ihn heiraten!«, frohlockte Ulla. »Eines Tages wird die DDR zusammenbrechen. Marmor, Stein und Eisen bricht, aber unsere Liebe nicht! In Ehrlichkeit!«

Gundi und ihr Mann waren durch Verrat eines Kollegen aufgeflogen. Gundis Mann war Chefarzt einer angesehenen Klinik in Rostock. Auf der Rückfahrt vom Winterurlaub in Thüringen, mitten auf der Fernverkehrsstraße F 96, zufällig nahe meiner Heimatstadt Oranienburg, wurden sie, ohne dass sie etwas Verbotenes getan hatten, von der Stasi angehalten und aus ihrem Auto heraus verhaftet. Die Stasi behauptete, eindeutige Beweise zu haben, dass die Familie eine Flucht in die BRD plane. Das konnte nur der Hinweis eines bestimmten Kollegen sein, der den Chefarzt auf diese Weise loswerden wollte: ein Neider und fieser Emporkömmling, wie es ihn in fast jedem Kollegium gibt. Die beiden Kinder, zehn und zwölf Jahre alt, wurden einer siebzig Jahre alten Tante in Rostock übergeben. Diese alte Dame, selbst kinderlos und unverheiratet, kämpfte wie eine Löwin darum, dass die Kinder nicht in ein Heim mussten.

Gundis Mann war genau wie Ed sofort von ihr getrennt worden, und auch sie hatte ihn nur ganz kurz beim Prozess wiedergesehen.

Dennoch glaubten beide fest daran, eines Tages vom Westen freigekauft zu werden.

»Dr. Vogel ist der Schlüssel zur Freiheit! Er sorgt dafür, dass sich etwas bewegt, dass die Gefangenen freigekauft werden!«

»In Ehrlichkeit«, ergänzte Ulla im Brustton der Überzeugung. »Wir kommen hier raus!«

Süß!, dachte ich. In Ehrlichkeit. Wenn ich es doch glauben könnte!

»Mir hat er nur Vorwürfe gemacht und mich gar nicht angeschaut.« Ich erzählte ihnen von meiner kurzen Begegnung mit diesem angeblichen Retter. »Mit der Gardine hat er geredet! Und gesagt, welch schwerer Straftat ich mich schuldig gemacht habe! Ich kam mir vor wie eine ungezogene Schülerin, die zum Direktor muss!«

Dass sie sich so für diesen kleinen dicken Mann begeistern konnten!

»Das ist alles Taktik«, flüsterte Ulla. Sie tippte sich gegen die Stirn. »Der redet denen nach dem Mund und lässt sie glauben, dass er auf ihrer Seite ist.«

»Aber in Wirklichkeit arbeitet Dr. Vogel daran, uns rauszuhauen«, ergänzte Gundi eifrig.

Auch sie senkte die Stimme, als eine andere, bis unter die Achselhöhlen tätowierte Mitinsassin allzu nah an unser Bett kam.

»Pfoten weg, ich will hier rauf!«

Die Tätowierte stemmte sich keuchend neben unserem Bettgestell hoch und brachte es gefährlich zum Wackeln. Wir warteten, bis sie sich und ihre Filzdecken geordnet hatte.

Dann steckten wir wieder die Köpfe zusammen.

»Bestimmt ist er längst über uns drei informiert, und wir stehen irgendwo auf seiner Liste!«

»Glaubt ihr das wirklich? Für einen Transport in den Westen?«

»Ja, ganz bestimmt!« Ulla nickte, dass ihre Locken nur so flogen. »In Ehrlichkeit!«

»Die haben uns doch nur eingesperrt, damit sie uns nach ein paar Jahren nach drüben verkaufen können!«, flüsterte Gundi. »Denen brennt so der Hut, dass sie mit uns Handel treiben müssen.«

»Das heißt, die setzen uns fest, um uns als Pfand in der Hinterhand zu haben?«

»Ja natürlich, in Ehrlichkeit!«

Gott, war diese Ulla süß! Wie konnte eine junge Frau, die schon so viele Enttäuschungen erlebt hatte, noch so voller Optimismus sein! Von der konnte ich mir eine Scheibe abschneiden.

»Eines Tages bin ich drüben, und dann besorg ich mir die Liste«, schwor Ulla. »Dann schreib ich euch, ob ihr draufsteht!«

»Ja, genau.« Gundi kicherte und zeigte ihr einen Vogel. »Den Brief werden sie garantiert an uns weiterleiten.«

»In Ehrlichkeit! Ihr müsst nur ganz fest dran glauben!«

»Los, Mädels! Hand drauf!«, wisperte Gundi. Wir fassten

uns alle an den Händen. »Die Erste von uns, die frei und drüben im Westen ist, schickt unseren Angehörigen im Osten eine verschlüsselte Nachricht.«

»Au ja, aber wie lautet der Code?«

»Es muss was ganz Harmloses sein.«

Ich schüttelte den Kopf. »Die filzen doch jeden Brief! Erst recht, wenn er aus dem Westen kommt!«

»Und schon erst recht, wenn er von einer ehemaligen Strafgefangenen kommt!« Gundi nagte an ihrer Unterlippe. »Natürlich muss ein falscher Absendername hinten draufstehen. Sonst können wir das vergessen.«

»Ja, aber wie soll das funktionieren?« Ich kaute nervös auf meinem Daumennagel.

Ulla warf ihre rötliche Lockenmähne nach hinten. »Eine völlig unverdächtige Formulierung ...«

»So was wie ›Du stehst auf Platz soundso auf der Transportliste‹, nur in verschlüsselt?«

»Nee, eher so was wie: ›Ich hab den ersten Preis gewonnen‹ ...«

»Erster Preis ...im Schönheitswettbewerb?«

Auf Ulla könnte das sogar zutreffen. Wie schaffte sie es nur, dass ihre Haare so glänzten und ihre Augen so strahlten?

»Hahaha! Sehr witzig.« Ulla gab Gundi einen spielerischen Klaps.

»Ist ja egal. Das Codewort lautet ›Erster Preis‹.«

»Oder eben zweiter oder dritter, je nachdem, wie hoch die Chancen stehen, beim nächsten Transport mit dabei zu sein.«

»Ruhe, ich will schlafen«, beschwerte sich die Frau neben mir im unteren Bett, die mir schon seit Längerem böse Blicke zuwarf. Energisch warf sie sich auf die andere Seite und zerrte sich die schmuddelige Decke über den Kopf.

»Ich hatte Nachtschicht, verdammt!«

»Wieso darf die jetzt schlafen?«

»Sorry, Rita!« Ulla und Gundi flüsterten noch leiser. Wir steckten die Köpfe zusammen. »Sie versucht bloß Ruhe zu finden, weil sie diese Woche Nachtschicht hat. Wir arbeiten hier in drei Schichten! Rund um die Uhr. Eine Schicht ist immer auf Achse.«

Auch das war neu für mich.

Ab jetzt war ich eine Zwangsarbeiterin?!

War das gut oder schlecht?

Das endlose Alleinsein und Nichtstun hatte mich in den letzten acht Monaten völlig zermürbt und fast in den Wahnsinn getrieben.

Hier herrschte nun das genaue Gegenteil: Zeitknappheit und Stress, Lärm und Enge.

»Ein Drittel von uns ist gerade auf Schicht«, flüsterte Ulla, die inzwischen wieder auf ihre Matratze geklettert war und ihre lange Mähne wie einen Vorhang zu mir herunterbaumeln ließ. »Dachtest du etwa, die Zelle wäre schon voll?«

»Ach du Scheiße!«, entfuhr es mir. »Wann kommen die denn wieder?«

»Um vier. Dann sind wir dran. Spätschicht. Bis Mitternacht.« Sie wies mit dem Kinn auf meine schlafende – oder sich schlafend stellende? – Nachbarin Rita. Die war mir nicht unbedingt sympathisch. Durchaus möglich, dass sie für die Stasi spitzelte.

»Und dann sind die nächsten dran.«

Sie zeigte auf einen anderen Teil des Saals.

In meinem Kopf kullerten diese Informationen hin und her wie Lottokugeln kurz vor der Ziehung.

»Es wird hier also rund um die Uhr gearbeitet?«

»Ja, genau. Wir steigern das Bruttoinlandsprodukt«, unkte Gundi.

»Achtung!«

Schlüssel klirrten im Schloss. Wir schossen von unseren Betten hoch und standen stramm wie die Zinnsoldaten. Auch die gerade noch schlafende Rita stand schon senkrecht und knöpfte ihre Jacke zu. Hastig zupfte ich noch an meiner Frisur herum. Gundi blies sich den Pony aus dem Gesicht, und Ulla zähmte ihre rötliche Lockenpracht mit einem Gummiband.

Die Zellenälteste machte Meldung, dass Zelle 44 mit 34 Strafgefangenen vollständig anwesend sei, als die Wachtel auch schon dazwischen blaffte:

»Spätschischt. Mitgomm.«

»Das sind wir«, zischte mir Gundi zu. »Jetzt ist erst Freigang. Vergiss dein Kopftuch nicht.«

»Dieses blaue Taschentuch hier?«

»Setz es auf, sonst kriegst du Ärger!«

»Klappe halten«, fuhr die Wachtel uns an.

Mit gesenktem Kopf marschierten wir, die »Spätschischt«, alle mit diesem lächerlich kleinen blauen Kopftuch auf dem Kopf, wie ungezogene Schülerinnen auf den Gang.

»Hände auf den Rücken!«

Wir mussten uns wie eine Sportlerriege aufstellen. Mein Kopftuch kratzte unterm Kinn, und ich versuchte, mit dem Unterkiefer etwas Lockerung zu erwirken.

»Lassen Se die Grimassen, sonst wär'n Se mich kennenlernen! – Name?«

»Gisa Stein, Frau Leutnant.«

»Strafgefangene Stein, Frau Leutnant Drabner!«

»Ja, natürlich.«

»Wiederholen Se das!«, bellte mich die Drabner an. Sie war zwei Köpfe größer als ich und mindestens zweimal so schwer.

»Strafgefangene Stein, Frau Leutnant Drabner«, piepste ich mit eingezogenem Kopf.

»Ich werd Se im Auge behalten!«

Andere Zellentüren wurden aufgeschlossen. Aus dem Augenwinkel konnte ich sehen, wie auch dort alle Frauen auseinanderstoben, sich noch schnell die Jacke zuknöpften, die Haare unter dem blauen Kopftuch zurückbanden und strammstanden. Überall herrschte nackte Angst. Meldungen wurden gemacht, Befehle und Zurechtweisungen zurückgebrüllt.

»Wo ist Ihr Kopftuch, stehen Se gerade, gucken Se gefälligst nicht so frech.«

Schließlich waren alle »Spätschischtler« auf dem Gang. Im Gänsemarsch liefen etwa hundert Frauen die Eisentreppen hinunter, alle mit dem blauen Kopftuch, der dunkelblauen Bluse, dem blauen Filzrock und den dünnen Schuhen, den Blick starr nach unten gerichtet. Wie eine riesige Viehherde wurden wir durch das kalte Gebäude getrieben. Niemals würde ich vergessen, was ich da im unterirdischen Gewölbe gesehen hatte: Frauen, die tagelang in eiskaltem Wasser standen. Das Bild hatte sich regelrecht in mein Gedächtnis eingebrannt.

»Raustreten! Zu Vierergruppen formieren! Klappe halten!«

Wir wurden durch eine Eisentür in den Hof gestoßen. Es war derselbe Innenhof, in dem ich vor Wochen aus dem Transportauto gestiegen war. Das einzige Gebäude, das nicht aus rotem Backstein war, stellte sich als Fabrik heraus. Zwei Jahre lang sollte ich darin Tag für Tag bis zur totalen Erschöpfung schuften müssen.

»Hörn Se auf zu glotzen! Gopf rundor!«

Schüchtern gesellte ich mich zu Gundi und Ulla.

Eine vierte Frau wurde von einer Wachtel zu uns gezerrt und fiel regelrecht auf mich.

»Im Gleichschritt Marsch!«

Wir begannen schnell und rhythmisch zu gehen. Immer im Viereck. Zwanzig Meter geradeaus, dann scharf nach links, zehn Meter geradeaus, dann wieder zwanzig Meter zurück und wieder zehn Meter nach links. Unter der großen Laterne waren wir wieder am Ausgangspunkt angelangt.

Eine solche Runde dauerte vielleicht eine Minute, und wir schritten das Terrain genau zwanzig Mal ab. Dann war der »Freigang« beendet.

Schweigend stellten wir uns vor der Eisentreppe auf, die in das schmutziggraue Gebäude führte.

»Arbeitseinsatz Spätschischt mit achtundneunzig Strafgefangenen angeträten«, meldete uns die Wachtel an und trieb uns anschließend in einen grell beleuchteten Nähsaal. Ich keuchte und musste erst mal zu Atem kommen. Die frische Luft hatte meinen Kreislauf völlig überfordert. Und dann ... wieder ein neuer Eindruck.

An vielen Tischen reihte sich Nähmaschine an Nähmaschine, dahinter strammstehende Frauen. Gundi und Ulla warfen mir einen aufmunternden Blick zu.

Eine Vorarbeiterin führte mich, die Neue, zu meinem Arbeitsplatz.

»Setzen. Gönn Se nähen?«

»Ja.«

»Denn machen Se hinne. Worauf warten Se noch?!«

Ich hatte mich noch nicht hingesetzt, als sich die Schwerkriminellen, Mörderinnen und Lebenslänglichen schon wie

Tiere auf ihre Maschinen stürzten. Als gäbe es etwas zu gewinnen, rissen sie den Stoff unter den Nähfuß der Maschine und ließen die Nadel so irre schnell auf und ab sticheln, dass man sie kaum noch erkennen konnte. Ratter-ratter-ratter ... Was trieb die bloß an? Wozu dieser geradezu krankhafte Eifer? Sie blickten weder auf noch schienen sie Luft zu holen. Gab es hier was umsonst? Kamen sie durch diesen übertriebenen Fleiß vielleicht früher raus?

Später erfuhr ich, dass die Frauen versuchten, die vorgegebene Hundertprozentleistung noch zu überbieten, um kleine »Vergünstigungen« wie einen Einkauf am Kiosk, einen Kino- oder Friseurbesuch zu erwerben. Vor allem die Lebenslänglichen. Sie nannten das »Lebensqualität«.

Eine sklavenartige Schufterei stand mir bevor, bei der jede Näherin nur einen primitiven Arbeitsgang rasend schnell immer und immer wieder ausführte. An meinem Ausbildungsplatz in der Theaterschneiderei hatte ich wenigstens ein und dasselbe Stück von Anfang bis Ende selbstständig fertigen dürfen. Aber mit so viel Individualität war es jetzt vorbei. Jede von uns hatte nur einen einzigen, stumpfsinnigen Handgriff zu machen, diesen aber mehrere Tausend Mal pro Schicht, und das in Rekordtempo. Meine Vorgabe lautete über neunhundertsechzig Stück Bettwäsche – täglich! Außerdem sollte ich mich gefälligst auf über tausend Stück steigern, um die Norm zu erfüllen. Darüber führte die Aufseherin, die in einem erhöhten Glaskasten am Ende der Tischreihen saß, penibelst Buch.

Wir Politischen dachten nicht im Traum daran, wie die Tiere zu schuften. Dafür wurden wir später in der Zelle von den Kriminellen lautstark als »faule Drecksäue« beschimpft.

»Ihr glaubt wohl, ihr seid was Besseres mit eurem intellektuellen Gehabe!«, keiften sie im Waschraum auf uns ein. »Ihr fügt der ganzen Schicht und damit dem sozialistischen Staat Schaden zu, ihr dreckigen Wanzen, ihr Abschaum der Gesellschaft!«

So war das also. Wir waren die dreckigen Wanzen. Wir, die wir diesem Land einfach nur den Rücken gekehrt hatten. Die Lebenslänglichen dagegen durften nach getaner Arbeit noch zum Fernsehen in den Gemeinschaftsraum. Aber dazu wäre ich ohnehin viel zu erschöpft gewesen – mal ganz abgesehen davon, dass ich nicht die geringste Lust auf Propagandafilme hatte, die uns umerziehen sollten. Gehirnwäsche zusätzlich zu den Wäschestücken? Nein, danke!

Anfangs schaffte ich das vorgegebene Tempo nicht einmal ansatzweise. Die riesigen Bettüberzüge waren in drei Nähgängen zusammenzunähen, unten musste eine Knopfleiste angebracht werden. Die nächste Arbeiterin musste dann die Knopflöcher nähen, die übernächste rasend schnell Knöpfe anbringen. Ich war vollauf damit beschäftigt, mir nicht die Finger zu durchlöchern, während ich in den Stoffmengen ertrank.

Von einer Pause konnte auch keine Rede sein.

In den ersten Wochen traute ich mich nicht mal auf die Toilette zu gehen. Später schlich ich mich schon mal für ein, zwei Minuten raus in den sogenannten »Freizeitraum«, in dem zwei Toiletten ohne Sichtschutz nebeneinanderstanden. Hier fanden sich stets die »Hundertzehnprozentigen« ein, die ihr Pensum bereits geschafft hatten und sich auf der Klobrille eine Zigarette gönnten. Am Knastkiosk gab es losen Tabak, den sie sich in Zeitungspapier des *Neuen Deutschland* zu langen Tüten drehten.

»Entschuldigung, darf ich bitte mal die Toilette benutzen?«
»Hau ab, du blöde Kuh! Du störst!«

Entsetzt prallte ich zurück, als ich zwei Frauen innig miteinander knutschen sah.

»Oh, Entschuldigung ...«

»Och, guck mal, eigentlich ist die Kleine ganz knackig. Und wie süß die rot wird. Ich steh ja auf so nen knabenhaften Typ.«

»Willst du mitmachen? Wie heißt du denn? Na los, sag deinen Namen!«

Da war mein Harndrang ganz schnell wieder weg.

Meine Vorarbeiterin, die Bandleiterin genannt wurde, schaute mir etwa eine Woche lang prüfend über die Schulter.

»Ich weiß ja, det Se ne Schneiderausbildung jemacht haben. Ham aber die Prüfung jeschmissen.«

Offensichtlich hatte sie meine Akte gelesen.

»Denn könn Se aber noch deutlich mehr Tempo vorlegen!«

»Ich tue, was ich kann.« Mit fliegenden Fingern stopfte ich die Stoffbahnen unter die Nadel.

»Sie können doppelt so viel schaffen!«, behauptete die Bandleiterin. »Sie sind nur faul und haben keine Lust, sich anzustrengen!«

»Ich gebe mein Bestes!«

»Ihr Bestes ist aber nicht gut genug«, schnaufte sie mir erzürnt in den Nacken. »Sie wissen, ich muss Meldung machen. Das könnte Ihnen als Sabotage ausgelegt werden!«

»Aber es ist ja kein böser Wille. Ich fühle mich bloß immer so schlapp!«

»Sie wissen aber, was das bedeuten kann? Nachschlag!«

Entsetzt fuhr ich zu ihr herum. Ihre Augen waren zu schmalen Schlitzen geworden. Voller Niedertracht sagte sie hämisch: Wenn Sie so weitermachen, blüht Ihnen noch ein Prozess wegen Arbeitsverweigerung und Boykott. Dann brummt man Ihnen noch mal ne saftige Haftstrafe obendrauf!«

Alles, nur das nicht!, flehte ich innerlich.

»Ich schaffe wirklich nicht mehr, ich kann nicht schneller«, stammelte ich. »Ich bekomme seit ein paar Tagen wieder Tabletten, die machen mich kraftlos und müde.«

Tatsächlich war mir eines Morgens nach der Nachtschicht von der Frau Leutnant beim Austeilen der Medizin plötzlich kommentarlos wieder meine bekannte Tablette verabreicht worden. Sie half gegen mein Herzrasen und befreite mich von den nächtlichen Panikattacken. Dafür haute sie mich tagsüber völlig aus den Puschen.

»Ich behalte Sie im Auge.« Die Vorarbeiterin zog ihr Unterlid mit dem Zeigefinger herunter und ging zur nächsten Strafgefangenen.

Wir saßen dicht an dicht und erstickten nicht nur in Staub, sondern auch in Lärm: klack-klack-klack, ratter-ratter-ratter. Immer wieder landeten versehentlich Stoffbahnen bei mir, die da nichts zu suchen hatten. Wischte ich sie hektisch beiseite, konnte auch schon mal ein zusammengefaltetes Zettelchen darunterliegen.

Zunächst ignorierte ich diese verbotenen Botschaften und schob sie weiter, als handelte es sich um ein giftiges Insekt. Und das stets unter den Adleraugen der Bewacherinnen, die nur darauf warteten, uns ein Vergehen nachweisen zu können. Das dann drakonische Strafen nach sich ziehen würde.

Wir »Politischen« durften während der Arbeit keinen Kontakt untereinander haben.

Deshalb verteilten sie uns nach und nach in Zellen mit lauter »Kriminellen«.

Anfangs verdiente ich im Monat ganz wenig Geld. Fünfzig Pfennige, eine Mark, eine Mark fünfzig. Später waren es dann sage und schreibe ganze vier Ostmark. Doch davon konnte ich mir auch am Kiosk am Ende des Speisesaales, vor dem nach der Essenseinnahme jedes Mal ein heftiges Gedränge herrschte, nichts kaufen. Die Kriminellen mit ihrem üppigen Monatslohn hatten nämlich »Vorkaufsrecht«. Kurz vor Erreichen der kleinen Luke, aus der den Strafgefangenen mal ein verschrumpelter Apfel, mal eine dringend benötigte Tube Zahnpasta oder Florena-Hautcreme hingeknallt wurde, brachen die Wachteln das »Shoppen« bei den nicht Lebenslänglichen aus reiner Schikane meist abrupt ab.

»Ablaufen zur Arbeitsschicht«, brüllten sie dann in den Essensraum.

Dennoch bemühte auch ich mich später immer wieder, mir am Kiosk das Nötigste zu kaufen. So manches Mal träumte ich von einem Apfel, aber es mussten immer Waschutensilien sein. Hätte ich den Kriminellen bei der Arbeit oder in der Zelle »gestunken«, hätten sie mich gründlich eingeseift. Ich hatte schon widerliche Szenen miterlebt: Die gegenseitige Bestrafung stand der des Wachpersonals in nichts nach.

So kriminell sie auch waren – Sauberkeit genoss bei den Lebenslänglichen oberste Priorität. Dieser Widerspruch zwischen ihren Verbrechen und ihrem Reinlichkeitsfimmel ließ mich kopfschüttelnd zurück.

Da hatten sie die grausamsten Straftaten begangen, ihre Männer erstochen, ihre kaum geborenen Kinder mit Bohnerwachs eingerieben und im Ofen verbrannt, aber Hauptsache, man schrubbte sich, bis man blutete.

Wegen meiner »mangelnden Arbeitsleistung« bekam ich auch nie einen Brief, geschweige denn ein Päckchen ausgehändigt. Für die Zuteilung der Post war unsere Frau Leutnant, unsere sogenannte »Erzieherin« zuständig. Erst später sollte ich erfahren, dass Ed mir jeden Monat einen Brief geschrieben hatte. Kein einziger davon wurde mir zugestellt, denn ich war ja zu faul für solche Vergünstigungen!

Nach zweiunddreißig Jahren las ich in meinen Akten, was Frau Leutnant Weber in einer Beurteilung über mich geschrieben hatte:

> »Die Arbeitsleistung der Strafgefangenen Stein kann nicht befriedigen. Sie wäre ohne Weiteres in der Lage, mehr zu leisten. Sie ist aber der Auffassung, ihre Kräfte unnötig zu verschwenden, und behauptet, ein schwaches Herz zu haben. Weiterhin empfehle ich keinerlei Vergünstigungen wie Post, Kinobesuch, Kiosk oder Lesestoff.«

Nach der Spätschicht, die um zweiundzwanzig Uhr zu Ende war, wurden wir wieder in der Zelle eingeschlossen. Währenddessen machte sich die Nachtschicht auf den Weg. Die einen kamen todmüde an, die anderen gingen, die dritten lagen erschöpft von der Frühschicht in ihren Betten und hatten gerade Schlaf gefunden, als schon wieder Schlüssel im Schloss klirrten.

»Zählappell!«

Jeden Morgen und jeden Abend mussten wir dieses Ritual über uns ergehen lassen. Wie in einer Irrenanstalt musste jede Strafgefangene die Nummer aufsagen, mit der sie gerade an der Reihe war. Unteres Bett, mittleres Bett, oberes Bett. Dann eine Reihe weiter. Unteres Bett, mittleres Bett, oberes Bett. Ach, da lag ja gerade niemand drin. Der kleinste Versprecher bedeutete, dass die Wachtel unbarmherzig wieder von vorne anfing.

Wenn man nach einer Arbeitsschicht total übermüdet war und nur noch schlafen wollte, machte es den Aufseherinnen besonders viel Spaß, das Ganze wegen Nichtigkeiten mehrmals zu wiederholen.

»Wegtreten!«

Endlich, endlich ließ sie uns in Ruhe! Hastig packte ich mein Waschzeug und flitzte in den Waschraum, um mich in der Schlange vor der Toilette einzureihen. Zähneputzend standen die Frauen in Unterwäsche da, zitternd und frierend, denn es war inzwischen Anfang Oktober geworden, und in diesem Gemäuer herrschten schon eisige Temperaturen.

Der Kampf an den Waschtrögen um eine Handvoll Wasser war entwürdigend.

Endlich, endlich legte ich mich auf meine Matratze, direkt gegenüber der Zellentür.

Nach acht Stunden Arbeit war ich komplett erschöpft. Ich sehnte mich so sehr nach Schlaf! Mir brannten die Augen, doch das Licht brannte noch viel unbarmherziger.

Kaum hatte ich Ruhe gefunden, klirrten schon wieder die Schlüssel.

»Essensausgabe für die Spätschicht!«

Ein Kalfaktor teilte unter strenger Aufsicht der Wachtel das Essen aus.

Sollte ich mich noch mal aufrappeln? Meine letzte Mahlzeit war mittags vor der Schicht gewesen – ein Teller wässrige Linsensuppe. Mir knurrte der Magen.

»Strafgefangene Stein, wird's bald!«

In Sekundenschnelle stand ich stramm.

»Nähm Se!« Mein abendliches Faustan war fällig. Wenn ich es auf nüchternen Magen nahm, würde sich mein Magen zusammenkrampfen, sodass ich die ganze Nacht von Brechreiz gequält wurde. Also zwang ich mir um Mitternacht auf meiner Matratze die harte Stulle mit Fettaugenwurst rein.

Währenddessen lasen andere Frauen ihre Post. Als dann endlich wieder alles verriegelt war, erhob sich das nächtliche Stimmengewirr.

»He, haltet alle das Maul, ich will schlafen!«
»Wer hat meine Zigaretten geklaut? Ich bring euch alle um!«
»Gib das Buch her, das lese ICH gerade!«

So ging das ununterbrochen. An Schlaf war nicht zu denken.

Viele Kriminelle kannten nur diesen Umgangston, und nach und nach verrohten alle immer mehr. Keine von uns hatte mehr Privatsphäre als ihren einen Quadratmeter. Wie sollte da ein höflicher Umgangston herrschen mit »Bitte nach Ihnen« und »Danke, du zuerst«? Nur wir Politischen benahmen uns immer fair und höflich. Daran konnte man uns erkennen.

Meist trafen Ulla, Gundi und ich uns in der Mitte, in Ullas Bett, wo wir uns eng zusammenkuschelten. Nach und nach erzählten wir uns unser ganzes Leben. Die beiden waren intelligente, starke und tapfere Frauen und sind bis heute meine besten Freundinnen.

29

Frauengefängnis Hoheneck, 2. Oktober 1974

Nachtschicht.

»Heude begomm Se'n Extra-Auftraach«, informierte uns die Fabrikaufseherin.

»Wissen Se, was am nächsten Montag für'n Tach is?«

»Der siebte Oktober!«

»Säh'n Se. Und was bedeutet das?« Sie sah die Vorarbeiterin auffordernd an.

»Das ist ein besonderer Ehrentag für die Genossen und Genossinnen der Republik, Genossin Oberstleutnant!«

»Das ist rischtisch. Sätzen!«

Hundert Frauen sanken auf ihren Stuhl, hundert Stühle wurden an den Nähtisch gerückt.

»Heude nähen Se geene Bettwäsche, heude nähen Se das DDR-Staatsemblem mit Hammor un Zirkel auf de schwarz-rot-goldenen Fahnen!«

»Jawohl, Genossin Oberstleutnant.«

»Aber'n bisschen Tembo, wennisch bidden darf.«

Schon ratterten die Nähmaschinen im Akkord.

Glücklicherweise war ich mit dieser Arbeit nicht überfordert, ich wusste, wie man Embleme auf Kleidungsstücke näht. Das war eine meiner Abschlussarbeiten im letzten Lehrjahr gewesen, Hammer und Zirkel auf Tanztrikots zu nähen.

Acht Stunden lang ratterten die Maschinen wie ein großer stampfender Schiffsmotor.

Ab und zu fing ich einen ironischen Blick von Ulla auf, die heute Nacht besonders gute Laune hatte. Es war wirklich unfassbar, wie diese tapfere Frau aus jeder noch so grauenvollen Situation das Beste machte.

Die Aufseherin hatte sie schon auf dem Kieker.

»Was ist denn daran so lustisch?«

»Nichts.«

»Wenn Se noch eenmal lachen, wird Ihnen das Lachen schon vergäh'n!«

Unmerklich schüttelte ich warnend den Kopf. Ullas Übermut konnte manchmal mit ihr durchgehen.

Um sechs Uhr früh schrillte die Glocke durch den Nähsaal. Alle sprangen auf und stellten sich hinter ihren Stuhl.

»Nachtschischt beendet! «

Wir stellten uns zum »Ablaufen in den Zellentrakt« auf.

Ulla huschte neben mich, noch immer ganz aufgekratzt. Heimlich flüsterte sie mir etwas zu.

Ich verstand es nicht. »Psst!«, machte ich.

Wie aus dem Boden geschossen stand die Wachtel neben uns und brüllte: »Ruhe, habe isch gesacht! Sonst gönn Se gleich de nächste Schicht ooch noch machen!«

Um Beherrschung ringend, marschierten wir im Gleichschritt die Treppen hinunter, über den noch kalten dunklen Hof, im anderen Gebäudetrakt die Gittertreppen wieder hinauf und ließen uns dann in unsere Zelle einsperren.

Hier kannte Ulla auf einmal kein Halten mehr. Sie warf sich auf ihre Matratze und prustete los wie eine Schülerin, die ihrer Lehrerin einen Streich gespielt hat.

Und genau das hatte sie auch!

»Ich kann es dir nicht laut sagen, du weißt ja, der Feind hört mit!«, flüsterte sie mit Lachtränen in den Augen.

Gemeint waren die Kriminellen, die mit uns in der Zelle waren und uns ohne mit der Wimper zu zucken verpetzen würden.

»Komm mit in den Waschraum!«

Wie durch ein Wunder saß gerade niemand auf dem Klo. Ein paar verschlafene Gestalten putzten sich die Zähne oder gähnten halb tot die Wand an.

Wir setzten uns nebeneinander auf die Toiletten.

»Was hast du angestellt?«

»Ich habe bei meinen Fahnen das Loch zugenäht!«

»Du hast was? Bist du wahnsinnig?«

Ulla lachte ihr herzerfrischendes Lachen.

»Ich stelle mir gerade vor, wie die Genossen und Genossinnen morgens beim Fahnenappell, am Ehrentag der Republik, vor ihrer Fahnenstange stehen und versuchen, die Fahne über die Stange zu ziehen.«

Nun verschluckte sie sich fast vor Lachen.

Inzwischen standen zwei bullige Mannweiber vor uns und warteten, dass wir die Toilette freigaben.

»Sie ziehen und ziehen, sie zuppeln und zuppeln«, gluckste Ulla und machte eine zweideutige Geste. »Es klemmt und stockt und geht einfach nicht über die Fahnenstange!«

»Macht euern Schweinkram woanders!«

Hastig betätigten wir die Klospülung.

Während die beiden Stämmigen kopfschüttelnd ihre Plätze einnahmen und uns noch ein verächtliches »hysterische Hühner« hinterhermurmelten, lagen Ulla und ich uns fast weinend vor Lachen in den Armen.

Was hatte diese wunderschöne Frau nur für einen Mut!

30

Frauengefängnis Hoheneck, 27. Oktober 1974

Frauen besitzen gottlob die Gabe, in noch so trostloser Umgebung ein bisschen Hoffnung, Liebe und Wärme aufkeimen zu lassen.

Ich kam gerade aus dem Waschraum zurück, wo ich mich vor der Nachtschicht noch einmal frisch gemacht hatte.

»*Happy birthday to you!*«, ertönte es aus fünfunddreißig Frauenkehlen. Sogar die eher männlichen Zellengenossinnen brummten mit tiefer Stimme mit.

Ich prallte zurück. Meinten die mich?

»*Happy birthday*, liebe Peasy, *happy birthday to you!*«

Ach ja, heute war ja mein sechsundzwanzigster Geburtstag! Mir wollten die Tränen kommen. Ich hatte jegliches Zeitgefühl verloren.

Doris, eine Geigerin aus dem Gewandhausorchester, saß kerzengerade auf ihrem Knastbett und dirigierte mit einem imaginären Geigenbogen. Mit ihrer vollen Altstimme sang sie die zweite Stimme. Plötzlich kam Leben in die Bude!

»Wie schön, dass du geboren bist, wir hätten dich sonst sehr vermisst…«, rockten die Mädels in ihren Nachthemden und tanzten neben ihren Betten.

Barfuß stand ich, meine Zahnbürste und mein Handtuch in der Hand, völlig baff da. Ich würgte an einem dicken Kloß im Hals. Umgeben von starken Leidensgenossinnen, die ihr

Schicksal alle tapfer ertrugen, fühlte ich mich geliebt und aufgefangen.

Auf einem umgedrehten, leeren Marmeladeneimer trommelte Gundi die wildesten Rhythmen. Dabei warf sie den Kopf vor und zurück, als wäre sie Mitglied in einer Punkband.

Plötzlich zauberte Ulla auf wundersame Weise eine in Muckefuck eingeweichte Knasttorte aus Zwieback unter ihrem Bett hervor.

»Herzlichen Glückwunsch, Peasy! Kommt alle her, es gibt Torte!«

Das ließen sich die anderen nicht zweimal sagen. Obwohl es noch so früh war, stürzten sich alle auf diese Köstlichkeit. Natürlich nur die, die zu unserem Kreis gehörten. Andächtig betrachteten wir das kleine Kunstwerk. Welche Pracht!

Die Torte bestand aus eingeweichtem Zwieback, der abwechselnd mit Apfelmus, Zucker und schwarzem Sirup bestrichen worden war. Zu guter Letzt hatte die Zuckerbäckerin diesen Baumkuchen auch noch mit Margarine, die sie mit Zucker schaumig geschlagen hatte, eingespachtelt. Früher hätte ich mich würgend abgewandt, doch heute leuchteten meine Augen.

»Meine Güte, wie habt ihr das denn geschafft?«

»Tja, Arbeit im Untergrund.«

»Wie konntet ihr das vor mir verbergen? Ich habe nichts gemerkt!«

»Schätzchen, wir können alles, du wirst schon sehen. Und jetzt: guten Appetit!«

Obwohl uns von dieser Zuckerbombe schlecht wurde, vertilgten wir das zähe Gemisch, als wäre es ein Stück Sachertorte.

Als die Wachtel mit der morgendlichen Marmeladenstulle kam, sprangen wir von unseren Matratzen und ließen die »Torte« hastig unterm Bett verschwinden. Unauffällig schob Ulla sie mit dem Fuß noch weiter nach hinten. Wer Fahnen zunäht, kann auch Torten verstecken!

Wir standen stramm, machten Meldung, schluckten noch am »Kuchen« und wischten uns verstohlen Krümel aus den Mundwinkeln.

Kaum war die Wachtel weg, rotteten wir uns wieder zusammen, fast wie in einem Mädcheninternat.

Ulla schenkte mir ein liebevoll von Hand geschriebenes Gedichtbüchlein. Alle hatten ihr Lieblingsgedicht beigesteuert! Wie zauberhaft war das denn!

»Wechselnde Pfade, Schatten und Licht: Alles ist Gnade, fürchte dich nicht!«

Das kam von Doris, der Geigerin. Sie hatte es sogar vertont und sang es uns vor. In Moll. Ganz traurig, aber wunderschön.

»Das ist ein Kanon!« Leise summte sie uns die Melodie mehrmals vor, und vierstimmig sangen wir es schließlich nach.

Wechselnde Pfade, Schatten und Licht – es klang so traurig, dass ich gleich wieder weinen musste. Aber das Ganze spendete auch Mut und Zuversicht an diesem grauen Herbsttag!

»Dieser Wahlspruch ist von mir!« Ulla tippte auf eine andere Seite und hüpfte wie ein Kind aufgeregt auf und ab. »In Ehrlichkeit!«

Sie besaß die Gabe, trotz aller Schikanen eine grenzenlose Leichtigkeit zu versprühen, als wäre das hier ein Kindergeburtstag.

»Fröhlich sein, Gutes tun, und die Spatzen pfeifen lassen.«

Sie klatschte vor Freude in die Hände, als sie meinen Gesichtsausdruck sah.

Meine Wangen glühten, und ich hatte Gänsehaut, weil ich so beglückt war. Diese warmherzigen Freundinnen, besonders die immer fröhliche Ulla, waren mir so ans Herz gewachsen! In all dem Elend hatte ich wundervolle Seelenverwandte gefunden! Aber wie gesagt: Schatten und Licht ...

Als wir von unserer Schicht zurückkamen, war alles verwüstet: Zerrissen waren das liebevoll angefertigte Gedichtbüchlein, zermatscht die kostbare Geburtstagstorte, sogar der alte Marmeladeneimer, Gundis Trommel, war zertreten worden. Unsere Matratzen waren aus den Betten geworfen worden, die Bettwäsche runtergerissen, die Kopfkeile verstreut. Darunter vermuteten die Bewacherinnen nämlich am ehesten einen »Kassiber«, eine verbotene Nachricht von einer Freundin aus einem anderen Arbeitskommando.

Natürlich zogen wir uns den Zorn der Kriminellen zu, deren Zigaretten auf dem Fußboden lagen, die Streichhölzer ebenfalls zerbrochen. Obst, Seife, Waschpulver, Gesichtscreme und heimlich gehortete kleine Süßigkeiten waren vermatscht und an den Wänden verschmiert worden.

Wie konnten die Wachteln nur so unbarmherzig sein? Immer wieder versuchte ich mir vorzustellen, dass sie zu Hause eine Familie hatten. Lasen sie ihren Kindern abends eine Geschichte vor? Kochten sie ihren Männern etwas Gutes, gingen sie abends mit dem Hund raus? Wo blieben diese Monster, wenn sie keinen Dienst hatten?

Schweigend machten wir uns nach der anstrengenden Schicht daran, die »Schweinerei« aufzuräumen. Die Wachtel befahl: »In einer Stunde komme ich wieder zum Zählappell, bis dahin ist die Zelle aufgeräumt und sauber.«

Wir krochen auf allen vieren und sammelten jeden Tabakkrümel auf. Wir wuchteten die Matratzen wieder auf die Metallgestelle und überzogen sie neu.

Endlich war die Zelle wie geleckt. Wir Nachtschichtlerinnen wollten nur noch ins Bett.

Wartend standen wir neben unseren Schlafplätzen. Eine halbe Stunde, eine Stunde, eine weitere Stunde. Die Zelle war blitzblank. Warum kam sie nicht wie angekündigt, um zu kontrollieren? Nein, sie ließ uns absichtlich da stehen.

Endlich schloss die Wachtel auf. Sie sah sich suchend in der Zelle um und entdeckte eine Mitgefangene, die vergessen hatte, sich die Jacke zuzuknöpfen.

»Nu, Se sin ja noch nisch ordnungsgemäß anjeträten.« Die Mitgefangene schloss rasend schnell ihre Jacke, doch die Wachtel kannte keine Gnade.

Nu, da gomm isch in ner Stunde noch mal wiedor.« Die Tür fiel wieder ins Schloss.

Und wieder standen wir eine Stunde neben unseren Betten.

Eines Nachts wurde unsere Zellentür aufgerissen. »Zählappell!«

Wir fuhren hoch.

Schlaftrunken rief jede von uns die hoffentlich passende Zahl in den Raum. Was war jetzt wieder passiert?

Die Wachteln waren zu viert oder zu fünft und rissen wortlos sämtliche Kopfkeile hoch.

Unter meinem war nichts weiter versteckt: der erlaubte Ersatzschlüpfer, zwei Binden vom Kiosk und eine Packung Kekse. Alles flog auf den Boden.

Schließlich blieben sie am Bett einer Zellengenossin stehen. Mit spitzen Fingern hoben sie einen Schlüpfer auf.

»Wem gehört der?«

»Mir«, zirpte eine junge Frau, die am ganzen Körper zitterte.

Ich dachte schon, die arme Frau hätte sich in die Hose gemacht und die schmutzige Unterwäsche unter ihrem Kopfkeil versteckt, was natürlich ein grober Regelverstoß war. Verschmutzte Wäsche musste sofort per Hand und mit Kernseife über dem Waschtrog ausgewaschen und zum Trocknen am Kopfende des Bettes aufgehängt werden. War sie am nächsten Tag nicht trocken, musste sie eben nass angezogen werden. Jeden Tag war der Schlüpfer zu wechseln.

Plötzlich riss eine der Wachteln die Frau an den Haaren und schrie sie an: »Sie haben Staatseigentum gestohlen und an Ihre eigene Wäsche genäht!«

Die junge Frau wurde mit Gummiknüppeln aus der Zelle geprügelt.

Wie sich herausstellte, hatte sie über Wochen und Monate heimlich winzige Stoffreste, die im Nähsaal schon auf dem Boden gelegen waren, abgezweigt und heimlich nachts in mühsamer Kleinarbeit zu feiner Spitze verarbeitet. Diese hatte sie dann mit einer gestohlenen Nadel und einem gestohlenen Faden unter der Bettdecke an ihren Schlüpfer genäht. Um ein bisschen Schönheit an den Körper zu bringen.

Die junge Frau wurde wegen »Diebstahls von Staatseigentum« und »eigenmächtiger verbotener Handlungen« zu zwei zusätzlichen Jahren Zuchthaus verurteilt. Aber erst nachdem sie mehrere Tage nackt in der Wasserzelle gestanden und dann in einem anderen Verlies ihre langjährige Strafe abgesessen hatte. Statt in die Freiheit, kam sie wegen dieses kleinen Spitzenunterhöschens gleich wieder in Untersuchungshaft und bekam einen neuen Prozess.

Wir konnten lange nicht einschlafen, weil wir solches Mitleid mit der kleinen armen Frau hatten, die abends nie geredet, sondern unter ihrer Bettdecke heimlich gestichelt hatte. Sie war kaum zwanzig Jahre alt und wollte sich einfach nur »schöne Wäsche gönnen«, wie sie ihrer Bettnachbarin anvertraut hatte. Die hatte sie noch gewarnt: »Wirst sehen, du landest noch in der Wasserzelle!« Doch daraufhin hatte die Kleine nur erwidert: »Die können mich mal. Am Arsch!«

31

Frauengefängnis Hoheneck, Anfang Dezember 1974

Ende des Jahres war das Zuchthaus Hoheneck hoffnungslos überbelegt. Wie ich später erfahren sollte, befanden sich damals tatsächlich um die tausendsechshundert weibliche Strafgefangene in der Burg, deren Kapazität nicht mal für fünfhundert Frauen ausgelegt war. Ständig wurden neue »Straftäterinnen« in unsere Zelle gestopft. Inzwischen waren vierzig Frauen in unserer Zelle eingepfercht, die eigentlich für sechzehn Strafgefangene konzipiert war. Wie gesagt: Es gab acht Wasserhähne und zwei Toiletten für alle ... Später erfuhr ich sogar auch, dass sich gegenüber den Toiletten ein Spion an der Wand befand: Sie beobachteten uns selbst bei den intimsten Verrichtungen!

Ich kam gerade von der Toilette, als wieder ein Neuzugang mit seinem Bündel in die Zelle gestoßen wurde.

Die junge Frau – ihr Name war Agnes – konnte gar nicht aufhören zu weinen. Sie hatte so gehofft, Weihnachten Besuch von ihren Kindern bekommen zu dürfen, aber weil sie aus einem alten Wollfaden einen winzigen Teddy gehäkelt hatte, den sie ihren Kindern als Weihnachtsgeschenk überreichen wollte, war ihr Arrest verschärft worden. Auch dieser lächerliche Wollfaden war »Staatseigentum«, das sie gestohlen hatte. Der Besuch von ihrer Familie wurde ersatzlos gestrichen. Sie kam zu uns, in den »strengen Vollzug«. Man hatte ihr sämtliche

Habseligkeiten weggenommen, auch die zwei Fotos von ihren Kindern.

»Aber es ist doch erlaubt, ein Foto mit in die Zelle zu nehmen!«, hatte sie geschluchzt.

»Das ist korrekt.« Die Wachtel hatte ihr die zwei Fotos noch einmal hingeknallt: »Dann überlegen Sie, welches Sie mitnehmen wollen!«

Eine so unfassbare Grausamkeit unter Frauen wollte mir einfach nicht in den Kopf. Fassungslos zog ich mich an und machte mich für die Frühschicht fertig. Um ein Waschbecken zu ergattern, war ich wieder mal schon um vier Uhr nachts aufgestanden und hatte in der »Warteschlange« meine Ballettübungen gemacht.

Agnes, die bis jetzt für den Volkseigenen Betrieb »Planet« Bettwäsche genäht hatte, wurde zur Strafe auch noch in ein anderes Arbeitskommando verlegt, ins »Lumpenkommando«: Sie musste zehn Stunden pro Schicht alte, gebrauchte, ausrangierte Uniformen von Wachteln auftrennen und daraus Kleidung für Strafgefangene nähen.

Ihre Anweisungen musste sie über Nacht auswendig lernen, und wir fanden nach unserer Schicht eine völlig verzweifelte Agnes vor, die sich vor lauter Kummer kein Wort merken konnte.

»Süße, zeig mal her!« Ulla riss ihr das graue Blatt Papier aus der Hand. »Wir helfen dir. Du lernst das, in Ehrlichkeit.«

Und so sah für die nächsten drei Jahre ihre »Arbeit« aus (zur Strafe, weil sie für ihre Kinder, in der Hoffnung, sie für eine halbe Stunde wiederzusehen, einen kleinen Teddy gehäkelt hatte):

1. Jacken
- Abtrennen aller Knöpfe, sofort sortieren nach Farbe, Form und Größe.
- Abtrennen von aufgesetzten Taschen.
- Getrennte Stellen sauber entfusseln.
- Trennen und Abschneiden der schmalen unteren Innentasche. Abtrennen aller Schulterstücke, Kragenspiegel.
- Embleme entfusseln. Trennen des Saumes.

2. Mäntel
- Abtrennen aller Knöpfe. Falte im Rückenteil beachten, Knöpfe sortieren nach Form, Farbe, Größe.
- An beiden Ärmeln und an der hinteren Falte an beiden Teilen ca. 5 cm Saum auftrennen.
- Bei blauer Bekleidung entfällt diese Tätigkeit.
- Abtrennen aller Kragenspiegel, Schulterstücke, Embleme.

3. Drillichbekleidung
- Jacken: Abtrennen der Uniformknöpfe.
- Hosen: Trennen aller Uniformknöpfe.
- Metallringe für Hosenträger nicht trennen.

4. Wattejacken
- Weibl. Bekleidung – Röcke/Hosen werden gelegt.
- Rote Jacken/Westen bleiben.
- Saum am Ärmel und an einem Vorderteil wird 5 cm getrennt.
- Abtrennen aller Schulterstücke, Kragenspitzen, Embleme.

»Das muss man sich mal auf der Zunge zergehen lassen!«, rief die verblüffte Ulla. »Wir bekommen deren abgelegte Kleidung ohne Taschen, Kragen und Zierrat! In Ehrlichkeit.«

Elona, eine Augenärztin aus Dessau, schaffte es, die völlig verzweifelte junge Frau davor zu bewahren, völlig zusammenzubrechen.

»Für mein Medizin-Diplom musste ich die ganze menschliche Anatomie auswendig lernen, und das geht am besten mit Eselsbrücken!«

»Au ja, wir tanzen dir das vor!« Ulla war sofort mit von der Partie. »Peasy, los, erfinde eine Choreografie!«

Und während Agnes immer noch schluchzend ihre Anweisungen herunterleierte, die sie am nächsten Morgen ihrem neuen »Werkstattmeister« vortragen musste, choreografierte ich für sie einen Lumpentanz. Ulla, Elona, Gundi und ich bildeten das Tanzensemble.

Das »Abtrennen aller Knöpfe« imitierten wir mit einer imaginären großen Schere, das Entfusseln mit zupfenden Gesten und angewidertem Gesicht. Theatralisch und übereifrig rissen wir an imaginären Uniformen. Bei »Metallringe für Hosenträger – nicht trennen« ließen wir imaginäre Hosenträger vor unserer Brust schnalzen, und bei »nicht trennen« schlangen wir unsere Finger ineinander und schüttelten vielsagend die Köpfe.

»Schulterstücke, Kragenspitzen, Embleme«, wurde dann zu einer parodistischen Glanzeinlage unserer spitzen Finger. Am Ende saß der Text wie eine Eins, und trotz ihrer unfassbaren Traurigkeit musste selbst die junge Mutter irgendwann unter Tränen lachen.

Am nächsten Morgen konnte sie den Schwachsinn vor ihrem Werkstattmeister fehlerlos herunterrattern. Dass sie dabei komische Bewegungen machte, schien nicht weiter aufzufallen. Sie »durfte« an ihrem Arbeitsplatz Platz nehmen. Ihre Kinder sollte sie jahrelang nicht wiedersehen.

Und dann, ganz plötzlich, war Ulla eines Tages weg. Während der Frühschicht wurde sie von ihrem Arbeitsplatz abkommandiert. Wir konnten uns nicht mal mehr verabschieden.

Hoffentlich war sie auf Transport in den Westen gegangen und nicht wegen ihrer ansteckenden Fröhlichkeit in einen anderen Strafvollzug gekommen!

Wir wussten es nicht. Gundi und ich unterhielten uns nachts flüsternd darüber. Sie fehlte uns so! Aber wir hofften, dass sie, nachdem sie, ihre U-Haft mitgerechnet, bereits über zwei Jahre abgesessen hatte, endlich freigekommen wäre.

Wie das genau vor sich ging, wussten wir nicht. So viele Gerüchte auch die Runde machten – aus der FREIHEIT war noch keine zurückgekehrt!

Es wurde gemunkelt, dass Rechtsanwalt Vogel die politischen Gefangenen im Auftrag der Bundesrepublik nach und nach freikaufte. Nur bei mir hatte das offensichtlich nicht funktioniert.

Wir hatten ja vereinbart, dass diejenige, die als Erste freikäme, alles dransetzen würde, den beiden anderen eine verschlüsselte Nachricht zukommen zu lassen. Über einen »Sprecher«, und das war ein naher Verwandter bei einem Besuchstermin.

Doch erst einmal geschah nichts dergleichen.

Ich fügte mich in meine tägliche Schinderei in der Bettwäschefabrik und malte mir aus, wie die zauberhafte Ulla endlich ihr Leben in Freiheit genoss.

Es war morgens um fünf. Nach acht Stunden Nachtschicht wurden wir zurück in unsere Zelle geschlossen. Todmüde schleppte ich mich zu meinem Bett und ließ mich in voller Arbeitsmontur darauf fallen. Der Waschraum war hoffnungslos überfüllt, die Schlange reichte bis zur Mitte des Schlafraumes: Diejenigen, die gleich zur Frühschicht abgeholt werden würden, hatten Vorrang. Die Toiletten waren hart umkämpft. Die Spätschichtler hatten gerade versucht, ihre Wäsche mit eiskaltem Wasser zu waschen. Ein paar ganz Aufgekratzte drehten sich erst mal eine Zigarette.

Ich kroch unter meine Decke und versuchte, einen Moment lang an gar nichts zu denken.

Oh. Direkt auf der Nachbarpritsche lag natürlich auch jemand. Die Frau drehte sich zu mir um. Schon wieder eine Neue!, ging es mir durch den Kopf.

»Hallo, Peasy.«

Mir blieb das Herz stehen. »Ulla? Ich bin doch noch nicht verrückt geworden! Bist du es wirklich?«

»In Ehrlichkeit! Hatte einfach Sehnsucht nach dir.«

Schlagartig setzte ich mich auf und stieß mit dem Kopf an das Metallbett über mir. »Ulla! Sag, dass du es nicht bist! Du bist doch längst drüben in Freiheit!«

»Tja, das habe ich auch gedacht.« Ulla sah mich mit feuchten Augen an.

»Stell dir vor, sie wollten mich nicht rüber lassen. Zuerst haben sie mich nach Karl-Marx-Stadt auf den Kaßberg gebracht.«

Ich nickte, inzwischen wusste ich längst, was der berüchtigte Kaßberg war, nämlich ein Stasi-Untersuchungsgefängnis.

»Tja, ein paar Wochen lang hab ich gedacht, das wär jetzt quasi das Übergangslager und ich würde jeden Moment mit den anderen in einen Bus steigen dürfen, der uns in den Westen bringt. Jeden Tag hoffte ich darauf, und jeden Tag war ich mir sicher: Ich bin die Nächste. In Ehrlichkeit. Du weißt schon. Erster Preis.«

Sie brach in Tränen aus, und ich weinte sofort mit.

»Dann, als alle anderen schon weg sind, bringen sie mich in das Büro eines Stasi-Offiziers. Ich denke, jetzt hält der mir noch mal ne Standpauke, und dann bin ich weg, dann sehe ich endlich meinen Joachim, der mich heiraten will. Doch da sagt der mir genüsslich grinsend ins Gesicht:

»Ihr Ausreiseantrag in den Westen ist abgelehnt. Sie werden Ihre Haftstrafe in Hoheneck bis auf den letzten Tag absitzen und danach wieder in die DDR entlassen werden. Sie können sich Ihren Joachim endgültig abschminken. Außerdem hat er längst eine andere geheiratet.«

Sie lachte mich unter Tränen an. »Sachen gibt's, was?« Sie stand unter Schock, das merkte ich gleich. So eine Katastrophe konnte selbst sie nicht weglächeln.

»Ulla!«, schluchzte ich erschüttert. »Das glaub ich einfach nicht!«

»Aber denk ja nicht, das war es jetzt.« Ulla lächelte tapfer weiter. »Wenn ich in den Osten entlassen werde, fange ich wieder von vorne an. Dann besuche ich als Erstes Vogel und danach Gundis Angehörige und deine Mutter. Und mein Joachim hat ganz bestimmt keine andere geheiratet. In Ehrlichkeit! Der heiratet nur mich.«

Ein halbes Jahr später wurde Ulla in die DDR entlassen.

Sie fuhr nach Oranienburg und gab meiner Mutter wertvolle Tipps, wie sie sich beim nächsten Besuchstermin verhalten sollte. »Bringen Sie Peasy so viel Obst wie möglich mit, und schmuggeln Sie Vitaminpillen unter die Smarties!«

32

Frauengefängnis Hoheneck, Mitte Dezember 1974

Meine Mutter durfte mich zum ersten Mal in Hoheneck besuchen. Sie brachte ein paar kostbare Walnüsse mit.

Die Wachtel, die natürlich zwischen uns saß, war unsere »Erzieherin« Frau Leutnant Stettin. Und sie zählte einzeln die Nüsse ab, die ich behalten durfte. Vor den Augen meiner Mutter. Es waren genau fünf. Nie werde ich ihren entsetzten Blick vergessen! Sie hatte bestimmt stundenlang dafür angestanden, für die paar Mineralstoffe für ihre ausgemergelte Tochter. Ich wog schon längst nur noch knapp vierzig Kilo.

Aber hätte sie auch nur ein Wort zu meiner »Erzieherin« Frau Leutnant Stettin gesagt, wären auch diese fünf Nüsse im Müll gelandet (beziehungsweise im Mund von Frau Stettin, was in diesem Falle das Gleiche war). Damit wäre der Besuchstermin sofort vorbei gewesen.

Daher bedankte sich meine Mutter sogar noch höflich bei der Frau Leutnant. Von ihrer Schwester Elisabeth hatte sie sich extra eine Rolle Smarties aus dem Westen schicken lassen und unauffällig viele bunte Vitaminpillen daruntergemischt.

Mit der lockeren Bemerkung »Und etwas Schokolade wird doch sicher gestattet sein?«, lächelte Mutter die Stettin so gewinnend an, dass ihr säuerliches Misstrauen etwas nachließ. Ich durfte die kleine Rolle Smarties behalten! Und hatte fürs

Erste mit Vitaminen ausgesorgt. Natürlich teilte ich sie mit Gundi, Doris, Agnes, Elona und den anderen.

Ulla, so erfuhr ich viele Jahre später, hatte sofort nach ihrer Entlassung in die DDR den berühmten Dr. Vogel in Ostberlin aufgesucht, um wieder einen neuen Ausreiseantrag zu stellen. Wie mutig von ihr!

Das allein hätte sie schon wieder in den Knast bringen können, aber sie ließ sich nicht beirren. Sie besuchte auch meine Schwiegereltern Thea und Georg in Ostberlin.

Die Schwiegereltern hatten mir über einen meiner Vernehmer, damals noch in der U-Haft Berlin-Pankow, angeblich ausrichten lassen, dass sie nichts mehr mit mir zu tun haben wollten. Die überstürzte und völlig unausgereifte Flucht sei eindeutig meine Idee gewesen, weil ich unbedingt tanzen wollte. Nie und nimmer würde Ed seine Eltern so schnöde im Stich lassen, zumal er ja gerade beim Berliner Magistrat eine Anstellung bekommen hatte. Ich sei also die Alleinschuldige, und der »hinterhältige Betrug« mit Lilli setze all dem noch die Krone auf.

Ulla schaffte es, meinen Schwiegereltern die Wahrheit zu erzählen und ihr verzerrtes Weltbild, das sie nach zahlreichen Stasi-Besuchen von mir hatten, wieder zurechtzurücken.

Sofort wollten sie wieder etwas für mich tun, mich besuchen, mir Geld schicken, mir einen Rechtsanwalt besorgen.

Aber Ulla erklärte ihnen, dass sie von DDR-Seite nichts, aber auch gar nichts für uns beide tun könnten.

Dr. Vogel sei von einem Westberliner Anwalt namens Stange kontaktiert worden: Unsere Kölner Verwandten arbeiteten auf Hochtouren. Alles sei in die Wege geleitet. Jetzt müsse vom Westen aus – entweder von Rechtsanwalt Stange oder vom Auswärtigen Amt – immer wieder nach dem Stand der Dinge gefragt werden. Von alldem ahnte ich natürlich nicht das Geringste.

»Der Stand der Dinge« bedeutete, dass Ed und ich auf der Liste mit den politischen Häftlingen standen, die eines Tages von der Bundesregierung freigekauft werden würden. Wann dieser Zeitpunkt gekommen sein würde, erfuhr vorher niemand.

Und Mutter durfte es mir bei diesem berühmten »Nuss-Besuch« natürlich auch nicht sagen.

33

Frauengefängnis Hoheneck, Weihnachten 1974

Nun blieb mir in Zelle 44 nur noch Gundi als enge Vertraute. Auch sie ließ sich niemals hängen und war mir von Anfang an ein Vorbild.

Sie war eine moderne, aufgeschlossene junge Frau und Mutter, ein starker, gradliniger Mensch. Es tat mir so leid für ihre Kinder, die nun bei einer alten Tante in Rostock aufwuchsen. Aber das war immer noch besser, als wenn die Kinder ins Heim gemusst hätten. Gundi glaubte fest daran, dass eines Tages alles gut werden würde, und machte täglich Bürstenmassagen am ganzen Körper, um ihren Kreislauf fit zu halten. »Die brauchen mich noch«, sagte sie dabei jedes Mal. »Wenn ich hier rauskomme, sind sie schon widerborstige Teenager. Dann muss ich es mit ihnen aufnehmen können!«

Woher sie die Kraft nahm, war mir ein Rätsel.

Heute, an Heiligabend, hatte sie aus Bohnerwachs, einem Wollfaden und einer Blechbüchse sogar eine Kerze hergestellt. Wenn das nicht Diebstahl von Staatseigentum war! Sie war ebenso mutig wie unbeugsam. In die Eisblumen am Fenster hatte sie mit dem Finger Sterne gemalt. Sie bemühte sich, ein bisschen Gemütlichkeit in die Zelle zu zaubern.

Während wir auf unsere Abkommandierung zur Nachtschicht warteten, hingen wir oben auf Agnes' Bett herum, von dem aus man nach unten auf den Hof schauen konnte.

Wir lauschten Gundi, die Weihnachtsgedichte aufsagte, und stimmten zaghaft einige Weihnachtslieder an. Dann erzählte Gundi die Weihnachtsgeschichte. Sie konnte sie auswendig.

»Als Jesus zur Zeit des Königs Herodes in Bethlehem geboren wurde ...«

Wir lauschten mit offenem Mund. Ich sah sie bei sich zu Hause vor dem Weihnachtsbaum mit ihren Kindern auf dem Sofa sitzen und ihnen die Geschichte vorlesen. Im gemütlichen Familienkreis.

Und plötzlich verschwammen die Bilder mit anderen: Jetzt sah ich mich mit Lilli und Ed unterm Baum sitzen. Die Sehnsucht nach diesen beiden geliebten Menschen überwältigte mich.

Tränenblind starrte ich nach unten in den Hof.

Der Wachhund lief an seiner rasselnden Kette hin und her, Scheinwerfer erhellten die mit Stacheldraht versehenen Mauern. Jede von uns weilte in Gedanken bei ihren Lieben zu Hause. Agnes betrachtete unter Tränen das eine Foto, das man ihr gelassen hatte. Das andere Kind, den etwas älteren Buben, trage sie fest im Herzen, sagte sie immer wieder.

Nach wie vor hatte ich nur meine dünnen Ballerinas an, meine Füße waren die reinsten Eiszapfen. Wir Freundinnen kuschelten uns eng aneinander und spendeten uns etwas Wärme.

Da! Was war das?

Von draußen her Posaunenklänge? Es war »Oh, du Fröhliche«!

Ganz leise, aber deutlich erkennbar trug der kalte Nordwind die Musik hoch zu unserer Zelle. Wir hingen zu viert oder zu fünft vor den Gitterstäben und drückten uns die Ohren daran platt. Sofort stürmten auch andere, die einfach still oder lesend auf ihren Matratzen gehockt hatten, zu uns aufs Bett.

»Lass mich auch mal« – »Ruhig doch mal!« – »Seid endlich still!«

Dreißig Frauen hockten reglos aneinandergepresst vor den Gitterfenstern und lauschten, verstanden, dass wir nicht vergessen worden waren.

Ohne dass wir sie sehen konnten, hatten sich um zehn Uhr abends einige Männer und Frauen aus dem Ort Stollberg zu uns auf den Hügel aufgemacht, waren unten vor der Mauer auf dem Parkplatz stehen geblieben und hatten für uns gespielt.

Mit einem feierlichen »Stille Nacht, Heilige Nacht« beendeten die Blechbläser da unten ihr Konzert.

Es war wohl keine unter uns, die nicht weinte.

Dankbar brachen wir in frenetischen Beifall aus.

»Was soll das? Alle sofort zum Zählappell!«

Und schon stand die Erzieherin Leutnant Stettin mit drei anderen Wachteln in der Zellentür.

»Was machen Sie da oben alle zusammen auf einem Bett? Das is verboden, das wisse Se! Oder wisse Se das etwa nisch?«

Und die Kerze aus Bohnerwachs und Wollfaden gab ihnen den Rest.

»Das hat Gonsequenzen, und es is mir völlisch egal, ob heute Weihnachten ist!«

Auf diesen Vorfall hin wurden Gundi und ich nun auch noch in die »ZW«, in die Zentralen Werkstätten, sprich das bekannte »Lumpenkommando« abkommandiert. Aber natürlich steckte man Agnes, Gundi und mich in drei verschiedene Schichten, damit wir uns möglichst nicht mehr begegneten.

Bei eisiger Kälte hockte ich in meiner dünnen Bluse, dem kratzigen Polyamidpullover, dem zerschlissenen Rock und den ausgetretenen Ballerinas in dem kleinen dunklen Raum, direkt unterm Dach des Zuchthauses Hoheneck. Hier war es so heimelig wie in einem Tiefkühlfach. Wie schon Agnes, musste auch ich Altkleidung reparieren. Schmutzige, verdreckte Uniformen, zum Teil von Sträflingen aus anderen Haftanstalten. Ein schrecklicher Gestank quoll mir daraus entgegen – kein Wunder bei den Schweißrändern unter den Achseln, bei den Spuren von getrocknetem Blut und Urin. Der Geruch der Angst.

In dieser Tiefkühltruhe herrschte eine schwarz uniformierte Wachtel, deren Name »Schuster« war. Wir hatten sie mit »Frau Schuster« anzusprechen. Sie war eine stämmige Frau mit Überbiss, die gern zum Gummiknüppel griff. Agnes hatte mir erzählt, dass sie hinter vorgehaltener Hand »Der schwarze Hengst von Hoheneck« genannt wurde. Damit nicht genug, dass sie uns während der achtstündigen Schicht oft einfach in unserem Arbeitsraum einschloss und verschwand: Gefangene, die sie auf dem Kieker hatte, nahm sie auch schon mal mit und züchtigte sie unter vier Augen. Ich achtete darauf, sie nicht zu reizen, ihr nicht zu widersprechen und ihr nicht in die Augen zu sehen. Stattdessen schuftete ich, bis meine blau gefrorenen Hände rissig wurden.

Zurück in meiner Zelle, wollte ich nur noch meine von den dreckigen Lumpen blauschwarz verfärbten Hände schrubben.

Agnes stand bereits am Waschtrog und kühlte sich ihr blaues Auge.

»Agnes, was ist passiert?«

»Ach, nichts, lass mich einfach nur in Ruhe.«

34

Frauengefängnis Hoheneck, erster Weihnachtstag 1974

»Zählappell, Nachtschicht raustreten zum Freigang!«

Vor unserer Arbeit mussten wir bekanntlich eine halbe Stunde im Hof im Kreis herumlaufen. Der eisige Wind pfiff über die Höhen und sammelte sich im Hof, zerrte an den Laternenmasten und peitschte mir um die Beine. Um diese nächtliche Stunde legte Väterchen Frost noch ein paar Minusgrade zu. In meinen dünnen Schühchen trippelte ich vor lauter Kälteschmerz fast ohnmächtig mit meinen Mitgefangenen dahin.

»Sie da! Geh'n Se gefällischst im Gleichschritt!«

Handschuhe? Fehlanzeige. Trockene, warme Socken? Erst recht. Die Hände in die Manteltaschen? Ebenfalls Fehlanzeige. Die Manteltaschen waren ja abgetrennt worden!

»Rechts-zwo-drei-vier, links-zwo-drei-vier!«, brüllte die Nachtaufsicht. »Wer spricht, kriegt ne Doppelschicht!«

Peasy, reiß dich zusammen! Hintern zusammenkneifen und durch! Geweint wird nicht! Gleich ist Vorstellung!, sagte ich mir.

Mithilfe meiner von klein auf antrainierten, eisernen Disziplin schaffte ich es immer wieder, diese nächtlichen Gewaltmärsche durchzustehen.

Insgeheim träumte ich mich zu meiner ersten Weihnachtsvorstellung zurück, erst kurz zuvor hatte ich Ed kennengelernt.

Ich hatte bei der Kinderoper »Hänsel und Gretel« mitgetanzt: *Abends, will ich schlafen geh'n, vierzehn Engel um mich steh'n … Zweie, die mich decken, zweie, die mich wecken, zweie, die mich weisen zu Himmels Paradeisen.*

Ich war der siebte Engel rechts außen gewesen.

Damals war Ed das erste Mal in einer Oper. »Hänsel und Gretel, echt, Peasy? Muss das sein? So ein Kitsch ist gar nicht mein Ding! Da zieh ich mir im Deutschen Theater am Schiffbauerdamm lieber Faust eins und zwei rein!«

Trotzdem war er mitgekommen. Bei der Erinnerung an die Anfänge unserer Beziehung musste ich lächeln.

Endlich war der Freigang zu Ende. »Spätschicht! Sammeln!«

Im Gänsemarsch trabten wir die Treppen hinauf in unsere eiskalte Lumpenkammer.

Am nächsten Tag, gegen zehn Uhr morgens, klirrte der Schlüssel außer der Reihe im Schloss der Zellentür. Die Frühschicht war schon weg, die Spätschicht zum Freigang draußen, und wir, die Nachtschicht, lagen bibbernd unter unseren dünnen Decken. Nachdem ich meine Dosis Faustan bekommen hatte, war ich gerade in einen totenähnlichen Schlaf gefallen. Doch es half alles nichts, ich musste wieder raus aus dem Bett. Zähneklappernd stand ich in meinen dünnen Ballerinas auf dem eisigen Steinboden.

»Zählappell!«

Nach dem Zählen hoffte ich wieder auf meinen hart gefrorenen Strohsack zu dürfen. Doch die Wachtel las von ihrem Klemmbrett ab:

»Strafgefangene Stein! Mitgomm!«

»Aber ich habe mich doch noch gar nicht gewaschen«, brachte ich hervor.

»Macht nüscht. Machen Se hinne.«

»Aber wo soll ich denn hin?«

»Wär'n Se schon säh'n.«

Draußen warteten schon andere Strafgefangene. Sollte es etwa zu einer verspäteten Weihnachtsfeier gehen?

Die »LL-erinnen«, also die Lebenslänglichen, Mörderinnen und ehemalige KZ-Aufseherinnen wirkten erfreut: Egal wohin es ging, Hauptsache mal raus aus der Zelle. Ich spürte ihre Vorfreude auf irgendeine Abwechslung. Erwartungsvoll scharrten sie mit den Füßen.

»Setzen Se sisch in Bewägung!«

Wir trabten los. Wie eine Kuhherde, die von einem Berg ins Tal getrieben wird, ließen wir uns von den Aufseherinnen anbrüllen: »Rundor, noch weiter rundor, in den Gellor ...«

Also eher doch keine Weihnachtsfeier. Daran hatte ich natürlich auch nicht ernsthaft gedacht.

Für eine Arrestzelle waren wir viel zu viele. Wohin also gingen wir?

»Viellaisch zum Friseur«, gluckste eine Dicke hinter mir, deren graue Strähnen zu einem dünnen Dutt zusammengebunden waren. Überall sah man ihre rosa Kopfhaut hindurchschimmern.

Als Nächstes ließ man uns auf einer kalten Holzbank vor einem Raum warten, der sich als Zahnarztpraxis entpuppte. Ich sah den grauenerregenden Stuhl und die angsteinflößenden Instrumente durch den Türspalt. Widerlicher Äthergestank schlug mir entgegen.

Einige andere schienen sich tatsächlich zu freuen!

»Endlich werd ich meinen faulen Backenzahn los, der eitert schon seit Monaten!«, quakte eine Lebenslängliche.

Wie schön für sie!

»Där Doktor macht das hier ährenamdlisch, am zweiden

Weihnachtstag, in seiner Freizeit«, plärrte die Erzieherin stolz, als hätten wir inständig darum gebeten, uns die Zähne ziehen zu lassen.

Mein Gehirn begann fieberhaft zu arbeiten. Wann war ich das letzte Mal beim Zahnarzt gewesen?

O Gott, das war bestimmt schon fünf Jahre! Dr. Weber in Oranienburg wollte mir noch einen Weisheitszahn ziehen, nur prophylaktisch, wie er damals sagte. Aber dann waren wieder Vorstellungen, die Sache mit Karel und schließlich Lillis Geburt dazwischengekommen. Der Weisheitszahn war noch drin, aber das war mein kleinstes Problem!

Alles sträubte sich in mir. Ich hatte keine Zahnschmerzen, hatte mich nie deswegen bei der »Erzieherin« gemeldet, also was sollte ich jetzt hier?

»Strafgefangene Stein, Sie sind die Nächste!«

Mechanisch trat ich ein. Der verrostete Behandlungsstuhl sah tatsächlich aus wie einem Horrorfilm entsprungen. Mein Herz raste wie verrückt. Der Helfer fuhr mich in die Horizontale, legte mit geübten Griffen meine Arme in eine Schlinge und schob mir eine riesige Lampe vors Gesicht. Noch ehe ich überhaupt begriff, was vor sich ging, hatte er mir bereits den Kiefer aufgestemmt.

Der Zahnarzt war ein älterer Mann, der ziemlich kurzsichtig durch dicke Brillengläser guckte. Ich atmete konzentriert ein und aus, um mich zu beruhigen, und starrte aus dem großen vergitterten Fenster. Hier war ein Fenster! Ebenerdig! Es war doppelt und dreifach gesichert, reichte aber vom Boden bis zur Decke, wahrscheinlich, um das Tageslicht einzufangen. Tageslicht!, dachte ich panisch atmend. Ich zähle jetzt jeden Mauerritz und jedes Unkraut, dann jedes matschige Blatt, das der Wind in die Ecke gefegt hatte.

Ohne mich auch nur ein Wort zu fragen, spähte mir der Arzt in den Mund und leuchtete jeden Winkel aus. Andererseits hätte ich ihm in dieser qualvollen Position auch gar nichts sagen können. Atmen, zählen. Die Backsteinmauer war mit Raureif bedeckt, darüber war ein Fitzelchen von einer schwarzen Wolke zu sehen. Lautlos rieselten ein paar Schneeflocken herunter, legten sich auf die Mauer und zerschmolzen, als wollten sie mein Elend nicht mit ansehen.

»Bohrer und Zange!« Der Arzt griff fordernd hinter sich, und der Helfer reichte ihm die gewünschten Folterwerkzeuge.

Ohne jegliche Betäubung fuhrwerkte der alte Arzt in meinem rechten Oberkiefer herum, und mir schossen die Tränen nur so aus den Augen. Blut spritzte auf seinen Kittel, und er sprang angewidert einen Schritt zurück. Der Helfer reichte ihm einen Lappen, aber der war nicht etwa dafür bestimmt, meine Blutung zu stillen, sondern den Kittel des Arztes zu säubern!

Minutenlang bohrte der Zahnarzt irgendwo unterhalb meines rechten Auges herum und grub den ruhenden Weisheitszahn aus. Der Schmerz war unbeschreiblich, das Geräusch in meinem Kopf ohrenbetäubend. Hintern zusammenkneifen und durch, Peasy!, beschwor ich mich. Ich wollte mir vor diesem Metzger hier keine Blöße geben. Wenn ich schrie oder zappelte, würden sie mich hinterher noch in die Wasserzelle sperren.

Nach einer gefühlten Ewigkeit sprühte mir der Zahnarzt eine widerlich schmeckende Flüssigkeit in die offene Wunde und ließ endlich von mir ab. Der Helfer fuhr mich wieder in die Senkrechte.

Als ich versuchte, aufzustehen, brach mein Kreislauf zusammen. Mit beiden Händen krallte ich mich an dem eisernen

Stuhl fest. Mein schmaler knochiger Körper hatte vor lauter Angstschweiß einen nassen Abdruck hinterlassen.

»Reißen Sie sich gefälligst zusammen! Hören Sie auf, hier'n Herzanfall zu markieren! Und wehe, Sie spucken auf den Boden!«

Während der Helfer etwas in seinen Unterlagen notierte, taumelte ich Richtung Tür.

»Melden Se sich gefälligst ordnungsgemäß ab!«

O Gott, ich hatte mich ja nicht mal ordnungsgemäß angemeldet! Wie hieß der Mann, wie musste ich den ansprechen?

Durch einen Tränenschleier starrte ich ihn an.

»Straphgephangene Schtain meldet sich ordnungsgemäsch ab«, stammelte ich mit geschwollener Wange.

»Herr Doktor heißt das!«

Die Wachtel zog mich bereits ins Wartezimmer. Die nächste »Schwerverbrecherin« wurde aufgerufen.

Ich musste warten, bis alle mit ihrer Behandlung fertig waren, also Stunden. Das widerlich schmeckende Zeug brannte in der offenen Wunde. Ich wagte es tatsächlich nicht, auszuspucken. Stattdessen schluckte ich den ganzen blutigen Rotz hinunter.

35

Frauengefängnis Hoheneck, 1. Februar 1975

Seit einem Jahr war ich nun eine Strafgefangene der DDR.
Noch immer herrschte eiskalter Winter, und der trostlose Knastalltag ging seinen Gang:

- 05:00 Wecken
- 05:40 Fertig machen zur Arbeit
- 06:10 Abrücken zur Arbeit
- 06:30 Fertig machen zur Zählung
- 06:40 Zählung
- 11:30 Mittagessen
- 11:30 Ausgabe Kaltverpflegung
- 11:50 Antreten zur Arbeit
- 15:30 Einrücken von der Arbeit
- 16:15 Aufenthalt im Freien
- 17:20 Duschen
- 18:25 Fertig machen zur Zählung
- 18:40 Zählung
- 19:20 Abnahme der Verwahrräume
- Medizinausgabe
- Fernsehteilnehmer antreten
- 21:00 Nachtruhe

Unter den Strafgefangenen in meiner Zelle und in meinem Arbeitskommando befanden sich natürlich jede Menge Stasi-

Spitzel. Ungefähr jede siebte war eine IM, eine inoffizielle Mitarbeiterin der Staatssicherheit. Oft gaben sie sich wochenlang Mühe, mit mir ins Gespräch zu kommen, um mich auszuhorchen. Aufgrund meines zurückhaltenden Wesens und meiner Menschenkenntnis warnte mich eine innere Stimme jedoch immer sehr schnell, diesen noch so mitleidig dreinblickenden oder interessiert nachfragenden Frauen zu vertrauen.

Sie wollten wissen, ob ich an meinem Ausreisewillen festhielt oder unter dem Druck des grausamen Knastalltags langsam weich wurde.

So schrieb eine Zellengenossin in ihrem Bericht über mich an die Stasi, »dass es ihr generell darum geht, nicht wieder in die DDR entlassen zu werden, und dass sie und ihr Mann Ed ganz daran festhalten, immer wieder neue Ausreiseanträge in die BRD zu stellen, bis sie ihr Ziel erreicht haben. Nach der Ausreise in die BRD wollen sie durch eine Familienzusammenführung die Überbringung der fünfjährigen Tochter Lilli sowie der Mutter und der Schwester in den Westen erwirken, da sie in Köln mütterlicherseits Verwandte haben.«

Die Gespräche, die ich mit Ulla, Gundi, Elona und Agnes geführt habe, muss eine mir bis heute unbekannte »Verdeckte« belauscht und an die Stasi weitergegeben haben.

Heute überlege ich oft, ob diese Infoträgerin »Sophie« war, die eigentlich ein Mann sein wollte.

Sophie war eine knabenhafte Person, die auch als männliches Wesen wahrgenommen und angesprochen werden wollte. »Er« war stets in den Waschräumen zu finden, wo »er« ungeniert Ausschau nach attraktiven Mädels hielt. Mit »seinem« Charme und »seinen« großen Augen eckte »er« bei den Frauen nicht an. »Er« machte ihnen Komplimente, half beim

Wäschewaschen und gab Frisiertipps. »Süße, das steht dir wahnsinnig gut«, gurrte »er« gern mit seiner tiefen Stimme und: »Versuch doch mal, diese Strähne hier nach hinten zu kämmen, dann kommen deine Wangenknochen viel besser zur Geltung!«

Hätten wir Schminkzeug gehabt, wäre Sophie der beste Make-up-Berater gewesen.

»Sein« Lieblingslied war »Immer wieder sonntags kommt die Erinnerung«, weil »er«, also ursprünglich sie, an einem Sonntag verhaftet worden war. Sophie war eine Kleinkriminelle, die in einem Kaufhaus ein paar Dessous und Lippenstifte für Angebetete hatte mitgehen lassen. Ihre sexuelle Orientierung war das eigentliche Verbrechen. Wenn wir uns nachts im Waschraum trafen – Sophie rauchend und traurige Lieder singend, ich meine Degagés und Battements übend – starrte »er« mich immer bewundernd an. »Oh, du bist so wunderschön, so graziös und leicht wie eine Feder, Schätzchen! Darf ich mal deine Brüste befühlen?«, fragte er – »Nein, natürlich nicht!« –, um dann selbst heiße Bauchtänze zu vollführen, in der Hoffnung, ich könnte doch noch schwach werden.

Sophie war vielleicht im falschen Körper geboren worden, aber wäre sie wirklich ein Mann gewesen, dann wirklich ein sexy Prachtexemplar!

Unter den Lesben gab es immer wieder Krieg und Frieden. Sie schlugen und vertrugen sich. Eifersuchtsdramen waren an der Tagesordnung. Und über jedes noch so kleine Detail wusste Sophie Bescheid.

War Sophie also der Informant, der später unter dem Decknamen »Juri« in meinen Stasi-Akten zu finden war? Ich konnte es mir nur schwer vorstellen, aber unmöglich war es natürlich nicht. Vielleicht bekam »er« durch solche heimlichen Berichte an die Obrigkeit Vergünstigungen in Form von Hautcreme, Schokolade oder Fernsehabenden?

Andererseits: Obwohl ich mit Sophie manchmal verlegen im Waschraum rumscherzte, hatte ich »ihm« nie von meinen Plänen, in den Westen zu gehen, erzählt.

Im Waschraum fanden nachts auch die Tätowierungen statt: Mit einer Mischung aus Schuhcreme, Grafit und anderen Substanzen ritzten sie sich gegenseitig Schlangen-, Löwen- oder Adler-Motive oder eben die Namen ihrer Auserwählten in die Haut. So manche meiner Mitgefangenen war am ganzen Körper so stark tätowiert, dass beim besten Willen kein weiterer Name darauf Platz gefunden hätte. Hinter mit Decken verhängten Matratzen wurde dann nach dem »Brautschmuck« eine heiße Liebesnacht vollzogen, die leider nicht ganz geräuschlos vonstattenging.

»Strafgefangene Stein, Sachen packen, mitkommen!«

Ganz plötzlich und wie immer ohne Vorwarnung wurde ich aus der Zelle 44 geholt und über Treppen und Gänge, den Innenhof sowie weitere Treppen und Gänge in eine andere, mir fremde Zelle verlegt. Sie war total überfüllt und – wie ich auf den ersten Blick sah – ausnahmslos von Schwerkriminellen bewohnt. Hier war ich die einzige Politische, und das war für die Kriminellen immer noch der schlimmste Abschaum.

Ganz hinten an der Wand, zwischen zwei dreistöckigen Betten, war noch ein Schlafplatz auf dem Boden frei.

Ich versuchte, nicht aufzufallen, und breitete meine Decke auf dem halben Quadratmeter aus. Tagelang machte ich mich klein und schaute nur vor mich hin. Bis ich schließlich mitbekam, dass die Frau unmittelbar neben mir die Berüchtigte war, die ihre Neugeborenen mit Bohnerwachs eingerieben und im Ofen verbrannt hatte.

Natürlich hatte sie als »graue Eminenz« unter den Lebenslänglichen sofort den »besten« Schlafplatz der Zelle ergattert. Gerade solche Schwerstverbrecherinnen hatten eine Art Machtstellung auf Hoheneck. Sie hatten oft auch einen guten Draht zu den Leutnants und Wachteln – schließlich kannten sie sich ja schon viele Jahre! – und dienten sich zu Spitzeldiensten an. Die Lebenslänglichen hatten nichts mehr zu verlieren. Und ausgerechnet die Kindsmörderin genoss Vergünstigungen wie abendliche Kinobesuche oder das Privileg, eine Kollegin in der Nachbarzelle zu besuchen. Sie durfte sich als Köchin verdingen und sich so tagsüber relativ frei im Gebäude bewegen.

Warum hatte man mich ausgerechnet zu ihr in die Zelle gesperrt? War ich in Zelle 44 zu beliebt gewesen, hatte ich zu viele Freundinnen gehabt? Hier hatte ich niemanden, dem ich auch nur ins Gesicht sehen wollte.

Heimlich machte ich nachts meine Verrichtungen im Waschraum, war aber trotzdem nie allein. Ganz plötzlich ragten eine oder mehrere dieser furchterregenden Frauen vor mir auf und betrachteten mich unverhohlen.

»Fühlst dich wohl als was Besseres, du mageres Stück Scheiße!«

»Willst wohl nicht mit uns reden, was?«

»Pass bloß auf, dass wir nicht aus Versehen statt über dich AUF dich steigen!«

Ich ignorierte sie und hielt mich weiterhin dazu an, Distanz zu wahren. In die innere Immigration zu gehen, um das alles zu überstehen.

Doch nach ein, zwei Wochen in diesem Käfig kam ich zu einem anderen Entschluss: Hier drin werde ich, wenn ich nicht krepieren will, nicht mehr zwischen guten und bösen Menschen unterscheiden, den Kriminellen und Mörderinnen nicht ablehnend gegenübertreten.

Das war eine schwerwiegende, aber lebensrettende Entscheidung. Peasy, sieh es als psychologische Studie, machte ich mir Mut. Hier kannst du etwas über die andere Seite des Lebens erfahren. Über die Schattenseite, vor der dein Elternhaus dich stets beschützt hat.

Alles, was ich in meinem bisherigen Leben für selbstverständlich gehalten hatte wie gute Manieren, Hilfsbereitschaft, Empathie und Herzensbildung, dazu den reichen Schatz an Kultur in Form von Gedichten und Musik gab es in dieser Zelle NULL. Was hatten diese Frauen nur für eine Kindheit gehabt?

Je mehr ich hier über das Leben der anderen erfuhr, desto dankbarer war ich für meine ersten siebenundzwanzig Lebensjahre.

Wie wird man zu einer Kindsmörderin? Was muss passiert sein, bevor man seinen Mann zersägt und in der Tiefkühltruhe versteckt? Bevor man seine Eltern im Schlaf erschlägt oder sein eigenes Haus in Brand setzt?

»He, Kleine, lass dich mal anfassen!« Ein dicker tätowierter Arm streckte sich von einem mittleren Bett nach mir aus, als ich eines Nachts aus dem Waschraum zurückkehrte. »Du hast voll geile Haare, lass mich die mal bürsten!«

Wenn ich meine langen Haare gewaschen hatte, trug ich sie eine Weile offen, damit sie besser trockneten. Doch ich hatte immer mein einziges, kostbares Haargummi am Handgelenk, und auch jetzt versteckte ich meine Reize flink wie ein Eichhörnchen: Ratzfatz waren die Haare im Nacken zusammengebunden.

Spätestens wenn um fünf Uhr früh die Morgenaufseherin kam, mussten die Haare zusammengebunden sein. Offenes Haar war nicht erlaubt.

Mit der Verlegung in die neue Zelle wurde ich auch einem neuen Arbeitskommando zugeteilt. Aber alles war besser als das Lumpenkommando!

Im Erdgeschoss des Arbeitsgebäudes lag die Strumpfhosenfabrik »Esda«. Wir nähten Strumpfhosen für den Westexport. Die Strumpfhosen, die dann auf den Grabbeltischen der Kaufhäuser Karstadt, Kaufhof, Kaufhaus des Westens und anderen Konsumtempeln in Westberlin, Hamburg, Köln und München lagen.

Gearbeitet wurde auch hier in drei Schichten. Sonntags wurden Sonderschichten eingelegt, also gerne auch mal zwölf oder gleich sechzehn Stunden geschuftet. Auch in dieser Fabrik waren die Normen so hoch, dass sie einfach nicht zu schaffen waren. Meine Rimoldi-Nähmaschine ratterte mit ohrenbetäubendem Lärm über die feinen Nylons. Die Spezialnähmaschinen mussten unter meinen flinken Fingern ein Strumpfhosenbein mit dem anderen verbinden, wobei in ein und demselben Arbeitsgang die Nähte versäubert und die Fäden abgeschnitten werden mussten. Grelles Neonlicht brannte mir in den Augen. Die noch weißen Strumpfhosen, die erst nach dem Nähvorgang gefärbt wurden, blendeten mich zusätzlich, sodass mir die Tränen liefen. Keiner konnte unterscheiden, ob es Tränen der Erschöpfung oder der Traurigkeit waren. Ich hatte solche Sehnsucht nach meiner kleinen Lilli! Nun war ich schon anderthalb Jahre von ihr getrennt, wusste nicht mehr, wie sie aussah, wie es ihr ging und ob sie nach mir fragte! Bald würde sie Geburtstag haben, schon ganze fünf Jahre alt werden. Ein Jahr später würde sie in die Schule kommen, ihre ersten Buchstaben schreiben, während ich immer noch hier ...

»Strafgefangene Stein, hör'n Se auf zu heulen! Sie versauen ja hier das Material!«

Sofort riss ich mich zusammen. Das Material hätte ich ersetzen müssen, in Form von einer Extraschicht Arbeit. Denn Geld hatte ich ja keines: Ich verdiente gerade mal vier Ostmark im Monat.

36

Frauengefängnis Hoheneck, 9. März 1975

»Strafgefangene Stein, komm' Se mit!«

Direkt nach dem Zählappell, noch vor dem Raustreten zur Frühschicht, beorderte mich die Frau Oberleutnant Stettin zu sich zum Gespräch.

»Sie fahren am kommenden Mittwoch mit dem Sammeltransport in die Strafvollzugsanstalt Brandenburg, den Edgar Stein besuchen.«

Mir blieb das Herz stehen. »Ich soll meinen Mann sehen?«

»Sie besuchen den Edgar Stein.« Mit diesen Worten drehte sie sich um, führte mich zurück in meine Zelle und schloss mich wieder ein.

Obwohl mein Herz vor Begeisterung und Aufregung höherschlug, knabberte ich schwer daran, dass sie Ed noch nicht mal als »meinen Mann« gelten ließ.

Ansonsten freute ich mich jedoch ganz unfassbar. Hinter mir quietschte gerade eine andere vor Glück, nachdem auch sie erfahren hatte, dass sie bei diesem Sammeltransport dabei sein würde. Sie warf die Arme in die Luft und hätte die Wachtel am liebsten umarmt.

Wie tief waren wir alle schon gesunken, dass wir unsere Peinigerinnen umarmen wollten, nur weil wir nach Monaten, ja Jahren unseren eigenen Mann für eine halbe Stunde sehen durften!

Während der gesamten nächsten Arbeitsschichten und Nächte erlebte ich die reinste Achterbahnfahrt der Gefühle. Sie hatten ihm so viel Schreckliches über mich erzählt! Und mir über ihn! Während unseres Prozesses hatten wir uns nicht einmal in die Augen schauen können. Einen einzigen Brief hatte ich von ihm in der U-Haft erhalten, und das war nun auch schon über ein Jahr her.

Liebte er mich noch? Glaubte er noch an uns?

Das letzte Mal, dass wir miteinander geredet hatten, war im Wald hinter dem verlassenen Autobahnparkplatz gewesen. Das war Ewigkeiten her!

Wie würde ich ihn vorfinden? Fremd, kalt, zurückweisend? Würden wir uns für einen kurzen Moment umarmen dürfen? Hatte er möglicherweise schon Neuigkeiten bezüglich unserer Ausreise?

Endlich war der ersehnte Mittwoch da.

Nachdem wir aus der Frühschicht zurück waren, wurden wir unter Hochsicherheitsmaßnahmen im Innenhof des Zuchthauses in eine große grüne Minna verfrachtet. Wir waren über zwanzig Frauen, die nun dicht an dicht auf den Holzbänken des fensterlosen Kleinlastwagens saßen.

Wir sprachen nicht. Jede sehnte sich nach ihrem Liebsten, in allen Gesichtern standen zaghafte Vorfreude, aber auch Angst und Misstrauen. Die meiste Zeit starrten wir einfach nur auf den Boden, aber hie und da gab es auch kurze, geflüsterte Gespräche. »Wie lange hast du noch?« – »Wann kommst du raus?« – »Ich hab Angst, wieder in die DDR zurückentlassen zu werden!« – »Ich hab gehört, es gehen schon Transporte in den Westen!«

»Ruhe!«, brüllten die Wachteln, die an den Enden der Holzbänke saßen.

Nach stundenlanger Fahrt wurden wir im Innenhof des Zuchthauses Brandenburg ausgeladen. Es war ein reiner Männerknast. Wir Frauen wurden hermetisch abgeschirmt und einzeln durch Sichtschutzgänge geschleust.

Schließlich wurden wir in einen schlauchartigen Raum mit mehreren Einzelkabinen geführt. Kaum saß ich in der noch leeren Sprechzelle, die etwa so groß war wie eine Telefonzelle, wurde hinter mir abgeschlossen. Ich war in einem Hochsicherheitstrakt! Vorschriftsmäßig legte ich die Hände auf ein vor mir befestigtes Holzbrett. Über diesem Holzbrett befand sich ein Panzerglasfenster mit einer kleinen länglichen Öffnung, durch die man in gebückter Haltung sprechen konnte. Abwartend saß ich da, das Herz schlug mir bis zum Hals.

Schließlich hörte ich Schritte, und in dem Gang gegenüber näherte sich ein Schatten.

»Herr Oberleutnant Heidemanns, Strafgefangener Stein meldet sich zum Besuch.«

Das war Eds Stimme! Das Herzklopfen schwoll zu einem Trommelwirbel an.

Ed betrat die Besucherzelle. Und da setzte mein Herz mehrere Schläge aus. Was hatten sie mit ihm gemacht?

Was haben ihm die Schweine angetan?, schrie es in mir.

Seine Leichtigkeit, sein Übermut, seine ansteckende Fröhlichkeit – sie hatten sie aus ihm herausgesaugt wie Luft aus einem Schlauchboot. Seine einst lockige Mähne war einem kurz geschorenen Kopf gewichen. Seine Konturen wirkten abgemagert.

Während ihm früher der Schalk aus den Augen geblitzt hatte, lagen jetzt nur noch Trauer und Erschöpfung darin. Er schien um zehn Jahre gealtert zu sein. Der Uniformierte stand direkt hinter ihm. Was hatte ich meinen Ed alles fragen wollen! Nichts davon fiel mir mehr ein. Ihn so sehen zu müssen war wie ein Faustschlag ins Gesicht. Ein gebrochener Mann stand vor mir.

Und in seinem Gesicht stand das gleiche Entsetzen, als er mich anschaute. Es war, als würde er in einen Spiegel blicken.

Reden, reden!, ging es mir durch den Kopf. Sonst ist die kostbare Zeit gleich wieder vorbei, und wir haben uns gar nicht ausgetauscht.

»Hallo, Ed«, flüsterte ich überwältigt.

»Hallo, Peasy.« Über Eds eingefallene Wangen glitt ein müdes Lächeln. »Wie geht es dir?«

Ich nickte nur unter Tränen. Hätte ich »gut« gesagt, hätte unser Gespräch mit einer dicken Lüge begonnen.

Beide versuchten wir tapfer zu sein, uns nicht anmerken zu lassen, wie unerträglich die Haftfolter für uns war.

»Ich habe seit dem Prozess nichts mehr von dir gehört ...«

»Aber hast du denn meine vielen Briefe nicht erhalten?« Ed sah mich ungläubig an.

»Ich verwarne Sie«, schnauzte der menschliche Wachhund hinter ihm. »Über Angelegenheiten der Haft wird hier nicht geredet!«

»Nein!« Verzweifelt suchte ich in seinem Gesicht nach irgendeiner versteckten Botschaft, nach etwas, das mir mehr über ihn verriet.

Ich traute mich nicht, ihn zu fragen: »Liebst du mich noch? Glaubst du, dass wir und Lilli eines Tages eine Familie sein werden?«

Ed sah mir fest in die Augen. »Du musst schreiben. Schreib an die Stasi. Schreib an Dr. Vogel. Stell einen Ausreiseantrag nach dem anderen, denn das mache ich auch. Schreib ihnen, dass es für uns keine Rückkehr in die DDR gibt, dass wir keine Zukunft in diesem Staat ...«

»Strafgefangener Stein! Ihr Besuchstermin ist hiermit beendet.« Schon wurde er am Arm brutal hochgerissen. »Aufsteh'n, melden Se sich ab!«

Ed erhob sich mit Tränen in den Augen.

»Strafgefangener Stein meldet sich ab«, stieß er mit brüchiger Stimme hervor.

Noch ein letzter Blick, dann wurde er weggezerrt.

Wie betäubt saß ich in meinem Käfig und versuchte, das soeben Erlebte zu verarbeiten.

Wir hätten eine halbe Stunde Zeit gehabt, und das waren keine zwei Minuten gewesen!

Die anderen Frauen rechts und links von mir redeten noch. Ich hörte manche weinen.

Doch was hätte es genutzt, uns gegenseitig zu bedauern und »unsere Taten« zu betrauern?

Mein Ed hatte alles richtig gemacht. Was sollten wir belanglose Dinge austauschen, wenn er die eine wichtige Botschaft an mich losgeworden war? Er stand zu unseren Ausreiseplänen, nichts anderes war jetzt relevant. Und er hatte immer wieder an mich geschrieben, das war doch großartig! Entschlossen wischte ich mir die Tränen ab. Ed und ich, wir waren eine Einheit. Wir brauchten keine Worte.

Wie lange ich noch in diesem Loch saß und meinen Gedanken nachhing? Die ganze restliche Sprechzeit über. Noch achtundzwanzig Minuten.

Bis mich die fiese Leutnant aus Hoheneck wieder aus meinem Loch ließ und mitnahm.

Schweigend tappte ich im Strom der anderen Strafgefangenen durch enge, dunkle Gänge.

Hier und da ertönte ein Schluchzen.

Wir wurden in einen hermetisch abgeriegelten Raum

gebracht, und dort sah ich in lauter verweinte Gesichter. Nachdem jede Einzelne unter strengster Bewachung die Toilette aufsuchen durfte, wurden wir in Begleitung von bewaffneten Männern und scharfen Hunden wieder in die grüne Minna verfrachtet.

Spätnachts, nach stundenlangem Transport mit lauter schluchzenden oder apathisch vor sich hinstarrenden Frauen, stieg ich im Innenhof des Frauenzuchthauses Hoheneck wieder aus dem Knastauto. Ich schluchzte nicht. Ed hatte mir einen ganzen Koffer voller Kraft mitgegeben!

Von nun an würde ich jeden Tag einen Brief an die Stasi schreiben, jeden Tag einen Ausreiseantrag stellen: steter Tropfen höhlt den Stein. Selbst wenn ich dafür noch eine Stunde früher aufstehen musste. Auf dem Weg zum Speisesaal gab es einen Briefkasten des Ministeriums für Staatssicherheit.

Sie sollten sich nicht einbilden, dass sie mich irgendwann kleinkriegen würden – niemals!

Als ich meinen Quadratmeter Bodenschlafplatz neben der Kindsmörderin aufsuchen wollte, saßen darauf bereits zwei Frauen, die ich noch nie gesehen hatte. Sofort standen sie auf. Die eine war in meinem Alter, die andere, eine zarte weißhaarige ältere Dame, schien ihre Mutter zu sein!

»Entschuldigung, wir wussten nicht, wo wir hinsollten, wir sind eben erst eingeliefert worden. Nach stundenlangen Transporten sind wir erst mal platt ...«

Die Ältere rappelte sich mühsam hoch, wobei ihr die Jüngere half.

Um Himmels willen!, schoss es mir durch den Kopf. Was hat die getan? Sofort begriff ich, dass es keine Kriminellen waren.

»Es waren so viele Frauen zur Arbeit, da haben wir gewartet, wo wir hin können ...«

»Setzt euch wieder zu mir«, flüsterte ich. »Ich bin Peasy.«

»Anke«, stellte sich die Jüngere vor. »Und das ist meine Schwiegermutter Marie.«

Mich überzog es eiskalt. »Sippenhaft?«, fragte ich leise.

»Ja, mein Mann und ich haben überlegt, wie wir im Sommer möglicherweise über Ungarn das Land verlassen können, und blöderweise haben wir es Marie gesagt.«

Die Ältere nickte. »In unserer Familie gibt es keine Geheimnisse.« Sie zog die Decke, in die sie sich gewickelt hatten, enger um sich. »Die Kinder haben mich eingeweiht, damit ich mich innerlich auf unseren Abschied einstellen kann. Als sie verhaftet wurden, haben sie mich gleich mitverhaftet. Nie im Leben hätte ich meine Kinder verraten.«

Was für Unmenschen!, dachte ich. Da lassen sie die alte Dame in diesem Loch gleich mitverrotten.

Anke war Ärztin, und auch Marie war Ärztin gewesen. Beide befanden, dass ich viel zu dünn und unterernährt sei. Besorgt erkundigten sie sich, ob es mir auch gut ginge.

Wie rührend von ihnen! Fast musste ich lachen. Sie waren eben noch neu hier und hatten keine Ahnung, was sie erwartete.

Ich warnte sie vor den Gefährlichen und wies sie in die Knastregeln ein, im Gegenzug waren sie wie eine Mutter und eine Schwester zu mir.

Als das nächste Bett frei wurde, das eigentlich mir zugestanden hätte, überließ ich es selbstverständlich Marie und Anke. Die beiden wurden in unterschiedliche Arbeitskommandos eingeteilt, sodass immer eine in der Zelle und die andere in der Fabrik war. Beide waren dem Lumpenkommando zugeteilt worden.

Trotz der Eiseskälte und der unmenschlichen Arbeitsbedingungen beklagte sich die alte Dame nie – im Gegenteil! Sie baute uns junge Frauen auf und tröstete uns. »Eines Tages seid ihr alle im Westen. Ihr müsst immer fest daran glauben!«

Marie war eine gläubige alte Dame, der Glaube gab ihr die Kraft, das Martyrium hier zu überleben.

Als Anke eines Morgens von der Nachtschicht kam und ich gerade zur Morgenschicht abkommandiert wurde, flüsterte sie mir zu: »Melde dich für den Kirchgang an!«

Warum sollte ich?, dachte ich zunächst. Um mir das salbungsvolle Gewäsch eines von der Stasi ausgesuchten Pastors anzuhören? Dass wir unsere Sünden bereuen sollten und dass Gott die Sünder eines Tages in sein Himmelreich aufnehmen wird? Das hatte mir gerade noch gefehlt!

Aber dann überlegte ich: Wenn ich mich zu dem einmal im Monat stattfindenden Gottesdienst anmeldete, war das möglicherweise eine Chance, sich wenigstens im Stenogrammtempo über die neuesten Informationen auszutauschen, auch wenn es dort von Spitzelinnen wimmelte.

Und so stellte ich den schriftlichen Antrag, im nächsten Monat am Gottesdienst teilnehmen zu dürfen. Ich musste mehrere Wochen warten, bis mein Antrag genehmigt wurde.

37

Frauengefängnis Hoheneck, August 1975

Ganz oben im großen Gefängnistrakt befand sich der »Saal«, ein riesiger kalter dunkler Raum mit schrägen Dachbalken, in dem die Gottesdienste, aber auch die Kinoabende stattfanden. Zu meinem Erstaunen befand sich sogar eine riesige Orgel darin. Ich betrat diesen Saal zum ersten Mal.

Wir »Gläubigen« saßen dicht gedrängt auf Holzstühle, bewacht von je einer streng blickenden Wachtel pro Reihe, die uns mit Argusaugen beobachtete. Ob der Pastor mit schwarzem Talar und weißem Beffchen da vorn ein getarnter Stasi-Mann war, konnte ich nicht ermessen. Ich hörte ihm gar nicht richtig zu, sondern ließ vorsichtig den Blick schweifen. Vielleicht würde ich ja hier oder da ein bekanntes Gesicht sehen? Anke und ihre Schwiegermutter Marie saßen neben mir und sangen inbrünstig die Kirchenlieder mit.

Nach dem Gottesdienst wurden wir sofort wieder im Pulk mit anderen Strafgefangenen die Treppe hinuntergetrieben. Die Stufen waren ganz ausgetreten, und an den unverputzten roten Backsteinwänden gab es keine Geländer. Jede von uns musste im Schweinsgalopp hinuntereilen und hatte Mühe, nicht über die eigenen Füße zu stolpern oder der Vorderfrau in die Hacken zu treten. Es grenzte an ein Wunder, dass in meiner Anwesenheit nie jemand die vielen Steinstufen herunterpurzelte, aber passiert ist es mit Sicherheit!

Neben den Gottesdiensten hielt dieser Mai noch eine weitere Überraschung für mich bereit: Meine Mutter hatte wieder einen Besuchstermin oder »Sprecher«, wie es bei uns hieß.

Nach der Erfahrung mit Ed hütete ich mich davor, irgendwelche unerlaubten Andeutungen zu machen. Trotzdem brannte mir eine, alles andere überlagernde Frage auf den Nägeln: Lilli!

Nachdem die »Erzieherin« Mutters Mitbringsel inspiziert und mir ein paar abgezählte Himbeeren und »Smarties« zugeteilt hatte, sah Mutter mich ganz merkwürdig an. Ihre Stimme zitterte.

»Lilli lässt dich herzlich grüßen, sie kann schon erste Buchstaben schreiben ...« Mutter holte ein Bild aus ihrer Handtasche. Darauf war ein kleines Mädchen zu sehen, rechts davon die krakeligen Buchstaben »Lilli« und links »Mama«. Das Ganze war umhüllt von einem roten Herz.

Ich verstand die Botschaft und nickte unter Tränen.

»Darf meine Tochter das Bild mit in ihre Zelle nehmen?«, fragte Mutter freundlich.

»Natürlich nicht.«

Behutsam faltete Mutter es wieder zusammen und steckte es in ihre Handtasche. »Das macht ja nichts. Du hast es ja gesehen.«

Ihre Augen sprachen Bände.

»Dann soll ich dich noch herzlich von deiner Cousine Gundi aus Köln grüßen«, plauderte sie weiter.

Sofort saß ich kerzengerade da. GUNDI! Meine Cousine in Köln hieß doch Anne!

»Sie ist bei Tante Elisabeth in HOFFNUNGSTHAL.« Wieder ein vielsagender Blick. Ansonsten hatte sie sich voll unter Kontrolle.

Meine Gedanken flatterten auf wie aufgescheuchte Tauben. Gundi ist im WESTEN? Sie ist gar nicht mehr hier drin? Sie ist in Köln bei Tante Elisabeth? Dann beginnen die Mühlen auch für uns zu mahlen! Vor lauter Freude wäre ich am liebsten aufgesprungen und hätte Mutter umarmt, aber das hätte sofort zum Abbruch des »Sprechers« geführt.

Mutter lenkte das Gespräch sofort wieder auf unverfängliche Themen. Sie erzählte, dass Kristina auf Chorurlaub in Ungarn einen netten Mann kennengelernt habe, der Bernd heiße und ebenfalls Lehrer sei. Dass der arme Ulrich bei der Hitze kaum rauswolle, dann aber immer wieder am Gartenzaun stehe und nach mir Ausschau halte. Diese versteckte Majestätsbeleidigung reichte der Wachtel bereits, um den Besuch genervt abzubrechen.

Egal: Ich hatte zwei wunderbare Nachrichten erhalten: Lilli wusste, dass ich ihre Mama war, und hatte mir einen Liebesbrief gemalt. Und Gundi war bei Tante Elisabeth in HOFFNUNGSTHAL!

AUSSERDEM hatte ich meine Vitamintabletten. Wenn das kein Glückstag war!

Jahre später sollte ich die Briefe lesen, die Tante Elisabeth nach Gundis Besuch in HOFFNUNGSTHAL an Amnesty International schrieb. Sie schrieb auch an den Bundesminister für Innerdeutsche Beziehungen, an den SPD-Vorsitzenden Willy Brandt, an den Bundesminister Egon Franke und immer wieder an den Rechtsanwalt Stange in Westberlin:

31. Juli 1975
Meine Nichte Gisa Stein gehört zu den wenigen republikflüchtigen Frauen in Hoheneck, die alle Härten mit einer kompromisslosen, ehrlichen Haltung durchstehen. Sie weicht

keinen Zentimeter von ihrer Haltung ab, auch wenn sich ihre Strafen dadurch drakonisch steigern. Sie hat noch nie ein Buch lesen, einen Fernsehabend besuchen oder am Kiosk Obst einkaufen dürfen. Trotz ihres lebensbedrohlichen Gesundheitszustandes (sie hatte einen Herzinfarkt und wurde daraufhin mit Medikamenten sediert, aber nicht behandelt) steht sie tapfer jede Tortur wie extremen Schlafmangel, Kälte und Unterernährung in der Überzeugung durch, eines Tages mit ihrem Mann und ihrer Tochter im Westen zu sein und ein freies, selbstbestimmtes Leben führen zu dürfen. Ihre Zellengenossin Gundi beschrieb ihre ständigen Herzrhythmusstörungen und ihre Platzangst. Sie verbringt ganze Nächte im Waschraum und versucht zu tanzen, um ihrer Panikattacken Herr zu werden. Was muss dieser junge Mensch für Energien aufbringen!

Aber die DDR ließ sich nicht erweichen. Der Osten wollte einfach noch mehr Geld für uns beide rausholen. So eine lange Haftzeit wie Ed und ich mussten sonst nur Ärzte absitzen. Auf sie war der Staat besonders böse, hatten sie doch die lange Ausbildung genossen, um ihr Wissen jetzt dem kapitalistischen Ausland zur Verfügung zu stellen. Deshalb blieben auch Anke und Marie bis zum bitteren Ende in strengster Haft. Aber auch Ed, mein Stararchitekt, und ich, die ehemalige erste Solotänzerin, bekamen die volle Härte des Staates zu spüren.

38

Frauengefängnis Hoheneck, Weihnachten 1975

Es wurde Weihnachten, und auf Hoheneck im Erzgebirge war es kälter denn je. Wir hatten Nachtschicht und wie immer davor den obligatorischen »Freigang«. Meine Füße in den inzwischen hauchdünnen Ballerinas waren Eisklumpen und so gefühllos, dass ich keinerlei Kälteschmerz mehr spürte.

Ich sah den sternenklarsten Himmel meines Lebens. Während ich mich darauf konzentrierte, im Gleichschritt zu laufen und meiner Vorderfrau nicht in die Hacken zu treten, schaute ich heimlich immer wieder nach oben und bewunderte die Sternenpracht.

Einer schien besonders mich zu begleiten.

Du leuchtender Stern, da oben am Himmel!, sprach ich mit ihm. Ja, genau, dich meine ich!

Eines Tages werde ich dir die ganze Geschichte erzählen. Ich werde mich an dich und diese Nacht erinnern und alles aufschreiben, das versprech ich dir! Und du wirst mir das Licht und die Kraft geben, die du mir auch jetzt, in dieser dunklen, eisigen Nacht spendest, damit ich all die Unmenschlichkeiten öffentlich machen kann, die mich jetzt quälen.

Die Wachtel schrie mich in tiefstem Sächsisch an: »Strafgefangene, nähm' Se n Kopp runta und loof'n Se im Gleichschritt, sonst setzt'sss was!« Eine Wolke schob sich vor meinen Stern. Er leuchtete nicht mehr für mich.

Aber ich schwor mir, mich an ihn zu erinnern und meine Geschichte eines Tages aufzuschreiben.

Sie hatten die Arbeitsnorm in meiner Strumpfhosenfabrik noch einmal erhöht, und nun bekam ich noch weniger »Monatslohn«, weil ich die Norm nicht erfüllte.

An diesem ersten Weihnachtstag, genau ein Jahr nach meinem fürchterlichen Zahnarzterlebnis, zählte die Verwahrraumälteste beim zermürbenden Zählappell in der eiskalten Zelle eine Mitgefangene mehr.

Wie?, schoss es mir durch den Kopf. Dann wird uns die Wachtel jetzt stundenlang schikanieren, uns immer wieder von vorne durchzählen lassen, bis es sich gar nicht mehr lohnt, sich auf die steif gefrorene Decke zu legen.

Mit der Bemerkung: »Na, denn gomm ich mal in ner Stunde wieder!«, schloss sie uns ein.

Immerhin einen Platz an einem der Wasserhähne wollte ich mir sichern, sodass ich in den Waschraum flitzte. Blitzschnell brachte ich die Reinigungsprozedur hinter mich, rieb mich mit eiskaltem Wasser ab und spülte mir den Mund aus.

Mit klammen Fingern konnte ich mir kaum Gesicht und Hände abtrocknen, als sich der Schlüssel schon wieder im Schloss der Zellentür drehte. Deutlich früher als angekündigt!

Rasch nahmen wir unsere Plätze neben unserer Schlafstatt ein und standen stramm. Hastig knöpfte ich mir die Jacke zu.

»Zählappell! Von vorne!«

»Es gibt eine Neue, Frau Wachtmeister.«

»Dann holen Se die Gefangene mal her.«

Die Neue trat vor. Die kannte ich doch! Aber woher? Das war doch Marika, die mit mir im Ballett getanzt hatte! Der dritte Schwan von links! Wir hatten uns seit Jahren nicht gesehen. Was machte die denn hier? Die Arme!

Die Zellenälteste machte Meldung. »Einunddreißig Strafgefangene zum Zählappell angetreten!«

»Besondere Vorkommnisse?«

»Keine, Frau Wachtmeister!«

»Dann zeigen Se mal der Strafgefangenen ihre Schlafstelle.«

»Jawohl, Frau Wachtmeister!«

»Und das nächste Mal sind Se alle rischtisch angezogen! Ist das klar?«

»Jawohl, Frau Wachtmeister.«

Die Wachtel verließ die Zelle und schloss genüsslich von außen ab. Ich flog zu Marika, die verstört mit ihrem Bündel an der Wand stand.

»Marika! Kennst du mich noch? Ich bin's, Peasy!«

Entsetzen stahl sich auf ihr blasses Gesicht.

»Echt? Ich hab dich jetzt nur an der Stimme erkannt. Du bist so … dünn geworden! Und deine Augen sind so dunkel umrandet, wie das in der Maske kein Kajalstift hinkriegt!«

»Tja, wenn eine Tänzerin das zur anderen sagt, dürfte das eher kein Kompliment sein.«

Ich betrachtete das ehemalige Ensemblemitglied. Auch ihre Züge waren eingefallen, der Teint war fahl, und die Haare hingen ihr wirr um das einst so schöne Gesicht. »Und was treibt dich hierher?«

Während ich ihr half, ihre Matratze zu beziehen, erzählte sie:

»Nach einem Fluchtversuch bin ich schon im Sommer hier eingebuchtet worden.«

»Ach so? Wir sind uns aber nie begegnet?«

Ach so, ja!, ging es mir durch den Kopf. Leute, die sich von früher kennen und womöglich zusammenhalten könnten, werden aus Prinzip nicht zusammengelegt.

»Was ich nicht wusste und was die nicht wussten: Ich war schwanger.«

»Oh.« Ich sank auf die Kante ihres Bettes, und sie setzte sich neben mich. »Ja, mein Vater hat tausend Anträge gestellt, dass ich zur Geburt raus darf, und das haben sie dann auch genehmigt. Mein Vater hat Verbindungen nach ganz oben, musst du wissen. Aber dann hatte ich eine Fehlgeburt, das Kind war nicht lebensfähig.«

Ich legte den Arm um sie. »Das tut mir so leid für dich, Marika.«

Sie schüttelte nur kraftlos den Kopf. »Selbst wenn es gelebt hätte, hätte ich es nicht behalten dürfen.« Nach einer kurzen Pause sagte sie: »Gestern, an Heiligabend, hatte ich frühmorgens die Fehlgeburt. Noch am selben Tag musste ich wieder zurück nach Hoheneck.«

Wir lagen uns in den Armen und weinten beide. So etwas Grauenvolles war einfach unvorstellbar! Da warteten die Schweine vor dem Kreißsaal, um eine geschwächte, traumatisierte, ja im wahrsten Sinne des Wortes ausgehöhlte junge Frau sofort wieder in den Kerker zu schleppen!

»Mein Vater tut alles, damit ich möglichst bald in den Westen komme«, schluchzte sie leise in mein Ohr. »Und wenn ich drüben bin, Peasy, das schwör ich dir, werde ich alles tun, um auch deinen Fall bekannt zu machen.«

Marika kam ein halbes Jahr später in den Westen. Auch sie suchte sofort Tante Elisabeth in Hoffnungsthal auf und schilderte ihr meinen Zustand.

»Peasy ist fertig. Sie kann nicht mehr. Sie hat keine Reserven mehr.«

Tante Elisabeth schrieb unaufhörlich an alle wichtigen Stellen und bat um eine schnelle Bearbeitung meines Falls. Anne, Wolfgang und Onkel Walter auch, unaufhörlich.

All das wusste ich natürlich nicht. Ich war leer. Meine Batterien waren aufgebraucht. Und nicht nur Marika war verschwunden, auch Anke und Marie waren genauso plötzlich weg, wie sie gekommen waren.

Wieder war ich allein zwischen Frauenleibern, die auf engstem Raum um einen kleinen Zipfel Menschenwürde stritten.

Ich konnte das Gezeter nicht mehr hören, den Gestank nicht mehr ertragen. Ich konnte es nicht mehr ertragen, angeschnauzt und herumkommandiert zu werden. Ich konnte das grelle Licht nicht mehr ertragen.

Immer öfter hatte ich Phasen völliger Apathie, in denen ich mir nur noch wünschte, tot zu sein.

39

Frauengefängnis Hoheneck, Frühjahr 1976

Zwei Jahre und drei Monate waren seit unserer Verhaftung am 31. Januar 1974 vergangen.

Zwei Jahre und drei Monate!

Und noch immer war kein Ende in Sicht.

Drei Jahre und sechs Monate lautete das Urteil! Sie würden Ed und mich doch nicht tatsächlich alle zweiundvierzig Monate absitzen lassen ... und dann in die DDR zurückschicken? Das würde ich nicht überleben.

Sonntags lag ich nach dem Gottesdienst auf meiner Matratze und starrte auf das Drahtgestell über mir.

Lilli. Meine kleine Lilli. Warum kann ich nicht bei dir sein?

Die Zeit zog sich hin wie Kaugummi. Da war es fast noch besser, in der Strumpffabrik zu arbeiten, da kam man gar nicht erst ins Grübeln.

Alle anderen waren schon auf Transport gegangen, neunzig Prozent meiner Mitgefangenen waren bereits weg. Warum ich nicht? Weil ich ihre Vorzeige-Ballerina gewesen war?

An einem Sonntag im April lag ich auf meinem Bett und hörte zum ersten Mal wieder die Amseln singen. Draußen im Erzgebirge war der Frühling später als in anderen Regionen erwacht. Die Felder und Hügel von Stollberg, die ich zwischen den dicken Gitterstäben erkennen konnte, waren in mildes Sonnenlicht getaucht.

Oft stand ich frühmorgens am Fenster und bestaunte die malerische Gegend, wenn der Nebel noch über der Landschaft lag. Sie sah aus wie ein Bild von Caspar David Friedrich. Wären da nur die Mauern und Gitter nicht gewesen!

»Peasy, hör auf zu grübeln.«

Sylvia, eine kleine rundliche Frau, schüttelte mich behutsam an der Schulter. Sie war Buchhalterin in einem Volkseigenen Betrieb, kurz VEB, gewesen und hatte Bilanzen gefälscht oder so.

Obwohl es streng verboten war, las sie den Mitgefangenen aus der Hand. Wäre man dabei erwischt worden, hätte es drakonische Bestrafungen gegeben. Aber alle, die von ihr kamen, hatten wieder Hoffnung im Blick. Obwohl ich nicht an so einen Hokuspokus glaubte, setzte ich mich auf, war dankbar, von Sylvia aus meinen rabenschwarzen Gedanken gerissen zu werden.

»Sylvia? Darf ich dir meinen Traum der vergangenen Nacht erzählen?«

»Klar. Ich habe heute sowieso nichts mehr vor!«

»Du musst auch gar nichts dazu sagen. Aber er ist immer so realistisch! So als würde ich das Ganze tatsächlich erleben.«

Sylvia drückte mir die Hand und sah mich aufmunternd an.

»Ich irre im Traum durch einen dunklen Wald. Die kahlen Zweige knacken gespenstisch und peitschen mir ins Gesicht. Ich suche verzweifelt nach einem Weg, der aus diesem Labyrinth herausführt. Und dann sehe ich ganz weit, unendlich weit entfernt, eine Lichtung. Ich spüre im Traum, dass ich diese Lichtung erreichen werde. Kurz bevor es so weit ist, wachte ich schweißgebadet auf.«

Sylvia nahm meine Hand, die ich während meiner Schilderungen unwillkürlich zur Faust geballt hatte, öffnete sie und fuhr meine Handlinien nach.

»Da ist eine Lichtung, deine Schicksalslinie führt unweigerlich zu ihr.«

»Ja? Wirklich?« Ein kleiner Hoffnungsschimmer keimte in meiner zugeschnürten Brust auf.

»Das größte Stück hast du schon hinter dir, nur diesen letzten Weg musst du noch gehen. Hab noch ein bisschen Geduld. Nur noch dieses kleine Stück. Dann hast du es geschafft.«

Sie schloss meine Hand wieder und legte sie mir sanft aufs Herz.

»Nur noch ein kleines bisschen. Es ist nicht mehr weit.«

Dankbar sah ich sie an. »Ich habe nichts, was ich dir geben kann ...«

»Mach dir deswegen mal keine Sorgen ...«

»Ich wünschte, ich hätte ein bisschen Seife, eine duftende Creme, Zigaretten oder Schokolade für dich. Aber ich habe nichts.«

»Ist nicht schlimm«, sagte Sylvia. »Das hab ich gern gemacht.«

In meiner Verzweiflung schrieb ich an diesem Sonntag, der einfach nicht vergehen wollte, einen Brief an meine Mutter.

Natürlich durfte ich darin nicht klagen und meine Gefühle nicht frei äußern, denn dann wäre der Brief gar nicht erst rausgegangen.

»Wenn du denkst, es geht nicht mehr«, schrieb ich, »kommt von irgendwo ein Lichtlein her.«

Diesen Spruch hatte sie mir damals in mein Poesiealbum geschrieben. Ich sah das kleine, in weiches Leder gebundene Büchlein noch vor mir, in dem sie den potenziellen Schreiberinnen, die ja alle erst neun oder zehn Jahre alt waren, mit Lineal und Bleistift unauffällig Linien vorgezogen hatte. Als das Büchlein dann mit krakeligen Sprüchen vollgeschrieben war, radierte sie die Linien wieder aus.

Schon nach einer Woche bekam ich ihre Antwort.

»Wer geduldig ist, ist weise. Und ein Weiser ist besser als ein Starker.«

Ob sie diesen Text von irgendwo zitierte, wusste ich nicht. In meinem Poesiealbum stand er nicht. Aber ihre Nachricht gab mir Kraft.

»Bleib weiterhin so weise und stark, meine Tochter«, schrieb sie in ihrer akkuraten Handschrift. »Ich bin unendlich stolz auf dich.« Und dann wiederholte sie meine Worte: »Wenn du denkst, es geht nicht mehr, kommt von irgendwo ein Lichtlein her.« An dieser Stelle waren ihre mit Tinte geschriebenen Zeilen von Tränen verwischt.

40

Frauengefängnis Hoheneck, Frühsommer 1976

Gedankenverloren hockte ich auf meinem Bett, diesmal im dritten Stock. Im letzten halben Jahr hatte ich mich von der untersten Etage wieder bis nach ganz oben hochgekämpft.

Viele Politische waren ja inzwischen auf Transport gegangen, und jedes Mal drehte sich das Karussell weiter. Inzwischen war ich nicht mehr so zaghaft und wartete, ob ich die frei gewordene Metallbett belegen durfte. Sobald eine ihre Sachen gepackt hatte, warf ich irgendeinen Teil meines kläglichen Besitzes auf diese Matratze. Und das bedeutete in der Knastsprache: »Wage es keine, mir diesen Platz streitig zu machen! Dieser Quadratmeter gehört jetzt mir!«

Doch an diesem Frühsommertag war es sehr heiß und hier oben unterm Dach besonders stickig.

Kein Lüftchen wehte durch die vergitterten Fenster.

Um mich herum lagen alle im Tiefschlaf. Manche redeten im Traum und warfen den Kopf hin und her, andere lagen ganz ruhig da. Aber allen waren die Belastungen durch die Haft anzusehen: lauter fahle Gesichter, die sich schon lange nie mehr richtig hatten entspannen können.

Der Schlüssel klirrte im Schloss. Die Leutnant gab sich keine Mühe, leise zu sein. Es war ausgerechnet die schärfste aller Wachhunde, meine ehemalige »Erzieherin« Stettin!

Die war doch gar nicht mehr für mich zuständig, seit ich die Zelle gewechselt hatte?

Wo war denn die Weber?

»Strafgefangene Stein! Sie haben Sprecher.«

Wie von der Tarantel gestochen sprang ich von meiner Matratze im dritten Stock auf den harten Steinfußboden, schlüpfte in meine Schuhe, zupfte den Rock zurecht und machte Meldung.

»Frau Leutnant Stettin, Strafgefangene Stein meldet sich zum Sprecher.«

Mit klopfendem Herzen trat ich vor die Zellentür, legte die Hände auf den Rücken und wartete so, bis sie die Zellentür verschlossen hatte.

Endlose Gänge, flankiert von anderen Zellen, hinter denen brütende Hitze herrschte, Eisentreppen, Stahlnetze über mir, Stahlnetze unter mir. Bei jedem neuen Geschoss schloss sie wieder umständlich Gittertüren auf und zu, und jedes Mal stand ich, die Hände auf dem Rücken, demütig da und wartete, bis sie mit ihrer umständlichen Prozedur fertig war. Das ging alles von meiner Besuchszeit ab!

Endlich führte sie mich in einen kahlen Raum. Ein schmaler Tisch, drei Stühle.

Die Stettin belehrte mich, was ich alles durfte und was ich nicht durfte.

»Keine Informationen über die Haft, keine Informationen über die Arbeitsbedingungen, die Anzahl der Strafgefangenen in der Zelle, die Unterbringung. Keine Beschwerden über das Essen, keine Details über den Freigang. Keine Umarmung, keine vielsagenden Blicke, kein Flüstern und keine zweideutigen Bemerkungen. Sie behalten Ihre Hände auf dem Tisch und sitzen gerade. Ihre Füße müssen unter dem Stuhl sein. Wenn

Sie weinen, wird der Sprecher sofort abgebrochen. Haben Sie mich verstanden?«

»Ja, Frau Leutnant Stettin.«

»Absolute Disziplin.«

Meine Mutter wurde hereingeführt. Sie trug wieder ein geblümtes Sommerkleid, darüber eine leichte weiße Strickjacke. Nacktes Entsetzen stand in ihrem Blick, als sie mich sah. Meine verweinten Augen lagen in tiefen Höhlen. Meine Haut war grau, ich mochte noch fünfunddreißig Kilogramm gewogen haben.

Mutter setzte sich gefasst.

»Ja, hallo, mein liebes Kind. So ein heißer Sommer, nicht wahr?« Sie fächelte sich Luft zu. »Hier drin ist es ja besonders stickig.« Irritiert sah sie sich nach einem Fenster um.

Ein kleines, mit undurchsichtig geriffeltem Glas befand sich hinter ihr.

»Keine Klagen, dies ist eine erste und letzte Verwarnung!«

»Ja, also ich fahre ja dieses Jahr mit Lilli an die Ostsee. Erinnerst du dich an das Ferienhaus, wo wir immer mit Vater waren? Ja, da geht es wieder hin.«

In ihren Worten schwang ein Unterton mit, der mich aufhorchen ließ. Mit einem Seitenblick auf meine Bewacherin wartete ich insgeheim auf die zweite und letzte Verwarnung.

»Und Kristina?«

»Ja, das wird dich freuen.« Mutter schickte mir genau den Blick, der auf weitere, verdeckte Informationen hinwies. »Bernd, der nette Mann, den sie auf der Chorreise nach Ungarn kennengelernt hat, und sie wollen heiraten.«

»Und Lilli?«, schoss es aus mir heraus. »Ich will nicht, dass sie Bernd Vati nennt … «

»Sie bleibt jetzt erst mal bei mir«, sagte Mutter und sah mich durchdringend an. »Wir bleiben vorerst in dem Ferienhaus an der Ostsee. Sie hat ja jetzt zwei ganze Monate schulfrei, und in dieser Zeit kann viel passieren.«

Mein Herz raste, und ich versuchte, die Information zu verarbeiten. Mutter war inzwischen neunundfünfzig Jahre alt. In einem Jahr würde sie der DDR als Rentnerin nichts mehr nutzen und damit das Recht haben, diesen Staat zu verlassen. In einem Jahr könnte auch ich drüben sein. In einem Jahr könnten wir es alle geschafft haben!

Die Stettin wühlte inzwischen mit zusammengekniffenen Lippen im Einkaufsnetz, das Mutter mitgebracht hatte. Ein paar Äpfel, ein paar Erdbeeren. Die reinste Vitamin-C-Bombe!

»Die sind aus unserem eigenen Garten«, sagte Mutter stolz. »Bitte bedienen Sie sich.«

Die Stettin legte das Einkaufsnetz mit dem Obst zurück auf den Tisch. »Unterlassen Sie diese Bestechungsversuche. Ihre Tochter hat auch hier im Strafvollzug die Möglichkeit, Obst zu kaufen.«

Sie wusste genau, dass ich meine Arbeitsnorm nicht schaffte und mir deshalb von meinem kargen Lohn kein Obst kaufen konnte. Mit spitzen Fingern klaubte sie die kleine Rolle Smarties heraus. »Das kann sie meinetwegen haben.«

Mutter und ich sahen uns verhalten triumphierend an. Du dumme Kuh!, dachte ich. Ausgetrickst. Da sind viele, viele bunte Vitaminpillen drin.

»Wie geht es Lilli?«, fragte ich begierig. »Kann sie schon schreiben?«

»Ja, dabei wird sie erst jetzt im Herbst eingeschult. Guck, diesen Brief soll ich dir von deiner Tochter geben!« Mutter kramte einen zusammengefalteten Zettel hervor und glättete ihn auf dem Tisch. Letztes Jahr war es noch ein Bild mit Herz gewesen, jetzt stand da in krakeliger Kinderschrift:

Die Gedanken sin frei......! Liebe Mama, das is mein Liplingslied und das kann ich schon auf dem Klawir spielen.

»Schluss, der Sprecher ist hiermit beendet!« Die Stettin forderte meine Mutter freundlich, aber bestimmt auf, sich ohne Umarmung zu verabschieden. Solange Angehörige von draußen anwesend waren, bemühten sich unsere Bewacher immer um einen normalen Ton. Keiner sollte den Eindruck mit nach Hause nehmen, es ginge uns schlecht in diesem Weiberzuchthaus. Waren wir nicht ein lustiges Mädchenpensionat?

Als ich mich unter Tränen noch ein letztes Mal zu Mutter umdrehte, hatte sie ein kleines weißes Taschentuch in der Hand, mit dem sie merkwürdig herumwedelte. Was wollte sie mir damit sagen?

Schon wurde ich aus dem Raum gezerrt und wieder durch die langen Gänge geführt.

Irgendetwas war ungesagt geblieben, das hatte ich an Mutters Blick genau gesehen. Sie hatte ein paar Mal das mit der Ostsee gesagt und dass sie jetzt zwei Monate weg sein würden.

Zehn Minuten später stand ich wieder in meiner Zelle und lehnte meine fiebrig heiße Stirn an das kühle Gestell des Metallbetts.

Wenn ich doch nur wüsste, wie meine Kleine jetzt aussah! So viele Fragen hatte ich noch gehabt. Warum durfte ich kein Foto haben?

»He, Peasy, das ging aber schnell!«
»Sprecher abgebrochen, wa?«

»Diese gemeine Kuh von einer Stettin ...«
»Psst! Seid ihr verrückt? Wenn sie vor der Zelle lauscht ...«
»Was hat deine Mutti denn gesagt?«
»Ja nix, wie immer. Sie fahren an die Ostsee.«
»Los, wir verdrücken uns in den Waschraum.«
»Mensch, Peasy, nicht weinen!«

In Begleitung von mindestens zehn neugierigen Frauen ließ ich mir Wasser über die Handgelenke laufen und schaufelte es mir ins Gesicht.

»Nichts hat sie gesagt, das Obst durfte ich nicht behalten, den Brief von meiner Tochter auch nicht, und nach einem Foto konnte ich gar nicht mehr fragen. Aber hier, sie hat mir Smarties mitgebracht.« Großzügig verteilte ich alle Schokoladenlinsen, nur die Vitamintabletten behielt ich für mich.

Jetzt drängten noch mehr Strafgefangene in den Waschraum.
»Ich auch, ich auch, bitte nur eine kleine Schokolinse ...«

Plötzlich rief Lisa aus dem Saal: »He, was ist denn das? Kommt mal alle her, ich sehe was, was ihr nicht seht!«

Das war unser Lieblingsspiel, es brachte kurzzeitig Ablenkung in unser graues Elend.

Vielleicht ein Vogelschwarm? Eine besonders schöne Wolke? Einmal hatten wir sogar einen Regenbogen gesehen!

Neugierig drängelten wir uns alle wieder aus dem Waschraum in die Zelle.

Lisa kniete auf dem oberen Bett und umklammerte die Gitterstäbe.

»Da unten steht ein Auto. Ein blauer Wartburg. Guckt mal, da betätigt einer andauernd die Lichthupe!«

Aufgeregt kletterten über dreißig Frauen auf die oberen Betten.

»Da hinten in den Feldern von Stollberg steht eine Frau und winkt mit einer weißen Strickjacke!«

Jetzt kapierte ich endlich. Das hatte sie gemeint! Sie wollte noch winken! Das war streng verboten, und woher wusste sie überhaupt, in welchem Zellentrakt ich war?

»Peasy, stimmt's, das ist deine Mutti!«

Da stand sie, meine tapfere Mama! Aufrecht in einem Feld am Wegesrand, und winkte aus Leibeskräften!

»Los, nehmt alle euer Handtuch oder irgendwas und winkt, was das Zeug hält!«

Mehr als sechzig Arme wurden durch die Gitterstäbe gestreckt und mehr als dreißig Tücher geschwenkt.

»Aber leise! Bloß keinen Laut!«

Als die Blechbläser unten gespielt hatten, waren wir hart bestraft worden.

Was für eine Aktion! Wäre nur eine der Wachteln zufällig über den Hof gegangen, hätte die ganze Zelle mit drakonischen Strafmaßnahmen rechnen müssen.

Ich klebte mit dem Gesicht am Gitter und winkte, bis mir der Arm lahm wurde.

Keine von uns gab einen Mucks von sich. Es war eine gespenstische Szene, wie aus einem alten Stummfilm.

Und was war jetzt das? Obwohl meine Mutter draußen neben dem Auto stand, wurde wieder die Lichthupe bedient! Da war noch jemand drin?

Plötzlich öffnete sich die Wagentür, und heraus krabbelte stolz wie Oskar ein groß gewordenes kleines Mädchen mit langen dünnen Beinen. Fragend schaute es seine Oma an, und diese bückte sich und zeigte nach oben in die Ferne, in unsere Richtung. Da hatte das Kind auch schon das kleine vergitterte Fenster mit den winkenden Armen entdeckt! Zaghaft winkte es zurück und wurde dann immer mutiger, nahm die Strickjacke meiner Mutter und schwenkte sie mit beiden Ärmchen.

»Mama«, formten ihre Lippen in der Ferne. »Meine Mama!«

Ich traute mich nicht, zu antworten.

Sechzig Arme winkten meinem Kind zurück. Und sechzig Augen weinten.

In dieser Nacht lag ich im obersten Bett noch lange wach und starrte an die Decke. Was war meine Lilli groß geworden! Und wie selbstständig sie schon war! Ob sie überhaupt ahnte, was hinter diesen Gitterfenstern vor sich ging? Hoffentlich hatte Mutter ihr eine kindgerechte Erklärung gegeben, die sie verarbeiten konnte.

Ich drehte mich auf den Bauch und versuchte, in das Dunkel der Nacht zu starren, noch einmal die Stelle zu finden, an der sie noch vor ein paar Stunden gestanden hatten.

Plötzlich gellte ein Schrei durch die Mauern. Ein irrer, gequälter Schrei.

»Mamaaa!«

Ich hielt mir die Ohren zu. Jetzt wurde ich also doch verrückt.

Die Lautstärke des Schreis verdoppelte sich und hallte als gespenstisches Echo von den Mauern zurück. Gruselig!

»Mamaaa!«

Ich bildete mir das nicht ein. Der Schrei war echt! Eine hohe Mädchenstimme brüllte, wimmerte und jaulte wie ein angeschossenes Tier. »Mamaaa! Hilf mir! Ich will zu dir!«

»Hast du das gehört?« Gitte, eine Mitgefangene am anderen Ende der Zelle, war hochgeschreckt. Als sie im Dunkeln sah, dass ich aus dem Fenster starrte, fragte sie: »Woher kommt das?«

»Keine Ahnung, ich dachte, ich hätte mir das eingebildet ...«

»Mamaaa! Hilfe, hol mich hier raus!«

Inzwischen waren auch andere Frauen aufgewacht und horchten.

Gitte kletterte von ihrem Bett, schlich zur Zellentür und hielt das Ohr ans kalte Metall.

»Das kommt aus der gegenüberliegenden Zelle!«

Durch zwei Eisentüren drangen die verzweifelten, immer hysterischeren Schreie einer jungen Frau.

»Mamaaa! Hilfe! Mamaaa!«

Kein Wachpersonal ließ sich blicken. Es klang, als würde jemand mit Wonne stundenlang einen Hund zu Tode quälen.

Viele von uns hielten sich die Ohren zu und verkrochen sich unter ihren Decken. An Schlaf war nicht zu denken.

Nach qualvollen Minuten näherten sich endlich energische Schritte, klirrend wurde die gegenüberliegende Zelle aufgeschlossen.

Der Schrei schwoll wieder an, um dann vom barschen Ton einer Aufseherin unterbrochen zu werden. Man hörte ein Klatschen, eindeutig Schläge. Das Jammern schwoll zu Schmerzgebrüll an, bevor es in klägliches Winseln überging.

Wir hörten, wie die arme Frau gewaltsam fortgeschleift wurde. Wohin? In die Wasserzelle unten im Keller?

Noch ein paar gebellte Befehle, dann wurde es wieder still.

Aber nur kurz: Gitte, die die ganze Zeit lauschend an der Tür gestanden hatte, wich plötzlich zurück und rannte barfuß, nein flog ans Fußende ihres Bettes.

Wir hörten die klappernden Schritte der Aufseherin, die sich unserer Zelle näherte und aufschloss.

Alle schossen aus den Betten und standen wie Gitte am Fußende stramm.

»Sie haben nüschte jehört«, fuhr die Wachtel uns an. »Een Wort zu irjend jemand, und Se können der Wahnsinnigen da unten Jesellschaft leisten.«

Peng!, knallte die Tür wieder zu. Trotz der warmen Sommernacht zitterten wir vor Schreck. Die tierischen Schreie gellten noch lange in unseren Köpfen nach.

Später sprach sich hinter vorgehaltener Hand herum, dass das arme, gerade mal achtzehn Jahre alte Mädchen den Terror und die Grausamkeit dieses Gulags nicht mehr ausgehalten hatte. Es weinte und schrie so lange nach ihrer Mama, bis sie wahnsinnig geworden war.

Keine von uns sollte je wieder etwas von dieser jungen Frau hören.

41

Frauengefängnis Hoheneck, Juni 1976

Irgendwie hatte sich die Stimmung in der letzten Zeit verändert. Es war mein dritter Sommer in Haft, und ich meinte zu spüren, dass man mir anders gegenübertrat. Sie waren doch nicht etwa menschlicher geworden?

Frau Leutnant Schuster fragte mich abends bei der Medikamentenausgabe, ob ich noch einen Wunsch hätte! Dabei lächelte sie fast freundlich.

Wie bitte?

Einen Wunsch?

Ja!, dachte ich. Nach dem Aufwachen hätte ich gern etwas Tee und Gebäck. Oder vielleicht lasst ihr mich einfach frei? Dann muss ich euch auch nie wieder Umstände machen.

Während meiner bisherigen Zeit in Hoheneck hatte ich ja stets versucht, mich unsichtbar zu machen. Ich blasse Maus war auch noch nie sonderlich angeeckt. Bis auf die Wink-Aktion, für die sie mich in die Wasserzelle gesperrt hätten, wenn sie denn aufgeflogen wäre, war ich im wahrsten Sinne des Wortes noch nie aus dem Rahmen gefallen. Außerdem bildete ich mir ein, nicht wirklich als Einzelperson wahrgenommen zu werden. Ich war eine von Hunderten, ja TAUSENDEN, wie ich später erfuhr.

An einem trüben Tag, an dem sich das Wetter nicht so recht entscheiden konnte, ob es noch mal Sommer werden oder gleich in den Herbst übergehen sollte, gab es eine weitere Überraschung.

Meine Erzieherin, Frau Weber, rief mich vor die Zelle.

»Antreten zum Sprecher!«

»Ja, aber wer ...«

Mutter konnte es ja nicht sein, die war doch mit Lilli an der Ostsee. Oder etwa nicht?

»Komm Se mit, wer'n Se schon sehen.«

Aufgeregt trippelte ich vor ihr her, während sie wieder mit sozialistischer Gründlichkeit alle Gitter vor mir auf- und hinter mir wieder zuschloss. Wer konnte das bloß sein? Sollte sich nach fast drei Jahren tatsächlich ein Rechtsanwalt in dieses dunkle Gemäuer verirrt haben?

Wie in Trance lief ich weiter, zupfte unauffällig an meinen Haaren herum, steckte die Bluse ordentlich in den Rock und zog die Strümpfe gerade.

»Gomm Se, gomm Se.«

Sie schob mich in einen Besucherraum. Der Tisch war lang und schmal, als sollte dort ein festliches Bankett für viele Personen abgehalten werden. Drei Stühle.

»Setzen Se sich, sitzen Se gerade, keine Beschwärden über den Strafvollzug in Hoheneck, keine Klagen, keine Bemerkungen über das Arbeitspensum, das Essen oder die Behandlung. Wenn Se weinen, wird der Spräschor sofort abgebrochen.«

»Ja.« Ich räusperte mich nervös und presste die Lippen aufeinander, damit sie ein bisschen Farbe bekamen.

»Das heißt ›Jawohl, Frau Oberleutnant Weber!‹«

»Jawohl, Frau Oberleutnant Weber!«

Jetzt hörte ich Schritte und zwei Männerstimmen. Die Tür an der anderen Seite des schmalen Raumes wurde aufgeschlossen. Mein vermeintlicher Anwalt war sehr dünn und trug blaue Sträflingskleidung mit einem gelben Streifen auf dem Rücken. Mit festen Schritten kam er geradewegs auf mich zu und umarmte mich.

Es war Ed!

Trotz vorheriger Belehrung durch seinen Offizier hatte er es gewagt, mich in den Arm zu nehmen! Das war mein Ed.

»Peasy!« Er presste die Lippen auf meinen Scheitel. »Einmal, nur ein einziges Mal nach dieser unendlich langen Zeit will ich dich im Arm halten.«

»AUSEINANDOR!«, kreischte Frau Oberleutnant Weber.

Eds Bewacher kam mit herrischen Schritten auf uns zu. »Strafgefangener Stein, ich verwarne Sie zum ersten und letzten Mal. Bei der nächsten Nichtbeachtung der Regeln wird der Besuchstermin sofort abgebrochen!«

Noch ganz schwindelig von dieser Überraschung und seinem vertrauten Duft sank ich artig auf meinen Stuhl.

Sein Stuhl wurde zur Strafe für diese Regelüberschreitung ganz ans Ende des langen Tisches geschoben. »So. Da sätzen Se sich jetzt druff. Mal säh'n, wie lange Se da sitzen bleiben.«

Wir saßen einander gegenüber wie ein altes englisches Adelspaar. »Mortimer, bringen Sie Tee.« Und das im Arbeiter- und Bauernstaat.

»Kleine Peasy, jetzt dauert es nicht mehr lang.«

»Woher willst du das wissen?«

»Mein Herz, glaub mir einfach. Glaub ganz fest daran. Bald sind wir in Köln.«

»Lassen Sie solche Verleumdungen …«

»Glaube mir einfach. Du kennst mich doch. Meine Hoffnungen haben sich immer erfüllt.«

Mein Herz zog sich vor Freude zusammen. Sie waren alle drüben, sie hatten es geschafft? Nur wir waren noch übrig, wir letzten einsamen Seelen? Aber wir waren zusammen, wenigstens in diesem Moment!

»Reden Sie über was anderes! Nüscht über Kontakte im Westen!«

»Dann schau doch mal, was ich dir mitgebracht habe!« Ed legte ein großes Einkaufsnetz auf den langen Tisch und schubste es zu mir herüber. Was war denn das? Milka-Schokolade! Schauma-Shampoo! Smarties! Obst! Das waren alles Sachen aus dem Westen!

»Alles von den lieben Cousinen.«

Mein Blick huschte fassungslos zu Leutnant Weber, und diese nickte gönnerhaft.

Durfte ich das etwa behalten?

Fehlte nur noch, dass sie uns gleich zum Auto begleiteten und gemeinsam ins Abschiebegefängnis nach Karl-Marx-Stadt chauffierten, von wo aus wir übermorgen in den Westen ausreisen durften!

»Die Uhr tickt, Peasy. Der große Zeiger steht schon auf fünf vor zwölf!«

»So, das reicht jetzt, der Sprecher wird abgebrochen.«

Bevor meine Fantasie endgültig mit mir durchgehen konnte, wurde Ed schon wieder rausgezerrt.

Ganz schwindelig von diesen Ereignissen ließ ich mich in meine Zelle zurückführen.

Sylvia kam mir neugierig entgegen. »Und? War die Mutti wieder da?«

»Nein.« Fast ratlos hielt ich das Netz mit den Kostbarkeiten hoch. »Es war mein Mann!«

Sie brach in schrilles Gelächter aus. »Wie, echt jetzt?«

»Ja, ich kann es selbst kaum fassen. Ich hab das doch nicht geträumt?«

»Zeig mal her ...« Ein Dutzend fordernder Hände griff nach meinem Netz, und dabei fiel ein Schwarz-Weiß-Foto heraus.

»Oh, ist der süüüß!«, quietschten die Mädels verzückt. »Ist das dein Ed?«

Ja, das war er. Das war er GEWESEN. Damals, an unserem Hochzeitstag!

»Der hat ja voll die schönen langen Haare!«

»Ja, damals. Jetzt ist er kahl geschoren.«

»Und der schicke Anzug, der ist aber nicht aus der Kaufhalle?«

»Nein. Eds Hochzeitsanzug war ein Geschenk von seiner Tante Irene aus Hamburg.«

Die berühmte Tante, die ihm immer die Ami-Jacken und Jeans geschickt hatte.

Es war ein Bild von unserem Hochzeitstag vor genau drei Jahren.

Mich, die glückliche Braut im selbst genähten Traumkleid, mich hatten sie abgeschnitten.

Oder vielleicht hatte ED mich abgeschnitten. Um mich zu behalten.

Natürlich hatte er vorher seinen Erzieher fragen müssen, ob er mir ein Foto mitbringen dürfe. Er durfte. Auch diese »menschliche Geste« war mir irgendwie nicht geheuer.

Aber egal, jetzt hatte ich endlich auch ein Foto!

»Peasy, dürfen wir Smarties?«

»Ja, wartet, ich teile sie aus.« Meine Vitamintabletten brauchte ich allerdings für mich allein.

Während die anderen noch aufgeregt durcheinanderplapperten und meinen einst so schönen Ed bewunderten, glättete ich erstaunt den Umschlag, den die Frau Leutnant mir kurz vor Einschluss in die Zelle ausgehändigt hatte. Vorsichtig zog ich den Brief heraus. Es war die Handschrift meiner Schwiegermutter! Wieso schrieb sie mir?

Sie, die sich angeblich von mir losgesagt hatte, weil sie mir allein die Schuld an unserer katastrophalen Situation gab? So hatten es mir die Vernehmer jedenfalls erzählt, und ich wusste ja noch nicht, dass Ulla inzwischen bei ihr gewesen war.

Fast schon enttäuscht huschte mein Blick über den Brief. Bestimmt würde sie mir Vorwürfe machen?

Liebe kleine Peasy, wir denken oft an Dich und erinnern uns daran, wie gerne du Kakteen gezüchtet hast! Hier stehen noch alle auf dem Fensterbrett.

Wie? Ich hatte noch nie Kakteen gezüchtet, und bei meinen Schwiegereltern standen auch keine auf dem Fensterbrett. Das musste eine verschlüsselte Nachricht sein! Aufgeregt las ich weiter.

Georg und ich haben jetzt auch damit angefangen, Kakteen zu züchten, und wir stellen uns gar nicht mal so schlecht an! Nach mehrmaliger Begutachtung durch den Kakteenzüchterverein besteht eine sehr reelle Chance, den ersten Preis für unsere Züchtungen zu erhalten! Und zwar für beide Kakteenarten, die große stachelige und die kleine weiche. Das wollten wir Dir unbedingt mitteilen, damit Du Dich mit uns freust!

Mit offenem Mund starrte ich auf den Zettel. Wie kamen sie denn auf den aberwitzigen Gedanken, mit Kakteen einen ersten Preis zu gewinnen? Und was sollte die große Stachelige und die kleine Weiche?

Plötzlich fiel der Groschen. Der große Stachelige, das war Ed, und ich war die kleine Weiche!

Der ERSTE PREIS! Wir standen ganz oben auf der Transportliste! Ulla! Das war unser Geheimcode!

Mein Herz machte einen riesigen Freudensprung! Ich flog aus dem Waschraum und umarmte jede einzelne Zellengenossin, die mir über den Weg lief.

So viel Zuversicht und Hoffnung hatte Ed mir heute gebracht und dann noch dieser Brief! Ich las den vermeintlich spießigen Kakteenquatsch so oft, dass ich ihn am Ende auswendig kannte und jeden Punkt und jede Knitterfalte fotografisch abgespeichert hatte.

Der große Stachelige und die kleine Weiche! Wir standen auf Platz eins.

42

Frauengefängnis Hoheneck, 25. Juli 1976, morgens

Es war ein brütend heißer Tag. Wir hatten Frühschicht. Es war so heiß, dass die Werkstattleiterin sogar die Fenster des Nähsaals weit öffnen ließ.

Im Schweiße ihres Angesichtes beugten sich die Frauen über die weißen Strumpfmassen, die sich wie tausend Schlangen auf dem Arbeitstisch wanden. Wie immer wollten sie sich einen Bonus erarbeiten.

Ich selbst war einfach nur müde. Bleiern müde. Die Arme drohten mir abzufallen. Wie viele Tage denn noch? Wie viele Stunden, Minuten, Sekunden ...

Komm, reiß dich zusammen, Peasy!, hörte ich wieder meine einstige Ballettmeisterin sagen. Hintern zusammenkneifen und durch. BALD ist Vorstellung! Die Hoffnung, die der Brief deiner Schwiegermutter in dir entfacht hat – lass sie nicht durch dieses Fenster davonfliegen. Es ist fünf vor zwölf, hatte Ed gesagt. Wir haben eine reelle Chance auf den ERSTEN PREIS, hatte in dem Brief gestanden. Wer ihr auf welche Weise diesen Code auch immer zugeflüstert hatte: Das hatte doch etwas zu bedeuten! Nur noch der Endspurt, Peasy, halt bloß noch ein bisschen durch ...

Die Maschinen ratterten ohrenbetäubend, meine Finger flogen unter der auf und ab hüpfenden Nadel hin und her. Aufpassen, Peasy! Auch heute darfst du dich nicht verletzen.

Ein winziger Moment der Unachtsamkeit, und dein Finger ist ab. Ich hatte bei anderen schon die schlimmsten Verstümmelungen gesehen, ohne dass die Verletzte überhaupt zum Arzt gebracht oder beurlaubt worden wäre.

»Ab is ab, da müssen Se eben besser aufpassen«, lautete die lapidare Antwort auf solche »Zipperlein«.

Vom anderen Ende des Raumes hörte ich einen Frauenstimme. Eine aufgeregte Frauenstimme. AAA OOOO war alles, was ich verstehen konnte.

Ohne den Blick von der Nähmaschine und meinen Strumpfwülsten abzuwenden, spitzte ich die Ohren. Jetzt hörte ich es schon deutlicher.

»TRANSPORT!«

Das war das Zauberwort, auf das ich seit zweieinhalb Jahren wartete.

Eilig wackelte die Werkstattleiterin zu den Fenstern, um sie mit einem energischen Griff zu schließen, und dackelte dann in ihren gläsernen Aufsichtskasten zurück, in dem sie den ganzen Tag gemütlich saß. Sie war keine Angestellte der Vollzugsanstalt, sie war eine ganz normale Bandleiterin »von draußen«. Eine Stollbergerin, die diesen Arbeitsplatz zugewiesen bekommen hatte. Ihre Aufgabe war es, mit Argusaugen über uns zu wachen und jedes Vergehen wie Nachlässigkeit, Aufstehen vom Arbeitsplatz oder eine patzige Antwort sofort zu melden.

Wie sie hieß, wusste niemand von uns. Sie hatte sich uns nicht vorgestellt. Musste sie ja auch nicht. Wir waren die Strafgefangenen und sie eine von den Guten. Insgeheim hatte ich sie »Frau Esda« getauft.

Von meinem Arbeitsplatz am Gang durfte ich mich nicht erheben. Dafür drehte ich ganz vorsichtig den Kopf und machte einen langen Hals.

Und da sah ich sie: Die Frauen im gegenüberliegenden Trakt, hinter ihrem vergitterten Fenster. Sie gestikulierten aufgeregt, und sie winkten hektisch zu unserem Nähsaal herüber. Auch wenn ich es hinter dem geschlossenen Fenster nicht hören konnte, formten ihre Münder das Wort »TRANSPORT«.

Frau Esda beobachtete mich. Sie telefonierte. Jetzt kam sie aus ihrer gläsernen Kanzel und stapfte direkt auf mich zu.

Ich hatte auf meine Rimoldi zu blicken und auf sonst gar nichts. Oje. Jetzt würde sie mich mindestens zurechtweisen, wenn nicht sogar verpfeifen.

Das Herz schlug mir bis zum Hals. Verdammt, jetzt hatte sie mich erwischt. Ich hatte zur Seite geblickt, ein schweres Vergehen.

»Strafgefangene Stein, lägen Se Ihre Arbeit zur Seite und machen Se die Maschine sauber.« Verdammt! Welche Strafarbeit erwartete mich jetzt?

»Lägen Se Ihre Arbeit zur Seite und machen Se die Maschine sauber! Hören Sie schläscht?«

Ruhig, Peasy, ganz ruhig. Tu, was sie dir sagt!, beschwor ich mich. Mit zitternden Fingern putzte ich an der Maschine herum und zog die Schutzhaube darüber.

Frau Esda stand ungeduldig hinter mir.

»Nu machen Se schooon! Se gäh'n off Transpott! De Frau Oberleutnant holt Se gleiche ab!«

Meine Arme wollten mir nicht mehr gehorchen. Verstohlen linste ich zu dem anderen Fenster hinüber. Die Frauen am Gitter waren weg!

Halt!, flehte ich innerlich, wartet doch auf mich! Bitte fahrt nicht ohne mich!

Mir wollten die Beine versagen.

»Strafgefangene Stein, gomm Se mit!«

Mein Herz machte einen dumpfen Polterer. Sie kam, um mich zu holen!

Nur EINE Wachtel!

Das bedeutete, Verlegung in einen anderen Strafvollzug?! Eine unbedeutende Wachtel war doch sicher nicht befugt, mich zum TRANSPORT abzuholen!

Noch während ich aus dem Nähsaal geführt wurde, riefen mir einige Kriminelle hinterher:

»Tschüss, Peasy, viel Spaß im Westen!«

Andere schimpften: »Scheiß Westen! Die wirklichen Verbrecher dürfen immer früher gehen!«

Schlotternd vor Stress lief ich vor der Wachtel her.

Sie würden mich nicht gehen lassen. Alle ließen sie gehen, nur mich nicht, ihre Vorzeige-Ballerina! Ich würde hier verrotten ... oder etwa doch nicht?

»Back'n Se Ihre Sachen und beeilen Se sisch«, hieß es in meiner Zelle.

Mechanisch steuerte ich mein Bett an und kletterte geübt hinauf. Oben angekommen, wollte ich gerade meine Siebensachen in meine Decke werfen, als ich eine der Kleinkriminellen, eine besonders unsympathische Dicke mit Herrenschnitt namens Jasmin, schreibend auf ihrer Matratze entdeckte. Sie hatte schon viele Seiten vollgekritzelt.

Was schreibt die da?, schoss es mir durch den Kopf. Die hätte eigentlich auch in der Frühschicht sein müssen. Aber wenn sie für die Stasi arbeitet ... Bestimmt schreibt sie gerade einen Bericht über mich. Ob ich des Transports würdig bin. Und das bin ich nicht, denn ich habe mein Leistungssoll wieder nicht erfüllt.

»Du gehst in den Westen, Peasy. Ich weiß das.« Jasmin

lächelte falsch und entblößte dabei kleine gelbliche Zähne. Von einer Schlägerei fehlte ihr ein Vorderzahn.

Verblüfft hielt ich inne. Ihr schiefes Lächeln kam mir höhnisch vor.

Sollte ich darauf antworten?

Woher wusste sie das?

Die Wachtel stand ungeduldig neben der Zellentür. »Machen Se schon hinne!«

Liebe deine Feinde wie dich selbst!, schoss es mir durch den Kopf.

In einer Art Übersprunghandlung schenkte ich Jasmin, die gerne mal ungefragt zu anderer Leute Essen oder Süßigkeiten griff, all die Kostbarkeiten, die ich nach Eds Besuch noch übrig hatte: das Shampoo, die Milka-Schokolade, die Smarties.

»Hier, und das kannst du auch noch haben.« Ich legte ihr meine Florena-Hautcreme, ein Glas eingemachte Pflaumen und ein paar Kekse auf die Matratze.

»Eh, danke, Peasy! Voll nett von dir!«

Ihr Grinsen wurde immer breiter. Sofort stopfte sie sich ein Stück Milka-Schokolade in den Mund. Kauend breitete sie die Arme aus. »Komm her du! Lass dich drücken!«

»Passt schon.« Hastig turnte ich zurück auf mein Bett und raffte mein Bündel an mich. Ein letztes Mal sprang ich von der Matratze.

»Sagst du mir nicht Auf Wiedersehen?«, quäkte Jasmin mit vollen Backen. »Ich war doch immer nett zu dir!«

Ich presste die Lippen aufeinander. Nein!, dachte ich. Das Wort »Auf Wiedersehen« würde mir bestimmt nicht über die Lippen kommen. Nicht auf Hoheneck! Das hatte ich mir unzählige Male vorgenommen. Du drehst dich auch nicht um, du schaust nicht zurück! Du wirst nie, nie, nie wieder in deinem

Leben diesen Ort aufsuchen, auch nicht die U-Haft Berlin-Pankow oder irgendeinen anderen grässlichen Ort, an dem sie dich gefangen gehalten haben.

»Gomm Se endlich in die Gänge?!«

Die Wachtel stand naserümpfend an der Tür.

»Ja.«

Ich klemmte mir das Bündel mit den zwei schweren Filzdecken, der Zahnbürste, der Zahnpasta, meiner Seifenschachtel und meinem x-fach gebrauchten, zerschlissenen grauen Handtuch untern Arm.

»Bringen Se det in de Gleiderkammer ordnungsgemäß zurück!«

Sie trieb mich – ein letztes Mal? – durch die engen Gänge, schloss die Gittertüren vor mir auf und hinter mir wieder zu, ließ mich das Bündel die schmalen Metalltreppen hinunterschleppen und am Ende eines jeden Stockwerks warten, bis sie alles ordnungsgemäß verschlossen hatte. Meine Gehirnzellen weigerten sich, diese Prozedur abzuspeichern. Warum hatte sie mich so zur Eile getrieben, wenn sie mich jetzt wieder mit diesen endlosen Ritualen quälte? Stattdessen konzentrierte ich mich fest auf meine Schritte – nicht dass ich auf den letzten Stufen noch umknickte.

»Geradeaus, vor der letzten Tür stehen bleiben.« Es klapperte, klirrte und quietschte.

Endlich erreichten wir die Kleiderkammer.

»Geh'm Se das ab!«

Ich hievte mein schweres Bündel auf einen Holztisch. Andere Strafgefangene rissen es an sich, zogen die Bettwäsche von den Filzdecken und sortierten die Sachen in dafür vorgesehene Fächer.

Sollte ich tatsächlich …?

»Ausziehen.«

Es wurde Wirklichkeit?! Sie knallten mir die Schachtel mit meinen Anziehsachen hin!

Vor ihren Augen zog ich mich in Windeseile um. Meine Beine schafften es kaum, meine Hose zu finden! Die Winterhose, die ich vor zweieinhalb Jahren beim Fluchtversuch getragen hatte, war mir so weit geworden, dass sie mir sofort bis auf die Knie rutschte. Ich hielt sie mit einer Hand fest. Gürtel? Fehlanzeige.

»Gehen Se weiter!« Die Wachtel trieb mich in die Schleuse.

Da standen schon die anderen, diejenigen, die vor zwei Stunden aus dem Fenster gerufen hatten!

»Wir gehen auf Transport!«, jubelten sie mir zu. »Bald haben wir es geschafft. Hier, Peasy, musst du dich verewigen! Haben wir auch schon alle gemacht!«

Zitternd stand ich da und hielt mit der Linken die Hose fest. Meine Rechte tat etwas Dummes: Mit dem Daumennagel ritzte ich meinen Namen in die weiß gekalkte Wand, auf der sich bereits die anderen verewigt hatten.

Ein Abschiedsritual? Ich machte einfach mit.

Später, noch am letzten Tag vor meiner Ausreise, sollten sie mir das Überstreichen der Wand in Rechnung stellen: Ich hatte ja Staatseigentum beschädigt. Dafür hätten sie mich schlimmstenfalls erneut einbuchten können!

Das Warten in der Schleuse war unerträglich. Wie Schlachtvieh standen wir da, eingepfercht zwischen den hohen Mauern, über uns unzählige Rollen Stacheldraht.

Selbst wenn wir Flügel gehabt hätten: Wir wären darin hängen geblieben. Ich war immer noch in ihren Fängen.

Worauf mussten wir warten? Aus Minuten wurden gefühlte Stunden.

Dann klirrte ein Schlüssel im Schloss einer kleinen rostigen Tür neben dem großen Tor zur Schleuse.

Ein kleiner Nebeneingang. Für unerwartete Zwischenfälle?

»Strafgefangene Stein«, quäkte Frau Oberleutnant Stettin.

Es war so leise, dass man eine Stecknadel hätte fallen hören können. Das aufgeregte Geschnatter der anderen Frauen war verstummt.

O Gott!, schoss es mir durch den Kopf. Sie holt mich wieder raus. Sie zerrt mich wieder zurück. Jasmin hat ihr doch noch irgendeine Meldung gemacht.

»Raustreten!«

Mit gesenktem Kopf trottete ich die zehn Meter zwischen den anderen, die dicht gedrängt auf ihre Freiheit warteten, zurück in die Hölle.

Alle Frauen hielten die Luft an.

Wieder befand ich mich im Gebäude. Frau Leutnant Stettin schloss die Tür hinter mir. Ich war von den anderen getrennt.

Ich spürte einen Druck auf den Ohren, als hätte man mich tief unter Wasser getaucht.

Sie würden mich hierbehalten, an meinen Arbeitsplatz zurückschicken! Gleich würde der Bus ohne mich abfahren!

»Strafgefangene Stein, ich teile Ihnen mit, dass der Sprächor mit Ihrem Schwiegervater in der kommenden Woche ausfällt.«

Die Worte drangen so verlangsamt in mein Bewusstsein, als kämen sie vom Meeresgrund.

Hatte ich einen Sprecher mit meinem Schwiegervater? Davon wusste ich ja gar nichts!

»Ja, Frau Leutnant Stettin«, rang ich mir noch ab. Dann brach mir erneut der kalte Schweiß aus. Ich war von den anderen getrennt! Zwischen uns befand sich eine dicke, eiserne Tür!

Immer noch war es totenstill in der Schleuse.

Sie wissen, dass mein Transport schon in der Schleuse vom Zuchthaus Hoheneck endet!, schoss es mir durch den Kopf. Jasmin hat es ihnen bestimmt aus der Zelle zugerufen, den Mund voller Schokolade: Dass ich nicht mitdarf. Sie wissen es alle schon. Nur in meinen Kopf will es nicht rein, dass ich mein ganzes Leben hier in der Hölle Hoheneck verbringen muss. Bis ich hier drin verrecke. Ich war schließlich ihre Vorzeige-Ballerina.

»Mälden Se sisch ab!«

»Frau Oberleutnant Stettin, Strafgefangene Stein meldet sich ab.«

In meinen Ohren rauschte das Blut. Wohin meldete ich mich ab? Zurück an meinen Arbeitsplatz? Zurück in meine Zelle? In eine andere Zelle? In einen anderen Gebäudetrakt?

Oder etwa …

… zurück in die Schleuse?

Sie hatte die Zwischentür wieder aufgeschlossen, und mit weichen Knien trat ich zu den anderen. Sie wichen zurück und starrten auf den Boden.

Kam ich jetzt etwa zurück in die DDR? Das würde bedeuten, dass ich den Rest meines Lebens in einem anderen großen Knast verbringen müsste. Auch das war der blanke Horror für mich.

Die Kralle der Angst hatte mein Herz wieder fest im Griff. Unregelmäßig schlug es dumpf in meiner Brust, um dann gefühlte Minuten einfach auszusetzen.

Warum hatte die Stettin das getan? Was für eine sadistische Ader hatte diese Frau! Weil ich mit meiner »Unternorm«, meiner schwachen Arbeitsleistung, ihren Sozialismus nicht aus der wirtschaftlichen Misere geholt hatte?

»Bewegen Se sich! Einsteigen! Zügig!«

Der Trupp setzte sich zögernd in Bewegung. Die Frauen stiegen in eine wartende grüne Minna. Bis zum Schluss glaubte ich, die Stettin würde mich mit schneidender Stimme zurückkommandieren. Als Allerletzte stieg ich ein.

Wieder versuchte ich, mich unsichtbar zu machen. Ich starrte auf den Boden und hielt die Luft an.

Quietschend und scheppernd schloss sich die Schiebetür. Ich war drin!

Sie zerrten mich nicht mehr heraus?

Das Wachtelpersonal saß mit starrem Blick am Ende der Bänke. Bloß kein Augenkontakt! Sonst würde ich noch wegen »provozierender Blicke« oder »frechen Guckens« wieder rausgezerrt!

Der Motor wurde angelassen. Wir Frauen fassten einander an den Händen.

Zwanzig zitternde, schweißnasse Hände umklammerten sich so fest, dass die Fingerknöchel weiß hervortraten.

Das Kreischen des riesigen Tores verriet, dass es für uns geöffnet wurde.

Der Gefangenentransport verließ Zuchthaus Hoheneck.

43

*Stasi-Gefängnis Kaßberg, Karl-Marx-Stadt,
25. Juli 1976, mittags*

Wohin war ich gekommen? Auf den Kaßberg, nach Karl-Marx-Stadt.

Auch das war wieder ein Knast. Wir saßen in Abschiebehaft.

Mit zwei anderen Frauen, die ich noch nie gesehen hatte, war ich in eine kleine Dreierzelle gesperrt worden. Ein Doppelstockbett, ein Einzelbett, ein Waschbecken, eine Toilette, ein kleiner Tisch, drei Hocker. So wie in der U-Haft in Berlin-Pankow vor fast drei Jahren. Warum kam es mir jetzt so viel erträglicher vor? Wie ein nettes Pensionszimmer? War ich so abgehärtet, so anspruchslos geworden, dass ich mich schon darüber freute, nicht mehr zu Verhören abgeholt und nachts nicht mehr mit Lichterterror gequält zu werden? Oder waren die Aufseher eine Spur netter?

Vielleicht weil sie wussten, dass wir bald im Westen sein, eines Tages ihre Namen nennen und mit dem Finger auf sie zeigen würden?

Wir hatten nicht nur ein Brettspiel zur Verfügung, wir durften sogar tagsüber offiziell auf den Betten liegen. Fehlte nur noch, dass sie uns einen Fernseher reinschoben.

Und dann das Essen: Im Vergleich zu Hoheneck war es geradezu »Erste Sahne!«

Offensichtlich wollten sie mich, bevor sie mich ins kapitalistische Feindesland entließen, erst mal ein wenig aufpäppeln. Kein Wunder, so abgemagert wie ich war. Hinzu kam, dass mein Herz schwer geschädigt war durch jahrelange Fehlbehandlung und die Verabreichung brutaler Beruhigungsmittel. Auch im übertragenen Sinne: Nach dem unfassbaren Unrecht, das mir diese Unmenschen jahrelang angetan hatten, war ich ein gebrochener Mensch. Mich davon zu erholen würde Jahre dauern, vielleicht sogar Jahrzehnte. Aber ich würde es schaffen, und ich würde Lilli eine gute Mutter sein!

Während der zweieinhalb Wochen, die ich kraftlos auf meiner Matratze lag und vor mich hinträumte oder schlief, fasste ich den unverrückbaren Entschluss, eines Tages ein Buch über die Hölle Hoheneck zu schreiben. Es sollte aber noch mehr als vierzig Jahre dauern, bis ich die Kraft dazu fand.

»Peasy! Peasy, Schatz! Bist du da?!«

War das Ed?

Mühsam setzte ich mich auf. Das war doch Eds Stimme! Oder halluzinierte ich?

»Peasy, halte durch! Wir haben es fast geschafft!«

Aber das war ja direkt vor meiner Zellentür! Rief mein Mann ganz ungeniert durch die Luke, durch die das Essen geschoben wurde? War er mein Kalfaktor?

Auf meinem Tablett lag ein Mon Chéri! Ich traute meinen Augen nicht. Zitternd packte ich die Praline aus und schob sie mir in den Mund. Die totale Geschmacksexplosion!

Es war alles so surreal. Lag das am darin enthaltenen Branntwein? Und warum hatte ich mir die Praline vor dem Essen in den Mund gestopft? Jetzt hatte ich keinen Appetit auf Wurst und Gemüse mehr! Ich wusste gar nicht mehr, wie das normale Leben ging. Gleichzeitig sehnte ich mich doch so sehr danach!

Ich lag auf meiner Pritsche und spürte dem Geschmackserlebnis nach, das fast so süß schmeckte wie ein Kuss von Ed. Das Allersüßeste war, dass er ganz in meiner Nähe war!

»Gomm' Se zum Fototermin.«

Männliches Wachpersonal ließ uns aus der Zelle. Die anderen beiden kicherten aufgeregt.

»Wie sehe ich aus?«

»Soll ich die Haare offen tragen?«

Wir wurden in ein Fotostudio geführt, das wahnsinnig professionell aussah. Vor einer weißen Leinwand stand ein drehbarer Hocker.

»Machen Se sich mal'n bisschen zurecht. Da ist ein Spiegel.« Ein Fotograf zeigte auf Schminkutensilien: Bürste, Kamm, Rouge, Puder, Lippenstift.

Ich mache DICH gleich zurecht, du schmieriger Stasi-Typ!, dachte ich. Ohne in den Spiegel zu schauen, setzte ich mich auf den Hocker. So sehe ich aus. Das habt ihr aus mir gemacht. Und so soll mich die erste Westbehörde auch zu Gesicht bekommen.

Wie damals in der U-Haft in Berlin-Pankow wurde ich fotografiert. Die Schwarz-Weiß-Aufnahme, die mich frontal zeigte, sollte später auf meinem Haftentlassungsschein kleben. Ich sah aus wie eine zerrupfte Vogelscheuche, doch das Bild zeigte mich als fragile Schönheit. »Wie Audrey Hepburn, zierlich und schön, in Ehrlichkeit«, sollte Ulla später sagen. Der Unrechtsstaat hatte das Foto mit allen Mitteln der Kunst retuschiert, dunkle Schatten verschwinden lassen, Glanz in die Augen gezaubert und Schimmer auf die Haare gelegt. Diese Leute logen bis zuletzt: Der Schein trog.

Ein paar Tage später wurde ich aus der Zelle geholt und in einen Verhörraum geführt. Im Gegensatz zu früher wurde ich im Kaßberg-Gefängnis nicht mehr angeherrscht. Das demütigende Ritual von wegen »Blei'm Se steh'n, Gesicht zur Wand, Hände auf den Rücken. Geh'n Se« gehörte endgültig der Vergangenheit an.

Zügig wurde ich in den Raum geführt, in dem ein Stasi-Vernehmer hinter seinem Schreibtisch saß. Ich musste auch nicht mehr die Hände unter die Oberschenkel legen, nachdem ich ihm gegenüber Platz genommen hatte.

Ein undurchsichtiger Typ mit Durchschnittsfrisur und grauem Schnäuzer sah mich minutenlang schweigend an.

Was soll das, Mann?, dachte ich. Ich kann auch gucken. Woher ich den Mut nahm, nicht wie in den Jahren davor den Blick zu senken, sondern ihn trotzig zu erwidern, war mir ein Rätsel.

Aber: Ed war hier. Und er gab mir so viel Kraft! Auch wenn ich ihn im Kaßberg-Gefängnis noch nicht gesehen, sondern nur gehört hatte.

»Gisa Stein, geboren am 27. Oktober 1948 in Oranienburg bla, bla, bla…« Er las mir meine biografischen Daten bis zum heutigen Tag vor.

»Sie haben eine Straftat begangen. Sie sind wegen staatsfeindlicher Verbindungen in Tateinheit mit versuchtem ungesetzlichen Grenzübertritt im schweren Fall – Verbrechen gemäß § 100 Absatz 1, § 213 Absatz 1, Absatz 2, Ziffer 2 und 3, Absatz 3, 63, 64, Strafgesetzbuch zu einer Freiheitsstrafe von drei Jahren und sechs Monaten verurteilt.«

Wieder schaute er mich durchdringend an. Und ich schaute genauso durchdringend zurück.

Was er da gerade vor mir herunterleierte, einschließlich meines böswilliges Devisenvergehens mit Zollbetrug (das Tragen meiner Kette und meines Rings!) sowie meines schmuddeligen

Pornohandels (das Mitführen eines Aktfotos), war mir hinlänglich bekannt.

Er hatte sichtlich Freude daran, mir all das vorzutragen oder besser gesagt erneut vorzuhalten.

Sollte ich darauf etwas erwidern? Wahrscheinlich nicht.

Was immer er mir noch vorwerfen würde – ich würde es nicht kommentieren.

»Der gegenwärtige Stand der Strafverbüßung«, las er weiter von seinem DIN-A4-Blatt ab, »lässt begründet erwarten, dass die Verurteilte die notwendigen Schlussfolgerungen gezogen hat und künftig die Gesetzlichkeit der DDR nicht wieder verletzten wird. Dieser Beschluss ergeht nach § 349 St PO.«

Der Magen sank mir bis in die Kniekehlen. Künftig die Gesetzlichkeit der DDR???

Das bedeutete, dass man mich in die DDR entlassen würde, was sonst?

Ich rebellierte innerlich. Ich verletze keine DDR-Gesetzlichkeit mehr, weil ich nicht in die DDR zurückkehren werde!, sagte ich mir insgeheim vor. Gleichzeitig hallte ein stummer Schrei von den weißen Wänden wider. Und so muss ich auch ausgesehen haben: weiß wie die Wand.

Nachdem der Vernehmer sich an meinem Entsetzen geweidet hatte, änderte er auf einmal seinen Tonfall.

»Wohin möchten Sie vor dem offiziellen Ende Ihrer Haftstrafe, entsprechend § 349, entlassen werden? In die Deutsche Demokratische Republik?«

Ich schwieg beharrlich und versuchte, meine Panik zu unterdrücken.

»Oder in die Bundesrepublik Deutschland?«

Er hatte es gesagt! Er hatte das Zauberwort gesagt! Insgeheim ballte ich jubelnd die Siegerfaust. YES! Wie lange hatte ich auf diese alles entscheidende Frage warten müssen? Viel zu lange!

Doch nach außen hin verzog ich keine Miene.

»Ich möchte in die Bundesrepublik Deutschland entlassen werden.« Meine Zunge war staubtrocken, dennoch antwortete ich sachlich und kühl.

Auch er verzog keine Miene, sondern zog nur ein zweites dünnes DIN-A4-Blatt aus der Schublade. Und überreichte mir die Urkunde zur Entlassung aus der Staatsbürgerschaft der DDR.

MINISTERRAT
DER DEUTSCHEN DEMOKRATISCHEN REPUBLIK

URKUNDE

Gisa Stein, geb. Ziegler

Geboren am 27.10.1948 in Oranienburg,

wohnhaft zuletzt in Berlin, Märkisches Ufer 14

wird gemäß § 10 des Gesetzes vom 20. Februar 1967 über die Staatsbürgerschaft der Deutschen Demokratischen Republik (GBl. I S. 3) aus der Staatsbürgerschaft der Deutschen Demokratischen Republik entlassen. Die Entlassung erstreckt sich auf folgende kraft elterlichen Erziehungsrechts vertretene Kinder:

.

.

.

.

Die Entlassung aus der Staatsbürgerschaft der Deutschen Demokratischen Republik wird gemäß § 15 Abs. 3 des Staatsbürgerschaftsgesetzes mit der Aushändigung dieser Urkunde wirksam.

Berlin, den 30.07.1967   Der Minister des Innern

Ausgehändigt am 11.08.1976   Dickel

Ich starrte auf Hammer & Zirkel im Ährenkranz, die sich in hochwertigem Reliefdruck an dieser Stelle befanden, nicht zu vergessen die Worte »Deutsche Demokratische Republik« und »Der Minister des Innern«.

»Ich mache Sie darauf aufmerksam«, belehrte mich der Stasi-Mann, »dass am 12.08.1976 eine für das Gebiet der DDR geltende Bewährungszeit von zwei Jahren in Kraft tritt.«

Hatte ich ihm nicht soeben laut und deutlich erklärt, dass ich in die Bundesrepublik ausreisen wollte? Was sollte die Belehrung mit der Bewährung in der DDR? Ich wollte mich ganz sicher nicht mehr in der DDR bewähren! Warum musste er immer noch nachtreten?

Endlich sagte er den erlösenden Satz: »Sie werden noch heute, am 11. August 1976 in die Bundesrepublik entlassen.«

Er überreichte mir die Urkunde.

Mit beiden Händen bedeutete er mir, mich von meinem Stuhl zu erheben.

Er wollte mir tatsächlich die Hand geben! Als hätten wir gerade den feierlichen Abschluss einer gemeinsamen, fruchtbringenden Zeit erreicht!

Oder wollte er mir gratulieren? Bildete er sich ein, ich würde ihm tränenüberströmt danken? Ihm um den Hals fallen? Taten das andere? Ich jedenfalls nicht.

Ich ignorierte die Hand. Mir hatte seit zweieinhalb Jahren niemand mehr die Hand gegeben.

Erhobenen Hauptes verließ ich den Raum. Ich hatte es geschafft! Ich war offiziell aus dem Frauenzuchthaus Hoheneck und dem Gefängnis DDR entlassen! Jetzt nur noch ein paar Stunden Haltung bewahren! Ein letztes Mal beschwor ich die Stimme meiner Ballettmeisterin herauf: Hintern zusammenkneifen und durch! Gleich ist Vorstellung!

Doch ich konnte nicht mehr tanzen, nicht mehr schweben. Ich war ein Wrack. Die nächsten Stunden würde ich keine Bürgerin der DDR mehr sein, aber auch noch keine Bürgerin der Bundesrepublik.

Was, wenn ich jetzt auf dem Flur tot umfalle?, schoss es mir durch den Kopf. Wo werde ich dann beerdigt werden? Ich bin eine Staatenlose!

Wie Wurfgeschosse flogen mir diese wirren Gedanken um die Ohren.

»Reiß dich zusammen, Peasy. Du fällst hier nicht tot um. Diese paar Schritte schafft dein Herz jetzt auch noch.«

*Am 12. August erhält Gisa Stein gemäß § 1 des Gesetzes Über die Notaufnahme von Deutschen in das Bundesgebiet vom 22. August 1950 (Bundesgesetzblattes S. 367) in der Neufassung des Bundesvertriebenengesetzes vom 3.9.1971 (BGBl.I S.1565) durch Beschluss des Aufnahmeausschusses vom **12. August 1976**, die Erlaubnis zum ständigen Aufenthalt im Bundesgebiet.*

Erhobenen Hauptes schritt ich vor dem Aufseher her. Noch einmal sperrte er mich in die Zelle, und ich sank auf die Matratze, meine Urkunde fest in den Händen.

Meine Gedanken liefen hin und her wie der Panther von Rilke. Wenn ich tatsächlich gleich in einen Bus steige, sollte ich vielleicht noch mal auf die Toilette gehen!, meldete sich die Stimme der Vernunft.

»Gomm Se!«

Ein letztes Mal wurde die Zelle aufgesperrt. Ein letztes Mal wurde ich am Arm über den Gang geführt.

Im Innenhof des Gefängnisses stand ein Reisebus!

Keine grüne Minna, kein fensterloses Margarineauto, nein, ein richtiger Reisebus!

Und darin saßen Menschen, die aus dem Fenster blickten! Tränenüberströmte Menschen!

Mit wackeligen Knien stieg ich ein. Schock, alles voll! Lauter Paare, Männer und Frauen, die nebeneinander saßen. Und weinten! Und lachten! Und sich abküssten! Wiedersehensdramen spielten sich ab, die sich kaum in Worte fassen ließen.

Mein Kiefer mahlte vor Anspannung. Je weiter ich mich durch den vollen Bus schlängelte, umso größer wurde meine Angst. Ed?! Wo war mein Ed?!

Hatte er mir nicht erst vor zwei Tagen das Essen durch die Luke geschoben? Mit dem Mon Chéri?

Ich hatte doch seine Stimme erkannt! Ganz sicher! Warum war er dann nicht in diesem Bus?

Mein Blick huschte über dreißig Gesichter – Männer und Frauen, die sich über die Reihen hinweg ihre Knastgeschichten zuriefen.

»Was ich als Erstes mache, wenn ich drüben bin? Eine Cola trinken!«

»Ich kaufe mir eine Pizza! Mit doppelt Käse und Salami!«

»Von welchem Geld denn?«

»Die geben einem doch ein erstes Ankunftsgeld! Das investiere ich in Pommes rot-weiß mit Bratwurst!«

»Hahaha, die wird dein Magen gar nicht verkraften!«

»Ich werde erst mal vierundzwanzig Stunden durchpennen!«

In der allerletzten Reihe waren noch zwei Plätze frei. Nur noch zwei Plätze!

Verschüchtert ließ ich mich auf den Sitz sinken. Ein gepolsterter Sitz! Mit Rückenlehne!

Ed!, schoss es mir durch den Kopf. Du fehlst! Wo bleibst du nur? Sie werden dich doch nicht im letzten Moment wegen irgendeines Vergehens, eines frechen Widerworts dabehalten haben?

Ich versuchte zu verfolgen, was da vorne vor sich ging. Die vielen Lehnen vor mir waren viel zu hoch für mich, ich konnte nicht drüberschauen.

Von meinem Fensterplatz, den ich automatisch eingenommen hatte – ein FENSTERPLATZ, mit Aussicht auf den Innenhof eines Gefängnisses – rückte ich auf den Gangplatz und spähte nach vorn. Nichts tat sich, außer dass sich die anderen Passagiere aufgedreht unterhielten. Köpfe flogen hin und her, Gelächter, Gesprächsfetzen und immer wieder lautes Weinen, Umarmungen, Küsse.

All das blendete ich aus.

Ed! Ohne dich kann ich nicht losfahren. So komm doch endlich!

Vorn am Bus stand immer noch der Uniformierte mit strenger Miene. Jeden, der in den Bus steigen durfte, hatte er an der Tür noch mal gründlich geprüft. Entlassungsurkunde, Foto, Augenabgleich.

Als hätte man auf dem Weg von der Zelle zum Bus noch mal schnell eine andere Identität annehmen oder sich als Schwerverbrecher unter die Freigekauften mengen können. Was für ein Schwachsinn! Aber war nicht alles, vom Moment unserer Verhaftung an, ein einziger kranker Schwachsinn gewesen? Wie viele stumpfsinnige Hirne taten beruflich nichts anderes, als ihre eigenen Landsleute zu quälen und zu demütigen, um dafür auch noch bezahlt zu werden?!

Nichts tat sich vorne. Lange, viel zu lange!

Endlich stieg noch jemand in den Bus. Für mich war das der ergreifendste Moment meines bisherigen Lebens.

Ed!

Ruhig und gefasst lief er den Gang entlang und kam mit suchendem Blick näher. Wie in Zeitlupe, als hätte ihn die schwere Zeit gelähmt.

Wir sahen uns an. Sprachlos. Fassungslos.

Stumm nahm er meine Hand. Wie damals vor fast drei Jahren, als wir aneinandergepresst im Kofferraum lagen. Genauso innig. Er rutschte neben mich, und danach saßen wir einfach nur nebeneinander da.

Noch immer liefen viele Uniformierte um den Reisebus herum. Noch immer stiegen sie ein, zählten, prüften Ausweise und glichen Fotos ab, um nochmals zu checken, ob auch niemand drinsaß, der dort nicht hingehörte.

Plötzlich fuhr ein goldener Mercedes mit Ostberliner Kennzeichen vor. Ein kleiner dicker Mann stieg aus und kam geradewegs zu uns in den Bus.

Derselbe Mann, der vor zweieinhalb Jahren mit seiner Gardine geredet hatte, statt sich zu mir umzudrehen. Der mir all meine Vergehen vorgehalten und mich dann aus dem Raum gewinkt hatte. Dr. Vogel. Der berühmte Heilsbringer, der für die Freikäufe der Strafgefangenen in der DDR zuständig war.

Während andere im Bus sich geradezu darum rissen, dem gefeierten »Diplomaten« die Hand zu geben, verhielten Ed und ich uns zurückhaltend. Wir legten keinen Wert darauf, vom Unterhändler der DDR begrüßt zu werden.

Der kleine dicke Mann griff zum Mikrofon des Busses und pustete hinein. »Guten Tag, meine Damen und Herren.«

DAMEN und HERREN! Nicht mehr Strafgefangene!

»Viele werden Sie um diese Fahrkarte beneiden. Denken Sie daran, dass Sie immer noch Strafgefangene und auf Bewährung entlassen worden sind. Gehen Sie im Westen nicht zu Funk oder Presse, um über die hiesigen Verhältnisse zu berichten.

Die meisten von Ihnen haben Kinder, und ich verlese jetzt die Namen der Kinder, die auf dem Verhandlungswege nachkommen werden.«

Ed und ich drückten einander so fest die Hände, dass uns die Eheringe schmerzhaft ins Fleisch schnitten.

Bei jedem Namen, den er vorlas, brach ein anderes Ehepaar in jubelndes Schluchzen aus. Es war ergreifend. Ich biss mir auf die Lippen, um nicht laut loszuheulen.

Über fünfzig Kindernamen lösten Jubel und Tränenbäche aus! Es rauschte und dröhnte in meinen Ohren. Würde meine kleine Lilli auch dabei sein?

Und dann, ganz am Schluss, bevor er uns allen eine gute Fahrt wünschte, sagte er ihren Namen:

Lilli Ziegler.

Ed und ich fielen einander schluchzend um den Hals.

Nachdem Dr. Vogel wieder ausgestiegen war, schlossen sich die Bustüren.

Ich bekam kaum noch etwas mit. Sollte dieser grässliche Albtraum jetzt wirklich ein Ende haben?

Langsam rollte der Bus aus dem Gefängnishof, dessen großes Tor sich wie von Geisterhand öffnete. Erst jetzt nahm ich einen zweiten Bus wahr, der uns folgte. Zwei Busse mit über sechzig fassungslosen Menschen, die die Hölle auf Erden hinter sich ließen.

Langsam, ganz langsam rollten wir in die Freiheit. Aber noch waren wir in der DDR. Das Tempo wurde durch den vorausfahrenden Mercedes von Dr. Vogel bestimmt. Trotzdem: Schon die Fahrt zum Grenzübergang Wartha/Herleshausen war schon eine Art Befreiung. In stillem Triumph ging es über die Transitstrecke. Andächtig schauten wir aus dem Fenster. Zu lange hatten wir keine Landschaften mehr gesehen. Es war August, grüne Bäume und Büsche rauschten hinter den Leitplanken, kleine Häuser duckten sich zwischen bunt blühenden Gärten, Sonnenblumenfelder blitzten zwischen grauen Fabrikgebäuden mit rauchenden Schornsteinen auf.

Ade, DDR! Auch zu dir werde ich nie »Auf Wiedersehen« sagen.

Die Uhr vorn im Bus zeigte kurz vor achtzehn Uhr an. Ich legte den Kopf auf Eds Brust und lauschte seinem sich langsam beruhigenden Herzschlag, während er mir gedankenverloren über das glanzlose Haar strich. Ich genoss es sehr, war ich doch seit fast drei Jahren nicht mehr liebevoll berührt worden.

Dann spähte ich am Vordersitz vorbei in den langen Gang.
»Ich kann sie sehen!«
»Wen?«
»Die Freiheit!«

Hinter den Grenzmauern des Ostens breitete sie sich vor uns aus, zum Greifen nahe.

Ich setzte mich auf und drückte den Rücken durch.

Schlagbäume, Betonwälle, uniformierte Männer mit grimmigen Gesichtern. Obwohl es stickig heiß im Bus war, begann ich plötzlich zu frieren.

Der Bus drosselte seine Geschwindigkeit und rollte langsam auf die Grenze zu.

»Noch sind wir im Osten«, flüsterte ich Ed ängstlich zu.

»Aber nicht mehr lange!«

Der Bus hielt. Alle waren wir still, alle überwältigt von diesem Moment.

Vorn und hinten gingen die Bustüren auf. Mit Pistolen und Maschinengewehren betraten die Uniformierten von beiden Seiten den Bus und donnerten mit schweren Stiefeln laut durch den Gang. Dieselben lauten Stiefel, mit denen in der Untersuchungshaft immer gegen die Türen getreten wurde: »Aufsteh'n! Komm' Se hoch! Runter von der Pritsche! Drehen Se den Hocker so, dass man Ihr Gesicht sehen kann! Hände über die Decke!«

Verstört spähte ich aus dem Fenster. Zwei Hunde mit Maulkorb hechelten um den Bus. Wieder überrollte mich die Erinnerung an damals, als die Hunde angeschlagen hatten und wir verhaftet worden waren. Diese gefletschten Lefzen! Ed hatte den Arm um mich gelegt und drückte mich fest. Ich schlotterte vor Angst.

»Ruhig, mein Schatz. Es ist vorbei. Es ist vorbei. Alles wird gut.«

Abrupt schlossen sich die Türen, um sich gleich darauf zischend zu öffnen.

Noch immer lassen sie uns nicht weiterfahren!, schrie eine innere Stimme. Was denn jetzt noch?

Zwei Uniformierte kamen mit Listen auf Klemmbrettern in den Bus.

Reihe für Reihe sammelten sie unsere Entlassungsscheine ein. Weiteres zu kontrollierendes Reisegepäck hatten wir ja nicht. Mit diesen Dokumenten verließen sie schließlich den Bus. Die Türen schlossen sich fauchend.

Aber ... wir rollten immer noch nicht.

»Was machen die denn jetzt noch?«

»Sie vergleichen die Liste mit den Entlassungsscheinen. Das kann dauern.«

Akribisch überprüften sie in mehreren Kontrollgängen, dass auch wirklich nur jene, die heute ihre Entlassungsurkunde erhalten hatten, im Bus waren, und nicht noch andere, die zufällig am Straßenrand gestanden und den Daumen rausgehalten hatten. Was für ein Schwachsinn! Wir waren doch schon tausend Mal durchgecheckt worden!

»Wollen die in letzter Sekunde noch jemanden zurückholen?«, wisperte ich panisch an Eds Brust.

»Schatz, bleib ganz ruhig. Wir haben es gleich geschafft.«

»Es ist so demütigend ...«

Ein letztes Mal ertrugen wir verschüchtert diese Schikane.

Wieder öffneten sich zischend die Türen. Ich zuckte zusammen und schmiegte mich in Eds Armbeuge.

Kein »Sitzen Se gefälligst gerade!«? Kein »Sofort auseinander, sonst wird die Busfahrt auf der Stelle abgebrochen!«?

Jedem einzelnen von uns dreißig Passagieren wurden die Papiere wortlos zurückgegeben.

Im Bus hinter uns spielte sich das Gleiche ab.

Nach gefühlten Stunden verließen die Wichtigtuer endlich den Bus. Und mit ihnen ... tadaaa! ... gleich zwei Paare in Zivil, die mitten unter uns gesessen hatten. Die Stasi hatte uns bis zuletzt die Ehre erwiesen!

Aber jetzt, bevor der Bus über die Grenze rollt, müssen sie

den Bus verlassen!, schoss es mir durch den Kopf. Hier endet ihr Hoheitsgebiet. Sie haben sicher wieder eine Menge Dinge aufgeschnappt, die sie in ihre Akten schreiben und für die sie sich Fleißkärtchen abholen können.

Vor uns wendete der goldene Mercedes, und Dr. Vogel fuhr zurück nach Ostberlin.

Manche winkten ihm verzückt hinterher, ein paar ganz Begeisterte klopften sogar noch gegen die Scheibe. Ich zuckte verschreckt zusammen. Dieser Stress war keine Sekunde länger auszuhalten!

»Peasy! Alles wird gut.« Ed drückte mir einen Kuss auf die fiebrig heiße Stirn.

Der Bus rollte an.

»Bitte bleiben Sie ruhig, meine Damen und Herren. Noch sind wir nicht drüben.« Der nette Busfahrer hatte uns noch vor dem Grenzübergang gewarnt. »Ihre Freudenschreie heben Sie sich bitte für später auf. Wir wollen die Herrschaften hier doch nicht verärgern.«

Als der Bus voller Ex-Häftlinge, die seit Jahren nach Freiheit lechzten, über den Grenzstreifen rollte, standen die Grenzsoldaten stramm. Ein letztes Mal sah ich in ihre versteinerten Gesichter. Wachsfiguren!, dachte ich. Seelenlose Hüllen. Dressierte Zirkusaffen. Keiner winkte oder wünschte uns eine gute Fahrt.

Ich schaute mich nach dem hinteren Bus um. Wie von Geisterhand drehte sich das Ostberliner Nummernschild, und plötzlich hatte er ein Gießener Kennzeichen!

Unser Busfahrer griff unter sein Armaturenbrett und machte eine Drehbewegung. Anscheinend verwandelte sich auch unser Ostbus in Sekundenschnelle in einen Westbus.

»Dagegen muss selbst noch der neueste James-Bond-Film verblassen«, brummte Ed.

Wir sahen einander an.
»Wir sind frei!«
Im Bus brach ungeheurer Jubel los.

44

Gießen, 11. August 1976

Endlich, in der sanften Abenddämmerung, erreichten wir das Aufnahmelager Gießen.

Wieder öffnete sich ein Schlagbaum, und wir fuhren auf das Gelände. Bleich und zittrig stiegen wir aus dem Bus. Ohne jedes Gepäck! Ich besaß nur noch meine leere rote Tasche und meinen Ehering. Mein Tagebuch, mein Adressbüchlein, meine Kette und der Ring sowie das Aktfoto waren weg.

Wieder wurden wir mit Namen aufgerufen und auf einer Liste abgehakt. Egal, es konnte nur besser werden!

Ed und ich bekamen ein kleines Doppelzimmer zugewiesen, das eher zweckmäßig als gemütlich eingerichtet war. Die Betten, die je an einer Wand standen, hatten wieder mal blau karierte Bettwäsche. »Na toll!«, war das Erste, was mir über die Lippen kam.

Ed schob die Betten zusammen. Das hatte er schon früher so gemacht, wenn wir irgendwo auswärts übernachtet hatten. Ed musste mich spüren, fühlen, dass ich bei ihm war.

Wie sehr musste mein armer Mann gelitten haben!

Ich selbst hatte in diesem Moment eher das Bedürfnis nach Freiheit, nach Raum und Platz.

»Lust auf einen Spaziergang?«

Nachdem wir uns an unserem Waschbecken ein wenig »frisch gemacht« hatten, verließen wir Hand in Hand das

Gelände. Einfach so, ohne dass uns jemand hätte aufschließen müssen.

»Unfassbar.« Dankbar sog ich die milde Abendluft ein.

Inzwischen war es dunkel geworden. Die Stadt Gießen war großzügig beleuchtet, das reinste Lichtermeer. Es war überwältigend! Straßenlaternen, Schaufenster, Leuchtreklamen, so weit das Auge reichte!

»Ed, kneif mich mal! Ich glaube, ich bin in New York.«

Ed entfuhr ein Glucksen. Gemeinsam schlenderten wir durch die belebte Fußgängerzone. Die Leute saßen noch draußen vor den Bars und Restaurants, und es duftete betörend nach köstlichem Essen. Aber wir hatten kein Geld, uns auch nur ein Bier zu bestellen. Nach einer halben Stunde war ich so erschöpft, dass wir umkehren mussten. Meine Beine wollten mich einfach nicht mehr tragen.

Zurück im Auffanglager sahen wir lange Schlangen vor den zwei Telefonzellen. Alle wollten erst mal ihre Lieben im Westen anrufen. Wir hatten kein anderes Bedürfnis als zu schlafen.

»Gute Nacht, meine kleine Peasy! Willkommen in der Freiheit.«

Ed küsste mich zärtlich, und ich genoss seinen vertrauten Duft. Es war keine heiße Liebesnacht, wie wir sie uns unzählige Male erträumt hatten. Es war ein totenähnlicher Schlaf, der mich überfiel wie ein erlösendes Nichts. Aber ich lag fest in seinen Armen!

Am nächsten Morgen brauchte ich mehrere Minuten, um zu begreifen, dass ich nicht mehr im Gefängnis war: Niemand hatte mich barsch geweckt, zur Schicht kommandiert oder mit dem Stiefel gegen die Tür getreten und »Komm' Se hoch!«

gebrüllt. Niemand hatte mich zum Zählappell antreten lassen! Und kein Schlüssel hatte im Zellenschloss geklirrt.

Staunend betrachtete ich Eds Gesicht auf dem Kopfkissen neben mir, als wäre es eine Halluzination. Kurz darauf öffnete er die Augen.

»Hallo du!«

»Hallo selber du!«

Vorsichtig tasteten wir unsere Züge.

»Bist du es wirklich?«

»Hab ich das alles nicht geträumt?«

Und trotz der lauten, aufgeregten Stimmen und Schritte draußen im Flur genossen wir endlich eine Stunde trauter Zweisamkeit: Nach fast drei Jahren durften wir uns wieder lieben.

Nach dem Frühstück im Gemeinschaftsraum, in dem wir inzwischen die Letzten waren, reihten wir uns erst mal in die Schlange derer ein, die ihr Begrüßungsgeld abholten.

Jeder von uns bekam hundertfünfzig Westmark auf die Hand gezählt.

»Wow«, entfuhr es Ed. »Wie hauen wir die denn jetzt auf den Kopf?«

»Einkleiden wäre nicht schlecht.« Ich sah an mir herab; die uralten Winterklamotten, die weder zum Hochsommer noch zur diesjährigen Mode passten, machten nicht mehr den frischesten Eindruck. In der Entlassungshaft war meine Hose noch mal enger genäht worden, und der altmodische Winterpulli hing an mir herunter wie an einer Vogelscheuche.

»Weißt du, was wir jetzt tun?« Einer plötzlichen Eingebung folgend, zog mich Ed in die Schlange vor der gelben Telefonzelle. »Jetzt rufen wir Eileen an!«

»Ja weißt du denn ihre Nummer?« Auch meinem Ed hatten

sie ja alles abgenommen, einschließlich seines Adressbüchleins.

»Hier!« Ed tippte sich an die Stirn. »Die habe ich seit drei Jahren im Kopf!«

Die beiden glänzenden Zehnpfennigstücke verschwanden klirrend im Schlund des öffentlichen Fernsprechers. Die Münzen hier waren viel schwerer!

Es tutete. So viel satter und klarer als in einer DDR-Telefonzelle!

Keine Stasi, die uns belauschte. Kein verdächtiges Knacken in der Leitung.

Eileen nahm ab. »Ja, hallo? Eileen Sturm?«

»Ed und Peasy aus Gießen.« Eds Stimme wackelte bedenklich.

»Eeecht?!«, schallte es ungläubig zurück. Dann brach Eileen in Indianergeheul aus.

»Sie haben es geschafft!«, brüllte sie jemandem zu.

Es war Holger, den sie damals in der Schweiz beim Wandern kennengelernt hatte und der inzwischen ihr Mann war. Im Hintergrund waren Kinderstimmen zu hören.

Sie war Mutter geworden!

Die beiden diskutierten aufgeregt hin und her. »Nach Westberlin werdet ihr nicht kommen dürfen.«

»Ich rufe Klaas an«, jauchzte Eileen. »Der wohnt inzwischen in Hamburg, aber ich glaube, der ist im Urlaub!«

»Und da wohnt ja auch deine Tante Irene, Ed, samt Kiki, deiner Cousine!«, rief ich.

»Leute! Willkommen in der Freiheit«, schrie nun auch Holger, Eileens Mann.

Während wir auf einen Rückruf von Klaas warteten, von dem Eileen nicht wusste, wo er gerade steckte, begannen wir unseren Laufzettel abzuarbeiten: Natürlich mussten die Behörden im Westen unsere Identität überprüfen. Der Verfassungsschutz und der amerikanische Geheimdienst befragten uns gründlich.

»Wer war Ihre Schleuserorganisation?«

Ein wohlgenährter Mann, der mit starkem amerikanischen Akzent sprach, sah uns beinahe feindselig an. Ja, glaubten die denn, wir armen, ausgemergelten Gestalten wären Agenten von drüben?

»Hatten wir nicht. Es gab nur einen Klaas, den wir vom Sehen kannten, den Cousin meiner damaligen Studienkollegin Eileen.«

Ed nannte ihren Namen und ihre Adresse, und sofort tätigte der amerikanische Agent einen Kontrollanruf. Als er Eileens immer noch freudig erregte Stimme vernahm, die wir sogar noch am anderen Ende seines Schreibtisches hören konnten, grinste er breit. »Sie sind rehabilitiert«, sagte er und drückte je einen Stempel in unsere provisorischen Ausweispapiere.

Endlich konnten wir auch dieses Büro verlassen.

Dann hieß es wieder warten. Warten und immer wieder warten auf den nächsten Termin.

Der dritte Tag in Gießen begann mit einem starken Kaffee, den wir uns im Aufenthaltsraum holten. Immer noch fühlte ich mich angeschlagen, immer noch spürte ich die Wirkung der starken Medikamente. Nach dem ersten Schluck »Jacobs Dröhnung«, wie Ed den Westkaffee nannte, machte mein Herz einen wilden Salto, und ich kämpfte mit einer Schwindelattacke.

»Ed, ich glaube, ich muss zurück ins Zimmer ...« Satter Motorenlärm verschluckte den Rest meines piepsigen Geredes.

Ed schaute aus dem Fenster auf den großen Parkplatz. Ein irrsinnig toller schwarzer Porsche glitt schnittig in eine freie Parklücke. Mehrere Männer drückten sich die Nasen am Fenster platt.

»Angeber!«, meinte der eine.

»Und schön ist er auch noch«, seufzte eine Frau, die gerade ihren Kaffee umrührte und eine Zigarette dabei rauchte.

Ein bildschöner blonder Mann entstieg dem schwarzen Luxusauto. Mit einem leisen Plopp! schloss er die Fahrertür. Aus dem Kofferraum holte er einen riesigen Blumenstrauß und stiefelte damit auf unser Gebäude zu.

Ich kniff die Augen zusammen. Wenn nur dieser Schwindel nicht wäre! »Irgendwie kommt der mir bekannt vor ...«

»Sieht aus wie Klaas in schlank und schön.«

»ES IST KLAAS!«

Schon war Ed mit ein paar Sätzen bei dem gut gekleideten Besucher.

Die beiden lagen sich wie alte Freunde in den Armen und klopften einander auf die Schultern.

Verdammt!, dachte ich. Den habe ich dicker in Erinnerung. Wo sind sein langer Bart, seine rötlichen langen Haare, sein Wohlstandsbäuchlein und sein schmuddeliger Parka?

»Peasy! Mein Gott, du hast dich ja halbiert!« Klaas überreichte mir den üppigen Blumenstrauß, unter dessen Last ich fast zusammenbrach.

»Du aber auch!«, entfuhr es mir.

Er sah wirklich fantastisch aus! Braun gebrannt, muskulös, durchtrainiert!

»Sorry, dass ich erst jetzt aufgetaucht bin, ich war noch im sonnigen Süden.« Er lachte. »Eileen hat zwei Tage gebraucht, um mich ausfindig zu machen. Aber dann habe ich die erstbeste Maschine genommen.«

»Du hast deinen Urlaub abgebrochen? Für uns?«

Wir hatten uns doch höchstens drei Mal gesehen, einmal etwas ausführlicher, die beiden anderen Male hastig im Vorübergehen im Park!

»Natürlich, was denkt ihr denn! Was wir damals angefangen haben, ziehen wir jetzt auch durch!«

Nicht zu fassen! Klaas! Der einst so dickliche, rotbärtige, verzottelte Klaas, der an keinem Fleischberg und keinem Bier vorbeigekommen war! Aus dem war jetzt eine Art blonder Roger Moore geworden!

Klaas hielt mich auf Armeslänge von sich ab und musterte mich besorgt.

»Ihr packt jetzt eure Siebensachen und kommt sofort mit mir nach Hamburg.«

Mein Herz raste, vor meinen Augen drehte sich alles. Ich sollte in diesen Porsche einsteigen? Nach HAMBURG fahren?

»Das geht jetzt nicht ...«

»Was für Siebensachen?«

»Warum geht das nicht?«

»Wir müssen noch unseren Laufzettel abarbeiten ...«

Klaas riss die Liste mit den Dingen an sich, die wir noch bei Behörden und Ämtern erledigen mussten.

»Das können wir alles in Hamburg machen.«

»Du willst wirklich ...?«

»Leute, holt euer Gepäck und ab dafür!« Klaas hatte sich den norddeutschen Akzent bereits zu eigen gemacht. »Mein Haus steht euch zur Verfügung, die Regierung weilt noch im Süden!«

»Die Regierung? Welche Regierung?« Verwirrt trippelte ich hinter den beiden Männern her, die bereits unser Zimmer ansteuerten.

»Er meint seine Frau.«

Solche Späße hatte ich ja noch nie gehört!

Klaas war einigermaßen überrascht, als er unser überschaubares »Gepäck« sah. Mein kleines rotes Täschchen, zwei Zahnbürsten, eine Zahnpasta, eine Dose Nivea-Creme.

Letzteres war der größte Luxus für mich!

»Wir müssen uns hier ordnungsgemäß abmelden!«

Klaas stürmte selbstbewusst in das Verwaltungszimmer, unterschrieb hastig Bürgschaften für uns und schob uns schließlich zu seinem Luxusschlitten. Mit meiner Kindergröße 152 passte ich bequem auf die Rückbank. Es roch nach Leder und neuem Auto.

»In Hamburg kleiden wir euch erst mal ein!« Klaas parkte rückwärts aus und legte den ersten Gang ein. »Ein Freund von mir hat einen Textil-Großhandel.«

Doch bevor er losfuhr, kam er auf die Möglichkeit einer Familienzusammenführung zu sprechen. Klaas würde die Adressen, an die man sich wenden musste, ganz schnell ausfindig machen.

»Gleich am Montag begleite ich euch zum Amt. Ihr stellt einen Antrag, dann kommt euer Kind noch vor Schulbeginn, ihr werdet schon sehen!« Er machte uns Mut. Doch sollte das wirklich so schnell gehen? »Wir melden es gleich schon mal in der Schule an, ich kenne die Direktorin, unsere Kinder gehen auch dorthin. Es ist eine Waldorfschule.«

»Eine was?«

»Eine Schule, in der die Kinder ihren Namen tanzen.« sagte Klaas lachend.

Ich sah Ed an. An unserem ersten Morgen in Freiheit hatten Ed und ich, nachdem wir uns geliebt hatten, zum ersten Mal über Lilli gesprochen.

»Ich habe immer gespürt, dass da zwischen euch eine ganz innige Bindung besteht.« Ed hatte mir zärtlich in die Augen geschaut. »Außerdem sieht die Kleine dir verdammt ähnlich.«

Grinsend hatte er mir einen Nasenstüber gegeben. »Du hättest mir also gar keinen Bären aufbinden müssen.«

»Und du bist mir auch wirklich nicht böse, dass ich dir nie die Wahrheit gesagt habe?«

Ed hatte sich auf den Ellbogen gestützt und mir eine Strähne hinters Ohr gestrichen. »Wir werden eine Familie sein, das verspreche ich dir.«

Als wir Minuten später mit zweihundert PS über die Autobahn nach Hamburg brausten, musste ich mir in den Arm kneifen.

Ich lehnte meine fieberheiße Stirn an die Scheibe des Porsche. Die Landschaft raste an uns vorüber wie ein Film im Schnelldurchlauf. Wieder wurde mir schwindelig, und ich schloss die Augen.

Ed nahm meine kalten Hände, drückte sie an sich und sagte: »Das Leben wird ab jetzt ein einziges Fest.«

Nachwort der Protagonistin

Wegen eines Aufsatzes im Deutschunterricht der 12. (11.?) Klasse, wäre ich fast von der damals, in der DDR sogenannten EOS, geflogen. Thema: »Faust, 1. Teil«.

Der Grund für meinen Fastrauswurf war, dass ich nicht die Unterdrückung Gretchens genauer analysiert und die gesellschaftliche Rolle der Frau im sozialistischen Sinne ausgemalt hatte. Ich hatte den Freiheits- und Aufbruchgedanken des »Osterspaziergangs« ausführlich, mit meinen so ganz unsozialistischen Gedanken, interpretiert.

Bis zum Direktor, über sämtliche Lehrer der EOS, wurde der Aufsatz gereicht. Das Lehrerkollegium war entsetzt über so viel Anti-DDR-Haltung in einem Schulaufsatz. Alle Mitschüler hatten ihre Aufsätze, zensiert und viel gelobt, längst zurückerhalten. Ich aber wartete und wartete. Und malte mir in Gedanken schon aus, was ich wohl anfangen würde, wenn sie mich wirklich »exmatrikulierten«? So kurz vor dem Abitur! Meine Rettung war meine Deutschlehrerin. Eine, die nicht ideologisch verblendet war. Eine Lehrerein, die es geschickt verstand, den dem Sozialismus Hörigen, meinen Grundgedanken des Aufsatzes als das »Aufblühen« des jungen sozialistischen Staates zu »verkaufen«.

Ich danke ihr noch heute dafür. Auch dafür, dass das Schreiben an sich zu keiner traumatischen Erfahrung für mich wurde und ich meinen Freiheitsdrang, der mich ein ganzes Leben ununterbrochen begleitet und der mich die grausamsten Erfahrungen meines Lebens erleben ließ, schließlich in »meinem Tagebuch« niederschreiben konnte. Die Zusammenarbeit mit der voll von Empathie erfüllten Autorin Hera Lind war eine Freude und Befreiung im wahrsten Sinne des Wortes.

Im ersten Teil des »Romans nach einer wahren Geschichte«, in dem durch die künstlerische Freiheit der Autorin die Roman-Peasy zusätzlich eine »zweite Ebene« erhält, war es auch spannend für mich, das »gelebt« zu haben.

Hera Lind ist während der Entstehung des Buches nach Hoheneck gefahren. Alle Grausamkeiten, die damals dort an der Tagesordnung waren, hat sie sich dreißig Jahre nach dem Fall der Berliner Mauer angesehen. Sie war immer noch erschüttert von der Brutalität ausstrahlenden Aura dieses längst verlassenen Ortes. Dem Ort der Erinnerungen.

Ich danke ihr dafür, dass sie den Mut hatte, ein Thema in einem Roman nach einer wahren Geschichte zu verarbeiten, das keine leichte Unterhaltung ist, sondern eine bittere Realität unserer jüngsten Zeitgeschichte beschreibt. Und dass sie durch ihr Engagement, einen Roman mit Haltung zu schreiben, auch dazu beiträgt, Einzelschicksale dieser Zeit sichtbar zu machen.

Meine ganz persönlichen Helden sind Eileen und Klaas! Sie sind nicht zurückgeschreckt vor dieser schwierigen Entscheidung uns helfen zu wollen, damals vor über vierzig Jahren. Uns helfen zu wollen, den für uns trotz aller Zuversicht und Hoffnung risikoreichen Weg überhaupt antreten zu können, um diesem eingemauerten Land zu entkommen.

Nicht zuletzt war abschließend die Zusammenarbeit mit

dem Diana Verlag und der Cheflektorin Britta Hansen eine dankenswerte Erfahrung.

Ed und ich haben mit Beginn unseres wahren Lebens in Hamburg eine Familie gegründet. Unsere Tochter Lara, die Anfang der 80er-Jahre in Hamburg aufwuchs und die inzwischen mit unserem Schwiegersohn Max im Taunus lebt, hat die Tradition ihres Großvaters und Vaters fortgesetzt und ist ebenfalls Architektin geworden.

Eine tolle junge Frau, die von Anfang an alle Chancen, die das Leben ihr bot, wahrnehmen konnte, ohne dass ihr irgendjemand Steine in den Weg gelegt hat, die sie mühsam hätte wegräumen müssen.

Auch und gerade dafür war alles richtig wofür ich/wir uns im Leben entschieden haben.

Peasy, im April 2020

Nachwort der Autorin

Diese Geschichte war eine der schwersten, die ich je geschrieben habe. Peasys Schicksal in einen meiner unterhaltsamen Tatsachenromane im Diana Verlag zu packen erschien mir als ein Ding der Unmöglichkeit. Und trotzdem wollte ich meinen Leserinnen so ein deutsches Schicksal nicht vorenthalten. Diese unfassbaren Grausamkeiten hat es vor gar nicht langer Zeit in unserem Land gegeben, und was ein totalitäres Regime Menschen alles antun kann, wollte ich unbedingt schildern. Dabei war ich auf die fantastische Vorarbeit meiner Protagonistin angewiesen, denn nicht im Traum hätte ich mir so etwas auch nur ansatzweise ausdenken können!

Den Anfang machte eine Zuschrift, die ich im November 2018 erhielt. Es waren nur wenige Seiten, aus denen hervorging, dass die Einsenderin momentan nicht die Kraft hatte, weiterzuschreiben. Dennoch erkannte ich das große Potenzial dieser Geschichte und die unfassbare Stärke und Tapferkeit der Protagonistin. Ich bat Peasy, mir mehr Material zu schicken und sich dabei alle Zeit der Welt zu lassen. Fast zeitgleich erreichte mich die Zuschrift von Carina, die sich – ebenfalls in der damaligen DDR – in einen katholischen Priester verliebt hatte, und so schrieb ich zuerst diese anrührende Liebesgeschichte mit dem Titel »Vergib uns unsere Schuld«.

Das war auch gut so, denn Carina ist im Lauf des vergangenen Jahres leider verstorben. Die Arbeit an unserem Buch hat sie bis zum Schluss motiviert und ihr viel Lebensfreude geschenkt.

Ein halbes Jahr später bekam ich dann eine so ausführliche und detailgetreue Schilderung der Hölle Hoheneck, dass es mir den Atem verschlug. Wie konnte ich daraus einen Unterhaltungsroman machen? Die gesamte Handlung spielte ja nur in verschiedenen Gefängnissen, und das Frauenzuchthaus Hoheneck war an Grausamkeiten und menschlichen Abgründen nicht zu überbieten.

Dennoch wollte ich die Geschichte nach wie vor unbedingt machen und schlug sie meiner inzwischen eingespielten Partnerin und Lektorin Britta Hansen vor.

Wir trafen Peasy und Ed in unserem üblichen Restaurant in München, in dem wir unsere Protagonisten zuerst »beschnuppern«. Die kleine, zierliche, aber ungeheuer kraftvolle Frau und ihr humorvoller Mann schilderten uns ihren Gefängnisaufenthalt genau so, wie Peasy ihn bereits im Vorfeld beschrieben hatte.

Ich bat darum, ihre Geschichte in Rückblenden ein wenig ausschmücken zu dürfen, damit die Leserin zwischendurch aufatmen kann. Meine vagen Ideen fanden bei Peasy und ihrem Mann Anklang, und so erlaubten sie mir, meiner Fantasie in Bezug auf Peasys Vorleben freien Lauf zu lassen. Vielen herzlichen Dank dafür, liebe Peasy! Diese Flexibilität hat dem Roman mit Sicherheit gutgetan.

Am Tag nach unserem Treffen fuhr ich bereits nach Stollberg ins Erzgebirge und besuchte dort das Frauenzuchthaus Hoheneck, um mir persönlich ein Bild machen zu können. Ich danke Bianca Eichhorn und Gunter Weißbach, dass sie mir die Möglichkeit gegeben haben, Hoheneck ausführlich zu besichtigen. Sie führten mich durch das Gebäude, ließen mich in Zellen blicken und zeigten mir sogar die ehemaligen Wasserzellen im Keller, die Duschen, die Arbeitsfabrik, den Kiosk und den großen Saal, in dem die Orgel stand. Als ich den kahlen Hof betrat, in dem Peasy damals ihre Freilaufrunden drehen musste, wurde mir fast schlecht. Es war so erbärmlich und hässlich, dass ich keine Worte hatte.

Der grauenvolle Ort erschlug mich regelrecht, und obwohl ich nur zwei oder drei Stunden dort gewesen war, hatte er mir sämtliche Energie geraubt. Ich wäre dort zusammengebrochen und hätte es nicht ertragen. Die Vorstellung, hier Jahre unter den Schikanen der Wärterinnen verbringen zu müssen, nahm mir die Luft zum Atmen.

Aus der heutigen Gedenkstätte Hoheneck durfte ich noch bebilderte Broschüren mitnehmen. Mein Grauen wuchs. Unvorstellbar, was unschuldige Menschen hier jahrhundertelang erleiden mussten! Ich beschloss, einige der darin beschriebenen Schicksale in Peasys Geschichte zu packen, damit auch die »Mitgefangenen« ein Gesicht bekämen. Vor allem aus der Broschüre »Vergittertes Schloss – Hoheneck im Wandel der Zeit« habe ich kleine Szenen adaptiert und in meine Geschichte eingebaut. Peasy war damit einverstanden.

Während einer Lesereise in Baden-Baden, auf der ich ein ganz anderes Buch vorstellte, sprach mich eine ältere Dame an: »Ich war im Frauenzuchthaus Hoheneck.« Da blieb mir fast die Spucke weg! Die Professorin kam am nächsten Morgen in mein Hotel und erzählte mir fast zwei Stunden lang ihre Geschichte. Sie drückte mir ihr Buch in die Hand und erlaubte mir zwei Szenen daraus in diesem Tatsachenroman zu verwenden. Nach Rücksprache mit Peasy durfte ich die Professorin als »Ellen« in der U-Haft in ihre Zelle »stecken«. Ellen als liebevolle, fürsorgliche Ärztin, die Peasy das Leben rettet, als diese einen Herzinfarkt erleidet, schien mir an dieser Stelle wie ein kleines Trostpflaster zu sein. Oft hat es mir beim Schreiben dermaßen die Kehle zusammengeschnürt, dass ich dringend an die frische Luft musste. So wird es Ihnen, liebe Leserin, möglicherweise auch ergangen sein.

Obwohl ich ganze Passagen mit »weichgespülten« Rückblenden in ein Leben einfügen durfte, das die wahre Peasy so nur teilweise gehabt hat, ist die Geschichte immer noch hart genug. Danke, liebe Leserin, dass Sie sie zu Ende gelesen haben.

Danke, liebe Peasy, dass Sie mir Ihre Gefühle und Ihr unvorstellbares Elend so detailgetreu geschildert haben. Danke, lieber Diana Verlag, dass Ihr diesem Thema einen Roman aus meiner Feder eingeräumt habt.

Nach der Lektüre dieses Buches werden wir alle unsere Freiheit, die wir längst für selbstverständlich halten, als noch viel kostbarer empfinden.

Wenn Sie, liebe Leserinnen und Leser, auch eine ungewöhnlich spannende, packende, emotional tiefgründige und außergewöhnliche Lebensgeschichte haben, dann schreiben Sie mir unter heralind@a1.net oder an den Diana Verlag, München.

Ich lese alle Einsendungen selbst und bearbeite sie sorgfältig und wertschätzend.

Vielleicht sind Sie ja schon bald dabei, bei den erfolgreichen Tatsachenromanen, die inzwischen die Bestsellerlisten füllen.

Hera Lind, im April 2020